DAVID BALDACCI, nacido en 1960, se licenció en Derecho por la Universidad de Virginia y ejerció como abogado en Washington durante años. El reconocimiento unánime con que público y crítica recibieron sus primeras novelas le llevó a abandonar la abogacía para dedicarse por entero a la escritura. Desde entonces, Baldacci es uno de los grandes nombres del thriller contemporáneo. Su obra ha sido traducida a treinta y cinco idiomas y se publica en más de ochenta países; sus ventas mundiales rondan los·cincuenta millones de ejemplares.

«La capacidad de Baldacci para convertir las intrigas internacionales en una lectura fácil y entretenida es increíble. Los diálogos están muy logrados, la trama nunca deja de ser apasionante y el final es auténticamente impactante. ¿Que a qué se parece? A Tom Clancy, por supuesto.»

Booklist

Títulos del autor publicados por Zeta Bolsillo:

ZETA

Título original: *Simple Genius*
Traducción: Abel Debritto y Mercè Diago
1.ª edición: julio 2011

© 2007 by Columbus Rose, Ltd.
© Ediciones B, S. A., 2011
   para el sello Zeta Bolsillo
   Consell de Cent, 425-427 - 08009 Barcelona (España)
   www.edicionesb.com

Printed in Spain
ISBN: 978-84-9872-381-6
Depósito legal: B. 18.861-2011

Impreso por LIBERDÚPLEX, S.L.U.
Ctra. BV 2249 Km 7,4 Polígono Torrentfondo
08791 - Sant Llorenç d'Hortons (Barcelona)

Una muerte sospechosa

DAVID BALDACCI

ZETA

A mi querida amiga Maureen Egen,
que los días sean largos
y reine la calma en los mares

1

En general, se considera que existen cuatro formas de pasar a mejor vida: morir por causas naturales, incluyendo las enfermedades; morir en un accidente; morir por obra de otra persona, o morir por decisión propia. Sin embargo, los habitantes de Washington D.C. tienen una quinta posibilidad para irse al otro barrio: la muerte política. Puede sobrevenir a raíz de diferentes circunstancias: retozar en una fuente pública con una bailarina de *striptease* que no sea la propia esposa; embolsarse fajos de billetes en los pantalones sin saber que quien paga pertenece ni más ni menos que al FBI, o encubrir un robo chapucero siendo el inquilino de la Casa Blanca.

Michelle Maxwell recorría con paso impetuoso la calzada de la capital de la nación, pero, como no se dedicaba a la política, esa quinta posibilidad de muerte no la afectaba. De hecho, había decidido con firmeza emborracharse para olvidar parte de sus recuerdos a la mañana siguiente. Quería olvidar muchas cosas, se sentía obligada a hacerlo.

Michelle cruzó la calle, empujó la puerta del bar, que lucía impactos de bala, y entró. La asaltó una gran cantidad de humo que, en parte, era de cigarrillos. Los otros aromas eran emanaciones de sustancias que mantenían a la DEA, el departamento estadounidense antidroga, alerta y ocupado.

La música ensordecedora ahogaba cualquier otro sonido y seguro que en pocos años proporcionaría un negocio bien lucrativo a todo un ejército de otorrinos. Mientras los vasos y las botellas tintineaban, un trío de mujeres actuaba mecánicamente en la pista de baile. Entretanto, un par de camareras hacían malabarismos con las bandejas y los malos modales, dispuestas en todo momento a dar un tortazo a quien intentara tocarles el culo.

La clientela del bar se fijó enseguida en Michelle, la única mujer blanca del local esa noche, y probablemente cualquier otra. Ella les dedicó una mirada suficientemente desafiante como para que volvieran a centrarse en sus bebidas y conversaciones. Esa situación podía cambiar porque Michelle Maxwell era alta y muy atractiva. Lo que no sabían los demás era que podía resultar tan peligrosa como una terrorista suicida y que buscaba cualquier excusa para partirle la boca de una patada a quien fuera.

Michelle encontró una mesa esquinera al fondo y se acomodó en el exiguo espacio a saborear lentamente la primera bebida de la noche. Una hora después y con muchas copas en el cuerpo, la ira empezó a embargarla. Daba la impresión de que las pupilas se le iban secando y endureciendo, mientras que el resto del globo ocular adoptaba el tono rojo de la sangre. Alzó un dedo cuando pasó la camarera, que sació su sed por última vez. En esos momentos lo único que Michelle deseaba era un blanco para descargar la cólera que se había apoderado de cada centímetro de su ser.

Tragó la última gota de alcohol, se puso en pie y se apartó la melena oscura de la cara. Michelle escudriñó el local en busca del afortunado. Se trataba de una técnica que el Servicio Secreto le había enseñado de forma machacona, hasta que ese instinto de observación se había convertido en la única forma de mirar a alguien o algo.

Michelle no tardó demasiado en encontrar al hombre de su pesadilla hecho realidad. Le sacaba una cabeza a todos los demás. Una cabeza marrón chocolate, calva y de una lisura hermosa, con una hilera de aros de oro en cada uno de los gruesos lóbulos de la oreja. Tenía una espalda imponente. Vestía unos pantalones holgados de camuflaje, botas militares negras y una camiseta verde del ejército que le permitía lucir los músculos nudosos de los brazos. Estaba tomándose una cerveza, moviendo la enorme cabeza al ritmo de la música, siguiendo con los labios las letras indecentes cuyo significado era imposible discernir. No cabía la menor duda de que aquél era su hombre.

Michelle apartó a un tipo que se le colocó delante, se acercó a la montaña viviente y le dio un golpecito en el hombro. Le pareció estar tocando un bloque de granito; le iba perfecto. Esa noche Michelle Maxwell iba a matar a un hombre. A ese hombre, de hecho.

Él se giró, se quitó el cigarrillo de los labios y dio un sorbo a la cerveza, cuya jarra quedaba prácticamente oculta en su mano de oso.

«El tamaño sí importa», se recordó Michelle.

—¿Qué pasa, nena? —preguntó él mientras exhalaba una voluta de humo hacia el techo y apartaba la mirada de ella.

«Mal hecho, guapo.» Michelle le propinó un puntapié directo a la mandíbula y él se tambaleó hacia atrás y derribó a dos hombres menos fornidos. Tenía la mandíbula tan dura que Michelle notó el dolor del impacto desde la punta del pie hasta la pelvis.

Él le lanzó la jarra y falló, pero la contundente patada directa de ella no lo hizo. El gigante se agachó porque le faltaba aire. Acto seguido, Michelle le propinó un despiadado puntapié en la cabeza, tan fuerte que casi oyó cómo le crujían las vértebras por encima de la música apocalíptica. Cayó hacia atrás con una mano pegada a la cabeza ensangrentada y los ojos abiertos como platos por el pánico que le infundían el poderío brutal, la velocidad y la precisión de su atacante.

Michelle observó con toda tranquilidad los dos lados del cuello grueso y tembloroso del individuo. ¿Dónde podía golpear a continuación? ¿La trémula yugular? ¿La carótida gruesa como un lápiz? ¿O tal vez el tórax para producirle un paro cardiaco fatal? No obstante, el hombre no parecía tener muchas ganas de pelea.

«Venga ya, grandullón, no me decepciones. He venido desde muy lejos», pensó.

La gente había despejado la zona, menos una mujer que salió disparada de la pista de baile gritando el mote de su hombre. Dirigió un puño regordete a la cabeza de Michelle, quien esquivó el golpe hábilmente, la agarró por el brazo, se lo retorció en la espalda y le dio un empujón. La mujer cayó hacia atrás y derribó una mesa y a dos clientes que se encontraban allí sentados.

Michelle se giró para enfrentarse al novio, que estaba agachado jadeando y agarrándose la tripa. De repente la embistió. Michelle detuvo la arremetida con una patada demoledora en la cara, seguida de un codazo que le machacó las costillas. Culminó el contraataque con una patada lateral de alta precisión que le partió un buen trozo del cartílago de la rodilla izquierda. El hombretón, gritando de dolor, se desplomó en el suelo. La pelea se había convertido en una carnicería. Los espectadores silenciosos dieron un paso atrás de forma colectiva, incapaces de creer que David le estuviera dando una paliza de muerte a Goliat.

El camarero ya había llamado a la policía. En un local como ése, el 911 era el único número de marcación rápida aparte del del abogado. De todos modos, tal como pintaba la situación, era poco probable que llegaran a tiempo.

El grandullón consiguió ponerse en pie con la pierna sana, aunque tenía la cara ensangrentada. El odio que despedía su mirada resultaba de lo más elocuente: una de dos, o Michelle lo mataba o él la mataría a ella.

Michelle había visto esa misma expresión en los rostros de todos los hijos de puta cuyo ego había machacado, y la lista era increíblemente larga. Pero se trataba de la primera vez que era ella quien empezaba la pelea. Normalmente se producían cuando un mamón corto de entendederas intentaba ligársela y no captaba las indirectas que ella le dedicaba. Entonces se plantaba para defenderse y los hombres caían como moscas con la huella de la bota de Michelle en sus cabezas de chorlito.

La navaja salida del bolsillo trasero del gigante rozó a Michelle. La decepcionaron el arma elegida y la debilidad del golpe. Mandó la navaja por los aires con una patada precisa que le rompió el dedo al hombre.

Fue retrocediendo hasta que tocó la barra con la espalda. En esos momentos no parecía tan corpulento. Michelle era tan rápida y hábil que la mayor envergadura y musculatura del hombre resultaban inútiles.

Michelle sabía que podía matarlo con un golpe más: la columna partida, una arteria reventada, cualquiera de esas dos opciones bastaba para mandarlo al otro barrio. Y a juzgar por su expresión, él era perfectamente consciente de ello. Sí, Michelle podía matarlo y quizás así derrotar los demonios de su interior.

Y entonces en el cerebro de Michelle se activó algo tan fuerte que estuvo a punto de hacerle depositar todo el alcohol consumido en el suelo rayado. Quizá por primera vez en muchos años veía las cosas como había que verlas. Fue sorprendente lo rápido que tomó la decisión. Y cuando la hubo tomado, no se lo pensó dos veces. Recuperó lo que había dominado su vida: Michelle Maxwell actuaba movida por el impulso.

El hombre le lanzó un puñetazo desganado y Michelle lo esquivó con facilidad. Entonces se dispuso a darle otra patada, esta vez en la entrepierna, pero él consiguió agarrarle el muslo con su mano enorme. Alentado por haber sido capaz de capturar a su esquiva presa, la levantó y la arrojó por encima de la barra, a un estante de botellas de vino y licores. La multitud, encantada con el nuevo rumbo que había tomado la situación, empezó a canturrear: «Mátala, mátala.»

El camarero gritó enojado al ver las existencias derramadas por el suelo, pero se calló cuando el grandullón se acercó a la barra y lo tumbó con un puñetazo perverso de abajo arriba. Acto seguido levantó a Michelle y le golpeó dos veces la cabeza contra el espejo que colgaba encima de las botellas derribadas e hizo añicos el cristal y quizá también el cráneo de ella. Encolerizado, le dio un fuerte rodillazo en el vientre y luego la arrojó hacia la multitud situada al otro lado de la barra. Michelle aterrizó en el suelo y se quedó ahí tirada con el rostro ensangrentado y el cuerpo tembloroso.

La multitud retrocedió de un salto cuando las enormes botas del 46 del hombre aterrizaron junto a la cabeza de Michelle. La agarró por el pelo y la levantó tal cual, como si fuera un yoyó. Observó el cuerpo postrado de Michelle como si estuviera decidiendo dónde asestarle el siguiente golpe.

—¡En la cara. En la puta cara, Rodney! Déjasela hecha un cromo —gritó su mujer, que se había levantado del suelo e intentaba quitarse del vestido las manchas de cerveza, vino y porquerías varias.

Rodney asintió y echó el formidable puño hacia atrás.

—¡En la puta cara, Rodney! —volvió a gritar su mujer.

—¡Mátala! —aulló la multitud con un poco menos de entusiasmo, porque presentía que la pelea estaba a punto de acabar y podía volver a beber y a fumar.

Michelle movió el brazo tan rápido que Rodney pareció no darse cuenta de que lo había golpeado en el riñón hasta que el cerebro le comunicó que sentía un dolor atroz. El grito de furia que profirió ahogó la música que seguía retumbando en el bar. Acto seguido, él le golpeó la cabeza, le hizo saltar un diente y luego volvió a golpearla de tal forma que le salía sangre por la nariz y por la boca a borbotones. El grandullón de Rodney iba a abalanzarse sobre su presa de nuevo cuando los agentes de policía derribaron la puerta, pistola en mano, en busca de cualquier motivo para empezar a disparar.

Michelle ni siquiera se dio cuenta de que entraban, le salvaban la vida y luego la detenían. Justo después de encajar el segundo golpe había empezado a perder la consciencia y no parecía tener intención de recuperarla.

Antes de desmayarse por completo, Michelle tuvo un último pensamiento bien sencillo: «Adiós, Sean.»

2

Sean King contempló el recodo de río, tranquilo bajo la luz mortecina. A Michelle Maxwell le pasaba algo y él no sabía qué hacer. Su socia estaba cada día más deprimida y esa melancolía se le iba arraigando.

En vista de lo inquietante de la situación, él le había sugerido que regresaran a Washington D.C. y comenzaran de nuevo. No obstante, el cambio de aires no había servido. Y con pocos fondos y la escasez de trabajo en una zona tan competitiva como Washington, Sean se había visto obligado a aceptar la magnanimidad de un colega que había llegado lejos en el campo del asesoramiento sobre seguridad privada vendiendo su empresa a un gigante mundial.

Sean y Michelle se alojaban en la casa de invitados de la gran finca fluvial del amigo situada al sur de la capital. Sean por lo menos, porque hacía varios días que Michelle no aparecía por allí. Y tampoco respondía al móvil. La última noche que había vuelto a casa estaba tan borracha que Sean había arremetido contra ella por conducir en ese estado. Cuando se despertó a la mañana siguiente, Michelle se había marchado.

Recorrió con el dedo el *scull* de carreras de Michelle amarrado a un poste del muelle en el que estaba sentado. Michelle Maxwell era una atleta nata, medallista olímpica de remo, fanática del deporte hasta límites increíbles y cinturón negro de varias artes marciales, lo cual le permitía dar patadas en el culo a la gente de formas muy variadas y dolorosas. No obstante, el *scull* estaba intacto desde que llegaran allí. Y tampoco había ido a correr por el carril bici cercano ni había mostrado interés alguno por otra actividad física. Al final, Sean le había insistido en que buscara ayuda profesional.

—No tengo opciones —le había respondido con una desolación que lo había sorprendido. Sabía que era impetuosa, que solía actuar guiada por la intuición, lo cual a veces facilitaba que a uno lo mataran.

Por eso en estos momentos estaba contemplando el ocaso y preguntándose si ella se encontraba sana y salva.

Al cabo de unas horas, sentado todavía en el muelle, los gritos llegaron a sus oídos. No lo asustaron, sino que lo fastidiaron. Se incorporó lentamente y subió por la escalera de tablones que lo alejaba de la tranquilidad del río.

Se detuvo en la casa de invitados situada cerca de la gran piscina para coger un bate de béisbol y unas cuantas bolas de algodón para taparse los oídos. Sean King era un hombre fornido, de casi metro noventa y cien kilos de peso bien repartidos, pero estaba a punto de cumplir los cuarenta y cinco y tenía las rodillas maltrechas y el hombro derecho tocado por una antigua lesión. Por eso siempre tomaba el dichoso bate. Y los algodones. Mientras subía miró al otro lado de la valla divisoria y advirtió a la anciana, que lo miraba en la oscuridad, de brazos cruzados y con semblante ceñudo.

—Ya subo, señora Morrison —dijo alzando el arma de madera.

—Es la tercera vez en lo que va de mes —dijo ella, enfadada—. La próxima vez llamaré a la policía de inmediato.

—No seré yo quien se lo impida, porque no puede decirse que cobre por hacer esto —dijo Sean.

Se acercó a la enorme casa desde atrás. La vivienda sólo tenía dos años, era una de esas mansiones que habían surgido del derribo de un rancho de una cuarta parte del tamaño actual. Los dueños apenas venían porque en verano preferían ir en su *jet* privado a su finca de los Hamptons, o a su palacete de Palm Beach junto al océano, en invierno. Pero eso no impedía que su hijo universitario y sus amigos engreídos dejaran el sitio hecho un asco de vez en cuando.

Sean pasó junto a los Porsche, Beemer pequeños y Mercedes heredados y subió por las escaleras de piedra que conducían a la espaciosa cocina. A pesar de los algodones que amortiguaban el sonido, la música era tan alta que notaba que el corazón se le encogía con cada chasquido del bajo sobrecargado.

—¡Eh! —gritó por encima de la música mientras se abría camino por entre los veinteañeros en movimiento—. ¡Eh! —volvió a gritar. Nadie le hizo el menor caso, motivo por el que había traído el bate. Se acercó a la barra improvisada de la isla de la cocina, alzó su fiable Louisville Slugger por detrás del hombro, se colocó en posición y fingió estar bateando en el Yankee Stadium. Despejó media barra de un solo golpe y acabó con el resto con un segundo bastonazo.

La música se apagó y por fin los chicos se fijaron en él, aunque la mitad parecían estar demasiado colocados para mostrar interés. Algunas de las señoritas ligeritas de ropa empezaron a reír como tontas mientras un par de tíos descamisados observaban fijamente a Sean con los puños preparados.

Otro joven, alto y fortachón con el pelo ondulado, irrumpió en la cocina.

—¿Qué coño pasa aquí? —Se paró en seco en cuanto vio la barra destrozada—. ¡Maldita sea! ¡Vas a pagar por esto, King!

—No, no voy a pagar, Albert —dijo Sean.

—¡Me llamo Burt!

—Vale, Burt, llamemos a tu padre y veamos qué opina del tema.

—No puedes presentarte aquí en este plan cada vez.

—¿Te refieres a evitar que una panda de gilipollas ricos destroce la casa de tus padres?

—Oye, me molesta que digas eso —dijo una chica que se tambaleaba en unos tacones de vértigo y que sólo llevaba una diminuta camiseta ajustada que no dejaba lugar a la imaginación.

Sean la miró.

—¿Ah, sí? ¿Qué parte? ¿Lo de ricos o lo de gilipollas? Por cierto, parece que se te ha olvidado vestirte, ¿no? —Sean se dirigió de nuevo al chico—. A ver si te queda claro, Burt. Tu padre me confirió la autoridad suficiente para desalojar esta casa siempre que considere que la situación se desmadra. —Alzó el bate—. Pues éste es mi mazo y dictamino que esto es un desmadre. —Miró a los demás—. Así que ya os podéis ir largando antes de que llame a la policía.

—Lo único que hace la policía es venir a decirnos que bajemos la música —declaró el joven con desdén.

—No si alguien les dice que aquí se están consumiendo drogas.

Además de que hay relaciones sexuales y consumo de alcohol entre menores de edad. —Sean lanzó una mirada a los adolescentes—. ¿Qué os parece una acusación de sodomía? ¿Creéis que papá y mamá os quitarían las llaves del Mercedes y os dejarían sin la generosa paga?

Esa pregunta despejó media estancia rápidamente. Los demás desaparecieron cuando Burt intentó abalanzarse sobre Sean y se encontró con el mango del bate en el vientre por la molestia. Sean agarró al joven por el cuello de la camisa y lo levantó del suelo.

—Voy a vomitar —gimió Burt—. ¡Voy a vomitar!

—Respira hondo. Pero no vuelvas a intentarlo —advirtió Sean.

Cuando Burt se hubo recuperado, dijo:

—¡Te haré pagar por esto!

—Lo que vas a hacer es limpiar la casa.

—¡Y un cojón!

Sean agarró al joven del brazo y se lo retorció.

—O limpias la casa o te llevo de excursión a la comisaría. —Sean apuntó con el bate los restos de botellas y vasos hechos añicos—. Volveré dentro de una hora para ver qué tal va la limpieza, Albert.

Pero Sean no volvió al cabo de una hora. Cuarenta minutos más tarde recibió una llamada en el móvil. Michelle yacía inconsciente en un hospital de Washington D.C. tras ser detenida por agresión con intención criminal. Cuando salió a coger el coche, Sean estuvo a punto de echar abajo la puerta delantera.

3

Sean la observó tendida en la cama. Se volvió hacia el médico.

—Tranquilo, no es tan grave como parece. Ha tenido una conmoción cerebral, pero las pruebas que le hemos realizado han salido bien y no hay hemorragia interna. Le han hecho saltar un diente y tiene dos costillas fracturadas y contusiones en todo el cuerpo. Cuando se despierte se sentirá dolorida, incluso con la medicación.

Sean se fijó en una cosa que le parecía totalmente fuera de lugar: una esposa en la muñeca derecha de Michelle sujeta a la barandilla de la cama. Y luego estaba el policía fornido apostado en la puerta que lo había cacheado para ver si iba armado y le había dicho que sólo podía pasar diez minutos con ella.

—¿Qué demonios ha ocurrido? —preguntó.

—Su amiga entró en un bar y se enzarzó en una pelea con un tío. Un hombre realmente corpulento.

—¿Cómo lo sabe?

—Porque al tío lo están tratando en esta misma planta —dijo el médico.

—¿Ella empezó la pelea?

—Supongo que por eso está esposada, aunque no está en condiciones de marcharse a ningún sitio. El hombre ha recibido una buena paliza. Debe de ser una mujer de armas tomar.

—No se lo imagina —musitó Sean entre dientes.

—No...

Cuando el médico se marchó, Sean se acercó más a la cama.

—¿Michelle? Michelle, ¿me oyes?

La única respuesta que recibió fue un leve gemido. Salió de la habitación caminando hacia atrás sin apartar la vista de la esposa.

Sean no tardó demasiado en enterarse de toda la historia. Tenía un amigo en el cuerpo de policía de Washington que accedió al informe de la detención y se lo contó.

—Parece ser que el tío va a presentar cargos —le contó el agente por teléfono.

—¿Están seguros de que no la provocó?

—Unos cincuenta testigos han jurado que ella atacó al hombre. Pero, Sean, para empezar, ¿qué demonios hacía en esa zona de Washington? ¿Tenía ganas de morir?

«¿Tenías ganas de morir, Michelle?»

Se cruzó con Rodney el grandullón en el pasillo del hospital. Iba acompañado por su novia, que seguía intentando quitarse manchas del vestido.

—Lo ha pasado muy mal últimamente —explicó Sean.

—¡Nos importa una mierda! —gritó la mujer.

—¡Voy a demandar a esa cabrona! —aulló Rodney.

—Así me gusta —convino su novia—. ¡Menuda zorra! Mira cómo tengo la ropa.

—No tiene medios —señaló Sean—. Puedes quedarte con su todoterreno, pero tiene más de ciento cincuenta mil quilómetros.

—¿Te suena la palabra embargo? Nos quedamos con su sueldo de los veinte próximos años. A ver qué le parece.

—No, sería una parte del sueldo, pero tampoco tiene trabajo. De hecho, cuando salga de aquí lo más probable es que vuelvan a internarla.

—¿Internarla? ¿Dónde? —preguntó la mujer cuando dejó de frotarse el vestido.

—En St. Elizabeths. Un centro para personas con problemas mentales.

—No me trago nada de toda esta mierda —exclamó Rodney—. ¡Esa cabrona me atacó!

—¿Quieres decir que está loca? —preguntó la mujer, angustiada.

Sean miró a Rodney.

—Venga ya, ¿crees que alguien en su sano juicio se metería con él? ¿Y encima una mujer?

—Joder, a lo mejor tiene razón. La verdad es que tiene que estar loca para hacer lo que hizo, ¿verdad, nena?

—Yo quiero dinero de donde sea —declaró la mujer con los brazos en jarras. Miró a Sean con toda la intención—. De un amigo ya me va bien. O la reina del kárate y su culo blanco y huesudo acabarán en la cárcel.

—Bueno, probablemente pueda conseguir algo de dinero —dijo Sean.

—¿Cuánto dinero? —inquirió la mujer.

Sean calculó rápidamente lo que le quedaba en el banco.

—Diez mil como mucho. Pagaré las facturas del médico y os daré lo suficiente para que os olvidéis del tema.

—¿Diez mil? ¿Me tomas por una idiota? ¡Quiero cincuenta mil! —rugió la mujer—. El médico dice que tiene que mirarle la rodilla a Rodney. Y la tía esa le rompió un dedo.

—No tengo cincuenta mil dólares.

—Pues no pienso aceptar ninguna oferta por debajo de los cuarenta y cinco mil, para que lo sepas —declaró la mujer—. O la llevamos a juicio y tu amiga podrá pasarse unos cuantos años en chirona para aprender a controlar sus ataques de furor.

—De acuerdo, cuarenta y cinco mil —accedió Sean. Eso les dejaba sin un solo ahorro.

—Y el bar se ha quedado hecho una mierda —añadió Rodney—. El dueño querrá una compensación.

—Mil quinientos pavos para el tío del bar. Y es mi última oferta.

Al día siguiente por la mañana temprano zanjaron el asunto en el exterior del hospital. El fiscal archivó el caso cuando Rodney le dijo que no iba a presentar cargos contra Michelle Maxwell. Mientras el grandullón doblaba el cheque, dijo:

—Tengo que reconocer que tiene mérito, casi acaba conmigo, pero...

—Pero ¿qué? —se apresuró a preguntar Sean.

Rodney se encogió de hombros.

—Me tenía bien pillado, tío. No me avergüenza reconocerlo. Estaba haciendo kung-fu conmigo. Pero justo cuando podía haber acabado conmigo, me dio una patada patética. A partir de ahí, se acabó. Fue como si quisiera que la reventara. Pero está loca, como has dicho.

Sean se dio prisa por entrar en el hospital. No quería que Michelle se despertara con la esposa puesta.

4

Michelle estaba en tan buena forma que se recuperó rápidamente de las lesiones, por lo menos de las físicas. Se le pasaron los efectos de la conmoción, las costillas se le fueron regenerando y le implantaron un diente para sustituirle el que le había saltado. Sean había reservado una habitación en un motel cercano al hospital e iba a visitarla todos los días. Pero entonces surgió otro problema. Cuando Sean llevó a Michelle a casa después de que le dieran el alta del hospital, la cerradura de la casa de invitados estaba cambiada y las maletas estaban hechas y les esperaban en el porche. Sean llamó a su amigo, el propietario. El hombre que respondió al teléfono le dijo a Sean que tenía suerte de que el propietario no lo hubiera denunciado por agredir a su hijo con un bate de béisbol. Y el hombre añadió que más le valía que no volviera a ponerse en contacto con ellos.

Sean lanzó una mirada a Michelle, que iba en el asiento del copiloto. No denotaba ninguna expresión y no era sólo por los analgésicos.

—Vaya, Michelle, resulta que... están reformando la casa de invitados. Me lo dijeron pero se me había olvidado.

Michelle se limitó a mirar por la ventana como si no se hubiera enterado de nada.

Sean condujo hasta un motel y se registró en una habitación doble porque no quería dejar a Michelle sola. Había sacado dinero del banco y hasta le daba miedo mirar el penoso saldo que tenía. Esa noche cenó comida china para llevar, mientras que Michelle, que tenía la mandíbula maltrecha y el diente recién implantado, sólo podía tomar líquidos.

Sean se sentó en el borde de la cama de ella, que yacía acurrucada.

—Tengo que cambiarte el vendaje de la cara, ¿vale?

Tenía cortes superficiales en la mandíbula y en la frente. Todavía tenía esas zonas doloridas y se estremeció cuando le quitó las vendas.

—Lo siento.

—Haz lo que tengas que hacer —espetó ella, sobresaltándolo.

Sean la miró a los ojos pero ya no encontró expresión alguna en ellos.

—¿Qué tal las costillas? —preguntó para así entablar conversación. Michelle apartó la mirada—. ¿Necesitas algo más? —le dijo cuando hubo terminado. Ni caso—. Michelle, tenemos que hablar de esto. —A modo de respuesta, ella se tumbó en la cama y se hizo un ovillo. Sean se levantó y se puso a caminar de un lado a otro de la habitación con una botella de cerveza en la mano—. ¿Por qué demonios la emprendes contra un tío con pinta de jugador de rugby?

Silencio.

Sean dejó de ir de un lado para otro. Prosiguió:

—Mira, todo se arreglará. Tengo un par de ofertas de trabajo —mintió—. ¿Eso te hace sentir mejor?

—Déjalo, Sean.

—¿Que deje qué? ¿Que deje de intentar ser optimista y de apoyarte? —Como única respuesta recibió un gruñido—. Mira, si entras en otro bar en ese plan, es probable que algún tío te saque una pistola, te pegue un tiro en la cabeza y se acabó lo que se daba.

—¡Bien!

—¿Qué pasa contigo, Michelle? —La joven fue a trompicones hasta el cuarto de baño y cerró la puerta con llave. Sean la oyó vomitar—. Michelle, ¿te encuentras bien? ¿Necesitas ayuda?

—¡Déjame en paz de una puñetera vez! —gritó.

Sean salió enfadado y se sentó junto a la piscina del motel con los pies dentro del agua tibia, inhalando los vapores del cloro mientras se acababa la cerveza. Era un atardecer precioso. Y para rematarlo una mujer guapa de veintipocos años acababa de entrar en la piscina con un biquini tan diminuto que apenas le tapaba nada. Empezó a hacer largos con destreza y resolución. Tras el cuarto largo se paró delante de él y lo salpicó mientras los pechos generosos flotaban en la superficie.

—¿Te apetece echar una carrera?

—Por lo que he visto, dudo de que estuviera a tu altura como contrincante —dijo Sean.

—Tendrías que verme realmente en acción. Y no me importa dar lecciones. Me llamo Jenny.

—Gracias por la invitación, Jenny, pero tendremos que dejarlo para otro momento.

Se levantó y se marchó. De espaldas oyó las palabras de decepción de Jenny.

—Cielos, ¿por qué siempre me fijo en los maricones guapos?

—Maldita sea, menudo día —musitó Sean.

Cuando volvió a la habitación, Michelle estaba dormida. Se tumbó en la otra cama y se quedó mirándola.

Transcurrieron dos días más sin que hubiera mejora. Sean tomó una decisión. Él carecía de los medios para aliviar el dolor interno que sentía. Al parecer, no bastaba con una profunda amistad para curar un alma herida. Pero conocía a alguien que quizá pudiera ayudarla.

5

A la mañana siguiente, Sean llamó a un viejo amigo, Horatio Barnes, psicólogo del norte de Virginia. Tenía más de cincuenta años y llevaba coleta de pelo cano y una perilla bien poblada. Su ropa preferida eran los vaqueros desgastados y las camisetas negras y se desplazaba en una Harley antigua. Se había especializado en ayudar a los agentes de los cuerpos de seguridad federales a superar un sinnúmero de problemas provocados por el estrés laboral, situación en que Sean lo había conocido.

Sean relató a Horatio el incidente del bar y la conversación que había mantenido con Rodney sobre la pelea. Concertó una cita y llevó a Michelle a verlo con el pretexto de ir al médico para examinarle las lesiones.

La consulta de Horatio Barnes, situada en un almacén medio abandonado, era aireada y espaciosa, con una serie de ventanales sucios y libros apilados en el suelo. El escritorio estaba hecho con caballetes que parecían sostener una puerta grande. La enorme motocicleta Harley negra del psicólogo se encontraba aparcada en un rincón.

—En este barrio, si la dejara fuera, no duraría ni media hora, ¿a que no? —explicó con una amplia sonrisa—. Bueno, Sean, lárgate de aquí. A Michelle no le hace falta que estés de oyente compasivo mientras me cuenta su vida.

—Sean los dejó sin rechistar y esperó en una antesala pequeña y abarrotada de cosas. Horatio salió al cabo de una hora mientras Michelle se quedaba sentada en la consulta.

—Pues tiene unos cuantos problemas serios —declaró Horatio.

—¿Cómo de serios? —preguntó Sean, con prudencia.

—Lo suficiente como para recomendar un ingreso.

—¿Eso no es lo que se hace cuando se considera que la persona supone una amenaza para ella misma o los demás?

—Creo que fue a ese bar con la intención de morir, por lo menos en parte.

Sean se estremeció.

—¿Michelle ha dicho eso?

—No —dijo Horatio—. Mi trabajo consiste en leer entre líneas.

—¿Dónde está el sitio?

—Reston. Es una clínica privada —dijo Horatio—. Pero no es barata, amigo.

—Ya me las apañaré para conseguir el dinero.

Horatio se sentó en una caja de embalar vieja e hizo una seña a Sean para que hiciera lo mismo.

—Cuéntame, Sean. Dime cuál crees tú que es el problema.

Sean habló durante media hora y le explicó lo que les había ocurrido a los dos en Wrightsburg.

—Sinceramente me sorprende que no estéis los dos haciendo terapia —dijo Horatio—. ¿Seguro que estás bien?

—Nos afectó a los dos, pero Michelle se lo tomó mucho más a pecho.

—Es obvio que considera que ya no puede fiarse de su buen criterio y, en su caso, eso es muy grave.

—Además, el hombre le gustaba. Y encima se enteró de qué tipo de persona era en realidad. Supongo que eso deja hecho polvo a cualquiera.

Horatio lo miró fijamente.

—¿Y tú cómo te lo tomaste?

—¿Un tío que se carga a un montón de gente? ¿Cómo coño quieres que me lo tomara? —preguntó Sean.

—No. Me refiero a que Michelle saliera con otro hombre.

Sean adoptó una expresión más controlada. Dijo:

—Oh, bueno, en aquel momento yo también tenía una relación.

—No me refería exactamente a eso.

Sean lo miró sin entender, pero su amigo no le dio más pistas.

—¿Crees que puede mejorar? —preguntó Sean.

—Si realmente quiere, sí. Si no está muy segura de querer mejorar por lo menos podemos enseñarle los pasos que tiene que dar para llegar a hacerlo.

—¿Y si no quiere mejorar?

—Entonces la situación es muy distinta. —Horatio hizo una pausa—. Pero ¿recuerdas que he dicho que había ido a ese bar a morir, por lo menos en parte? Pues el hecho de que Michelle fuera ahí y buscara pelea con el mayor hijo de perra que encontró puede ser el mejor indicio de que realmente quiere recuperarse.

Sean lo miró con expresión extrañada.

—¿Por qué lo dices?

—Fue una forma de pedir ayuda a gritos, Sean; una forma rara pero un grito de todos modos. Lo curioso es por qué decidió hacerlo ahora, porque, obviamente, hace tiempo que acarrea estos problemas.

—¿Se te ocurre algún motivo? —indagó Sean.

—Como he dicho, considera que ya no puede fiarse de su instinto. Acto seguido, va a ese bar y se deja machacar por el puño de ese tío. Una forma de castigarse.

—¿Castigarse? ¿Por qué?

—No lo sé.

—¿Y si no quiere ingresar en el centro? —preguntó Sean.

—Nunca conseguiremos una orden judicial para ingresarla. O ingresa por voluntad propia o tendré que tratarla como paciente externa.

—Entonces conseguiré que la ingresen como sea.

—¿Cómo? —dijo Horatio

—Ejerciendo de abogado y mintiendo como un bellaco.

6

Al caer la tarde, Sean se sentó con Michelle en el motel.

—Mira —empezó a decirle—. El tío al que diste una paliza ha presentado una denuncia por agresión. Puedo conseguir que la retire sin que tengas que ir a juicio, pero sé que el juez va a pedirte algo a cambio.

Michelle estaba acurrucada delante de él.

—¿Como qué?

—Tratamiento psiquiátrico. Horatio conoce un sitio al que podrías ir.

Michelle lo miró de hito en hito y preguntó:

—¿Piensas que estoy loca?

—Lo que yo pienso no importa. Si quieres que te juzguen por agresión y pasarte algún tiempo en otro tipo de centro, adelante. Pero si aceptas voluntariamente el ingreso, los cargos se retiran. Es un acuerdo conseguido mediante soborno. —Rezó para sus adentros para que Michelle nunca llegara a enterarse de que todo eso era una sarta de mentiras.

Por suerte, Michelle aceptó ingresar en el centro. También firmó una autorización para que informaran a Sean de su tratamiento y progresos. Ahora lo único que Horatio Barnes tenía que hacer era utilizar su varita mágica de psicólogo.

—Pero no esperes milagros de un día para otro —le advirtió el psicólogo a Sean al día siguiente en una cafetería—. Estas cosas son lentas. Y ella tiene una personalidad frágil.

—Nunca pensé que fuera frágil.

—Por fuera no, pero por dentro me parece que la dinámica es

totalmente distinta. Tiene una personalidad competitiva clásica, con instintos claramente obsesivos. Me dijo que hacía deporte varias horas al día. ¿Es verdad?

Sean asintió.

—Una costumbre de lo más molesta, pero ahora la verdad es que la echo de menos.

—¿Está también obsesionada por el orden? Lo cierto es que no quiso decirme nada al respecto.

Sean estuvo a punto de escupir el café que tenía en la boca.

—No me harías esa pregunta si hubieras visto alguna vez cómo tiene el coche por dentro. Es de lo más dejada y no hace más que amontonar trastos.

—¿Y es la menor de cinco hermanos y la única chica?

—Sí —dijo Sean—. Y su padre era jefe de policía en Tennessee y todos sus hermanos son policías.

—Es difícil estar a la altura de esas circunstancias. Quizá demasiado. Si yo fuera de la familia me habrían detenido unas veinte veces antes de acabar la carrera.

Sean sonrió.

—¿Eras delincuente habitual o qué?

—Oye, tío, eran los años sesenta —dijo Horatio—. Todos los menores de treinta éramos delincuentes habituales.

—Todavía no me he puesto en contacto con sus padres. No quería que se enteraran de esto.

—¿Dónde están?

—Sus padres están en Hawai pasando una segunda luna de miel. Hablé con su hermano mayor, Bill Maxwell. Es policía estatal en Florida. Le conté parte de lo ocurrido. Quería venir, pero le dije que esperara un poco. ¿Se pondrá mejor? —preguntó Sean, bruscamente.

—Sé lo que quieres oír, pero en realidad depende de ella.

Más tarde ese mismo día, Sean visitó a Michelle en la habitación de la clínica. Llevaba unos vaqueros, zapatillas de deporte, una sudadera holgada y el pelo recogido en una cola de caballo.

Se sentó en una silla delante de ella y le tomó la mano.

—Te pondrás mejor. Estás en el sitio adecuado para ponerte mejor.

Quizá se equivocara, pero le pareció que le apretaba la mano a modo de respuesta. Él inmediatamente le devolvió el apretón.

Esa noche, Sean fue a un cajero automático y casi le entró la risa al ver el saldo de la cuenta. Las primeras facturas de la clínica privada eran exorbitantes y, por desgracia, el seguro de Michelle no las cubría. Ya había extraído dinero de su plan de pensiones y cobrado una vieja póliza de seguros, pero no había trabajado ni un solo día desde que Michelle acabara apaleada y ahora se encontraba en una situación crítica.

Probó con todos sus contactos, pero nadie tenía nada que ofrecerle. Los trabajos de investigador más lucrativos de Washington exigían autorizaciones de seguridad de alto nivel de las que Sean había dispuesto pero que ya no tenía. Y conseguirlas de nuevo era un proceso muy lento. Se ciñó el cinturón un poco más y siguió telefoneando y llamando a puertas.

Al final, cuando se le agotaron las opciones, decidió hacer algo que se había prometido no hacer jamás. Llamó a Joan Dillinger, ex agente del Servicio Secreto y actual vicepresidenta de una gran empresa de investigación privada. Por desgracia, también era su ex amante.

Joan respondió a la llamada.

—Por supuesto, Sean. Quedemos mañana para almorzar. Estoy convencida de que encontraremos algo para hacer juntos tú y yo.

Colgó el teléfono y miró por la ventana de la cutre habitación de motel que ya ni siquiera podía costearse.

—Me temía que iba a decir eso —farfulló.

7

A Sean no le quedaba más remedio que reconocer que la mujer tenía buen aspecto. Bueno y letal. El peinado y el maquillaje, inmaculados. El vestido, corto y ceñido; los tacones, altos y finos, que dejaban su cuerpo menudo a sólo veinte centímetros de su casi metro noventa. Tenía las piernas esbeltas y bien contorneadas; el pecho, voluminoso pero suave y natural, lo sabía por experiencia. Sí, estaba muy bien, de hecho mejor que bien, impresionante, en realidad. Pero no sentía absolutamente nada por ella.

Joan Dillinger pareció intuirlo y rápidamente le hizo una seña para que se sentara en un sillón. Ella se sentó en una silla a su lado y sirvió café.

—Hace tiempo que no nos veíamos —dijo Joan con simpatía—. ¿Has pillado a algún otro asesino múltiple?

—Esta semana no —repuso, intentando esbozar una sonrisa mientras se ponía azúcar en el café.

—¿Qué tal está esa chiquilla repugnante con la que te liaste? ¿Mildred, no?

—Se llama Michelle —respondió—. Y está bien, gracias por preguntar.

—¿Y seguís trabajando juntos?

—Sí.

—Pues debe de ser muy buena con las intrigas y el misterio, porque ahora mismo no la veo.

Sean empezó a sospechar. ¿Acaso Joan se había enterado de lo que le había ocurrido a Michelle? Sin duda habría encajado con su personalidad controladora.

—Hoy está ocupada —dijo Sean como si nada—. Como te he contado por teléfono, acabamos de mudarnos otra vez aquí y me preguntaba si tenías algo de trabajo para pasarnos como *free lance*.

Joan dejó el café, se levantó y empezó a caminar por la estancia. Sean no acababa de entender por qué lo hacía, pero quizá fuera para alardear de cuerpo un poco más. Joan Dillinger era una mujer compleja que podía llegar a ser de lo más transparente en cuestiones relacionadas con el sexo o las relaciones personales. De hecho, tenía la clara sospecha de que utilizaba lo primero como sustituto de lo segundo.

—A ver si me queda claro. ¿Quieres que te pase algo de trabajo *free lance* aunque dispongo de una empresa entera de investigadores curtidos para encargarse de cualquier asunto que se me presente? ¿Y cuánto tiempo hace que no sé nada de ti? ¿Más de un año?

—Parecía más adecuado guardar las distancias —dijo Sean.

Joan endureció la expresión.

—No me estás poniendo las cosas fáciles para que te ayude, Sean.

—Si no tienes nada, ¿por qué me has hecho venir?

Joan se sentó al borde del escritorio y cruzó las piernas.

—No sé. A lo mejor es que me gusta mirarte.

Sean se levantó y se acercó a ella.

—Joan, de verdad que necesito trabajo. Si no tienes nada que pasarme, vale. No te entretendré más. —Sean dejó el café y se giró para marcharse.

Entonces, Joan lo agarró del brazo.

—Espera, grandullón. Tienes que dejar que las chicas se hagan rogar. Es lo mínimo. —Joan se sentó tras el escritorio en plan profesional mientras le tendía un contrato legal—. Dedica unos minutos a leer esto. Al fin y al cabo sé que eres abogado.

—¿Cuánto es la compensación?

—Tarifa estándar para este tipo de trabajo, dietas razonables por los gastos y una buena prima si lo resuelves. —Lo repasó con la mirada—. Te veo más delgado.

—He hecho régimen —dijo con aire distraído mientras leía el contrato. Lo firmó y se lo devolvió—. ¿Me enseñas el caso?

—¿Qué te parece si te invito a almorzar y lo hablamos? Tengo unas cuantas ideas y tú tienes que firmar otros documentos. Tu socia tendrá que firmarlos también.

Sean se puso tenso.

—Bueno, la cuestión es que no trabajará conmigo en este caso.

Joan dio golpecitos con el boli en el cartapacio.

—¿Está liada con otra cosa nuestra querida Mildred?

—Sí, Michelle está con otra cosa.

Mientras comían en Morton's Stakehouse hablaron del caso, aunque Sean estaba más centrado en la comida.

—Ya no estás a régimen, ¿no? —comentó Joan al ver la voracidad con la que comía.

Sean se rio avergonzado.

—Supongo que estaba más hambriento de lo que pensaba.

—Ojalá fuera verdad —repuso ella sardónicamente—. Bueno, éste es el caso. A lo mejor acaba resultando todo un reto. Una muerte sospechosa. El hombre se llama Monk Turing. Lo encontraron en una finca propiedad de la CIA cerca de Williamsburg, Virginia. Homicidio o suicidio. Tienes que averiguar de qué se trata, por qué y, si fue un homicidio, quién lo mató.

—¿Turing trabajaba para la CIA?

—No. ¿Has oído hablar alguna vez de un lugar llamado Babbage Town?

Sean meneó la cabeza.

—¿Qué es?

—Me lo han descrito como una especie de lugar de encuentro de cerebros cuyas aplicaciones comerciales son potencialmente inmensas. Turing trabajaba allí de físico. Dado que la CIA está implicada y el FBI investiga el homicidio porque se produjo en una propiedad federal, se trata de un asunto delicado. Aquí tengo a unos cuantos veteranos que podrían hacer el trabajo, pero no estoy convencida de que sean tan buenos como tú.

—Gracias por el voto de confianza —dijo Sean—. ¿Quién es nuestro cliente?

—La gente de Babbage Town.

—¿Y quiénes son?

—Tendrás que averiguarlo también —dijo Joan—. Si puedes. ¿Aceptas?

—¿Has hablado de una prima?

Joan sonrió y le dio una palmadita en la mano.

—¿Te refieres a una prima en efectivo o a servicios profesionales?

—Empecemos por el dinero.

—Nuestra política es dividir la prima con los agentes de campo principales en una proporción de sesenta/cuarenta. —Ladeó la cabeza—. Lo mismo que la última vez, Sean. Lo que pasa es que te negaste a aceptar el dinero al que tenías todo el derecho y permitiste que me lo quedara. La verdad es que nunca he entendido por qué lo hiciste.

—Digamos que me pareció que era mejor para los dos. ¿No dijiste que ibas a emplear ese dinero para retirarte?

—Desgraciadamente me descontrolé con los gastos. Así que sigo al pie del cañón.

—O sea que, si resolvemos este caso, ¿cuánto me toca más o menos?

—Es difícil saberlo porque depende de distintas variables. Pero por supuesto será una buena tajada. —Lo miró de arriba abajo—. Imagino que dejarás de estar tan delgado. —Sean se recostó en el asiento y tomó otro bocado de puré de patatas—. Entonces, ¿te interesa? —preguntó Joan.

Sean tomó el voluminoso expediente.

—Gracias por la comida y gracias por el trabajo.

—Me encargaré de los preparativos para el viaje. ¿En un par de días te parece bien?

—De acuerdo. Necesitaré algún tiempo para zanjar algunos asuntos.

—¿Como despedirte de Mildred?

Antes de que tuviera tiempo de responder, Joan le entregó un sobre. Sean la miró con expresión inquisidora.

—Un adelanto de las dietas. Supongo que lo necesitas.

Sean contempló el cheque antes de guardárselo en el bolsillo.

—Te debo una, Joan.

«Espero que sea verdad», se dijo ella mientras Sean se marchaba.

8

Michelle observaba el pomo de la puerta de su habitación en espera de que girara y apareciera otra persona con ganas de hacerle preguntas. Allí todos los días eran iguales. Desayuno, sesión de terapia, almuerzo, deporte, más «psicocharla», una hora para sus cosas, y después más interacción con el psiquiatra con el objetivo de controlar sus emociones y atemperar el instinto violento que amenazaba con destruirla. Luego llegaba la hora de la cena, un par de pastillas si quería, pero que solía rechazar, y temprano a la cama, a soñar sobre el siguiente día de aquella existencia infernal.

Como el pomo no se movía, se levantó de la silla con lentitud y miró sucesivamente las cuatro paredes sin ventanas, pintadas con colores vivos. Se balanceó sobre los talones e inhaló con profundidad para comprobar el estado de recuperación de sus costillas.

Michelle no se había detenido a reflexionar sobre la noche del bar. Había ido allí a beber y olvidar. Y después, borracha, había hecho todo lo posible por matar a un hombre. Bueno, no todo lo posible. ¿Acaso en lo más profundo de su ser había querido que él le hiciera daño, que la matara quizá? No, Michelle se negaba a aceptarlo. No obstante, si aquél había sido su propósito, daba la impresión de que ni siquiera era capaz de matarse bien. ¿Cómo era posible describir siquiera tal grado de ineptitud?

Se giró cuando la puerta se abrió y apareció Horatio Barnes, vestido con sus característicos vaqueros desteñidos, zapatillas de deporte y camiseta negra con una imagen serigrafiada de Hendrix haciendo que el mástil de la guitarra echara humo. Lo había visto varias veces desde que ingresara en la clínica, pero sus conversaciones habían sido más bien generales. Michelle había llegado a pensar que el hombre no era demasiado listo o que en realidad le importaba muy poco que se recuperara. «¿Y a mí me importa?»

Llevaba una grabadora y pidió a Michelle que se sentara. Y eso hizo. Siempre hacía lo que le pedían. ¿Qué otra opción tenía?

Horatio se sentó delante de ella y alzó la grabadora.

—¿Te importa? —dijo Horatio—. Me temo que empiezo a padecer demencia. Tengo suerte de recordar dónde está la puerta de mi casa porque, de lo contrario, me resultaría imposible salir.

Michelle se encogió de hombros.

—Me da igual, adelante con la grabación.

Horatio se tomó esta reacción de buen humor, puso en marcha la grabadora y la dejó en la mesa al lado de ella.

—¿Qué tal estamos hoy?

—Estamos superbien. ¿Y qué tal está usted, doctor Barnes? —añadió Michelle pronunciando el nombre a la perfección.

El psicólogo sonrió.

—Llámame Horatio. Mi viejo era el doctor Barnes de la familia.

—¿Qué tipo de especialista era?

—Era jefe de medicina de la Harvard Medical School. Doctor Stephen Cawley Barnes. Por eso le fastidiaba que yo lo llamara Stevie.

—¿Cómo es que no eres médico? —preguntó Michelle.

—Mi padre quería que lo fuera. Había planificado toda mi vida. Me puso Horatio en honor a un pariente lejano de la época colonial porque pensó que así daría cierto peso histórico a mi vida. ¿No te parece alucinante? ¿Sabes la de bromas que he aguantado por este nombre? En el instituto me llamaban «hora» o «ratio» sólo porque mi viejo era un presuntuoso elitista. Así que fui a Yale y me licencié en Psicología.

—Menudo rebelde estabas hecho, ¿no?

—O iba a por todas o volvía a casa —dijo Horatio—. Veo en la gráfica que no has pasado una noche tranquila.

Michelle ni se inmutó ante el abrupto cambio de tema.

—No tenía sueño.

—Parece que has tenido pesadillas —dijo Horatio—. Al final tuvieron que despertarte.

—No me acuerdo —respondió Michelle.

—Por eso estoy aquí. Para ayudarte a recordar.

—¿Y por qué iba yo a querer recordar una pesadilla?

—He descubierto que hago mis mejores exámenes de conciencia durante mis peores pesadillas —comentó el psicólogo.

—¿Y si yo no quiero saberlo? ¿Eso importa?

—Por supuesto. ¿Quieres saberlo?

—La verdad es que no —fue la respuesta de Michelle.

—Te pillé. He marcado mentalmente el recuadro prohibido de las pesadillas. También veo que preguntaste al doctor Reynolds si follaba lo suficiente con su mujer. ¿Te importaría decirme por qué le soltaste eso?

—Porque no paraba de intentar mirar por debajo del camisón cada vez que cruzaba las piernas. Ya ves que ahora llevo bragas.

—Afortunado yo. Bueno, hablemos de por qué fuiste a ese bar.

—¿Seguro que no hemos hablado ya de ese tema?

—Sígueme la corriente, Michelle. Tengo que justificar mi espléndido sueldo de alguna manera.

—Fui a tomar algo. ¿A qué vas tú a un bar?

—Digamos que han retirado taburetes en mi honor en once estados distintos.

—Vale —dijo Michelle—. Fui a tomar algo.

—¿Y luego?

—Y luego me enzarcé en una pelea y me llevé una buena tunda. ¿Contento con la información?

—¿Habías estado alguna vez en ese bar?

—No. Me gusta probar locales nuevos. Soy lo que suele llamarse... atrevida.

—Yo también, pero elegir un bar en la zona de mayor criminalidad del distrito de Columbia a las once y media de la noche, ¿te parece una decisión sensata?

Michelle sonrió.

—Parece ser que no, ¿verdad? —contestó educadamente.

—¿Conocías al cachas con el que te peleaste?

—No —admitió Michelle—. A decir verdad, ni siquiera sé muy bien cómo empezó.

—Lo que me gustaría que empezaras a hacer, Michelle, es a decir la verdad y creo que eres capaz.

—¿Qué se supone que significa eso exactamente?

—Según el informe policial —apuntó Horatio—, todos los testigos del bar dijeron que te acercaste al cabrón más cachas del local, le diste un toquecito en el hombro y le soltaste un puñetazo porque sí.

—Bueno, las versiones de los testigos tienen fama de ser poco fiables.

—Sean habló con el hombre al que agrediste.

Michelle se estremeció visiblemente al oír eso.

—¿En serio? ¿Por qué?

Horatio no mordió el anzuelo.

—El tío le contó a Sean algo interesante. ¿Quieres saberlo?

—Bueno, como es obvio que te mueres de ganas de contármelo, adelante, suéltalo —indicó Michelle.

—Dijo que habías dejado que estuviera a punto de matarte.

—Pues se equivoca. Hice un movimiento en falso y me tomó la delantera, fin de la historia.

—Anoche las enfermeras dijeron que en sueños no parabas de gritar «adiós, Sean». ¿Te acuerdas de haberlo dicho? —Michelle negó con la cabeza brevemente—. ¿Acaso estabas pensando en dejar de ser socia de Sean? Si es así, ¿no deberías decírselo? ¿O prefieres que se lo diga yo?

—No, yo... —se apresuró a decir Michelle, pero se calló porque se dio cuenta de que era una trampa—. ¿Cómo voy a saber lo que quería decir? Estaba dormida.

—Soy bastante bueno analizando sueños y no cobro extra por interpretar pesadillas. Es un servicio especial que ofrezco esta semana porque hay escasez de trabajo. —Michelle entornó los ojos. Horatio prosiguió sin inmutarse—: Confías en Sean, ¿verdad?

—Igual que en cualquier otra persona —respondió ella con sequedad—. Lo cual en estos momentos no es mucho.

—En estos momentos. ¿Ha cambiado algo para ti?

—Mira, si vas a aprovecharte de cada palabra que digo, optaré por no decir nada, ¿vale, psicólogo?

—De acuerdo. Tengo entendido que tus padres no saben que estás aquí. ¿Quieres que nos pongamos en contacto con ellos?

—¡No! Me parece que uno llama a sus padres cuando saca matrículas de honor o consigue un nuevo trabajo. No porque acabe de ingresar en un centro psiquiátrico.

—¿Y por qué has ingresado aquí?

—Porque Sean me dijo que tenía que hacerlo. Para evitar ir a la cárcel —añadió Michelle con aire desafiante.

—¿Es el único motivo? ¿No hay nada más?

Michelle se recostó en el asiento y se recogió las rodillas a la altura del pecho.

Al cabo de veinte minutos seguía sin romper el silencio y Horatio tampoco había hablado. Al final, el psicólogo apagó la grabadora y se levantó.

—Volveré mañana. De todos modos, puedes llamarme por teléfono cuando quieras. Si no contesto, puedes dar por supuesto que estoy en mi bar preferido o tratando a otro atormentado como tú.

—Supongo que esta sesión ha sido una especie de fracaso. Lo siento —comentó Michelle con sarcasmo—. Pero imagino que te pagan igual, ¿verdad?

—Por supuesto que sí. Pero nuestra sesión me ha parecido pura dinamita.

Michelle se quedó sorprendida.

—¿Por qué lo dices?

—Porque en realidad te has quedado aquí sentada pensando por qué querías estar aquí. Y sé que vas a seguir pensando en ello cuando me marche, porque no podrás evitarlo. —Horatio Barnes se dispuso a marcharse, pero antes se giró—. Oh, quería avisarte de lo que está por llegar.

—Ah, ¿sí? —preguntó Michelle, suplicándole con la mirada que tuvieran algún enfrentamiento.

—Esta noche hay filete ruso. Elige el sándwich de mantequilla de cacahuete con mermelada. El filete es una mierda. Creo que ni siquiera es carne de verdad. Creo que es algo que inventaron los rusos durante la Guerra Fría para obligar a hablar a los disidentes.

Cuando Horatio se marchó, Michelle se sentó en el suelo y se apoyó de cualquier manera en la pared.

—¿Por qué estoy aquí? —gritó al tiempo que le daba una fuerte patada a la silla con la pierna izquierda y la mandaba al otro extremo de la habitación.

Para cuando entró una enfermera a toda prisa, la silla ya estaba erguida y Michelle de pie.

—Me parece que el filete es una mierda —dijo con solemnidad.

—Pues sí. ¿Prefieres el sándwich de mantequilla de cacahuete y mermelada? —preguntó la enfermera.

—No. Apúntame para el filete ruso, ración doble —dijo Michelle mientras salía por la puerta.

—¿Qué pasa? ¿Eres masoquista? —le gritó la enfermera.

«No lo dudes ni un instante.»

9

Ese mismo día por la noche, Michelle yacía en la litera de su cuarto mientras la carne rancia que llamaban filete ruso le producía ardor de estómago. Como estaba allí por voluntad propia, no limitaban demasiado su libertad de movimientos y se inclinaba por ir a abrazar el inodoro. No todos los pacientes gozaban de esa libertad. Había una zona separada, cerrada con llave y vigilada por guardias donde se alojaban los pacientes ingresados en contra de su voluntad y considerados violentos. Michelle había oído que algunos trabajadores lo llamaban «el Nido del Cuco».

La puerta se abrió y apareció su compañera de habitación, Cheryl; allí no se usaban apellidos. Cheryl estaba famélica, tenía unos cuarenta y cinco años y llevaba los tirabuzones de pelo cano pegados al rostro demacrado. Llevaba una pajita y la sorbía constantemente. Michelle no sabía con exactitud por qué estaba allí, pero supuso que la anorexia debía de ser uno de los motivos.

Cheryl se desplomó en la litera y empezó a sorber la dichosa pajita.

«No me extraña que no pare de tener pesadillas —pensó Michelle—. Cuando estoy en la cama me persiguen unas enormes bestias succionadoras.»

—¿Qué tal, Cheryl?

La mujer dejó de sorber unos instantes y luego volvió a empezar.

Michelle se puso a caminar de un lado a otro. Quería llamar a Sean, pero ¿qué iba a decirle? «Siento lo del bar. Ven a buscarme que ya estoy bien.»

Se dirigió a Cheryl presa de la desesperación.

—Ese filete tenía algo, ¿no crees? Tengo la impresión de haberme comido un neumático.

Cheryl apartó la vista de ella y se puso a succionar con más fuerza.

Michelle se dio por vencida y se dirigió al pequeño gimnasio. Por obvios motivos de seguridad, los aparatos para hacer ejercicio estaban guardados bajo llave cuando no se utilizaban. Sin embargo, habían dejado fuera una gran pelota de goma. Michelle la utilizó para hacer abdominales y ejercicios de piernas. Estuvo treinta minutos y se alegró de volver a emplear los músculos. De todos modos, todavía le quedaba toda una noche por delante y no tenía sueño.

Recorrió el pasillo y se cruzó con otros dos pacientes vestidos con bata y zapatillas azules acompañados por una enfermera. En otro pasillo uno de los auxiliares fornidos se detuvo al pasar por su lado.

—¿Necesitas algo, Michelle?

Era un tío de unos cincuenta años de casi metro noventa, musculoso pero tirando a gordo y con el pelo rubio cortado al rape. Llevaba tres cadenas de oro bien visibles bajo la camisa de pico verde del uniforme. En la placa de identificación ponía «Barry».

A Michelle no le gustó cómo le había hecho la pregunta, pero quizá fueran imaginaciones suyas. Entonces le tocó el codo y sus intenciones quedaron claras por el tacto de los dedos contra su piel.

—¿Quieres que te acompañe a tu habitación?

Michelle apartó el brazo.

—Este sitio no es demasiado grande. Sé encontrarla sola.

Se marchó pero seguía notando cómo el hombre la atravesaba con la mirada. Giró la cabeza y se lo encontró sonriéndole.

Volvió rápidamente a su habitación. Cheryl seguía succionando la pajita. Michelle se tumbó en la litera con la mirada fija en la puerta. Para que los pacientes no pudieran atrincherarse, las puertas no tenían cerradura. Pero eso también implicaba que no podían evitar la entrada de otras personas, como Barry.

Al cabo de una hora se apagaron las luces pero Michelle no cerró los ojos. Esperaba oír pasos, furtivos y motivados por un objetivo malévolo. Alrededor de la una de la madrugada se dijo: «Por el amor de Dios, sólo te ha tocado el brazo y ha hecho un comentario insinuante.» ¿Tenía que añadir la paranoia al resto de sus problemas? «No —se dijo—, yo no tengo problemas.»

A las dos de la mañana se despertó al oír unos pasos en el pasillo. Se incorporó lentamente y miró la cama de Cheryl, pero la chupa-pajas dormía como un tronco. Michelle apartó la ropa de cama y se calzó unas zapatillas de deporte. Al cabo de un momento estaba en el pasillo. Por la noche había poco personal de servicio y el guardia contratado tenía mucho terreno por cubrir y muy poca motivación para hacerlo.

Michelle siguió el sonido de los pasos por otro pasillo, oyó una puerta que se abría y se cerraba. Se acercó sigilosamente y aguzó el oído. Entonces se quedó paralizada. Había oído otro sonido, pero esta vez detrás de ella. Retrocedió unos pasos y se dirigió a otro pasillo.

Al cabo de unos instantes, Barry, el auxiliar de las cadenas de oro, dobló la esquina. Pasó justo por el lado donde se ocultaba Michelle en el pasillo a oscuras. En cuanto consideró que estaba segura, Michelle volvió corriendo a su habitación.

10

A la mañana siguiente, Michelle regresó a esa zona del edificio. Le llamaron la atención dos cosas: una señora encantadora y bien vestida a la que una enfermera sacaba de la habitación en silla de ruedas, y la farmacia al final del pasillo.

Por la tarde, tuvo su sesión con Horatio Barnes.

—¿Esta noche no has tenido pesadillas? —preguntó él.

—No, ha sido muy plácida. ¿Hay una mujer en silla de ruedas en una habitación situada al final del pasillo de pacientes del ala este?

Horatio alzó la vista de sus notas.

—Sí, ¿qué pasa con ella?

—¿Quién es?

—No es una de mis pacientes, pero, aunque lo fuera, no podría contarte nada de ella. Confidencialidad médico/paciente, ya sabes. Por eso no hablo con nadie sobre ti —añadió en broma—. A no ser que me paguen un montón de dinero, por supuesto. Tengo ética, pero no soy tonto.

—Pero con Sean sí hablas. Sobre mí, quiero decir.

—Sólo porque firmaste la autorización —admitió Barnes.

—¿Puedes decirme al menos por qué está en silla de ruedas? Eso no lo provoca una enfermedad mental, ¿verdad?

—Podría ser, no lo dudes. Pero, como he dicho, no es mi paciente. ¿Por qué quieres saberlo?

—Por simple curiosidad. Por aquí no hay demasiadas cosas en que fijarse.

—Pues te proporcionaré una. ¿Qué te parece si nos fijamos en tu mejoría?

—Vale, ¿de qué se compone el menú de hoy? —dijo Michelle.

—No hay filete ruso, pero los espaguetis no son mucho mejores. Veamos, ayer acabamos cuando te pusiste a pensar por qué estás aquí. ¿A qué conclusiones has llegado?

—No muchas, he estado muy ocupada.

—¿Ocupada? ¿En serio? Me ha parecido que acababas de decir que te aburrías.

—Vale. Estoy aquí porque quiero recuperarme —admitió Michelle.

—¿Lo dices por decir o realmente lo sientes?

—No sé, ¿qué respuesta quieres, doctor Barnes?

—Michelle, a mí me gusta jugar como al que más pero se pierde mucho tiempo.

—¿Eso es lo que le has estado contando a Sean, que le estoy haciendo perder tiempo y dinero? Sé que él está pagando todo esto.

—¿Y eso te importa?

—Sé que intenta ayudarme. Es buen tío. Sólo que...

—¿Que qué?

—Creo que probablemente podría dedicar su tiempo y su dinero a otra cosa, eso es todo —concluyó Michelle.

—¿Quieres decir que preferirías que te dejara abandonada a tu suerte? ¿Te estás poniendo melodramática conmigo? ¿Tengo que añadirlo a la lista de rarezas varias que tengo que analizar sobre ti? —La sonrisa de Horatio le quitó hierro al comentario. Michelle se quedó mirando el suelo durante unos instantes—. ¿Crees que conoces bien a Sean? —preguntó al final.

—Por supuesto. Hemos pasado juntos por situaciones muy peligrosas.

—Me dijo que le habías salvado la vida... más de una vez.

—Él ha hecho lo mismo por mí —se apresuró a replicar Michelle.

—Si conoces tan bien a Sean debes de saber que no te va a dejar tirada tan fácilmente.

—Lo único que estoy haciendo es impedir que siga adelante con su vida.

—Oh, ¿te lo ha dicho él?

—Por supuesto que no. Nunca lo diría, pero no soy imbécil.

—¿Habéis intimado físicamente alguna vez? —La pregunta de

Horatio pilló a Michelle tan desprevenida que se quedó boquiabierta—. Es una pregunta de lo más normal, Michelle. Necesito comprender los distintos roles que desempeñan en tu vida las personas cercanas a ti. Y los roles sexuales ejercen una gran influencia, para bien y para mal.

—Nunca hemos intimado en ese sentido —respondió ella con voz mecánica.

—De acuerdo. ¿Has deseado mantener relaciones sexuales con él alguna vez?

—¿Tienes derecho a preguntarme estas gilipolleces? —explotó Michelle.

—Puedo preguntarte cualquier cosa. De ti depende si quieres responder o no.

—No entiendo la pregunta.

—Pues creo que está muy clara. Sean King es alto y guapo, listo y valiente, sincero y auténtico. —Horatio sonrió—. Francamente, creo que a estos rasgos se les otorga una importancia exagerada en la vida, pero ¿quién soy yo para decirlo? Y, además, es buen tío, como has dicho. Tú eres una mujer joven y atractiva. Habéis trabajado codo con codo.

—El hecho de trabajar con alguien no implica que haya que acostarse juntos.

—Tienes toda la razón. Así pues, si dijera que no se te ha pasado por la cabeza intimar con Sean, ¿estaría en lo cierto? —Sonrió—. Tengo que marcar la casilla adecuada en el test.

—Cielos, me siento como si estuviera en el estrado a punto de que me interroguen.

—La introspección puede resultar más dura que una pregunta malintencionada de un picapleitos ante un tribunal —dijo Horatio—. Así pues, ¿no te sientes atraída sexualmente por el osito de peluche?

—Confía en tu instinto. Es lo único que puedo decirte.

—Pues eso me dice mucho. Gracias.

—Ahora que hemos acabado con Sean, supongo que querrás saber si alguna vez he tenido ganas de acostarme con mi padre.

—Hablemos del tema.

—Venga ya, no iba en serio.

—Entiendo. Pero ¿qué relación tienes con tu padre? ¿Buena?

—¡No! ¡Fabulosa! Era jefe de policía, ahora ya está jubilado. Él y mamá están en Hawai pasando su segunda luna de miel. Por eso no quería que supieran qué me ha pasado. Habrían vuelto enseguida.

Horatio no le contó que ya disponía de esa información gracias a Sean.

—Todo un detalle por tu parte. ¿Crees que se sorprenderían de que estés aquí?

—¡Se quedarían de piedra!

—Tengo entendido que tus hermanos también son policías. ¿Alguna vez te has planteado ganarte la vida de otro modo?

Michelle se encogió de hombros y dijo:

—La verdad es que no. Bueno, hice castillos en el aire y tuve la típica ambición de ser deportista profesional, pero no fue posible.

—No te infravalores. Eres la primera medallista olímpica que trato. Medalla de plata en remo, me dijo Sean.

—Sí —repuso Michelle esbozando una sonrisa—. Fue fantástico. El punto culminante de mi vida, o por lo menos es lo que pensé en ese momento. Quizá sí lo fuera —añadió con voz queda.

—Y luego fuiste policía durante un tiempo y entraste en el Servicio Secreto. ¿Algún motivo especial por el que cambiaste?

—Todos mis hermanos eran policías. Me pareció guay ser agente federal.

—¿Y a tu padre le pareció bien? —inquirió Horatio.

—La verdad es que no. En realidad no le entusiasmaba la idea de que su hija fuera policía.

—¿Y cómo te hizo sentir eso?

—Lo comprendí. Era la niña mimada de papá, ya sabes. A mi madre no le hacía gracia que ninguno de nosotros fuera policía. Pero de todos modos me salí con la mía. Soy bastante independiente.

—Te quedarás de piedra si te digo que eso ya te lo había diagnosticado —afirmó Horatio—. Entonces, ¿doy por supuesto que quieres mucho a tus padres?

—Haría cualquier cosa por ellos —admitió Michelle.

Entonces Horatio la miró con curiosidad.

—¿Me darías permiso para hablar con ellos sobre ti?

—¡Con mis padres no!

—¿Y con uno de tus hermanos?

—Puedes hablar con Bill, es el mayor, es policía estatal en Florida.

—Lo que quieras, milady —dijo Horatio.

—Ojalá no estuviera aquí —soltó Michelle.

—Sabes que puedes marcharte cuando quieras, ¿verdad?

—Sí, claro.

—Puedes marcharte ahora mismo, levantarte y salir por la puerta. Si es lo que quieres. Continuar con tu dichosa vida independiente. Nadie te lo va a impedir. Ahí está la puerta.

Se produjo un largo silencio hasta que Michelle habló.

—Creo que por ahora me quedaré.

—Me parece una decisión excelente, Michelle.

Cuando acabaron la conversación, Michelle siguió a Horatio al exterior. Cuando estaban en el umbral de la puerta, Barry pasó por ahí pero no los miró.

—¿Qué sabes de este hombre? —preguntó Michelle.

—No mucho. ¿Por qué?

—Por curiosidad.

—¿Por qué será que no me lo creo?

—¿Dudas de mi palabra, Horatio?

—Estaba pensando en una frase más técnica del estilo de: «Mentirosa, mentirosa, me engañaste y conmigo tú jugaste.»

11

La península de Beale es una cuña de tierra que sobresale hacia el río York en el condado de Gloucester, a medio camino entre Clay Bank y Wicomico en la pintoresca marisma de Virginia. Al igual que buena parte de Virginia, Beale fue una de las primeras zonas a las que llegaron los colonos. Estaba llena de las primeras glorias del nuevo país que más de un siglo después se convertiría en Estados Unidos. A menos de quince kilómetros al sur, en Yorktown, en 1781 el general británico Cornwallis entregó tanto su espada como a miles de humillados «casacas rojas» al variopinto ejército continental de George Washington. Eso puso fin a la guerra de la Independencia norteamericana con muy buena nota para los yankis victoriosos, quienes, hasta ese momento, apenas habían librado una batalla en la que no acabaran derrotados.

A partir de los campos abiertos de los primeros tiempos habían surgido magníficas plantaciones, con casas de ladrillo y tablones de madera, que dependían de legiones de esclavos para su buen funcionamiento. Menos de cien años después, los terrenos agotados y la guerra de Secesión pusieron fin para siempre a aquella época letárgica de la aristocracia sureña.

La llegada de los nuevos ricos gracias a la revolución industrial trajo consigo una renovada oleada de prosperidad a ese tranquilo punto de York; llegaron atraídos por las aguas limpias, buenas oportunidades de pesca, clima templado y entorno bucólico. También se consideraba un lugar reconstituyente para los tísicos gracias a la baja altitud, las brisas fluviales y la abundancia de pino amarillo de hoja larga, recomendado para los pulmones tísicos. Y en cuanto una o dos de esas familias de categoría empezaron a echar raíces con materiales caros, otras las siguieron rápidamente.

Por este motivo, en su momento álgido, seis líneas privadas de ferrocarril desde el norte y tres más desde el oeste terminaban en este puño pastoso de arcilla roja de Virgina regada continuamente por las brisas fluviales.

En la actualidad, años después, unos cuantos de esos palacios se habían convertido en casas de turismo rural o pequeños hoteles. No obstante, la mayoría, igual que las plantaciones sureñas antes que ellos, habían quedado en ruinas, lo cual por lo menos ofrecía lugares llenos de aventura en los que los niños podían jugar en las marismas durante los largos y húmedos días del verano.

Justo al otro lado del río, en la orilla del condado de York, el gobierno de Estados Unidos había dejado su impronta bien clara con Camp Peary, situado al lado de un centro de suministros navales y un centro armamentístico. Este triunvirato ocupaba toda la orilla desde Yorktown hasta más allá de Lightfoot, Virginia. Decían que la gente de Camp Peary, un centro de formación ultrasecreto para los agentes de la CIA también llamado «la Granja», disponía de tecnología capaz de distinguir el color de ojos de una persona desde el otro lado del ancho río en plena noche. Los lugareños también daban por hecho que toda persona que hubiera estado en un radio de seis kilómetros del lugar había sido espiada desde el espacio exterior. Nadie había podido demostrarlo, pero era totalmente cierto que ningún visitante se marchaba de la zona sin oír esa historia por lo menos tres veces.

Beale había sobrevivido a los altibajos de la economía y a los caprichos de los ricos, mientras que sus habitantes más moderadamente acomodados seguían con sus vidas, igual que buena parte del resto del país. Ésta era la realidad salvo por una novedad reciente en la zona: un lugar llamado Babbage Town.

La avioneta de Sean King aterrizó con suavidad en el asfalto de la única pista y se paró cuando las hélices dobles fueron dejando de girar. Un Hummer color azul grisáceo se detuvo junto a la avioneta y un joven negro y larguirucho ataviado con el uniforme de una empresa de seguridad privada se apeó y ayudó a Sean con el equipaje.

Cuando el Hummer se puso en marcha, Sean se recostó en el

asiento y pensó en la visita que le había hecho a Michelle antes de partir hacia Babbage Town. Había llamado a Horatio para asegurarse de que no había problema para ir a verla antes de su marcha. Y, a su vez, el psicólogo le había dicho que quería echar un vistazo a las pertenencias de Michelle en el apartamento que Sean había alquilado para ambos. Horatio también había querido ver el coche de Michelle.

—Ponte mascarilla y guantes —le había advertido Sean— y asegúrate de que todavía estás cubierto por la vacuna del tétanos.

Sean había quedado con Michelle en la sala de visitas y se había animado al ver su aspecto saludable. Incluso le dio un fuerte abrazo, escuchó lo que le decía y le respondió directamente a las preguntas que él le formuló.

—¿Cuánto tiempo vas a estar en ese tal Babbage Town? —le había preguntado en cuanto le contó lo de su nueva misión.

—No lo sé seguro. Voy a ir en una avioneta privada que Joan ha contratado.

—¿Y qué tal está la paranoica y esquizofrénica zorra de tu ex?

Sean se tomó el comentario como muestra de su recuperación.

—Bueno, no va a venir conmigo. Hay un tipo allí llamado Len Rivest que es el jefe de seguridad de Babbage Town. Trabajó en el FBI, conoce a Joan y recomendó su empresa. Él será mi principal contacto sobre el terreno.

—¿Dices que han matado a un hombre?

—No se sabe con certeza. Se llamaba Monk Turing. Trabajaba en Babbage Town.

—¿Qué es exactamente Babbage Town?

—Me lo han descrito como un gabinete estratégico cuyos cerebros trabajan en algo importante.

—¿Quién lo dirige? —preguntó Michelle.

—Según el expediente, un tipo llamado Champ Pollion.

—¿Monk? ¿Champ?

—Lo sé; todo suena muy raro. Pero cobraré una buena pasta si descubro qué le pasó a ese hombre —dijo Sean.

—¿Así es como podrás pagar esta clínica? Sé que mi seguro no lo cubre.

—Lo único que tienes que hacer es recuperarte. Yo me encargo del resto.

—Me estoy recuperando —afirmó Michelle—. Me encuentro bien. —Bajó la voz—. Y aquí pasan cosas raras.

—¿Raras? ¿A qué te refieres?

—Por la noche se oyen ruidos. Hay personas que van a sitios en los que no deberían estar.

Sean respiró hondo antes de hablar con tono ligeramente severo.

—¿Me prometes que no te meterás en eso, sea lo que sea? No estaré por aquí para ayudarte.

—Tú te largas en un avión a no se sabe dónde a investigar un asesinato sin mi ayuda. Yo debería ser quien te apretara las clavijas, Sean.

—Te prometo que iré con cuidado.

—En cuanto salga de aquí iré a ayudarte —apuntó Michelle.

—Me han dicho que tú y Horatio os caéis muy bien.

—No soporto a ese cabrón.

—Bien, eso quiere decir que os lleváis bien.

Al cabo de unos minutos, Sean se disponía a marcharse cuando Michelle lo agarró el brazo.

—Si la situación se desmadra, llámame. Iré corriendo a ayudarte.

—Me cubriré las espaldas —indicó Sean.

—Me parece que no puedes cubrirte la parte de atrás y la de delante a la vez.

Sean la señaló con un dedo.

—Lo más importante es que te pongas bien, Michelle. Entonces podremos volver a ser la pareja de detectives estelares y perfectos del tipo «los opuestos se atraen».

—Me muero de ganas.

—Yo también.

Ahora se dirigía a Babbage Town, solo y lamentando más que nunca que Michelle no estuviera allí. De todos modos, su socia tenía un largo camino por delante hasta recuperar la salud y a él le preocupaba constantemente la posibilidad de que no lo consiguiera.

Mientras circulaban siguiendo el río York, unos cuantos pájaros alzaron el vuelo al mismo tiempo que media docena de ciervos cruzaba rápidamente la carretera. El conductor apenas dio un toque al freno. El costado del último ciervo se quedó a pocos centímetros de chocar contra el alto guardabarros del monovolumen. Sean no veía más que cornamentas que atravesaban el parabrisas y lo empalaban en el cuero grueso y lustroso del Hummer.

—Esto es habitual en esta época del año —dijo el conductor con tono aburrido.

—¿Qué es «esto», la muerte instantánea? —espetó Sean.

Miró a la derecha y vio el río entre las extensiones de campo. Más allá le pareció distinguir la verja de tela metálica coronada con alambre de púas que rodeaba el terreno situado en la otra orilla del río York.

—¿Camp Peary? —preguntó, señalando.

—El terreno de los agentes de la CIA. Llámalo la Granja.

—Se me había olvidado que estaba aquí. —Sean sabía perfectamente que estaba allí, pero fingió ignorancia con la intención de obtener más información de las fuentes locales.

—A la gente que vive por aquí nunca se le olvida.

—¿Por la noche desaparecen los animalillos y los niños? —preguntó Sean con una sonrisa.

—No, pero ¿sabes ese avión en el que has venido? Seguro que un misil tierra/aire de la Granja te apuntaba al culo hasta que has aterrizado. Si el avión hubiera entrado en el espacio aéreo restringido, habrías caído del cielo mucho más rápido de lo imaginable.

—Seguro. Pero supongo que dan mucho trabajo a la zona.

—Sí, pero también se llevaron cosas.

—¿A qué te refieres? —preguntó Sean.

—Los de la Armada fueron los primeros. Cuando llegaron echaron a todo el mundo.

—¿A todo el mundo? —Sean estaba confundido.

—Sí, aquí había dos pueblos: Magruder y Bigler's Mill. Mis abuelos vivían en Magruder. Durante la guerra los trasladaron a James City County. Después de la guerra la Armada se largó de aquí pero volvió a comienzos de los años cincuenta. Desde entonces es una zona prohibida.

—Interesante.

—Sí, pero para mis abuelos no lo fue tanto. Los militares hacen lo que les da la real gana.

—Bueno, ahora debería consolarte el hecho de que sólo esté la amable CIA observándote con los prismáticos —comentó Sean. El hombre se rio entre dientes y Sean cambió de tema—. ¿Conocías a Monk Turing?

El hombre asintió.

—Sí.

—¿Y?

—Era igual que el resto de la gente de Babbage Town. Demasiado cerebrín. No puede decirse que habláramos el mismo idioma.

—¿Cuánto tiempo hace que trabajas aquí?

—Dos años —dijo el hombre.

—¿Por qué necesita un servicio de seguridad este lugar?

—Trabajan en asuntos importantes.

—¿Como por ejemplo? —preguntó Sean.

—No soy la persona adecuada para explicarlo. Algo relacionado con números y ordenadores. Probablemente te lo cuenten si les preguntas. —Sonrió—. Oh, sí, te lo contarán de forma que no entiendas nada, pero aquí estamos. —El conductor señaló hacia delante—. Bienvenido a Babbage Town. Espero que disfrutes de la estancia entre nosotros —añadió con una amplia sonrisa.

12

Mientras Sean trabajaba en la investigación, Michelle estaba empeñada en investigar por su cuenta. Cogió una bandeja en la cafetería y se acercó a la mesa en la que comía la mujer de la silla de ruedas. Michelle se sentó a su lado y abrió la botella de agua. Lanzó una mirada a la señora.

—Me llamo Michelle.

—Sandy —se presentó la mujer—. ¿Por qué estás aquí?

—Se supone que tengo tendencias suicidas —espetó Michelle sin miramientos.

La mujer se animó.

—Yo también, durante años, pero se acaba superando. Bueno, supongo que sí a no ser que realmente te suicides.

Michelle recorrió a la mujer con la mirada. Tenía cuarenta y muchos años, el pelo rubio teñido peinado con gran esmero, bonitos pómulos, unos ojos color avellana bien vivos y pecho generoso. El maquillaje y la manicura eran impecables. Aunque no llevaba más que unos pantalones caqui, zapatillas de deporte y un jersey violeta de cuello de pico, sus modales transmitían la seguridad de una mujer acostumbrada a los lujos. Tenía un marcado acento sureño.

—¿Y tú por qué estás aquí? —preguntó Michelle.

—Depresión, ¿qué va a ser si no? Mi psiquiatra dice que todo el mundo está deprimido. Pero yo no me lo creo. Si todo el mundo se sintiera como yo... vamos, que no me lo creo.

—Yo te veo bien.

—Creo que tengo un desequilibrio químico. Me refiero a que

hoy en día todo el mundo lo achaca a eso. Pero luego, de repente, me quedo sin energía. A ti también te veo bien. ¿Seguro que no estás aquí de timo?

—He oído hablar de los timos cuando se trata de lesiones físicas —comentó Michelle.

—Las personas que van a juicio y declaran algún trastorno emocional o trauma mental salen airosas si acaban en un sitio como éste. Te dan cama, tres comidas al día y todas las medicinas que quieras. Para algunos esto es el nirvana. Luego el loquero declara que nunca más tendrán un orgasmo o que si salen de casa se desmayan y, ya está, consiguen una resolución de lo más ventajosa.

—Menudo chanchullo.

—Oh, no digo que no haya un montón de gente realmente jodida —añadió Sandy—. Yo soy una de ellas.

Michelle le miró las piernas.

—¿Un accidente?

—Una bala de nueve milímetros de una Glock me impactó en la columna —relató impasible—. Parálisis instantánea e irreversible y, en una milésima de segundo, la extrovertida y atlética Sandy se convirtió en una pobre lisiada.

—Dios mío —exclamó Michelle—. ¿Cómo fue eso?

—Estaba en el lugar equivocado en el momento equivocado.

—¿Por eso quisiste suicidarte? ¿Porque estabas paralítica?

—Fui capaz de sobrellevar la parálisis. Otras putadas me resultaron más difíciles de asumir —admitió Sandy.

—¿Qué otras putadas? —preguntó Michelle.

—No quiero entrar en eso. ¿Crees que estás mejorando?

Michelle se encogió de hombros.

—Creo que es demasiado pronto para decirlo. Físicamente me siento bien.

—Bueno, eres joven y guapa, así que en cuanto se te curen las heridas estarás preparada para tomar las riendas de tu vida.

—¿A qué te refieres con eso de tomar las riendas?

—Búscate a un hombre con dinero y deja que cuide de ti —dijo Sandy—. Utiliza tu físico, nena, porque Dios te lo dio para eso. Y recuerda una cosa: ponlo todo a nombre de los dos y con cláusula de repartición. No te tragues eso de que «su dinero es su dinero».

—Hablas como si lo supieras por experiencia —comentó Michelle.

Sandy se estremeció.

—Ojalá dejaran fumar aquí, pero dicen que la nicotina es una sustancia adictiva. Yo les digo que me den mis pitillos y me dejen en paz.

—Pero estás aquí porque quieres, ¿no? —preguntó Michelle.

—Oh, todos queremos estar aquí, nena. —Sonrió y se introdujo dos trozos de espárrago cuidadosamente en la boca.

Barry pasó por ahí ayudando a un joven.

Michelle le dedicó un asentimiento de cabeza.

—¿Conoces a Barry? ¿El auxiliar?

Sandy lo observó unos instantes.

—No lo conozco pero es fácil saber de qué pie cojea.

—¿Dónde tienes tu casa?

—Sin duda no donde tengo el corazón, querida. Tengo que irme, noto que me está empezando la migraña y no me gusta que la gente me vea en ese estado. Si así fuera, quizá cambiarías la buena opinión que tienes de la querida Sandy.

Se marchó rápidamente en la silla de ruedas y Michelle se quedó contemplando su comida.

Después del almuerzo, Michelle dio un paseo que la llevó cerca de la habitación de Sandy. Cuando pasó lentamente por delante, miró por el recuadro de plexiglás de la puerta de la mujer. Sandy estaba dormida en su habitación individual. Michelle continuó pasillo abajo hasta llegar a la puerta de la farmacia, cerrada con llave. Miró por la ventana enrejada y vio a un hombre bajito y medio calvo con bata blanca que administraba una receta. Michelle sonrió cuando el hombre alzó la mirada y la vio. Le dio la espalda y continuó trabajando.

«Bueno, te tacho de mi lista de felicitaciones de Navidad», se dijo Michelle.

—¿Otra vez dando vueltas? —dijo una voz.

Michelle se giró rápidamente y se encontró con la mirada fija de Barry.

—¿Qué otra cosa se puede hacer aquí? —respondió.

—Se me ocurren unas cuantas cosas. Tienes mejor aspecto. Estás recuperando esos fabulosos pómulos.

—Gracias —se limitó a decir Michelle.

—A la hora del almuerzo te he visto hablando con Sandy —comentó.

—Es una señora agradable.

—Yo me andaría con cuidado con ella —comentó Barry.

—Oh, ¿la conoces bien?

—Digamos que conozco a gente como ella. Pueden causar problemas. Tú no quieres meterte en problemas, ¿verdad?

—Nunca busco problemas —mintió Michelle.

—Buena chica —dijo él con condescendencia—. Mira, cualquier cosa que necesites, no dudes en pedírmela.

—¿Cualquier cosa como qué?

Barry pareció sorprendido por la pregunta, a la vez que divertido.

—Cualquier cosa quiere decir cualquier cosa. —Barry miró a su alrededor y se le acercó—. Quiero decir que aquí una tía buena como tú se siente muy sola.

—Nunca me siento tan sola —espetó antes de largarse. Sin duda Sandy no se había equivocado sobre el pie del que cojeaba.

Más tarde, ese mismo día, Horatio Barnes estaba sentado frente a Michelle.

—¿Hoy no hay grabadora? —observó ella.

Horatio se dio un golpecito en la cabeza.

—Hoy he tomado vitaminas y lo tengo todo aquí arriba. Por cierto, he hablado con tu hermano.

Michelle se inclinó hacia delante con expresión ansiosa.

—¿Qué le has contado?

—Lo suficiente para que hablara —dijo el psicólogo.

—¿Le has contado lo del bar?

—¿Por qué iba a contarle que fuiste a un bar para emborracharte y que, por casualidad, te enzarzaste en una pelea con el increíble Hulk?

—Deja de tocarme las pelotas, Barnes. ¿Se lo contaste?

—La verdad es que me interesaba más lo que pudiera decirme sobre ti. —Pasó unas páginas de la libreta—. Me dijo que eras una máquina, con energía ilimitada y un empuje que dejaba en ridículo al resto de la familia. Un huracán andante y parlante, fue su descripción. Seguro que lo ha dicho con mucho cariño.

—Bill es un exagerado.

—Creo que tiene toda la razón. Pero también añadió algo interesante —comentó Horatio.

—¿El qué?

—¿Te atreves a adivinarlo?

—Mira, ¿quién está haciendo jueguecitos ahora? ¡Suéltalo!

—Me dijo que cuando eras pequeña eras la niña más ordenada del mundo. Cada cosa en su sitio. Que solían reírse de ti. Pero que un día, ¡patapam!, cambio total de personalidad.

—¿Y eso es tan importante? Se me pasó la obsesión. Ahora soy una dejada.

—Tienes razón; son cosas que pasan, pero no de repente a los seis años. Si te hubiera pasado en la adolescencia, no me habría extrañado lo más mínimo. Tenemos un cromosoma que se desbarata a los trece años. Nos ordena vivir rodeados de mierda mientras soportamos todas las amenazas imaginables de nuestros padres para que limpiemos.

—Fue hace mucho tiempo. ¿Qué más da?

—Para nuestros propósitos —reflexionó el psicólogo— el intervalo de tiempo no importa demasiado. Lo que sí importa es lo que te pasaba por la cabeza en aquella época.

—¿Sabes? No hemos llegado a hablar de mi relación con un hombre que mató a varias personas. No soy psiquiatra, pero ¿no te parece que eso podría tener cierta relación con el motivo por el que estoy hecha polvo?

—De acuerdo, hablemos de él.

Michelle se recostó en el asiento y empezó a masajearse los muslos con los puños.

—La verdad es que no hay gran cosa que contar. Era guapo y amable, artista consumado y atleta increíble con una historia interesante. Me hacía sentir bien conmigo misma. Se llevaba mal con su mujer e intentaba superarlo —dijo—. De hecho, lo único malo de él era que resultó ser asesino múltiple.

—¿Y te cuesta creer que un hombre de esa calaña te engañara tan fácilmente?

—Resulta que nunca me había pasado algo así.

—Debes tener en cuenta que los asesinos en serie tienen fama de ser grandes impostores; forma parte del perfil psicológico que los convierte en quienes son y les permite aprovecharse de sus víctimas gracias a ello. Ted Bundy suele considerarse el máximo exponente de esta teoría.

—Vaya, gracias, ahora me siento mucho mejor.

—¿Y por ese incidente tiras por la borda años de éxitos profesionales y buen olfato? ¿Te parece razonable?

—Me da igual que sea razonable o no, yo me siento como me siento —dijo Michelle.

—¿Crees que lo amabas?

Michelle reflexionó al respecto.

—Creo que podría haberlo querido con el tiempo. Y cada vez que lo pienso, me entran ganas de cortarme las venas. El cabrón intentó matarme y lo habría conseguido si Sean no hubiera estado allí.

—Sean acudió al rescate. De lo cual, sin duda, estuviste muy agradecida.

—Por supuesto que sí.

—Tengo entendido que, mientras tú tenías esa relación, Sean salía con una mujer, ¿no? —dijo Horatio.

—Ya es mayorcito, puede hacer lo que le dé la gana —respondió Michelle con apatía.

—Por lo que me ha dicho, su relación también resultó ser un gran error.

—No me digas...

—¿Crees que Sean es un hombre listo?

—Uno de los más listos que conozco —concedió Michelle.

—Pero a él también lo engañaron.

—Pero él se dio cuenta; yo en cambio estaba en las nubes.

—¿Cómo te sentías con respecto a la relación de Sean con esa mujer? —preguntó Horatio.

—Ya he dicho que es mayorcito.

—No es eso lo que te he preguntado, Michelle.

—Me sentó mal, ¿vale? —soltó ella—. ¿Estás contento?

—¿Mal porque la prefirió a ella en vez de a ti?

Michelle entornó los ojos.

—Tener tacto no es una de tus principales virtudes, ¿verdad que no?

—Supongamos que no. Pero ¿eso es lo que tú sentías?

—Creo que sentía que él estaba haciendo el ridículo.

—¿Por qué?

—Era una arpía. Estaba desesperada por echarle el guante. Y ella también era una asesina, aunque nunca pudimos demostrarlo.

—O sea, ¿que sospechaste que era una asesina en la época en que salía con Sean?

Michelle vaciló.

—No, no lo sospeché. Tenía algo que no me gustaba.

—O sea que tu instinto te dio la razón.

Michelle se recostó en el asiento.

—Supongo que sí. La verdad es que nunca me lo he planteado.

—Pues por eso estoy aquí, para ayudarte a pensar en esas cosas. Y los pacientes suelen intervenir en el proceso de curación quizá sin percatarse.

—¿Cómo es eso? —preguntó Michelle.

—Igual que cuando fuiste a ese bar. Una parte de ti buscaba alguien a quien hacer daño, quizás incluso matar. Pero otra parte de ti buscaba a alguien que te castigara, te matara. La consecuencia fue que te llevaste una buena paliza pero no moriste, y creo que realmente no tenías intención de hacerlo.

—¿Cómo es que estás tan seguro? —preguntó ella con tono burlón.

—Porque las personas que realmente quieren morirse emplean métodos que son básicamente infalibles. —Indicó las posibilidades con los dedos—. Un disparo en la cabeza, ahorcarse, meter la cabeza en el horno con el gas encendido o ingestión de veneno. Esas personas no quieren ayuda, quieren morir y casi siempre lo consiguen. Tú no te moriste porque no lo deseabas realmente.

—Supongamos que tienes razón, ¿y ahora qué?

—Ahora quiero hablar de Michelle Maxwell cuando tenía seis años.

—¡Vete a la mierda! —Michelle salió enfadada de la habitación y dio un portazo.

Horatio puso el tapón del bolígrafo y sonrió satisfecho.

—Por fin vamos por buen camino.

13

A los ojos de Sean la enorme mansión de piedra y ladrillo tenía por lo menos sesenta metros de frente y se alzaba tres plantas hacia el cielo plomizo. Combinaba varios estilos arquitectónicos con, al menos, ocho chimeneas a la vista, un pabellón acristalado al más puro estilo inglés, ventanas de dos hojas, una galería de estilo toscano, ventanas de cuarterones, una torre de inspiración asiática y un ala abovedada con chapa de cobre. Según Joan, el constructor había sido Isaac Rance Peterman, que había hecho fortuna en la industria cárnica. Había bautizado el lugar en honor a su hija Gwendolyn, cuyo nombre seguía presente en las columnas de la entrada. Sean pensó que el nombre no podía haber resultado más inapropiado, ya que Gwendolyn parecía una fortaleza demasiado trajeada y aquejada de una crisis de identidad.

Delante había una zona de aparcamiento adoquinada, y el Hummer traspasó las puertas vigiladas por un guardia uniformado y ocupó una plaza vacía al lado de un reluciente Mercedes descapotable de color negro.

Al cabo de unos minutos, el equipaje de Sean estaba en su habitación y él se hallaba sentado solo en el despacho de Champ Pollion, máximo responsable de Babbage Town. La estancia estaba repleta de libros, ordenadores portátiles, gráficos, aparatos electrónicos y copias impresas que contenían símbolos y fórmulas que Sean, con tan sólo mirarlas, sabía que nunca sería capaz de descifrar. Detrás de la puerta Sean vio que había una chaqueta blanca de artes marciales y pantalones con un cinturón negro. «O sea, un genio con manos letales. Perfecto.»

La puerta se abrió al cabo de unos instantes y apareció Champ Pollion. Todavía no había cumplido los cuarenta y era tan alto como Sean, pero más delgado. Tenía unas cuantas canas en la coronilla de su pelo castaño, que llevaba cuidadosamente peinado a un lado. Vestía pantalones caqui, una americana de *tweed* con coderas de piel, camisa blanca de botones, jersey de cuello de pico y pajarita de cachemira. A Sean no le habría extrañado lo más mínimo que el hombre llevara una pipa entre las manos para completar su imagen de intelectual de los años cuarenta.

El hombre se sentó tras el escritorio, se recostó, puso los mocasines rosados del 43 encima de la mesa cubierta de libros y miró ansioso a Sean.

—Soy Champ Pollion, y tú, Sean King. —Sean asintió—. ¿Te apetece un café?

—Sí, gracias.

Champ pidió el café y luego se recostó en el asiento.

—Entonces, ¿el FBI está implicado en el caso? —preguntó Sean.

Champ asintió.

—A nadie le gusta que la policía y el FBI ronden por aquí.

—¿Y Turing fue encontrado en un terreno de la CIA?

—¿Por qué demonios habría ido Monk allí? Por el amor de Dios, esos hombres van armados.

—Vosotros también tenéis a hombres armados aquí —señaló Sean.

—Si por mí fuera, no irían armados. Pero yo me limito a gestionar Babbage Town, o sea que no me corresponde decidirlo.

—¿Y aquí por qué necesitáis guardias?

—El trabajo que realizamos aquí tiene, potencialmente, una gran aplicación comercial. Estamos inmersos en una especie de carrera contrarreloj. A otras personas del mundo les encantaría llevarnos la delantera. Por eso tenemos guardias. Por todas partes. —Hizo un gesto distraído con la mano—. Por todas partes.

—¿La CIA ya ha estado aquí?

—Bueno, los espías no suelen aparecer y decir «Hola, somos de la CIA, cuéntame todo lo que sabes o te mataremos». —Champ se sacó del bolsillo de la americana lo que parecía un fino tubo de cristal.

—¿Acabas de venir del laboratorio? —preguntó Sean.

Champ se mostró suspicaz.

—¿Por qué?

—Por lo que tienes en la mano. Parece un gotero enorme, aunque seguro que tiene un nombre más técnico.

—Esta cosita bien podría ser el mayor invento del mundo, por delante incluso del teléfono de Bell o la bombilla de Edison.

Sean estaba asombrado.

—¿Qué demonios es?

—Podría ser el ordenador no clásico más rápido de la historia si conseguimos que el dichoso aparatejo aproveche su enorme potencial. Esto no es un prototipo, por supuesto, sino un modelo conceptual. Volvamos a lo ocurrido aquí. Últimamente ha pasado mucha gente por Babbage Town. Incluyendo a la policía local, personificada en un viejo ceporro renqueante con un sombrero Stetson llamado Merkle Hayes que dice «Cielo santo» continuamente, y varios miembros fornidos del susodicho FBI. —Dejó el tubo en la mesa y miró a Sean—. ¿Sabes lo que pienso?

—¿Qué?

—Creo que se trata de una conspiración a gran escala. Sin contar con la CIA. Sería demasiado obvio incluirlos, ¿no? No, creo que tiene que ver con el complejo militar/industrial sobre el que el presidente Eisenhower advirtió al país antes de dejar el cargo.

Sean intentó disimular su escepticismo.

—¿Y qué relación tiene eso con el cadáver de Monk Turing en Camp Peary?

—Pues que justo al lado de Camp Peary está el centro de armamento naval. Y resulta que Camp Peary había pertenecido a la Armada.

—¿Los proyectos en los que trabajáis aquí tienen aplicaciones militares?

—Me temo que no puedo contestar.

—Pero ¿no trabajáis para el gobierno? —preguntó Sean.

—¿Esto te parece una instalación del gobierno? —espetó con sequedad.

—Quizá. —Sean lanzó una mirada al uniforme de artes marciales de la puerta—. ¿Kárate? ¿Kung-fu?

—Taekwondo. Mi padre me hizo empezar a practicarlo cuando entré en el instituto.

—¿A él le gustaban las artes marciales?

—No, me hizo practicar para que pudiera defenderme en el colegio. Quizá te sorprenda saber que yo era una especie de empollón, King. Y si hay algo que los quinceañeros odian, sobre todo los quinceañeros cuyo cuello tiene unas medidas muy superiores a su cociente intelectual, es un empollón. —Champ consultó su reloj y luego cogió unos papeles del escritorio.

Sean se dio cuenta y se apresuró a intervenir.

—Tendré que repasar los detalles del caso. Si no te apetece vomitarlos otra vez, tengo la opción de hablar con Len Rivest.

En ese momento, una mujer baja y rechoncha de pelo cano entró con la bandeja del café. Les tendió las tazas, azúcar y cucharas.

—Doris, ¿te importaría decirle a Len Rivest que se reúna con nosotros? —dijo Champ.

Cuando ella se hubo marchado, Sean se volvió hacia Champ.

—Mientras esperamos, sin revelar información confidencial, ¿qué es exactamente Babbage Town? El chófer no ha sabido explicármelo demasiado bien. —Champ no parecía demasiado dispuesto a responder—. Ponme en contexto, Champ, eso es todo.

—¿Has oído hablar alguna vez de Charles Babbage?

—No —dijo Sean.

—Tuvo un papel fundamental en el desarrollo del proyecto de los ordenadores modernos; lo cual no es moco de pavo teniendo en cuenta que nació en 1791. También inventó el velocímetro. Como amante de la estadística elaboró una serie de tablas de mortalidad, una herramienta de lo más común para las compañías de seguros actuales. Y cuando envías una carta, utilizas la tarifa postal que Babbage ideó. Pero en mi opinión, lo más increíble del trabajo de Charles Babbage fue descifrar la clave polialfabética de Vigenère, que había sobrevivido a todos los intentos de descifrado durante casi tres siglos.

—¿La clave polialfabética de Vigenère?

Champ asintió.

—Blaise de Vigenère era un diplomático francés que elaboró la clave en el siglo XVI. Se llamó polialfabética porque utilizaba distintos alfabetos en vez de uno solo. Sin embargo, permaneció inutilizada durante casi doscientos años porque todo el mundo pensaba que era demasiado compleja, resultaba inexpugnable al análisis de frecuencias. ¿Sabes lo que es el análisis de frecuencias?

—Me suena —respondió Sean, lentamente.

—Era el santo grial de la comunidad, «revelacódigos» primigenia. Los árabes lo inventaron en el siglo IX. Ahora el análisis de frecuencias es exactamente lo que dice su nombre. Se analiza la frecuencia con la que ciertas letras aparecen en un escrito. En inglés la letra *e* es la más habitual con diferencia, seguida de la *t* y de la *a*. Eso resulta sumamente útil para decodificar claves, o al menos lo era. Hoy en día, el descifrado se basa en la longitud de las claves de números secretos y en la potencia y velocidad de los ordenadores para descomponer esas claves. Ha quedado desprovisto de todo el romanticismo lingüístico.

»Hace mil años la clave de sustitución se consideraba indescifrable. No obstante, los árabes consiguieron descubrirla y dieron ventaja a los analistas de cifrado con respecto a los encriptadores, durante siglos. Por eso la clave de Vigenère fue tan revolucionaria, porque el análisis de frecuencias resultaba inútil para descifrarla. —Sean se sentía un tanto incómodo ante la larga clase de historia—. Disculpa, King, pero prometo que al final llegaremos a lo que quiero contarte.

—No, si me parece muy interesante —dijo Sean, reprimiendo un bostezo.

—Como he dicho, el análisis de frecuencia resultaba inútil con el monstruo de Vigenère, por lo astuto y original de su diseño. No obstante, el viejo Charlie Babbage consiguió atravesarle el corazón numérico con un cuchillo.

—¿Cómo? —preguntó Sean.

—Lo abordó desde un ángulo que era totalmente novedoso y, por consiguiente, estableció el estándar de varias generaciones de analistas de cifrado. Sin embargo, no recibió ningún reconocimiento por ello porque nunca se molestó en publicar sus hallazgos.

—¿Y cómo salió a la luz el descubrimiento de Babbage? —indagó Sean.

—Cuando los estudiosos repasaron sus notas en el siglo XX, mucho después de su muerte, determinaron que había sido el primero en conseguirlo. Y seguía vigente, a eso voy. Bauticé este lugar como Babbage Town en homenaje a un hombre con un cerebro privilegiado pero con muy poca capacidad para la autopromoción. Sin embargo, si aquí conseguimos nuestros objetivos, no dudes de que lo proclamaremos a los cuatro vientos. —Champ sonrió—. En cuanto obtengamos todas las patentes necesarias que garanticen que seremos extraordinariamente ricos cuando se inicie la explotación comercial de nuestros distintos inventos.

—O sea, ¿que te llevarás una parte del pastel?

—De lo contrario no estaría aquí. De todos modos, aunque no ganemos una fortuna, el trabajo resulta estimulante.

—¿Y quién es el dueño de Babbage Town?

La puerta se abrió y apareció un hombre bajito y rechoncho de poco más de cincuenta años vestido con un traje de dos piezas y una corbata discreta. Llevaba el pelo cano engominado y tenía los ojos azules y muy vivos. Miró a Sean y luego a Champ.

—Len, Sean King —dijo Champ.

Tras lo cual, Champ cogió su ingenioso tubito de cristal de ordenador, por mucho que fuera poco clásico y ni siquiera un prototipo, y se marchó. Entonces Sean se dio perfecta cuenta de que el hombre había hablado mucho pero no le había revelado nada.

14

Horatio Barnes aparcó la Harley en el exterior de los apartamentos de alquiler cercanos a Fairfax Corner, sacó del bolsillo las llaves del piso de Sean y Michelle, y entonces vaciló. ¿Qué debía inspeccionar primero, el apartamento o el coche? Se decidió por el Toyota Land Cruiser. Estaba estacionado cerca de la entrada del bloque de apartamentos.

Horatio abrió la puerta del copiloto con la llave.

—¡Madre mía! —fue su reacción. Sean no lo había engañado sobre lo de ponerse la vacuna del tétanos y llevar mascarilla. Las partes central y trasera estaban tan llenas que Horatio ni siquiera veía el suelo. El interior del vehículo contenía material deportivo, chocolatinas derretidas, botellas de Gatorade, porquería, comida mohosa, una caja de cartuchos de escopeta del calibre doce, ropa arrugada y un par de pesas revestidas de plástico. Horatio levantó una pesa con cierta dificultad y luego echó un vistazo a una de las revistas de artes marciales apiladas en la parte trasera.

«Bueno, consejo para el estimado pero cobarde psicólogo: no cabrees nunca a la señora porque te dará una buena patada en el culo raquítico.»

Se sentó en el asiento del medio un rato con las ventanillas bajadas y pensó en la situación. ¿Acaso estaba ante una herida de tipo A, más estrecha que las tripas de una pelota de golf? ¿El caos más absoluto y total?

Subió al apartamento del segundo piso y entró. Enseguida advirtió la influencia del carácter pulcro y ordenado de Sean y también cuál era su cuarto. En el segundo dormitorio estaban las pertenencias de Michelle apiladas de forma ordenada, la ropa colgada en el armario y nada de basura por el suelo, por la sencilla razón de que la mujer nunca había estado allí. Había una caja fuerte para armas encima del armario, donde era de suponer que Michelle guardaba la pistola.

En el balconcito se hallaba el *scull* de carreras de Michelle. Estaba perfectamente encerado y tenía un par de remos relucientes al lado. Horatio volvió al interior. En la mesa del pequeño recibidor había una pila de correo y le echó una ojeada. La mayoría de las cartas iban dirigidas a Sean, reenviadas desde su anterior dirección. Otras eran las típicas facturas y publicidad que recibe toda la humanidad. De todos modos había algo más: una carta dirigida a Michelle Maxwell de sus padres desde Hawai. Probablemente se tratara de unas pocas líneas para informarla de lo bien que se lo estaban pasando.

Mientras estaba en el apartamento, a Horatio se le ocurrió una idea. Llamó a Bill Maxwell a Florida. El hombre respondió al segundo ring.

—¿Llamo en mal momento? —preguntó Horatio—. Si estás inmerso en una persecución a toda velocidad, ponme a la espera y aguardaré hasta que pilles a los malos u oiga el sonido de un choque de coches.

Bill se echó a reír.

—Hoy no estoy de servicio. De hecho me estaba preparando para ir a pescar. ¿Qué pasa? ¿Cómo está Mick?

Gracias a Bill Maxwell, Horatio se había enterado rápidamente de que todos los hermanos llamaban Mick a Michelle. Era muy típico de hermanos, pensó.

—Mejorando a pasos agigantados. Oye, ¿tus padres todavía viven en Tennessee?

—Eso es. En una casa nueva que construyeron cuando papá se jubiló. Todos los hermanos colaboraron. Los jefes de policía ganan bastante dinero, pero, con tantos hijos, no pudo ahorrar mucho. Era una forma de dar las gracias.

—Pues qué detalle, Bill. ¿Ves mucho a tus padres?

—Normalmente unas cuatro o cinco veces al año. Estoy aquí abajo, en Tampa. Los vuelos son caros y Tennessee está muy lejos para ir en coche, y además tengo tres hijos.

—¿Tus otros hermanos los ven a menudo?

—Probablemente más que yo. Viven más cerca. ¿Por qué quieres saberlo?

—Intento hacerme una idea más precisa de la situación —aclaró Horatio—. ¿Y Michelle? Supongo que ve mucho a vuestros padres. Vive muy cerca, en Virginia.

—Me parece que no. Nunca he visto a Mick en casa de papá y mamá cuando he ido a visitarlos. Y hablo con mis hermanos bastante a menudo. Nunca me han comentado que la hayan visto en casa de nuestros padres.

—A lo mejor tus padres van a verla a ella —dedujo Horatio.

—Nunca ha vivido en un lugar que tenga sitio para las visitas —repuso Bill—. Lo he intentado un par de veces porque mis hijos la adoran y les parece muy guay que su tía sea olímpica y protegiera al presidente. Pero, cuando lo intenté, ella reaccionó de forma un poco rara y no llevé a los niños.

—¿Qué tipo de reacción rara?

—Siempre estaba muy ocupada. Cuando trabajaba en el Servicio Secreto lo entiendo. Pero cuando se pasó al sector privado, pensé que tendría un poco más de tiempo libre, pero parece que no.

—¿Cuándo viste a tu hermana por última vez?

—Hace unos años y fue porque asistí a un congreso de policías en Washington. Cenamos juntos. Por aquel entonces todavía trabajaba en el Servicio Secreto.

—¿Tienes la impresión de que está distanciada de la familia?

—La verdad es que no lo había pensado hasta que empezaste a hacerme estas preguntas.

—Lamento que parezca que me entrometo, Bill, pero estoy haciendo todo lo posible para que se recupere.

—Mira, lo sé. Me refiero a que es genial aunque sea un poco rara —comentó Bill.

—Rara, sí. Acabo de echarle un vistazo a su coche.

Bill se echó a reír.

—¿Has llamado ya a la unidad de enfermedades infecciosas?

—Doy por supuesto que lo has visto.

—Me llevó en el coche a cenar aquella vez que estuve en la capital. Contuve la respiración y me duché dos veces cuando regresé al hotel.

—¿Te has fijado alguna vez en si se lava las manos en exceso, si comprueba las puertas antes de salir o las sillas antes de sentarse? ¿Algo de ese estilo?

—¿Te refieres al trastorno obsesivo/compulsivo? No, no que yo recuerde.

—¿Y dijiste que a los seis años cambió? ¿Estás seguro?

—Yo había acabado la universidad y no estaba mucho en casa, pero cuando pasé allí un par de meses recuerdo que era una persona distinta. Vivían en un pueblecito a una hora al sur de Nashville.

—¿Y no podría achacarse al cambio de personalidad de una niña a medida que se hace mayor? Esas cosas pasan —explicó Horatio.

—Fue más que eso, Horatio. Mis hijos también han cambiado pero nada tan radical.

—Dices que pasó de extrovertida a retraída. De sociable a tímida. De confiada a suspicaz. ¿Y solía llorar?

—Sólo de noche.

—¿Y se volvió dejada con sus cosas?

—Recuerdo que sobre todo era el suelo de su habitación. Antes lo tenía limpio como una patena. Luego, de la noche a la mañana, había trastos por todas partes. La alfombra ni siquiera se veía. Siempre lo achaqué a que era una diablilla independiente.

—Eso explicaría ciertas cosas, Bill, pero no todas las que veo. Y en mi campo, cuando las cosas son inexplicables, tengo que descubrir el porqué, porque en algún lugar, y quizás esté muy escondido, existe una explicación. —Horatio hizo una pausa—. Bueno, me alegro de que estés a unos mil quinientos kilómetros de distancia por la siguiente pregunta que voy a hacerte.

—Mick nunca fue víctima de abusos —se adelantó Bill.

—Veo que te lo has planteado.

—Soy policía. He visto a niños víctimas de abusos, algunas situaciones realmente dantescas, y Michelle nunca fue así. Nunca mostró ninguna de esas señales. Y papá nunca habría... me refiero... que no era de ésos. Y como era policía tampoco es que pasara mucho tiempo en casa. Voy a decirte una cosa, quiero a mi viejo, pero si por un instante hubiera sospechado que pasaba algo de eso, habría hecho algo al respecto. No decidí ser policía para ser de los que se dedican a mirar para otro lado.

—Estoy seguro de ello, Bill. Pero ¿tus padres encontraron alguna explicación para el cambio que ella experimentó? ¿Alguna vez la llevaron a un terapeuta?

—No que yo sepa —dijo Bill—. Me refiero a que no es que se dedicara a tener rabietas constantemente o a descuartizar animalitos. Además, en aquella época no era tan normal recurrir al psicólogo ni dar tranquilizantes a los niños si eran incapaces de parar quietos diez minutos; y no te lo tomes a mal, doctor.

—Oye, conozco a un montón de psiquiatras a quienes sería más apropiado llamar farmacéuticos. ¿Alguna vez hablas con tus padres de Michelle?

—Creo que todos hemos decidido dejar que haga su vida. Si alguna vez quiere reincorporarse a la familia, nosotros encantados.

—¿Y no les has contado su situación actual?

—No. Si Mick no quiere que lo sepan, no me corresponde contárselo. Además, ¿crees que quiero cabrear a una cinturón negro olímpica, por muy hermana mía que sea?

—A mí también me da miedo. ¿Se te ocurre algo más que pudiera ayudarme?

—Devuélveme a mi hermana pequeña, Horatio. Si lo consigues, tendrás a un amigo de por vida en Tampa.

15

Len Rivest acompañó a Sean por las instalaciones de Babbage Town. Tras la mansión había una serie de edificios de distintos tamaños. Sean se fijó en que todas las puertas contaban con un panel de seguridad contiguo.

Uno de los mayores edificios ocupaba unos mil metros cuadrados y estaba circundado por una alambrada de más de dos metros. Tenía una especie de silo adjunto.

Sean señaló el silo.

—¿Qué hay ahí?

—Agua. La necesitan para refrigerar ciertos equipos.

—¿Y en los otros edificios?

—Otras cosas.

—¿En cuál trabajaba Monk Turing? ¿Y a qué se dedicaba?

—Esperaba no tener que decirlo —admitió Rivest.

—Len, tenía la impresión de que nos habíais contratado para ayudar a descubrir cómo murió Monk Turing. Si no quieres que lo hagamos, dilo y vuelvo a casa y dejo de hacer perder el tiempo a los demás. El tal Champ se ha pasado media hora hablando y no me ha dicho nada y no tengo intención de repetir la situación contigo.

Rivest se introdujo las manos en los bolsillos.

—Lo siento, Sean. Sé que trabajaste en el Servicio Secreto con Joan y no me gusta jugar al gato y al ratón con un compañero. Que quede entre nosotros, pero creo que los que mandan se están repensando lo de traer aquí a investigadores privados.

—¿Y quiénes son los que mandan?

—Si lo supiera te lo diría.

Sean se quedó boquiabierto.

—¿Me estás diciendo que no sabes para quién trabajas?

—Con el dinero suficiente es fácil no dejar rastros —concluyó Rivest—. En mi nómina dice que trabajo para Babbage Town. Una vez me picó la curiosidad e intenté averiguar algo más sobre la identidad corporativa y me dijeron que si volvía a intentarlo me pondrían de patitas en la calle. El sueldo que tengo es con diferencia mucho mejor que los que he tenido jamás. Tengo a dos hijos en la universidad. No quiero echarlo todo a perder.

—¿Y cómo sabes que se lo están repensando? —preguntó Sean.

—Todos los días recibo comunicados privados en el ordenador. Les dije que ya habías cogido el avión y que por lo menos debías tener una oportunidad. Porque existen ciertos riesgos.

—¿Debido a la implicación del FBI y de la CIA?

Rivest frunció el ceño.

—Camp Peary nada más y nada menos. Pero si solucionas esto rápido y, esperemos, demuestras que Babbage Town no tiene nada que ver, entonces quizá se acaben nuestros problemas.

—Pero ¿y si tiene relación con Babbage Town?

—Entonces probablemente tenga que ponerme a buscar otro trabajo.

—Champ Pollion piensa que tiene que ver con alguna conspiración a gran escala orquestada por el complejo militar/industrial.

Rivest se quejó.

—Por favor, ya tengo suficientes problemas sin perder el tiempo en teorías estúpidas ideadas por ese lelo.

—Bueno, centrémonos en lo básico. ¿Cómo murió Monk Turing?

—Herida de bala en la cabeza. El arma estaba al lado del cadáver.

—¿En qué lugar exacto de Camp Peary fue encontrado?

—En el extremo este del complejo que da al río York. Habrás visto la zona al venir si has mirado hacia la otra orilla del río.

—¿La zona cercada? —inquirió Sean.

—Sí, su cuerpo estaba justo dentro. Todo apunta a que trepó por la valla. Estoy convencido de que la zona está vigilada, pero, por lo que parece, no las veinticuatro horas de todos los días de la semana. Camp Peary abarca una superficie de varios kilómetros cuadrados y buena parte de la misma está sin explotar. Ni siquiera la CIA tiene dinero para vigilar cada centímetro cuadrado. Monk se las apañó para entrar en el recinto.

—¿Dónde está ahora el cadáver?

—En White Feather, un pueblo cercano, abrieron un depósito de cadáveres provisional. Un forense de Williamsburg realizó la autopsia. No hay duda sobre la causa de la muerte. He visto el cadáver y el informe. Pero adelante si quieres echar un vistazo.

—De acuerdo —asintió Sean—. ¿Turing estaba casado?

—Divorciado. Estamos intentando localizar a su ex. No hemos tenido suerte por el momento.

—¿Hijos?

—Una. Viggie Turing, de once años.

—¿Dónde está ahora?

—Aquí mismo. Vivía con su padre en Babbage Town. —Rivest inclinó la cabeza hacia unas casitas—. Los edificios de esa zona son viviendas para los empleados. Algunos viven en la mansión.

—¿Viggie es un apodo o un apellido?

—Es una abreviatura de Vigenère o eso tengo entendido.

—¿En honor a Blaise de Vigenère? —preguntó Sean.

—¿Quién?

—No importa. ¿Turing tenía algún enemigo conocido?

—Pues por lo menos tenía uno desconocido.

—Pero ¿y la teoría del suicidio? ¿Herida de contacto muy próximo, arma encontrada al lado?

—Podría ser —reconoció Rivest, lentamente—. Pero tengo la corazonada de que no fue eso.

—A veces las corazonadas fallan —dijo Sean.

—Pues no me fallaron en los veinticinco años que trabajé en el FBI. Y algo me dice que aquí hay gato encerrado.

—Me gustaría hablar con Viggie.

—Pues te va a costar sacarle algo a esa niña.

—¿Y eso por qué?

—Si no es un poco autista, es algo parecido. Monk era capaz de comunicarse con ella pero prácticamente nadie más puede.

—¿Sabe al menos que su padre está muerto?

—Digamos que nadie sabe realmente cómo darle la noticia. Pero no será agradable.

—¿Por qué? ¿Es una niña violenta?

Rivest negó con la cabeza.

—Es callada y tímida y una excelente pianista.

—Entonces, ¿qué problema tiene?

—Vive en su propio mundo, Sean. Estás hablando con normalidad con ella y de repente es como si desapareciera. No se comunica al mismo nivel que tú y yo.

—¿La ha examinado algún profesional?

—No sé.

Sean pensó en Horatio Barnes.

—Llegado el caso, conozco a una persona que podría ayudar. ¿Quién cuida ahora de ella?

—Alice Chadwick entre otros.

—¿Y quién es?

—Trabaja en uno de los departamentos de aquí. He dicho que Monk era el único capaz de comunicarse con ella. Pero parece que Alice también lo consigue, aunque de forma más limitada.

—¿Quién encontró el cadáver de Monk?

—Un guardia que patrullaba por Camp Peary.

—¿Alguna prueba forense en la escena del crimen que sugiera alguna pista?

—Que yo sepa, no —comentó Rivest.

—¿La pistola?

—Era de Turing. Tenía la licencia correspondiente.

—¿Sus huellas estaban en el arma?

—Parece ser que sí.

—¿Parece ser que sí? ¡O estaban o no estaban!

—Vale, sí estaban. Tampoco había nada que sugiriera que lo hubieran atado y no presentaba heridas defensivas. Mira, a lo mejor un puto guardia de Camp Peary apretó el gatillo —espetó Rivest.

—¿Con el arma de Turing?

—Monk había entrado sin autorización. Un guardia le disparó y ahora intentan encubrirlo.

Sean negó con la cabeza.

—Si hubiera entrado sin autorización, el guardia habría tenido un buen motivo para matarlo. Encubrirlo no hace más que agrandar el hoyo. Y no iba a utilizar el arma de Monk para cumplir con su obligación.

—Con la CIA nunca se sabe —protestó Rivest.

—El segundo motivo es incluso más fuerte. Monk murió de una herida de contacto próximo. Si un guardia estuvo lo suficientemente cerca para hacer eso, podría haberlo detenido sin matarlo.

—¿Se enzarzaron en una pelea y el arma se disparó sin querer? —sugirió Rivest.

—Pero has dicho que no había indicios de pelea.

Rivest suspiró.

—Vete a saber qué sucedió en realidad.

—¿Cuál es la postura de la CIA? —preguntó Sean.

—Que saltó la valla y se pegó un tiro.

—Está claro que eso no es lo que tú crees, ¿no?

Rivest miró en derredor inquieto.

—Aquí estamos a la vista de mucha gente.

—¿Qué quieres decir?

—Quiero decir que en un lugar como éste puede que haya espías.

—¿Espías? ¿Por qué lo crees?

—No tengo pruebas. Es otra corazonada.

—¿Ha aparecido algo entre las pertenencias de Turing? —preguntó Sean.

—El FBI se lo ha llevado todo. Su ordenador, documentos, pasaporte, etc.

—¿Quién fue la última persona que vio a Monk con vida?

—Es posible que fuera su hija —dijo Rivest.

—¿El FBI no dispone de expertos que puedan ayudar en el trato con la niña?

Rivest pareció agradecer ese cambio de tema.

—Trajeron a una de esas supuestas expertas y no consiguió nada con la niña.

Sean pensó otra vez en su amigo Horatio Barnes montado en su Harley y decidió llamarlo más tarde. Sin embargo, no estaba del todo convencido porque quería que se centrara en la recuperación de Michelle.

Rivest continuó:

—Lo vieron a la hora de cenar la noche antes de que encontraran su cadáver. Después de la cena se fue a trabajar un rato a su departamento.

—¿Cómo lo sabes? —preguntó Sean rápidamente.

—Según el registro informatizado, salió de allí a las ocho y media. Sus movimientos a partir de esa hora son pura especulación.

—¿Cómo llegó a Camp Peary? ¿Fue nadando o en barco? ¿En coche?

—No creo que pudiera ir en coche. No se puede llegar a esa parte del recinto sin pasar por la entrada principal. Y no sabemos si fue nadando o no. Debido a la lluvia, el cuerpo y la ropa estaban empapados. Pero cruzar el río es un buen trecho.

—Por eliminación, entonces probablemente fuera en barco. ¿Encontraron alguno cerca?

—No.

—¿Aquí se guarda alguna embarcación?

—Oh, por supuesto —explicó Rivest—. Algunas barcas de remos y kayaks, hay un velero grande y unos cuantos *sculls* de carreras. Y Babbage Town es titular de un par de motonaves.

—O sea, ¿que hay muchas embarcaciones disponibles pero no se echa ninguna en falta?

—Cierto. Pero si alguien lo llevó allí, pudo volver a dejar el barco en su sitio y nadie se habría enterado.

—¿Dónde se guardan? —preguntó Sean.

—En un cobertizo junto al río.

—¿Alguien oyó una motonave la noche que Monk murió?

Rivest negó con la cabeza.

—Pero el cobertizo está bastante lejos y hay un bosque de por medio. Es concebible que nadie oyera nada.

—Tengo la impresión de que chocamos con un muro en algún sitio —comentó Sean.

—¿Te apetece beber algo? —preguntó Rivest.

—¿Crees que necesito una copa?

—No, pero yo sí. Venga, vamos a cenar, bebamos un poco y mañana te contaré de Babbage Town más cosas de las que habrías querido saber.

—Dime una cosa, ¿vale la pena que por ello maten a una persona?

En la tenue luz del ocaso, Rivest miró más allá del hombro de Sean hacia la mansión.

—Joder, Sean, vale hasta el punto de hacer entrar en guerra a varios países.

16

Era la una de la madrugada cuando Michelle volvió a oír pasos en el pasillo por encima de los leves ronquidos de Cheryl. Se vistió rápidamente y salió al pasillo descalza para seguir a la persona. Estaba prácticamente convencida de que el modo de andar se correspondía con el de Barry.

Se detuvo cuando dejó de oír las pisadas. Michelle miró en derredor. Estaba en el pasillo que conducía a la habitación de Sandy. No había creído a Barry cuando le había dicho que no la conocía. Le había dado una explicación demasiado torpe. Aguzó el oído cuando la otra persona se puso a andar otra vez.

Michelle avanzó sigilosamente barriendo con la mirada el tramo de pasillo poco iluminado que tenía por delante. Oyó que una puerta se abría y se cerraba. Michelle siguió adelante y echó un vistazo al doblar el recodo. Había una luz encendida al final del pasillo pero se apagó. Michelle se ocultó tras el muro cuando oyó el abrir y cerrar de otra puerta. Tras esperar unos cinco minutos, volvió a oír que una puerta se abría y se cerraba. Las pisadas se acercaban a ella. Buscó algún lugar donde ocultarse.

Se introdujo en una habitación vacía y se agachó junto a la puerta. Cuando la persona pasó de largo, miró por la ventanilla de la parte superior de la puerta. No era Barry. Aquel hombre era muy bajito. No lo vio bien porque llevaba sombrero y el cuello del abrigo levantado. Cuando desapareció de su vista, salió de su escondite y se planteó seguirlo o ir a ver adónde había ido. Al final se decidió por esto último. Recorrió discretamente el pasillo, dobló la esquina y prosiguió.

Al final del pasillo estaba la puerta de la farmacia. ¿Acaso era la que había oído abrirse y cerrarse? Miró a su izquierda. La habitación de Sandy también estaba allí. Miró por la ventanilla de la puerta. Sandy dormía en su cama o, por lo menos, eso parecía.

Michelle bajó la mirada hacia el suelo y se fijó en algo. Se agachó y lo recogió. Se trataba de un trozo de plástico con burbujas del que se utiliza para enviar paquetes. Se lo introdujo en el bolsillo, volvió a mirar a la dormida Sandy y regresó rápidamente a su dormitorio.

A la mañana siguiente, Michelle se despertó temprano e hizo la ronda de los pasillos. Pasó junto a la habitación de Sandy, y la mujer salió en la silla de ruedas. Sandy llevaba una gorra de béisbol de los Red Sox y desplegaba una amplia sonrisa.

—¿Qué tal la migraña? —preguntó Michelle.

—Se ha esfumado. Una buena noche de sueño reparador suele bastar. Gracias por preguntar.

—¿A qué hora tienes sesión con el loquero?

—La primera es a las once. Luego tengo una sesión de grupo después de comer. A continuación me dan las medicinas. Acto seguido viene un psicólogo a verme. Después me dan otro chute de pastillas de la felicidad y enseguida me pongo a hablar con más desconocidos. A esas alturas estoy tan colocada que todo me da igual. Les digo lo que quieren oír. Como que mi madre me dio el pecho hasta que tuve edad para ir al baile del colegio, cosas así. Se lo tragan y sin dilación escriben artículos para las revistas médicas mientras yo me parto el culo de risa.

—Creo que yo no podría hacer lo de la terapia de grupo —dijo Michelle.

Sandy dibujó un círculo perfecto con la silla de ruedas.

—Oh, es fácil. Lo único que tienes que hacer es levantarte o, en mi caso, permanecer sentada y decir: «Hola, me llamo Sandy y estoy hecha una mierda pero quiero hacer algo al respecto. Por eso estoy aquí.» Y entonces todo el mundo aplaude y te manda besos y te dice lo valiente que eres. Luego me tomo una pastilla para dormir y me dedico a sobar durante diez horas hasta que me levanto y vuelta a empezar.

—Da la impresión de que sigues la rutina de carrerilla —dijo Michelle.

—Oh, querida, ha llegado un punto en que anticipo las preguntas antes de que me las hagan. Es como jugar al gato y al ratón, sólo que todavía no se han enterado de que yo soy el gato, y ellos, el ratón.

—¿Alguna vez intentas enfrentarte a lo que realmente te deprime?

—Pues no. Entonces se complicaría demasiado la cosa. La verdad no me hará libre, sólo hará que tenga ganas de suicidarme. Así que, hasta que me saquen de aquí, yo sigo con mi pantomima —Sandy dio una palmada a las ruedas de la silla—, y Sandy sigue la corriente, mientras me vayan dando pastillas.

—¿Sientes mucho dolor?

—Cuando alguien te dice que está paralizado de cintura para abajo, piensas: «Vale, es una gran putada pero al menos no siente dolor.» Pues te equivocas por completo. Lo que no cuentan es lo mucho que duele estar paralítico. Todavía tengo en el interior del cuerpo la bala que me inutilizó las piernas. Los médicos dijeron que estaba demasiado cerca de la columna para retirarla. Así que ahí se quedó, la cabrona de nueve milímetros. Y cada año más o menos se mueve un poco. ¿Qué te parece? Yo no me puedo mover, pero la bala sí. Y la verdadera putada es que los matasanos dicen que, si se me coloca en cierto punto de la columna, a lo mejor me caigo muerta, o pierdo la sensibilidad en el resto del cuerpo y me quedo tetrapléjica. ¿Qué me dices? ¿No te parece demasiado fuerte como para siquiera mencionarlo?

—Lo siento mucho. Ahora mis problemas no me parecen tan graves —reconoció Michelle.

Sandy desestimó el comentario haciendo un gesto con la mano.

—Vamos a desayunar. Los huevos son una mierda y el beicon parece un trozo de neumático y sabe peor que eso, pero al menos el café está caliente. Venga, te echo una carrera.

Sandy se puso en marcha y Michelle, sonriente, trotó tras ella y luego agarró el manillar de la silla de ruedas e hizo un *sprint* por el pasillo mientras Sandy se carcajeaba.

Tras el desayuno, Michelle se reunió con Horatio Barnes.

—He vuelto a hablar con tu hermano Bill.

—¿Y qué tal está?

—Bien. De todos modos, no te ve mucho. Lo mismo puede decirse del resto de la familia.

—Todos estamos ocupados —señaló Michelle.

Horatio le tendió la carta de su madre.

—He estado en el apartamento que compartes con Sean y la he recogido. Sé que no lo has visto pero está muy bien. Me alegro de haberlo visto antes de que lo dejaras hecho una leonera, como el coche. Hablando de vertederos, ¿alguna vez se te ha pasado por la cabeza limpiar el Toyota? Más que nada para evitar la peste bubónica.

—Es verdad que tengo el coche un poco desordenado, pero yo sé dónde está todo.

—Sí, dos horas después de comer comida mexicana picante, sé qué tengo en el colon, pero eso no significa que me apetezca verlo. ¿Quieres leer la carta de tus padres? Quizá sea importante.

—Si lo fuera, se habrían puesto en contacto conmigo por otros medios.

—¿Estás en contacto con ellos?

Michelle se cruzó de brazos.

—O sea, ¿que hoy toca hablar de los padres con el psicólogo?

Horatio levantó la libreta.

—Aquí pone que tengo que preguntar.

—Hablo con mis padres —dijo Michelle.

—Pero casi nunca los visitas. Aunque no están demasiado lejos.

—Hay muchos hijos que no visitan a sus padres. Eso no quiere decir que no los quieran.

—Cierto. ¿Consideras que estás acomplejada por ser la única chica y porque tus hermanos mayores y tu padre sean policías?

—Prefiero tomármelo como una motivación sana.

—Vale —comentó Horatio—. ¿Te gusta saber que prácticamente puedes dominar físicamente a cualquier hombre con el que te cruces?

—Me gusta ser capaz de cuidarme solita. El mundo es un lugar violento.

—Y teniendo en cuenta que has pertenecido a los cuerpos de seguridad, lo sabes por experiencia. Y los hombres son quienes cometen la gran mayoría de los actos violentos, ¿verdad?

—Hay demasiados hombres que intentan dominar con el músculo en vez de con la cabeza.

—¿Todavía quieres hacerte daño, Michelle?

—Haces los cambios de tema más alucinantes que he visto jamás.

—Me gusta tomármelos como una técnica para despertarte por si habías empezado a dormitar —apuntó Horatio.

—Para empezar, no quería hacerme daño.

—Vale, incluiré esta respuesta en la casilla correspondiente a «estoy diciendo una mentira como una casa» y pasaremos a otra cosa. ¿Cuál piensas que es el problema? ¿Y cómo crees que puedo ayudarte? —dijo Horatio, y Michelle apartó la mirada con nerviosismo—. No es una pregunta con truco, Michelle. Quiero que te recuperes. Intuyo que quieres recuperarte. Por tanto, ¿qué podemos hacer para conseguirlo?

—Estamos hablando, ya es algo, ¿no?

—Sí. Pero a este paso yo estaré muerto y enterrado y tú te alimentarás a través de una pajilla antes de que averigüemos qué es lo que te pasa. No existe ninguna norma que prohíba atacar el punto más débil.

—No sé qué quieres de mí, Horatio —espetó Michelle.

—Sinceridad, franqueza, un deseo verdadero de participar en este ejercicio que denominamos examen de conciencia. Sé qué preguntar, pero las preguntas no sirven de nada si las respuestas están vacías.

—Intento ser sincera contigo. Hazme una pregunta.

—¿Quieres a tus hermanos?

—¡Sí!

—¿Quieres a tus padres? —Michelle volvió a decir que sí, pero Horatio ladeó la cabeza al ver cómo lo decía—. ¿Estás dispuesta a hablar conmigo sobre tu infancia?

—¿Es que todos los loqueros piensan lo mismo? ¿Que todo se reduce a la mierda que soportamos en la infancia? Pues vas por mal camino.

—Pues entonces indícame la dirección correcta. Todo está en tu cabeza. Lo sabes, no tienes más que asimilarlo y armarte de valor para decírmelo.

Michelle se levantó temblando de rabia.

—¿Cómo coño te atreves a cuestionar mi valor o mi capacidad para asimilarlo? En mi lugar tú no habrías durado ni diez minutos.

—No lo dudo. Pero la respuesta a tus problemas se encuentra

entre tu lóbulo frontal derecho y el izquierdo. Es una distancia de unos doce centímetros y bastante especial por el hecho de contener miles de millones de retazos de pensamientos y recuerdos que te convierten en la persona que eres. Si llegamos a la zona adecuada de tu identidad, entonces podremos llegar al punto en que nunca más vuelvas a pelearte con un tío esperando a que te mande directa al cementerio.

—¡Te he dicho que eso no es lo que pasó! —protestó Michelle.

—Y yo te contesto que no me sueltas más que gilipolleces.

Michelle cerró los puños y se puso a gritar.

—¿Quieres que te pegue?

—¿Tienes ganas de pegarme? —espetó él.

Michelle se quedó ahí de pie mirándolo enfurecida. Luego bajó las manos, se giró y salió de la habitación. Esta vez dejó la puerta abierta, quizá de forma simbólica, pensó Horatio, aunque fuera inconscientemente.

Horatio permaneció en la silla con la vista fija en la puerta.

—Estoy tirando de ti, Michelle —dijo con voz queda—. Y creo que casi hemos llegado.

17

Tras cenar en el restaurante de la mansión, Sean y Rivest regresaron a la casa de Rivest para tomar algunas copas. Después de un poco de vino y tres martinis con vodka, Len Rivest se quedó dormido en el sillón del salón tras prometer reunirse con Sean al día siguiente. Eso permitió a Sean, que sólo había tomado unos cuantos sorbos del gin-tonic, salir y pasear por Babbage Town. Rivest le había dado un distintivo de seguridad con foto incluida. El distintivo no le permitía acceder a ningún edificio, aparte de la mansión, sin ir acompañado, pero evitaba que las fuerzas de seguridad del complejo lo detuvieran.

El bungalow de Rivest estaba situado en el extremo occidental de la zona principal y se accedía a él por el mismo sendero de gravilla que a otras tres viviendas idénticas. Cerca de la casa de Rivest había un edificio mucho más grande. Cuando Sean pasó por el lado se fijó en un cartel situado encima de las dos puertas frontales. Rezaba: «Cabaña número tres.» Parecía dividida en dos locales iguales. Sean observó que dos guardias uniformados y armados con pistolas Glock y MP5 salían por la puerta de la izquierda y se marchaban, supuestamente a hacer las rondas. Menudo arsenal llevaban, pero ¿para qué?

Fue en la dirección contraria y pasó por el patio trasero de la mansión, en la que había una piscina olímpica rodeada de sillas, mesas y sombrillas, una barbacoa de acero inoxidable y una chimenea de piedra. Había un grupo de personas alrededor de la chimenea, cervezas y copas de vino en mano, hablando tranquilamente. Un par de cabezas se giraron en su dirección pero nadie hizo ademán de saludarlo. Sean se fijó en una persona sentada sola que iba tomándose la cerveza pausadamente. Sean se sentó a su lado y se presentó.

Era un hombre joven y se miraba los zapatos con nerviosismo. Había conocido a Monk y trabajaba con él, dijo.

—¿Y a qué te dedicas? —preguntó Sean.

—Física molecular, especializado en... —El joven vaciló y dio un sorbo a la cerveza—. ¿Qué crees que le pasó a Monk?

—Todavía no se sabe. ¿Alguna vez te mencionó que se dedicara a algo que pudiera haber hecho que lo mataran?

—Imposible, nada de eso. Trabajaba mucho, como todos nosotros. Tiene una hija. Es un poco, bueno, especial. Superdotada, me refiero a que es capaz de hacer unas cosas con los números que ni siquiera yo sé hacer. Pero Viggie es un bicho raro. ¿Sabes qué colecciona?

—Cuéntame.

—Números.

—¿Números? ¿Cómo se coleccionan números? —preguntó Sean.

—Tiene una lista de cifras increíblemente larga que se guarda en la cabeza. Y no deja de pensar en cifras nuevas. Las clasifica mediante letras. Si le preguntas por el número «X» o el número «ZZ», siempre te responde con el mismo. Lo he comprobado. Es asombroso. Nunca he visto nada igual.

—¿Monk te habló alguna vez de Camp Peary? ¿De que quizá quisiera ir allí por algún motivo? —El hombre negó con la cabeza—. Pero estabais al corriente de su existencia, ¿verdad?

—Es difícil no estarlo, ¿no? —Unas cuantas personas de la zona de la piscina los señalaban. El joven se levantó enseguida—. Perdona, tengo que marcharme.

Sean continuó su paseo. En ese lugar no había nadie dispuesto a hablar. No obstante, si Monk Turing se había suicidado, tenía que haber un motivo. Sean estaba convencido de que, investigando lo suficiente, esa motivación acabaría aflorando.

Se detuvo cerca del edificio que tenía un depósito de agua adjunto. El cartel de ese edificio indicaba «Cabaña número dos». Cuando se acercó a la entrada delantera, un guardia armado le salió al paso y levantó la mano.

Sean le enseñó la tarjeta y le explicó quién era. El guardia la inspeccionó y luego lo observó.

—Ya he oído que iban a enviar a alguien.

—¿Conocías a Monk Turing? —preguntó Sean.

—No. Me refiero a que sé quién era, pero no se fomenta la confraternización entre los guardias y los cerebritos.

—¿Te fijaste en algún comportamiento curioso?

El guardia se echó a reír.

—Tío, esta gente está como una cabra. Tanto intelecto junto no puede ser bueno, ¿me entiendes?

Sean señaló el edificio.

—¿Y qué es la cabaña número dos?

—Por mucho que preguntes, no te lo diré. De todos modos, tampoco es que sepa gran cosa.

Sean hizo dos o tres intentos más de obtener información, pero el guardia no cedió ni un ápice.

—¿Por casualidad no sabrás dónde vivía Turing? —preguntó al final.

El guardia señaló un camino flanqueado de árboles.

—Primera a la derecha, segundo bungalow a la derecha.

—¿Su hija está viviendo ahí?

El hombre asintió.

—Con alguien de Servicios Infantiles. Y un guardia armado.

—¿Un guardia armado? —preguntó Sean

—Su padre está muerto. Hay que tomar precauciones.

—La verdad es que este sitio me parece muy bien vigilado —comentó Sean.

—Igual que Camp Peary, pero alguien consiguió matar a Monk Turing allí.

—Entonces, ¿crees que fue asesinado? ¿Que no se suicidó?

En ese momento el guardia se mostró dubitativo.

—Oye, yo no soy detective.

—¿Has hablado con el FBI y con la policía local?

—Todo el mundo ha hablado con ellos —dijo el guardia.

—¿Tienen alguna teoría?

—Si la tienen, no se han molestado en compartirla conmigo.

—¿Algún problema de seguridad con Turing? —inquirió Sean—. ¿Algún desconocido vagando por aquí?

El guardia negó con la cabeza.

—Nada de eso.

—Turing fue asesinado con su propia arma. ¿Sabías que poseía una?

—Yo tenía entendido que sólo los guardias teníamos armas.

Cuando Sean bajó por la carretera vio la hilera de bungalows más adelante. El primero se hallaba a oscuras, en el segundo —el de Monk Turing— se veía una luz encendida por la ventana delantera. Todas esas viviendas estaban construidas con ladrillo visto y parecían tener una superficie de poco más de doscientos metros cuadrados. «Bonita casa», pensó Sean. Los pequeños jardines estaban bien cuidados; las cercas de la parte delantera perfectamente pintadas. En las escaleras que conducían a la puerta principal había macetas con flores coloridas. Era como una de esas pinturas idílicas que representan una vida que no existe. Sean oyó el sonido de un piano procedente del interior. Abrió una verja y subió por el caminito que conducía al porche delantero.

Se fijó en que en un pequeño banco del porche había una pila de material deportivo. Un par de palos de golf número uno, una pelota de baloncesto, un bate y un guante de béisbol, entre otros. Sean tomó el guante; olía a cuero bien engrasado. A Turing debía de gustarle el deporte, probablemente para relajarse después de estar todo el día dándole a la cabeza.

Sean se asomó por la mosquitera. Una mujer rechoncha, vestida con bata y zapatillas, dormía en el sofá. No había ni rastro del guardia. En el fondo de la sala había un piano de media cola y una muchachita sentada a él. Tenía el pelo largo y muy rubio, y la tez, pálida. Mientras Sean estaba ahí, pasó de interpretar un tema clásico, de Rachmaninoff, pensó, a un tema de Alice Keys sin perder el compás.

Viggie Turing alzó la mirada y lo vio. No se sorprendió. Ni siquiera dejó de tocar.

—¿Qué estás haciendo aquí?

La voz sorprendió a Sean porque procedía de atrás. Se giró y vio a una mujer junto a él.

Le mostró la tarjeta.

—Soy Sean King. Estoy aquí para investigar la muerte de Monk Turing.

—Ya lo sé —dijo la mujer con sequedad—. Quiero decir qué estás haciendo aquí, en esta casa, a estas horas.

Tenía unos treinta y cinco años y medía poco más de un metro sesenta. Era pelirroja y llevaba el pelo corto, con raya al lado y un pequeño mechón que le llegaba a la nuca. Como la luz de la puerta principal estaba encendida, vio que era pecosa y que tenía los ojos de un verde lechoso. Llevaba vaqueros, mocasines negros y una camisa de pana. Tenía los labios demasiado carnosos en comparación con la delgadez de su rostro; los hombros, demasiado anchos para su cuerpo; la nariz no acababa de estar bien centrada con respecto a los ojos; el mentón, demasiado afilado en la mandíbula cuadrada. No obstante, a pesar de todas esas asimetrías, era una de las mujeres más guapas que Sean había visto en su vida.

—Estaba dando un paseo. He oído a Viggie, supongo que ella es quien está tocando el piano, y me he parado a escuchar. —Supuso que era información suficiente para permitirle a él hacer una pregunta—. ¿Y tú eres?

—Alice Chadwick.

—Es una pianista extraordinaria —comentó Sean.

Los ojos verde lechoso se clavaron en él.

—Es una niña extraordinaria en muchos aspectos. —Le puso una mano en la manga y lo apartó de la puerta—. Hablemos. Hay ciertas cosas que debes saber.

Sean sonrió.

—Eres la primera persona que conozco aquí que está dispuesta a hablar.

—Resérvate el comentario para cuando hayas oído lo que tengo que decir.

18

Al cabo de cinco minutos Alice condujo a Sean por las escaleras de piedra de una gran casa verde de tablones de madera con tejado de listones de cedro y un amplio porche. La siguió al interior hasta un acogedor estudio cuyas paredes estaban llenas de libros. En medio de la estancia había un escritorio con un enorme monitor de pantalla plana encima. Alice señaló con un dedo el sillón de piel gastada mientras se dejaba caer en la silla giratoria del escritorio.

Sean observó interesado cómo ponía la pierna derecha encima del escritorio y se subía la pernera del pantalón. El velcro se soltó a medio muslo y esa parte del pantalón se le quedó en la mano. Fue entonces cuando Sean vio el metal bien pulido y las correas debajo. Soltó las correas de la pierna, aflojó unas cuantas palancas y colocó la prótesis con el mocasín negro encima del escritorio. Acto seguido, Alice se frotó la zona del muñón que había estado en contacto con el aluminio.

Alzó la mirada hacia Sean.

—Estoy segura de que Emily Post y su progenie criticarían a una persona que muestra su pierna artificial a un total desconocido, pero la verdad es que me da igual. Supongo que la señora Post nunca tuvo que utilizar una de éstas todo el día. Y a pesar de todos los avances tecnológicos, a veces duele un montón.

—¿Qué te pasó? —preguntó Sean mientras ella se tragaba tres Advil con ayuda del vaso de agua que se había servido de una jarra que tenía encima de la mesa—. Lo siento. Quizá no te apetezca hablar del tema —añadió rápidamente.

—No me gusta perder el tiempo y a veces resulto cortante. Soy matemática de profesión, pero mi pasión es la lingüística. Mi padre era diplomático y viajamos mucho por Oriente Próximo cuando era pequeña. Por tanto, hablo árabe y farsi y varios dialectos que el gobierno de Estados Unidos considera valiosos. Hace cuatro años, me ofrecí voluntaria para trabajar de intérprete en Irak para el departamento de Estado. La cosa fue bien durante dos años, hasta que iba en un Humvee cerca de Mosul y dio la vuelta encima de una bomba improvisada. Recuperé el conocimiento en Alemania al cabo de una semana y descubrí que no sólo había perdido siete días de mi vida sino también buena parte de la pierna derecha. De todos modos tuve suerte. Sólo dos personas sobrevivieron a la explosión, un hombre que me condujo a un lugar seguro y yo. Me dijeron que lo único que quedó del conductor que iba a mi lado fue el torso.

»La trayectoria de la metralla en un recinto cerrado no tiene mucho de ciencia exacta. Sin embargo, mi país me rehabilitó y me proporcionó este maravilloso pertrecho. —Dio una palmadita a la pierna artificial.

—Lo siento —dijo Sean. En su interior se maravilló de la capacidad de Alice para hablar con tal desapego de lo que debió de ser una situación terrible.

Alice se recostó en el asiento y observó a Sean fijamente.

—Todavía no tengo ni idea de por qué te han hecho venir aquí.

—Se ha producido una muerte en circunstancias misteriosas y soy detective.

—A eso llego. Aquí han venido suficientes policías como para que al mismísimo Jack *el Destripador* le empezaran a temblar las manos ensangrentadas. Pero todos trabajan para el gobierno, tú eres detective privado.

—¿Qué quieres decir exactamente? —preguntó Sean.

—Quiero decir que realmente no pueden controlarte, ¿no?

—No sé. ¿Pueden? —Ella no respondió, así que Sean prosiguió—: ¿No has dicho que tenías cosas que contarme?

—Ésta era una de ellas.

—Bueno, ¿quiénes son ellos? ¿Los dueños de Babbage Town? Aquí nadie parece dispuesto a contármelo, o a lo mejor es que no se sabe. Posibilidades, ambas, que me parecen insólitas.

—Me temo que en eso no puedo ayudarte.

—¿El FBI ha hablado contigo?

—Sí. Un hombre llamado Michael Ventris —expuso Alice—. Sin sentido del humor y eficiente.

—Gracias por la información. ¿Qué opinión te merece Champ Pollion? A ver si lo adivino, fue el primero de su promoción en el MIT.

—No, en realidad fue el segundo de su promoción en el Indian Institute of Technology, escuela que muchos entendidos consideran incluso más prestigiosa.

—También parece estar muy nervioso por lo que le pasó a Monk.

—Es científico. ¿Qué sabe él de muertes violentas e investigaciones de homicidio? Vi suficiente sangre en Irak como para tener el cupo lleno durante mil años, pero incluso a mí me ha dejado intranquila lo que le sucedió a Monk. Por lo menos en Irak se sabe quién intenta matarte. Aquí no se sabe.

—Entonces, ¿crees que Monk fue asesinado?

—No lo sé. Eso es lo que resulta inquietante.

—¿Lo encontraron en un terreno de la CIA?

—Cierto —asintió Alice—. Pero si la CIA tuviera algo que ver con su muerte, ¿crees que habrían dejado el cadáver ahí tan a mano? Me refiero a que podrían haberlo lanzado al río York.

—¿Y qué función tienes en Babbage Town? Queda claro que no eres «soldado raso».

—¿Y tú cómo lo sabes?

—Tu casa es más grande que el resto de los bungalows.

—Soy jefa de un departamento. Champ vive en el lado contrario de la mansión, cerca de la Cabaña número uno.

—¿Y qué hacen en la Cabaña número uno?

—De hecho es mi departamento. Champ dirige la Cabaña número dos. La del depósito de agua.

—¿Y no vas a decirme a qué te dedicas? —preguntó Sean.

—No es nada demasiado emocionante —dijo Alice—. Descomponemos números en factores. Números muy grandes, o por lo menos lo intentamos. Es una tarea bastante difícil. Buscamos algo que mucha gente de este campo está convencida de que no existe. Un atajo matemático.

Sean mostró su escepticismo.

—¿Un atajo matemático? ¿Y eso justifica los guardias armados y las residencias de lujo?

—Sí, si en caso de que lo consigamos el mundo puede dejar de girar. Y no estamos solos. IBM, Microsoft, la Agencia de Seguridad Nacional, la Universidad de Stanford, Oxford y países como Francia, Japón, China, India y Rusia, todos están enfrascados en actividades similares. Quizás incluso alguna organización criminal. Sin duda tienen alicientes para hacerlo.

—No sé si me gustaría competir con la Agencia de Seguridad Nacional —admitió Sean.

—Quizás ése sea el verdadero motivo por el que necesitamos guardias armados. Para protegernos de ellos.

—O sea, ¿que todo Babbage Town se dedica a eso de los factores de los números?

—Oh, no, sólo mi pequeño equipo de la Cabaña número uno y yo. Y, a decir verdad, me siento un poco como la hermanastra desgraciada. Está claro que mi labor se considera una especie de apoyo por si la investigación de Champ no funciona. Pero la compensación sería enorme.

—¿Por hacer que el mundo deje de girar? —dijo Sean repitiendo las palabras de ella—. ¿Qué sentido tiene eso?

—Algunos inventos, como la bombilla o los antibióticos, ayudan a la humanidad. Otros, como las armas nucleares, tienen el potencial de acabar con el género humano. Pero la gente sigue inventándolos. Y también hay personas que los compran.

—¿Por qué será que me siento como Alicia cruzando el espejo?

—No tienes por qué entender nuestro mundo, King. Sólo tienes que averiguar qué le pasó a Monk Turing.

—Llámame Sean. ¿Monk trabajaba en tu departamento?

—No, en el de Champ. Monk era físico, no matemático. Pero lo conocía.

—¿Y?

—Y pasaba ratos con él y Viggie, pero no puedo decir que lo conociera muy bien. Era callado, metódico e introvertido. Nunca hablaba demasiado de su vida privada. Ahora no te cortes y hazme las preguntas obvias. ¿Monk tenía enemigos? ¿Estaba implicado en algo que pudiera haber provocado su muerte? Cosas así...

Sean sonrió.

—Bueno, como ya las has preguntado, sólo me falta esperar las respuestas.

—No las tengo. Si estaba metido en drogas o se dedicaba a robar o tenía alguna perversión sexual que hizo que lo mataran, lo disimulaba muy bien.

—¿Sabes que lo mataron con su propia pistola y que sólo había huellas de él? —le preguntó Sean.

—Entonces, ¿fue un suicidio?

—Todavía no sabemos todos los detalles. Dices que no lo conocías demasiado bien, pero ¿alguna vez te pareció depresivo, con tendencias suicidas?

—No, nada de eso —afirmó Alice.

—¿Era buen padre con Viggie?

Alice suavizó la expresión.

—Muy buen padre. Solían jugar a la pelota horas enteras en el jardín. Incluso aprendió a tocar la guitarra para acompañarla cuando ella tocaba el piano.

—¿Pasabas mucho tiempo con ellos?

—Con Monk no, pero sí con Viggie. Es como la hija que nunca he tenido.

—¿Y a Monk le parecía bien?

—Trabajaba muchas horas; no es que yo trabaje pocas, pero teníamos horarios distintos y por eso iba bien que a veces yo pudiera estar con ella cuando él no podía.

—Entiendo. ¿Y la madre?

Alice negó con la cabeza.

—Ni idea. Nunca la he conocido.

De repente a Sean se le ocurrió una pregunta que probablemente debería haberle formulado a Rivest.

—¿Monk había hecho algún viaje últimamente?

—No, últimamente no. Aquí no nos dan muchas vacaciones. —Hizo una pausa—. Salió del país hace unos ocho o nueve meses, creo.

Sean se animó.

—¿Sabes adónde?

Alice negó con la cabeza.

—Nunca me lo dijo.

—Entonces, ¿cómo sabes que salió del país?

—Recuerdo haberle oído decir que tenía que renovarse el pasaporte. Supongo que ahí constará el destino. En el pasaporte.

«Que está en manos del FBI.»

—¿Cuánto tiempo pasó fuera?

—Unas dos semanas —dijo Alice.

—¿Quién cuidó de Viggie?

—Yo colaboré. Y contrataron a unas personas aquí en Babbage Town para que cuidaran de ella.

—¿Y a Viggie no le importó estar rodeada de un puñado de desconocidos?

—Supongo que Monk había hablado con ella. Si él le decía que no pasaba nada, ella le creía. Tenían una relación muy estrecha.

—¿Consigues comunicarte con Viggie, Alice?

—A veces. ¿Por qué?

—Porque quizá necesite tu ayuda cuando hable con ella —dijo Sean.

—¿Qué puede saber Viggie que ayude en la investigación?

—Quizá sepa algo sobre su padre que explique lo sucedido.

—Si habla contigo, no será con un lenguaje que comprendas demasiado bien —advirtió Alice.

Sean sonrió.

—Menos mal que tengo a una buena lingüista para ayudarme.

—A ti te importa un bledo si Monk Turing se suicidó o fue asesinado, ¿verdad? —preguntó ella con condescendencia—. Cobrarás igual.

—Te equivocas. Me importa pillar al asesino.

—¿Por qué?

—En teoría soy investigador privado. Pero en realidad soy policía y los policías piensan así. Por eso hacemos un trabajo que mucha gente no quiere hacer. Has dicho que querías contarme varias cosas. Sólo me has contado una.

Ella lo miró con curiosidad.

—Estoy muy cansada, así que me voy a la cama. Seguro que sabes encontrar la salida. —Se volvió a fijar la prótesis y subió las escaleras lentamente.

Cuando regresó a su dormitorio de la mansión, Sean no hacía más que darle vueltas a una idea en la cabeza: «¿Dónde coño me he metido?»

19

Después de dejar plantado a Horatio, Michelle se saltó la comida. Se dedicó a hacer unos ejercicios tan intensos en el gimnasio que acabó empapada de sudor. Se sentía mejor. Era obvio que las endorfinas habían conseguido lo que a Horatio Barnes le había resultado imposible. Poco a poco se estaba convenciendo de que lo ocurrido en aquel bar había sido una equivocación debida probablemente al exceso de alcohol. Pronto saldría de allí y volvería con Sean para resolver los problemas de otras personas. Horatio podría regodearse en las desgracias de otros pacientes.

Regresó a su habitación para ducharse. Tras peinarse el cabello húmedo, se envolvió en una toalla y salió del cuarto de baño. Se sentó en la cama y empezó a aplicarse loción en las piernas. Entonces se dio la vuelta tan rápido que la toalla se le cayó al suelo.

Barry llevaba un rato detrás de una cómoda de un rincón de la habitación.

Ahora estaba sonriente en un lugar visible para ella.

—¿Qué coño estás haciendo aquí? —gritó ella.

—Cheryl no se ha presentado a la sesión y me han enviado a buscarla —respondió Barry rápidamente sin apartar la mirada del cuerpo desnudo de Michelle, quien tiró de una sábana de la cama y se cubrió antes de levantarse.

—¡No está aquí, así que largo!

—Siento haberte molestado —se disculpó Barry con la sonrisa todavía en los labios.

—Voy a informar de esto, hijo de puta —dijo Michelle, enfurecida—. Sé exactamente de qué vas.

—Me han enviado aquí a buscar a una paciente. No es culpa mía que te pasees desnuda. ¿No has leído la sección sobre información del centro donde dice que durante el día las habitaciones de los pacientes se consideran espacios públicos y que el personal puede entrar y salir en cualquier momento? También dice que, por consiguiente, los pacientes que deseen intimidad tienen que vestirse en el cuarto de baño.

—Parece que te has estudiado bien esa sección. A ver si adivino por qué, don Pervertido.

Él retrocedió hacia la puerta sin apartar la mirada de las piernas largas y desnudas de Michelle.

—Si me denuncias, tendré que defenderme.

—¿Qué se supone que significa eso exactamente? —preguntó Michelle hecha una furia.

—Significa que otras pacientes han decidido seducir al personal masculino para obtener un trato preferente, pequeños favores, drogas, cigarrillos, caramelos, incluso vibradores. Me refiero a que, según mi versión, yo he venido aquí y tú has empezado a desnudarte para mí. ¿Quieres un vibrador, guapa? Pero como soy un buen trabajador, no puedo tratarte de forma distinta a los demás. Lo siento.

Michelle había apretado los puños presa de la furia.

—¡No te he visto, cabrón! Estabas escondido en el rincón.

—Tú dices que estaba escondido y yo digo que no. Que pases un buen día. —Barry le dedicó una última mirada penetrante antes de girarse y marcharse.

Michelle estaba tan alterada que le temblaba todo el cuerpo. Respiró hondo varias veces para tranquilizarse, cogió la ropa y acabó de vestirse en el cuarto de baño. La puerta no tenía cerrojo por motivos obvios, por lo que se quedó de pie con la espalda apoyada contra la misma, por si el hombre volvía para algo más que devorarle el culo y las tetas con la mirada. Se sentía ultrajada en lo más profundo de su ser.

Michelle acabó de vestirse y se estaba planteando si denunciar a Barry o no cuando entró una trabajadora.

—Vengo a buscarte para la sesión —dijo la mujer.

—¿Qué sesión? —preguntó Michelle.

—Horatio Barnes te ha apuntado a una sesión de grupo esta tarde.

—No me lo ha dicho.

—Está en tu programación. Estoy aquí para asegurarme de que vas.

Michelle vaciló. «Maldito sea.»

—¿Cuántas personas hay en el grupo?

—Diez. Estoy segura de que te resultará muy provechosa. Y sólo dura treinta minutos.

—Bien, pues cuanto antes empiece antes acabaré —espetó Michelle.

—Esa actitud no es la más recomendable —la reprendió la mujer.

—Ahora mismo es la única actitud que tengo.

Un médico que Michelle no conocía dirigía la sesión. La única salvación para Michelle era la presencia de Sandy. Fue directamente hacia ella y se sentó a su lado. En cuanto se hubo sentado, se abrió la puerta y apareció Barry. Se quedó de pie apoyado en la pared.

Cada vez que Michelle notaba que la miraba, sentía un hormigueo en la piel. Ese cabrón la había visto desnuda. Eso la atormentaba. Ni siquiera Sean la había visto en cueros.

Mientras el médico les pasaba algunos materiales, Sandy miró a Michelle y advirtió su expresión desgraciada.

—¿Estás bien?

—No, pero ya te lo contaré luego. ¿Cómo funciona esta sesión? —susurró.

—Síguele el rollo. Todo irá bien. Este loquero no está mal. Tiene buenas intenciones, pero no tiene ni idea de lo que pasa en el mundo real.

—Pues qué estimulante —dijo Michelle.

Al término de la sesión, Michelle empujó la silla de ruedas de Sandy hasta más allá de Barry.

—Que pasen un buen día, señoras —dijo Barry, aguantándoles la puerta y con una sonrisa de oreja a oreja.

—¡Vete a tomar por culo! —espetó Michelle suficientemente fuerte para que lo oyeran él y todos los demás.

Sandy hizo una mueca.

—Oh, querida, por favor, esa frase me hace pensar en una escena muy desagradable y acabo de comer.

Barry dejó de sonreír.

Camino de la habitación de Sandy, Michelle le contó el incidente con Barry.

—He oído decir que espera a oír el sonido de la ducha en las habitaciones de las mujeres que están de buen ver y entonces entra a echar una ojeada.

Michelle estaba indignada.

—Si ese cabrón tiene la costumbre de hacer eso y se sabe, ¿por qué no lo despiden?

—A la gente le da miedo hablar. Piénsalo, la mayoría están aquí porque son personas confundidas y vulnerables. No están en la mejor situación para defenderse de un gilipollas como él.

—Me encantaría pasar unos minutos a solas con ese tío. Le dejaría la cara más fea de lo que ya la tiene.

—Pues mira que es difícil —repuso Sandy.

Michelle entró con Sandy en la habitación y vio un gran ramo de flores en la mesita de noche.

—¿Tienes un admirador secreto? —preguntó Michelle.

—¿Acaso no lo tienen todas las mujeres? —Sandy tocó un pétalo de rosa—. Hablando de admiradores, ¿quién era ese hombre alto y guapísimo con el que te vi hablar cuando llegaste aquí?

—Sean King. Somos compañeros.

—¿Compañeros? O sea, ¿que todavía no hay anillo?

—No, somos compañeros de una agencia de detectives.

—¿Eres detective?

—Y ex miembro del Servicio Secreto —dijo Michelle.

—Pues nunca habría dicho que fueras policía federal.

—¿Por qué? ¿Se supone que tenemos una pinta específica?

—No. Pero sé diferenciar a los buenos de los malos —dijo Sandy.

—¿Has tenido mucha experiencia con ambos?

—Digamos que tengo un montón de experiencia, punto. —Le dio una palmadita a Michelle en la mano—. ¿Y ese tal Sean King y tú... ha pasado algo fuera del trabajo?

—Ahora hablas como el loquero —dijo Michelle.

—¿Está tan bien por dentro como por fuera?

—Incluso mejor, la verdad.

—En ese caso, querida, ¿puedo preguntarte por qué no llevas un anillo en el dedo?

—Somos compañeros de trabajo, Sandy.

—Hay muchas formas de ganarse la vida. Pero por experiencia sé que los hombres guapos con un corazón de oro escasean tanto como las mujeres que se van de un bar sin que les hayan manoseado el culo. Cuando encuentres a uno de ésos, mejor que le eches el guante u otra lo hará.

Michelle pensó en que Sean y Joan habían vuelto a trabajar juntos mientras ella estaba ahí metida luchando por su alma con Horatio *Harley Davidson* Barnes y siendo el objeto de las miradas lascivas del gilipollas de Barry.

—No es tan fácil —dijo al final.

—Oh, las mujeres se dicen eso constantemente. En parte se debe a que para las mujeres no hay nada fácil. Sólo es fácil para los hombres y eso se debe a que los cabrones gozan del favor de Dios y no ven más allá de a lo que meten mano.

—Sean es distinto —aclaró Michelle.

—Entonces me estás dando la razón. Déjate de complejidades y ve a lo fácil. Un anillo en el dedo. No hace falta más.

—Suponiendo que yo lo quisiera así, ¿qué pasa si él no quiere?

Sandy repasó a Michelle con la mirada.

—Entonces, sinceramente, él es quien necesita estar internado y no tú. Quizá sea mejor que la mayoría de los hombres, pero doy por supuesto que tiene cremallera y algo detrás.

—Basarse en la atracción física no funciona a largo plazo —opinó Michelle.

—¡Por supuesto que no! Pero les haces picar el anzuelo con las curvas, los pescas y empleas el tiempo que tardas en deteriorarte en educarlos como es debido.

—¿Te has casado alguna vez?

—Sí. Y duré unos diez minutos —dijo Sandy.

—¿Divorcio exprés?

—No, me dispararon el día de la boda y así acabé. Mi marido durante diez minutos no tuvo tanta suerte.

—Dios mío, ¿lo mataron? ¡Durante la boda!

Sandy asintió.

—La organizadora de la boda se quedó muda. Estaba preocupada por las gambas y la escultura de hielo. No tenía ni idea de cómo establecer prioridades.

—¿Cómo ocurrió?

Sandy se levantó con agilidad de la silla y pasó a la cama. Llevaba una camisa de manga corta y Michelle vio cómo se le marcaban los tríceps y las venas de los bíceps. Sandy se sentó recostada en la cama.

—Lo que sucedió fue hace mucho tiempo. Oficialmente, sólo tuve al amor de mi vida durante diez minutos. Pero mentiría si dijera que lo habría cambiado por pasar la vida con otra persona. Así que piensa en tu señor King. Piénsatelo bien y sé consciente de que no siempre estará ahí. Porque hay muchas mujeres por ahí a quienes les importan un bledo las complicaciones. Cogen lo que quieren, querida. Cogen lo que quieren.

20

Sean había pasado su primera noche en Babbage Town intentando dormir a ratos y mirando por la ventana del recinto a oscuras. Su habitación estaba en la segunda planta de la mansión y daba a la zona cercana a la casa de Champ Pollion y desde allí también divisaba la Cabaña número uno dirigida por la sincera y coja Alice Chadwick. La mansión estaba decorada al estilo europeo y había descubierto que todas las habitaciones de invitados disponían de ordenador y conexión inalámbrica a Internet de alta velocidad.

A eso de las dos de la madrugada, Sean vio movimiento cerca de la casa de Champ. Le pareció ver que el físico subía por las escaleras que llevaban a la puerta principal y entraba, pero la luna iluminaba poco y no estaba seguro. Acto seguido Sean oyó un ruido que lo pilló totalmente desprevenido. Abrió la ventana de par en par y miró.

Se acercaba un avión y no era un avión cualquiera. Era un *jet*, grande a juzgar por el sonido de los motores y, teniendo en cuenta el nivel de ruido, el aparato estaba aterrizando. Asomó la cabeza por la ventana pero no vio nada, ni siquiera un parpadeo de luces en el cielo oscuro. Aguzó el oído un rato más y oyó que los motores del avión frenaban para detener la nave después de que tocara tierra. Pero ¿dónde había aterrizado el avión? ¿En Camp Peary? ¿En el Centro de Armamento Naval? ¿Y qué demonios hacía un reactor enorme que volaba sin luces aterrizando al otro lado del río a las tantas de la madrugada?

Al cabo de casi dos horas, se había vuelto a despertar y se había sentado junto a la ventana. Vio a dos guardias apostados en el sendero de guijarros, hablando y tomando café. Incluso desde allí arriba oía los graznidos de sus radios portátiles.

A las cinco en punto, Sean decidió no dormir más, se duchó, se vistió y bajó las escaleras con una mochila al hombro. Al vestíbulo amplio y abovedado llegaba del comedor el olor a café, huevos y beicon.

Desayunó y se paró en el mostrador de seguridad situado cerca de la puerta principal de la mansión, con un vaso de café de poliestireno en la mano. Mostró su tarjeta al guardia correspondiente. El fornido hombre asintió sin decir nada cuando tomó la tarjeta de Sean y la deslizó por una ranura situada encima de la pantalla del ordenador.

«Parece ser que quieren saber dónde está cada persona en todo momento —se dijo Sean—. Incluso el detective que han contratado.»

—¿Has oído el avión que ha aterrizado hace un rato? —preguntó al guardia.

El hombre no respondió. Se limitó a devolverle la tarjeta a Sean y se puso a mirar el monitor del ordenador.

—Yo también te quiero —farfulló Sean al salir.

Todavía estaba oscuro y Sean se quedó unos momentos parado preguntándose qué hacer. Alice se había equivocado: no hacía aquello sólo por el dinero. Quería averiguar qué le había sucedido a Monk Turing. Todos los hijos tienen derecho a saber qué ha sido de sus padres. Y todos los asesinos se merecen un castigo.

Monk había salido del país hacía ocho o nueve meses. ¿Adónde había ido? En su pasaporte figuraría el destino si es que había utilizado los canales habituales para los viajes internacionales. Pero ¿y si había viajado con nombre falso o en aviones de otro país? ¿Acaso era espía? ¿Acaso había salido del país para pasar secretos de Babbage Town a algún país dispuesto a pagar bien por ellos?

Respiró el aire fresco desprovisto de los gases tóxicos del área metropolitana de Washington y se paró un momento a escuchar el correteo de los animales en el bosque cercano. Ardillas y ciervos, probablemente; las personas emitían sonidos muy distintos cuando se desplazaban. Sean había aprendido a deducir el motivo que escondían los movimientos de las personas. En realidad no era tan difícil. La mayoría de las personas eran incapaces de ocultar sus motivos aunque les fuera la vida en ello. Si hubieran podido, muchos más que cuatro presidentes de Estados Unidos habrían sido asesinados.

Sean conocía a algunos colegas del departamento de Rescate de Rehenes del FBI que se habían formado en Camp Peary con las unidades paramilitares de la CIA. Estas unidades viajaban por el mundo haciendo cosas de las que nadie de la CIA ni de ningún otro departamento gubernamental hablaba jamás. Sean tenía claro que no quería verse las caras con ellos, pero ¿y Turing?

Sean siguió caminando y al final llegó a la casa de Len Rivest. Era muy temprano y Rivest había pillado una buena mona la noche anterior. Decidió dejarlo dormir. Tiró el café en un cubo de la basura, pasó junto a la oficina de seguridad y un edificio de una sola planta que parecía un garaje y giró a la izquierda por un sendero de gravilla marcado con la inscripción «Cobertizo para barcas». A medida que avanzaba, el bosque se tornaba más y más frondoso.

Tardó veinte minutos en dejar los árboles atrás y llegó al río York y al cobertizo propiedad de Babbage Town, situado a lo largo de un embarcadero que se proyectaba hacia el ancho, tranquilo y profundo río. Se trataba de una estructura larga y plana de tableros de cedro pintada de amarillo con múltiples pasadizos cubiertos y puertas estilo garaje que cerraban cada uno de ellos. Echó un vistazo por una ventana y distinguió la silueta de varias embarcaciones. Salió a un dique flotante adjunto al cobertizo y se fijó en varios kayaks apilados en un soporte así como en dos barcos con paletas amarrados a cornamusas. Uno de los pasadizos estaba abierto. También había tres motos acuáticas con la funda puesta. Si Monk había utilizado una de esas embarcaciones para ir a Camp Peary, ¿quién la había devuelto a su sitio? Los cadáveres no eran buenos marineros.

El sol estaba saliendo y lanzaba haces de luz en la superficie lisa del agua. Sean extrajo unos prismáticos de la mochila. La luz del sol lanzaba destellos en la alambrada de la otra orilla del York. Sean se acercó al borde del río, colocó los pies cerca de la orilla arenosa e hizo un barrido ocular del terreno que se extendía al otro lado, aunque no advirtió nada interesante. En el agua flotaban un par de botes para la pesca de cangrejos. Había unos cuantos canales marcados en el York y una garza que volaba bajo se lanzó en picado frente a él a buscar su desayuno en el agua turbia.

Se preguntó dónde estaba la pista de aterrizaje con capacidad para un *jet* tan grande. Miró a la izquierda y la vio: un claro en el límite de la vegetación dejaba ver una amplia extensión de hierba. «La pista de aterrizaje debe de empezar justo después de la hierba», pensó.

Más a la izquierda, los largos brazos de unas grúas se alzaban al cielo. Llegó a la conclusión de que se trataba del Cheatham Annex. Los chicos de la Armada. Camino de Babbage Town había visto a un destructor gris oscuro junto a un muelle delante del Centro de Armamento Naval. Esta zona estaba plagada de militares. Por algún motivo, eso no le proporcionaba sensación de seguridad.

La pequeña rama cayó del árbol y lo golpeó en la cabeza. Sean cayó al suelo no porque la rama le hubiera hecho daño sino por algo más. Debía de ser la bala de un rifle de largo alcance. La bala había cortado la rama justo encima de su cabeza. Se agachó en la hierba alta del río. ¿Quién demonios le había disparado? Al cabo de un minuto se aventuró a echar un vistazo y escudriñó el río. El disparo debía de haber procedido de allí. La duda que le asaltaba era obvia: ¿acaso el tirador había fallado a propósito para asustarlo, o se suponía que la rama tenía que haber sido la cabeza de Sean?

Cuando la siguiente bala le pasó casi rozando por encima de la cabeza, obtuvo la respuesta. Alguien intentaba matarlo.

Se acurrucó todavía más en la tierra y la arena y se estiró lo más plano posible en el suelo.

Esperó dos minutos. Cuando vio que no se producía ningún otro disparo, empezó a impulsarse hacia atrás agarrándose a la hierba, al estilo de una serpiente que repta rápidamente, pero al revés. Llegó a una zona en que la hierba era más alta y luego a la línea que marcaba el fin de la vegetación. En cuanto se situó detrás de un robusto roble, se levantó y empezó a zigzaguear por entre los árboles hacia Babbage Town.

Llegó al sendero y se dirigió corriendo al bungalow de Len Rivest. Rivest no respondió a su llamada, así que Sean empujó la puerta y entró.

—¡Len! ¡Len! ¡Acaban de dispararme!

No había nadie en la planta baja. Subió corriendo los escalones, de dos en dos, abrió la primera puerta que encontró y se paró, jadeando.

Len Rivest yacía desnudo en el fondo de la gran bañera antigua con los ojos inertes fijos en el techo azul claro.

21

Horatio Barnes estaba sentado a su escritorio mirando un mapa en el que aparecía el pueblo de Tennessee en el que Michelle había vivido cuando tenía seis años.

Bill Maxwell le había contado que Michelle era mucho más joven que el siguiente hermano. Horatio pensó que quizás hubiera sido fruto de un descuido y sabía que esas cosas pueden afectar a los niños.

Horatio había movido unos cuantos hilos y obtenido algo de información sobre su expediente laboral en el Servicio Secreto. Aparecían todos los rasgos que sabía que tenía: obsesionada con el control, dura con sus subordinados pero más dura todavía consigo misma, incorruptible, justa; características todas ellas de un buen agente federal. En algún momento había perdido, o por lo menos había conseguido controlar, sus miedos, su incapacidad para confiar en los demás, aunque los dos agentes con los que había hablado sobre ella le habían hecho comentarios sorprendentemente similares. Ambos hombres habían dicho que le habrían confiado su vida pero que nunca habían acabado de conocer realmente a la persona enigmática que había detrás del chaleco antibalas y la pistola Glock.

Había tratado a otros pacientes como Michelle, y había querido ayudarlos a todos, pero con Michelle sentía una necesidad todavía más imperiosa de conseguir su recuperación. Quizá se debiera a que había arriesgado su vida por el país o porque era amiga íntima de Sean King, hombre al que respetaba mucho más que a la mayoría de sus conocidos. O tal vez porque notaba un dolor tan grande en su interior que lo único que quería era ayudarla a borrarlo, si es que podía.

Había también otro motivo, que no había compartido con Sean King ni con Michelle. Las personas que intentaban quitarse la vida, por muy torpes que fueran la primera vez, solían mejorar, y por ello al tercer, cuarto o sexto intento, acababan en una mesa de autopsias mientras un forense analizaba los restos. No podía permitir que eso le sucediera a Michelle Maxwell. Tenía una semana de vacaciones por delante. Había pensado viajar en avión a California para ir a buscar orejas de mar con unos amigos. Sin embargo, se conectó a Internet y compró un billete de avión a Nashville.

22

Michelle volvió a oír pasos, exactamente a la una de la madrugada. Se levantó y salió por la puerta. Ahora tenía un aliciente añadido para averiguar qué tramaba el mirón de Barry. Rezó para que al menos fuera un delito grave. Bajó por el pasillo a oscuras, calibrando el ritmo de los pasos que se oían ligeramente por delante de ella. Llegó al final del pasillo y echó un vistazo más allá de la esquina. Había una luz encendida al fondo. Fue avanzando hasta que distinguió de dónde venía. Era la farmacia. Había alguien dentro. Cuando el hombre se movió delante de la ventanilla de cristal de la puerta, se dio cuenta de que no se trataba de Barry sino del hombre bajito que había visto ahí mismo antes. «Un poco tarde para estar administrando fármacos», pensó.

Mientras se encontraba allí apareció otra silueta cerca de la puerta de la farmacia. Barry miró en derredor con cautela antes de entrar y cerró la puerta detrás de sí. Michelle se echó hacia delante al máximo para ver mejor. Y entonces cayó en la cuenta. Para empezar, ¿por qué estaba Barry ahí a esa hora? Había hecho el turno de día. Durante su estancia en el centro, Michelle se había percatado de que el personal hacía turnos de doce horas y llegaban por la mañana o por la noche a las ocho en punto. Hacía cinco horas que el turno de Barry había acabado. ¿Acaso estaba haciendo unas cuantas horas extras para dedicarlas a asuntos personales?

Michelle oyó antes de ver: era el ligero crujido de la goma en el linóleo. En un principio pensó que eran las zapatillas que llevaban las enfermeras. Pero entonces apareció la silla de ruedas. Sandy iba totalmente vestida y se impulsaba por el pasillo con las manos. En un momento dado se detuvo y se puso a vigilar la puerta de la farmacia. Michelle retrocedió rápidamente cuando Sandy giró la cabeza de repente y miró en su dirección. Al cabo de un minuto, Michelle se atrevió a volver a mirar por la esquina, pero Sandy ya no estaba. Transcurridos unos minutos, Barry y el otro hombre salieron de la farmacia y éste cerró la puerta con llave. Por suerte, se fueron por el pasillo en dirección contraria a la de Michelle.

En cuanto el sonido de sus pasos se amortiguó, Michelle se acercó sigilosamente a la farmacia. Lo que le extrañaba era que ambos hombres hubieran salido de la farmacia con las manos vacías. ¿Qué estaba pasando?

Entonces desvió la atención hacia el otro pasillo, en dirección a la habitación de Sandy. Se desplazó lentamente y pegada a la pared, dando pasos cortos y lo más silenciosos posible. Llegó a la habitación de Sandy. Estaba a oscuras. Se asomó al cristal y la distinguió tumbada en la cama. Estaba claro que la mujer fingía dormir. Pero ¿por qué había ido a mirar la farmacia? ¿Se hallaba implicada en la trama de Barry? Michelle no quería creer tal cosa, pero tampoco podía descartar esa posibilidad.

Michelle regresó a su habitación pero le costó conciliar el sueño. Se revolvió en la cama durante varias horas sin dejar de aventurar posibles teorías que explicaran lo que había visto, a cual más improbable.

Se levantó temprano y bajó a desayunar. A continuación asistió a otra sesión de grupo a la que Horatio la había apuntado. Luego tuvo una sesión de terapia individual. Cuando acabó, Michelle fue directa a la habitación de Sandy y se la encontró allí. Con otras personas.

—¿Qué ocurre? —preguntó Michelle.

Un médico, dos enfermeras y un guardia de seguridad rodeaban la cama de Sandy. La mujer estaba tendida, agitándose con violencia y gimiendo.

Una enfermera se volvió hacia Michelle.

—Vuelve a tu habitación ahora mismo.

El guardia se acercó a ella con las manos estiradas.

—Ahora mismo —repitió.

Michelle se giró y se marchó, pero no se alejó demasiado.

Al cabo de unos minutos su permanencia se vio recompensada

cuando el grupo salió de la habitación de Sandy y pasó por su lado. Sandy estaba atada a una camilla con una vía de suero inyectada en el brazo. Parecía dormida. Puso en práctica la formación recibida en el Servicio Secreto y siguió recorriendo el brazo de la mujer con la mirada hasta llegar a las manos. Lo que vio la dejó muy extrañada porque Sandy siempre había cuidado mucho su aspecto.

Michelle esperó hasta perderlos de vista y entonces entró a toda prisa en la habitación de Sandy y cerró la puerta tras de sí. Se sentía un poco culpable por aprovecharse de la enfermedad de Sandy para registrar su cuarto. Pero sólo un poco.

No tardó demasiado, porque la mujer había traído pocos efectos personales. A Michelle le extrañó no encontrar fotos ni de la familia ni de los amigos. De todos modos, Michelle tampoco había traído ninguna foto. Pero, a juzgar por el cariño con el que Sandy había hablado de su difunto esposo, Michelle habría pensado que por lo menos tendría una foto de él. No obstante, teniendo en cuenta el terrible final que había tenido, quizá no quisiera ningún recordatorio.

Miró a su alrededor y se fijó en el ramo de flores. Inspeccionó la mesa en la que estaba el ramo y recorrió con el dedo el laminado con finas partículas de tierra. Bajó la vista al suelo y también vio restos de tierra. Eso era lo que le había extrañado de las manos de Sandy. Las tenía llenas de tierra. Como si...

Michelle cruzó la habitación y se pegó a la pared situada junto a la puerta. Había alguien fuera. La puerta se abrió lentamente. Michelle se agachó para que la persona no la viera por la abertura de cristal.

Cuando la persona entró y se acercó a la cama, Michelle salió a hurtadillas por la puerta. Miró hacia atrás y vio a Barry acercándose a la cama de Sandy. Corrió pasillo abajo hasta el puesto de enfermería.

—Un hombre acaba de entrar en la habitación de Sandy, creo que no debería estar ahí porque Sandy está enferma —le dijo a la enfermera que estaba de guardia.

La mujer se levantó inmediatamente y recorrió el pasillo con rapidez.

Michelle volvió enseguida a su habitación y casi chocó con Cheryl, que salía con la pajilla en la boca. Michelle no quería estar sola en ese momento por si Barry volvía para vengarse de ella por haberlo delatado. Estaba claro que no podía contar con que la enfermera mantuviera su identidad oculta. De hecho, quizás estuviera enfadada con Michelle por haberla hecho ir corriendo a la habitación de Sandy y encontrarse con Barry. Como había dicho el cabrón, podía entrar y salir a su antojo.

—Hola, Cheryl, ¿quieres charlar un rato? —Cheryl dejó de succionar durante unos instantes y miró a Michelle como si fuera la primera vez que la veía. Michelle empezó a hablar rápido—: Quiero decir que compartimos habitación y la verdad es que no nos conocemos. Y creo que en algún punto del manual de los pacientes pone que debemos intentar relacionarnos entre nosotros como una forma de terapia. Ya sabes, podemos hablar de mujer a mujer.

La sugerencia de Michelle era tan falsa que Cheryl se limitó a dejarla allí plantada y a darle un sonoro sorbo extra a la pajilla. Michelle entró en la habitación y se colocó contra la puerta.

Transcurrieron veinte minutos y no hubo ni rastro de Barry. No temía al hombre físicamente. Ya se había dado cuenta de que era un intimidador que se daría la vuelta y echaría a correr la primera vez que le devolvieran un golpe más fuerte del que él había dado. Pero podía perjudicarla de otro modo, acusándola de cualquier cosa. O quizá le introdujera drogas robadas en la cama. Si la gente le creía a él en vez de a ella, ¿qué pasaría? ¿Se quedaría encerrada en ese sitio en contra de su voluntad? ¿Iría a la cárcel? Hundió el mentón en el pecho presa de una terrible depresión.

«Sean, ven a rescatarme de este sitio, por favor.» Entonces recordó algo obvio. Estaba allí por voluntad propia. Se había ingresado porque así lo había querido, pero podía marcharse con las mismas. Podía marcharse en ese mismo momento. Podía ir al apartamento que Sean había alquilado para ellos, relajarse durante un día y luego ir a su encuentro. Seguro que en esos momentos necesitaba su ayuda. Siempre la necesitaba en algún momento preciso durante la investigación de un caso.

Salió disparada por la puerta y casi chocó con la enfermera que había allí.

Michelle parpadeó y dio un paso atrás.

—¿Sí?

—Michelle, Sandy quiere verte.

—¿Se encuentra bien?

—Está estable —dijo la enfermera—. Y quiere hablar contigo.

—¿Qué le pasa?

—Me temo que no puedo hablar del tema.

—Por supuesto que no —farfulló Michelle mientras seguía a la mujer por el pasillo. Pero entonces aceleró el paso. Quería ver a Sandy. Tenía unas ganas enormes de verla.

23

Horatio Barnes salió del aeropuerto de Nashville en el coche de alquiler. Al cabo de una hora estaba en una zona rural de Tennessee buscando el pueblo en el que Michelle Maxwell vivía cuando tenía seis años. Lo encontró tras girar varias veces en la dirección equivocada y perder el tiempo retrocediendo. Llegó al centro del deteriorado pueblo, se detuvo a pedir indicaciones en la ferretería y salió del pueblo en dirección al suroeste. Estaba sudando porque, al parecer, el precio que había pagado para alquilar el coche no cubría el funcionamiento del aire acondicionado.

Sin duda, el barrio en el que Michelle había vivido había visto tiempos mejores. Las casas eran viejas y estaban destartaladas; los jardines, descuidados. Fue comprobando los números de las casas hasta que la encontró. La vivienda de los Maxwell estaba apartada de la calle. Tenía un gran jardín delantero con un roble moribundo que le hacía de anclaje. En una rama había un neumático colgado de una cuerda medio podrida. En el lateral había una furgoneta Ford de los años sesenta encima de unos bloques de cemento. Vio los irregulares tocones muertos de lo que parecía haber sido un seto que rodeaba la parte delantera de la casa.

La pintura del revestimiento de tablones de madera se estaba desportillando y la mosquitera de la puerta de la entrada se encontraba medio caída encima de los escalones. Horatio no sabía si la casa estaba habitada o no. A juzgar por su aspecto deslavazado, pensó que se trataba de una vieja casa de labranza. Probablemente los dueños originales habían vendido el terreno a un promotor y el barrio había ido construyéndose alrededor de la finca.

Se preguntó cómo habría sido para la niña crecer ahí sólo con sus padres una vez que sus hermanos habían llegado a la edad adulta. Horatio también volvió a preguntarse si Michelle había sido concebida por accidente. ¿Habría influido eso en el trato que le habían dispensado sus padres? Horatio sabía por experiencia que aquello era un arma de doble filo. «¿Cuál ha sido tu filo, Michelle?»

Aparcó el coche de alquiler junto al arcén de gravilla, salió y miró en derredor mientras se secaba el sudor de la cara con un pañuelo. Al parecer, en el barrio no había servicio de vigilancia vecinal porque nadie le prestaba atención. Probablemente allí no hubiera nada que valiera la pena robar.

Horatio subió por el camino de entrada. Una parte de él esperaba que un chucho viejo apareciera lentamente por la esquina de la estructura enseñándole los colmillos en busca de una pierna rellenita a la que hincarle el diente. Sin embargo, no salió a recibirlo o a atacarlo ningún animal ni ninguna persona. Llegó al porche y miró hacia el interior por la puerta destartalada. La casa parecía abandonada o, de lo contrario, los inquilinos actuales estaban aplicando una nueva versión del minimalismo.

—¿Quieres algo? —preguntó una voz decidida.

Horatio se giró y vio a una mujer de pie al final del camino. Era joven, bajita y rechoncha; llevaba un vestido veraniego y descolorido y a un bebé gordito apoyado en la cadera izquierda. Tenía el pelo oscuro y rizado y se le pegaba a la cabeza como un casquete debido a la humedad.

Horatio se acercó a ella.

—Eso espero. Estoy intentando averiguar algo sobre las personas que vivían en esta casa.

Ella miró por encima del hombro.

—¿A quién te refieres, a los vagabundos, los drogatas o las putas?

Horatio siguió su mirada.

—Oh, ¿para eso la usan hoy en día?

—Ruego al Señor que fulmine a los pecadores —dijo la mujer.

—Supongo que los pecadores no vienen de día sino sólo por la noche.

—Bueno, no hay ninguna ley que diga que tenemos que meternos en la cama cuando oscurece. Así que vemos el mal, que malvado es.

—La verdad es que lo siento. Pero no me refería al... mal. Me refería a una familia llamada Maxwell; vivieron aquí hace unos treinta años.

—Nosotros hace cinco que estamos aquí, así que ¿qué voy a saber yo?

—¿Hay alguien por aquí que pudiera saberlo?

La mujer señaló con el dedo regordete la casa de labranza.

—Por culpa de este mal, aquí nadie quiere quedarse. —Al bebé le entró hipo y empezó a caerle la baba. Ella se la limpió con un trapo que sacó del bolsillo.

Horatio le tendió una tarjeta.

—Bueno, si se te ocurre alguien que pudiera ayudarme, llámame a este número.

La mujer observó la tarjeta.

—¿Eres loquero?

—Algo parecido.

—¿De Wash... ing... ton? —pronunció la palabra con evidente desdén—. Esto es Tennessee.

—Tengo muchos clientes —aclaró Horatio.

—¿Por qué preguntas por los Maxwell esos?

—Es confidencial, lo único que puedo decir es que intento ayudar a un paciente.

—¿Cuánto estás dispuesto a dar? —lanzó la mujer

—Pensaba que no los conocías.

—Conozco a una persona que a lo mejor sí. Mi abuela. Nos dio esta casa cuando se fue a una residencia. Vivió aquí, oh, por lo menos cuarenta años. Joder, el abuelo está enterrado en el jardín trasero.

—Qué bien.

—La hierba crece muy bien en ese sitio, la verdad.

—Seguro. O sea que tu abuela está en una residencia. ¿Cerca de aquí? —Horatio preguntó suavemente.

—En una residencia pública, a una hora de distancia. No podía permitirse nada lujoso. Por eso nos dio la casa, para poder recibir ayuda del gobierno. Para que no supieran que tenía cosas, ¿sabes?

—¿Como propiedades que sirvieran para pagarle la residencia?

—Eso es. El gobierno le saca la pasta a todo el mundo. Tenemos que pelear para que nos den lo que nos merecemos. Espera unos años y los mexicanos serán los dueños del lugar. —La mujer alzó la vista al cielo—. Dios mío, mátame antes de que eso ocurra.

—Ten cuidado con lo que le pides a Dios. ¿Crees que querrá hablar conmigo?

—A lo mejor. Tiene días buenos y días malos. Intento ir a verla, pero con el bebé y los otros niños en la escuela... Encima la gasolina no es precisamente barata. —Lo observó—. ¿Cuánto estás dispuesto a pagar? —volvió a preguntar.

—Eso depende de lo que me cuente. —Horatio se paró un momento a mirar a la mujer—. Digamos que, si la información es buena, le pagaré cien dólares.

—¡A ella! El dinero no le sirve para nada. Tienes que pagarme a mí.

Horatio sonrió.

—De acuerdo, te pagaré. ¿Puedes concertarme una cita con ella?

—Bueno, teniendo en cuenta que hemos cerrado un trato, te acompañaré. No quiero que te marches del pueblo y te olvides de lo que hemos acordado.

—¿Cuándo podemos ir? —preguntó Horatio.

—Mi hombre llega a casa a las seis. Podemos ir entonces. Así llegaremos después de cenar. A los viejos no les gusta que los interrumpan cuando están papeando.

—Vale. ¿Cómo se llama tu abuela y en qué residencia está?

—¿Me has visto cara de imbécil? Puedes seguirme en el coche. Te llevaré a su residencia.

—Entendido. Dices que tiene días buenos y días malos. ¿Qué significa eso exactamente?

—Eso significa exactamente que está perdiendo la chaveta. Tiene esa cosa del demonio —afirmó la mujer.

Horatio inclinó la cabeza al oír esas palabras, preguntándose si la joven estaba loca. Entonces imaginó a qué se refería.

—¿Te refieres a la demencia?

—Eso. O sea que hay que tirar los dados y ver qué pasa.

—Bueno, gracias por tu ayuda, eh...

—Linda Sue Buchanan. Mis amigos me llaman Lindy pero tú no eres mi amigo así que por ahora llámame Linda Sue.

—Puedes llamarme Horatio.

—Mira que es rarito el nombre...

—Es que yo también soy rarito. Quedamos aquí a las seis. Y, por cierto, Linda Sue, tu dulce bebé acaba de vomitarte en el zapato.

Horatio la dejó maldiciendo y arrastrando el pie por la hierba.

24

Sandy estaba sentada en la cama con un aspecto mucho mejor. La enfermera las dejó solas y Michelle se acercó a la cama y cogió la mano de la mujer entre las suyas.

—Dime, ¿qué demonios te ha pasado? —preguntó Michelle.

Sandy sonrió e hizo un gesto de despreocupación con la otra mano, si bien apretó a la vez la que Michelle le había cogido.

—Oh, querida, me pasa de vez en cuando. Nada grave. Es como si me diera contra una pared y todo saltara por los aires. Me dan un zumito feliz y me quedo fresca como una rosa.

—¿Seguro que estás bien?

—Por supuesto.

—Pensé que habías tenido un ataque —apuntó Michelle.

—Ahora ya ves por qué no puedo tener un trabajo. Y creo que habría sido una gran piloto de aviación, ¿no te parece? —Hizo la pantomima de hablar por unos altavoces—. Damas y caballeros, les habla el capitán. Estamos a punto de iniciar nuestro descenso a los infiernos y la persona que pilota el avión, es decir yo, está a punto de perder el control, así que agárrense bien, pequeños cabrones, mientras intento controlar esta bestia. —Sandy rio débilmente y se soltó de la mano de Michelle.

—Lo siento, Sandy, de verdad que sí.

—Está incluido en el precio y ya me he acostumbrado.

Michelle vaciló.

—Entré en tu habitación después de que se te llevaran. No sé por qué, supongo que estaba aturdida. Oí que otra persona se acercaba. Me escondí detrás de la puerta y entró Barry.

Al oír eso, Sandy se irguió ligeramente.

—¿Te vio?

—No, salí a hurtadillas. Pero lo delaté a la enfermera jefe, por la cuenta que me traía. Probablemente ahora mismo esté tramando su venganza.

Sandy se recostó.

—¿Qué vendría a buscar a mi habitación?

Michelle se encogió de hombros.

—Probablemente quería ver qué había pasado. O quizá quisiera llevarse algo de valor que encontrara por aquí.

Sandy soltó un bufido.

—Pues espero que sea capaz de cavar hasta mi banco porque ahí es donde tengo las joyas buenas. Nunca llevo nada de eso a estos sitios porque no dura demasiado.

—Bien pensado, Sandy.

Sandy intentó incorporarse un poco más y Michelle enseguida se ofreció a ayudarla. Levantó la sábana, dejó las piernas de Sandy al descubierto, cogió a la mujer por la cintura y la colocó más arriba antes de volver a taparle las piernas.

—Tienes fuerza —comentó Sandy.

—Tú también eres bastante musculosa.

—El torso sí. Pero tengo las piernas como dos palillos. —Sandy exhaló un suspiro—. Tenías que haber visto los jamones que tenía, tipo Ann Margret.

Michelle sonrió.

—Seguro. —Sandy tenía las piernas atrofiadas, motivo por el que Michelle había levantado la sábana. Quería asegurarse de que estaba realmente discapacitada. Tenía la corazonada de que había algo en Sandy que no cuadraba.

—Parece que piensas demasiado —dijo Sandy.

—Es lo único que se puede hacer aquí, ¿no? Pensar demasiado —admitió Michelle.

Una hora después, Michelle participó en otra sesión de grupo a la que la había inscrito Horatio Barnes.

—¿Cuándo se supone que vuelve don Harley Davidson? —preguntó Michelle a una de las enfermeras.

—¿Quién?

—¡Horatio Barnes!

—Oh, no lo dijo. Pero tiene un socio que lo sustituye que está altamente cualificado.

—Mejor para él.

Al volver de la sesión, Michelle dobló la esquina y estuvo a punto de chocar con Barry, que venía en la otra dirección.

Michelle se disponía a alejarse cuando él le dijo:

—¿Qué tal está tu amiguita Sandy?

Sabía que no debía picar el anzuelo, pero había algo en su interior que se lo impedía. Se giró y le replicó alegremente.

—Está fenomenal. ¿Encontraste algo en su habitación que valiera la pena robar?

—O sea que tú eres quien se chivó a la enfermera —lanzó Barry.

—¿No lo sabías? Menudo primo estás hecho.

Barry sonrió con satisfacción.

—¿Por qué no te enfrentas a la realidad? Yo puedo largarme cuando me dé la gana. Tú eres una majara que está aquí encerrada.

—Eso es. Soy una majara. Soy una dichosa majara capaz de romperte el pescuezo cuando me dé la gana.

Barry hizo una mueca desdeñosa.

—Mira, nena, me crié en el barrio más jodido de Trenton. Tú no sabes lo que es ser duro... ¡Joder!

Michelle acababa de atravesar la pared de mampostería de una patada a escasos centímetros de la cabeza de Barry. Mientras retiraba la pierna lentamente, lo miró y vio lo acoquinado que estaba, tapándose la cabeza con las manos.

—La próxima vez que intentes pasarte conmigo o con Sandy, no destrozaré la pared. —Michelle se giró para marcharte y entonces miró el agujero que había dejado—. Deberías limpiar esto, Barry. Ya sabes cuáles son las normas de higiene.

—Voy a denunciarte por agresión.

—Perfecto, adelante. Y yo recogeré firmas de todas las mujeres a las que has espiado mientras estabas aquí. Seguro que estarán encantadas de que acabes con los huesos en la cárcel.

—¿Quién va a creerles? Están locas.

—Te sorprendería saber, Barry, la credibilidad que otorgan las cifras. Y ¿por qué tengo la impresión de que tu versión no será tan impoluta cuando alguien rasque un poco? Y créeme, mamón, sé cómo rascar.

Barry la insultó, se giró y se marchó airado.

Mientras Michelle regresaba a su cuarto pensó que sólo había una forma posible de tratar con Barry. Se propuso dedicar todas sus energías a esa tarea, a partir de ese mismo instante. Y tenía el presentimiento de saber por dónde empezar.

25

La policía local había realizado su trabajo igual que el FBI, representado por el adusto Michael Ventris. Apenas dedicó una mirada a Sean después de que le explicara cómo había encontrado el cadáver de Rivest.

—¿Y por qué has vuelto aquí? —preguntó Ventris en un tono desagradable.

—Habíamos quedado en vernos para repasar el caso. No ha salido a abrir la puerta cuando he llamado, así que he entrado. —Sean ocultó el hecho de que le hubieran disparado. Hasta que comprendiera mejor la situación, el instinto le decía que era mejor no revelarlo.

—Había oído que esta gente había contratado a un detective privado para husmear. ¿Eres tú? —El agente del FBI no parecía en absoluto impresionado.

—Soy yo —concedió Sean.

—Un consejo: si te interpones en mi camino una sola vez, será la última. ¿Entendido?

—Entendido. —Sean no osó preguntar por qué el FBI investigaba la muerte de un civil. No era como la muerte de Monk Turing, cuyo cadáver había aparecido en terreno federal.

Los restos de Len Rivest fueron trasladados al depósito de cadáveres improvisado donde yacía Monk, mientras el sheriff local contemplaba la bañera ya vacía y meneaba la cabeza. Sean estaba a su lado haciendo lo mismo, pero imaginó que las ideas que se le estaban pasando por la cabeza probablemente fueran un poco más retorcidas que las que se le ocurrían al sheriff.

Rivest había sido asesinado entre el momento en que Sean lo había dejado, alrededor de la medianoche, y el momento en que lo había encontrado, un intervalo de unas seis horas y media. Y le pareció haber visto a Champ Pollion entrando en su bungalow a eso de las dos de la madrugada. Le pareció, pero no estaba seguro.

—Sheriff Merkle Hayes —dijo el hombre interrumpiendo las cavilaciones de Sean. Antes de que tuviera tiempo de decir algo, el hombre añadió—: Eres Sean King, ¿verdad?

—Eso es.

—¿Ex miembro del Servicio Secreto?

—También.

Hayes tenía poco más de cincuenta años y llevaba el pelo cano muy corto, tenía un poco de barriga; las piernas, robustas; los hombros, huesudos y anchos, y la espalda, ligeramente curvada, lo cual reducía un poco sus dos metros de altura.

—¿Alguna idea sobre lo que pudo haber pasado?

—Anoche estuve con Len —dijo Sean—. Tomamos unas cuantas copas, quizá demasiadas. Me marché a eso de las doce. Él se quedó tirado en el sofá de abajo.

—¿Y de qué hablasteis?

Sean se había imaginado que le formularían esa pregunta y le había sorprendido que Ventris no se lo preguntara.

—De temas varios. Un poco de la muerte de Monk Turing y otro poco sobre Babbage Town.

—¿Crees que estaba tan borracho como para meterse en la bañera y ahogarse sin querer? —preguntó Hayes.

—No me atrevo a afirmar que no estaba lo suficientemente borracho para hacerlo. —Hayes guardó silencio pero asintió al oír el comentario—. La puerta no estaba cerrada con llave cuando he llegado —explicó Sean—. Recuerdo haberla cerrado anoche.

—O sea, que o él la cerró o... —dijo Hayes.

—Eso.

—Hemos empezado a interrogar a personas. Por el momento, nadie vio nada. Por supuesto que el FBI se ha hecho cargo del caso.

—¿Y por qué se ha metido el FBI en esto? Rivest no era empleado federal, no estamos en territorio federal y, que yo sepa, nadie ha hecho nada que sobrepase los límites de un estado.

—¿Por qué no damos un paseo por fuera? —propuso Hayes.

La policía había acordonado la casa de Rivest con la típica cinta amarilla, como si hubiera algo que pudiera convertir un asesinato en típico. La ambulancia que llevaba el cadáver de Rivest acababa de desaparecer por la carretera. Sean lanzó una mirada hacia el grupo de personas congregadas delante de la casa y vio a Alice Chadwick y a Champ Pollion hablando en voz baja.

Cuando Alice lo miró, con la esperanza quizá de que se uniera a ellos, Sean apartó la mirada rápidamente. Todavía no estaba preparado para lidiar con ella o con Champ.

Hayes lo condujo hacia su coche patrulla camuflado y le indicó que se sentara en el asiento del acompañante. Cuando estuvieron dentro, Hayes habló.

—Lo que voy a proponerte quizá te parezca poco ortodoxo, pero me la juego. ¿Qué te parece si trabajamos juntos en este caso?

Sean arqueó una ceja.

—¿Juntos? Tú eres el sheriff del condado y yo soy detective privado.

—No me refiero a nada oficial —aceptó Hayes—. Pero tengo la impresión de que ambos tenemos el mismo objetivo. Encontrar al asesino de Rivest.

—¿No es eso aplicable también a Turing?

—Bueno, no sería la primera vez que se simula un suicidio para encubrir un asesinato —dijo el sheriff.

—Parece ser que Rivest compartía esa opinión.

—¿Ah, sí? Qué interesante. ¿Qué más dijo al respecto?

—Poco más. Pero parecía tener más ganas de que fuera un asesinato que un suicidio, no sé si me entiendes. No es que por mucho querer algo se convierta en realidad.

—Hay muchos indicios en contra de la idea del asesinato. Su pistola, sus huellas, además parece que fue a Camp Peary por voluntad propia.

—Por lo que me han dicho no parecía que Turing tuviera tendencias suicidas.

—No todos los suicidas las tienen —replicó Hayes—. He consultado tu historial en el Servicio Secreto y he leído los casos en los que participaste en Wrightsburg. ¿Qué me dices? Si voy a enfrentarme al FBI necesito ayuda.

—¿Qué te parece si te digo algo después de hablar con mis superiores? —replicó Sean.

—¿Qué te parece si me dices que sí?

—¿Sabes qué? Estoy trabajando en el caso, bueno, ahora son «los casos», supongo. Así que, si averiguo algo o se me ocurre algo, te llamo. —Observó atentamente el rostro de Hayes—. Pero espero lo mismo de ti. Si descubres algo, me informas.

Hayes se lo pensó y al final le tendió la mano.

—Vale, trato hecho.

—Ahora mismo podrías hacerme un favor —dijo Sean.

—¿De qué se trata?

—Llévame a ver el cadáver de Monk Turing al depósito.

26

El depósito de cadáveres se había improvisado en una oficina vacía y pequeña del centro del pueblecito de White Feather. El único miembro del personal era un médico forense llegado de Williamsburg que no parecía demasiado contento de estar lejos de su territorio. Extrajo el cadáver de Monk Turing del congelador portátil.

Monk no había sido un hombre agraciado en vida, y la muerte no había mejorado su aspecto. Era bajito y musculoso y tenía la barriga oscurecida por la incisión en forma de Y que lo había rajado desde el cuello hasta el pubis. Sean intentó encontrarle el parecido con su hija, pero le fue imposible. La niña debía de parecerse a su madre.

El forense repasó diligentemente los resultados oficiales con Sean. Monk Turing; edad: treinta y siete años; altura: un metro sesenta y cinco; peso: setenta y siete kilos, etc. No había duda de que el hombre había muerto de una herida de bala en la sien derecha.

—Monk era diestro —comentó Sean—. Eso encajaría con la teoría del suicidio.

—Todavía no había llegado a esa parte —dijo el forense con cierto recelo—. ¿Cómo lo sabes?

—La mano derecha es un poco más grande, está más encallecida. Y vi un guante de béisbol en su casa. No era de zurdo.

Hayes asintió para mostrar su aprobación mientras el forense echaba un vistazo a sus notas.

Sean volvió a fijarse en las manos de Monk.

—Parece que tiene algunos restos en las manos.

—Tierra en la palma y en los dedos. Fragmentos rojizos —informó el forense.

Empleando lo que parecía una lupa de alta tecnología, el forense les mostró los restos y luego soltó la mano del difunto.

—Parecen manchas de óxido. Podrían ser de haber trepado por la verja de tela metálica de Camp Peary —observó Hayes.

Sean miró al forense.

—¿Tienes la ropa que llevaba?

Sacó las prendas y las examinaron. Unos pantalones negros de pana, una camisa de algodón de rayas azules, chaqueta oscura con capucha, ropa interior, calcetines y zapatos embarrados.

Hayes tendió a Sean una bolsita impermeable.

—Encontraron esto cerca del cuerpo. Se ha confirmado que pertenecía a Turing. —Contenía una manta y una linterna.

—Probablemente utilizara la manta para subir por el alambre de espino que corona la verja —supuso Sean al observar que estaba rasgada en algunas partes—. Aunque es una opción arriesgada. ¿El alambre no le produjo cortes en el cuerpo?

El forense negó con la cabeza.

—Me extraña que no encontráramos guantes —añadió Hayes—. Para trepar por la verja y saltar por el alambre.

—Si hubiera llevado guantes sus huellas no estarían en la pistola. Empieza a parecer un suicidio, sheriff —dijo Sean.

El forense alzó la vista.

—Yo no puedo determinar con seguridad si se trató o no de un suicidio. La ciencia forense tiene sus límites.

—En el informe dice que la herida era de casi contacto, no de contacto —puntualizó Sean—. La víctima tampoco presenta heridas defensivas ni indicios de que la ataran. Cuesta creer que alguien se le acercara tanto con una pistola y no intentara defenderse.

—Quizás estuviera drogado —sugirió Hayes.

—Esto es lo que iba a preguntar —dijo Sean—. ¿Cuáles son los resultados del informe de toxicología?

—Todavía no lo hemos recibido.

—O sea, que no podemos descartar el suicidio —declaró Sean—. Y si resulta que se pegó un tiro, ¿por qué en Camp Peary? ¿Tenía alguna relación con la CIA? ¿Había trabajado allí alguna vez? ¿Acaso quiso entrar en la agencia pero fue rechazado?

Hayes negó con la cabeza.

—Todavía no lo hemos averiguado. —Se dirigió al forense—:

¿Sabes ya cuál es la hora aproximada de la muerte de Rivest?

—No pasó demasiado tiempo en el agua. Entre cinco y seis horas, quizá. Tenía en la boca lo que parecía el fluido de un edema hemorrágico, lo cual indica que murió ahogado. Cuando lo abra podré confirmarlo si encuentro agua en los pulmones.

Hayes consultó su reloj.

—Entre cinco y seis horas. Basándonos en el momento del descubrimiento del cadáver, si no estuvo en la bañera tanto tiempo antes de morir ahogado significa que la muerte debió de producirse entre la una y las dos de la madrugada.

—No mucho después de que me marchara —dijo Sean. «Y encaja con la hora en la que me pareció ver que Champ volvía a casa»—. Había bebido mucho —se atrevió a sugerir—. Cócteles y vino tinto.

El forense tomó nota de ello.

—Gracias.

—¿Es posible que bebiera tanto como para perder el conocimiento y morir ahogado? ¿No se habría despertado al notar que el agua le entraba en la boca y en la nariz? —preguntó Hayes.

El forense negó con la cabeza.

—Si estaba inconsciente por culpa del exceso de alcohol, la conmoción del agua pudo no haberlo reanimado.

—Lo dejé totalmente K. O. Me pregunto por qué decidió darse un baño cuando volvió en sí —dijo Sean.

—Quizá vomitara y decidiera lavarse —dijo el forense.

Sean negó con la cabeza.

—Si te vomitas encima, no esperas que se llene la bañera. Vas directo a la ducha. —Sean se quedó paralizado en cuanto hubo pronunciado esas palabras.

—Tienes razón —convino Hayes sin fijarse en la expresión de Sean—. ¿Adónde vamos ahora? —preguntó en cuanto volvieron al coche.

Sean no intentó disimular su emoción.

—Quiero echar otro vistazo a ese cuarto de baño. Se me acaba de ocurrir una cosa.

—¿Qué cosa?

—Sé que Len Rivest fue asesinado.

27

Al llegar a la casa de Len Rivest, Sean fue directo al cuarto de baño y se paró en la puerta.

—Anoche entré aquí a eso de las once o las once y cuarto para ir al baño. Es el único cuarto de baño de la casa.

—Vale —dijo Hayes con expectación—. ¿Y?

—¿Y alguno de tus hombres o del FBI se llevó algo del baño?

—No. Sólo han retirado el cadáver. ¿Por qué?

—Pues echa un vistazo. ¿Qué falta?

Hayes observó el interior del pequeño baño.

—Me rindo, ¿qué?

—No hay ni toallas grandes ni pequeñas. —Señaló el suelo—. Ni alfombrilla de baño. Cuando estuve aquí anoche, sí que había todas esas cosas. Y hay algo más. —Se acercó al inodoro y miró detrás—. También había un desatascador con un mango de madera largo. Ahora no está.

—O sea, que insinúas... —dijo Hayes.

Sean se arrodilló en el suelo y recorrió con la mano las baldosas del suelo y luego las de la pared de la bañera.

—Húmedo, pero no empapado. —Se levantó—. Insinúo que hay que llevarse las toallas si las has usado para secar el agua que habría salpicado el suelo y las paredes mientras forcejeabas con Rivest.

—¿Y el desatascador?

Sean fingió coger algo con la mano estando de pie al lado de la bañera.

—No quieres sujetar a Rivest con las manos. De ese modo podría agarrarte y quizás obtener una muestra de ADN o fibra de la ropa en las uñas. Pero si le colocas un desatascador con el mango largo en el pecho, lo puedes inmovilizar sin que él te alcance.

—¡Joder! —exclamó Hayes.

—Pero de ese modo todo se queda empapado. Por tanto, tienes que llevarte las toallas, la alfombrilla y el desatascador porque, de lo contrario, la policía lo ve, deduce que ha habido forcejeo y pasamos de muerte accidental por ahogamiento a homicidio. Rivest quizá subiera a darse un baño y a serenarse cuando apareció el asesino. Si no hubiera estado borracho, quizá seguiría con vida.

—O sea, que si estaba borracho y el asesino utilizó el desatascador, no podemos descartar la posibilidad de que fuera una mujer.

Sean lo miró con expresión astuta.

—Eso es. Llama al forense y dile que compruebe si Rivest tiene una marca circular en el pecho o en el vientre. Es posible que el desatascador le produjera una abrasión visible bajo el microscopio. Y dile también que busque astillas de madera del mango del desatascador bajo las uñas.

Hayes sacó rápidamente el móvil e hizo la llamada mientras Sean continuaba fisgoneando.

Cuando el sheriff colgó, le dedicó una sonrisa a Sean.

—Le he dejado un mensaje. Tengo que reconocer que mi decisión de asociarme contigo empieza a parecerme muy acertada.

—No te emociones. La diferencia entre saber que un hombre fue asesinado y descubrir quién lo mató es, por utilizar una frase de Mark Twain, la misma que entre el rayo y la luciérnaga. Ahora tenemos que investigar y descubrir si alguien vio a alguna persona saliendo de casa de Rivest anoche. Este sitio está plagado de sistemas de seguridad. Alguien tiene que haber visto algo. Sobre todo si mi teoría es correcta y la persona se marchó con un fardo de toallas mojadas y un desatascador.

—Lo haremos. ¿Algo más? —dijo Hayes.

Sean tenía un dilema interno, pero al final habló.

—He bajado a la orilla del York esta mañana, a eso de las seis y media. Quería echarle un vistazo al cobertizo para barcas y hacer un reconocimiento de la zona. Alguien me disparó un par de veces con un rifle potente. Eso es lo que iba a contarle a Len.

Hayes lo miró boquiabierto.

—¿De dónde provenían los tiros?

—Quizá de la otra orilla del río.

—¿Camp Peary? —dijo Hayes lentamente y Sean asintió—. Y el cadáver de Monk Turing se encontró en un terreno de Camp Peary.

Sean enseguida le leyó el pensamiento. ¿Querría el sheriff rural inmiscuirse en un asunto en el que estaba metida la CIA? No obstante, si Monk Turing y Len Rivest habían sido asesinados por la gente de la otra orilla del río, la pregunta era por qué. Y Sean King tenía que reconocer que se trataba de una pregunta sumamente intrigante. La única duda era si estaba dispuesto a arriesgar su vida para obtener la respuesta.

—Y no estoy seguro, pero creo que existe la posibilidad de que viera a Champ Pollion volviendo a su casa alrededor de las dos de la madrugada.

—Pero ¿no estás seguro?

Sean negó con la cabeza.

—No daría fe de ello. Estaba demasiado oscuro. Pero de todos modos tenemos que comprobarlo cuando analicemos las coartadas que nos den. Oh, una cosa más. Tengo entendido que Monk viajó al extranjero hace unos ocho o nueve meses. Tenemos que averiguar adónde fue.

—El FBI tiene su pasaporte y efectos personales.

—Tú eres el sheriff de la zona. Pídeles copias.

—¿Crees que podría ser importante?

—Ahora mismo todo es importante —afirmó Sean.

Salió al exterior y, bajo el brillo de la luz del sol, se preguntó si su vida se acercaría alguna vez a lo que se considera normal.

Notó un golpecito en el hombro y se volvió.

Alice Chadwick estaba muy alterada.

—Tenemos que hablar. ¡Ahora mismo!

—¿Y si yo no quiero?

—Entonces me sacaré la pierna de metal y te mataré a golpes.

—No me gustaría que tuvieras ese cargo de conciencia. Vamos.

28

Barry bajaba por el pasillo cargado con una caja de cartón. Michelle lo seguía a hurtadillas a diez pasos de distancia. El buzón para dejar el correo y los paquetes estaba justo en la parte exterior de la puerta principal.

Barry abrió la puerta con su llave y salió. Michelle aceleró el paso, llegó al vestíbulo vacío y se agachó detrás de la maceta de un árbol grande.

Cuando Barry abrió la puerta otra vez para entrar, Michelle se puso tensa. Lo iba a tener crudo porque no tenía llave. Con un ojo en Barry y el otro en la puerta que se cerraba lentamente, salió disparada. Barry estaba a menos de un metro de ella y ni siquiera se giró, prueba fehaciente del sigilo con el que era capaz de moverse. Cuando Barry desapareció al doblar la esquina, Michelle clavó el pie en el interior de la puerta para evitar que se cerrara. Se quitó el zapato y lo usó de calzo entre la puerta y la jamba y salió corriendo.

Tardó unos pocos segundos en encontrar el paquete de Barry en la pila situada al lado del buzón. Michelle sacó un trozo de papel y un lápiz y anotó la dirección de envío de la caja. También echó un vistazo al remitente y no puede decirse que se llevara una gran sorpresa cuando vio que no era Barry.

—Lola Martin —dijo, leyendo el nombre del remitente en voz alta.

Entró otra vez en el edificio, cogió el zapato y volvió a paso ligero a su zona. Consiguió distraer a una enfermera el tiempo suficiente para echar un vistazo a los historiales de los pacientes en el puesto de enfermería. Lola Martin estaba cómodamente apoltronada en el Nido del Cuco, cuyos internos psicóticos no mandaban muchos paquetes que digamos. Entró a hurtadillas en el centro de servicios para los pacientes y utilizó uno de los teléfonos para llamar a uno de sus colegas de la policía de Fairfax. Cuando le hubo informado, éste le preguntó:

—¿Cómo has conseguido esta información, Maxwell?

—Yo... pues... trabajando de incógnito.

Una hora más tarde, Michelle entró en la habitación vacía de Sandy. Las flores seguían allí pero ya no había tierra en el suelo. Michelle supuso que a esas alturas Sandy tendría las manos inmaculadas, incluso bajo el esmalte de uñas. Michelle nunca había tenido ese problema por la sencilla razón de que nunca se había hecho la manicura. No quería que nadie le toquetease el dedo con el que apretaba el gatillo.

Cinco minutos después, con la misión cumplida, Michelle se encaminó a su habitación. Esa tarde asistió a una sesión de grupo. Estaba tan satisfecha por el avance conseguido pescando a Barry que se puso de pie y habló de sí misma:

—Me llamo Michelle y quiero recuperarme —declaró—. De hecho, creo que estoy mejor.

Sonrió al resto de los pacientes mientras asentían para mostrarle su apoyo. Algunos aplaudieron discretamente mientras otros susurraban expresiones de ánimo. Otros tantos se quedaron sentados con aspecto enfurruñado o mirándola con expresión de descrédito.

Si resulta que el único motivo por el que Michelle pensaba que estaba mejor era porque no tenía tiempo de pensar en sus problemas, la mujer no mostró el menor atisbo de tal dilema interno. Básicamente vivía para sentir la adrenalina y no para enfrentarse a las revelaciones a menudo desastrosas de la introspección. Fiel a ese rasgo de su personalidad, no dejaba de pensar en Barry y en Sandy. Después de eso, lo único que quería era salir por patas de allí antes de que decidieran que quizá debían encerrarla en el Nido del Cuco.

29

Sean se sentó frente a Alice en su despacho de la Cabaña número uno. Lo había conducido por la zona principal a tal velocidad que Sean sólo había visto una gran zona abierta poblada de pequeños escritorios y lo que, sin duda, era un genio sentado a cada uno de ellos. Casi era capaz de oler el poder mental de las personas que trabajaban allí, junto con el zumbido de los múltiples servidores.

Señaló la pierna derecha de Alice.

—Si intentas atizarme con eso te dejo K. O. —dijo en tono jocoso.

Ella ni siquiera esbozó una sonrisa.

—¿Cómo murió Len Rivest? Y no me digas que fue un suicidio.

Sean se dio cuenta de que tenía los ojos enrojecidos.

—No sé cómo murió —admitió.

—¿Cómo no vas a saberlo?

—Sólo el asesino lo sabe con certeza. Y teniendo en cuenta que yo no lo maté, lo único que puedo hacer es especular sobre la causa de la muerte.

—Adelante, especula.

—No puedo. La policía está investigando el caso.

—Me parece increíble que me sueltes esa frase tan patética —espetó ella.

—He sido policía y sé que las filtraciones pueden desbaratar una investigación. La policía lo considera muerte sospechosa.

—Pero ¿eso significa que fue asesinado o que murió accidentalmente?

Sean sonrió.

—O quizá se determine que realmente murió por causas naturales.

—Has dicho que alguien lo mató —dijo Alice.

—Y podría estar equivocado.

—Oh, gracias por ser de tamaña ayuda —comentó ella.

Sean se inclinó hacia delante con el semblante serio.

—Lo cierto es que te acabo de conocer y no sé quién eres. Incluso podrías ser la asesina.

—Yo no he matado a nadie.

—Nunca he conocido a un asesino que dijera lo contrario. Por eso existen los abogados defensores, Alice.

—¿Crees que esto guarda relación con la muerte de Monk?

—Me parece que no me has entendido bien. ¿Quieres que lo repita?

Entonces fue Alice quien se inclinó hacia delante.

—Anoche descubrieron las últimas voluntades y el testamento de Monk Turing en su casa. Me han dicho que en el testamento Monk me nombra tutora de su hija. Tengo intención de desempeñar esa función lo mejor posible. Pero si la niña corre peligro, quiero saberlo.

—Monk te nombró tutora. No pensaba que estuvierais tan unidos.

—Monk sabía que yo aprecio a Viggie. Su bienestar es mi principal prioridad.

—Pues ahora que han matado a Rivest, Babbage Town no parece tan seguro.

Alice se cubrió los ojos con la mano.

—¡Pobre Len! —gimió—. ¡Me cuesta creer que esté muerto!

Sean se recostó en el asiento.

—La verdad es que parece que te ha afectado mucho la muerte de Len. ¿Se debe a algún motivo en concreto?

Cogió un pañuelo de papel de una caja que tenía en el escritorio y se sonó la nariz.

—Len y yo éramos amigos.

—Amigos. ¿Buenos amigos o algo más?

—No es asunto tuyo, King.

—Si estabas saliendo con Len Rivest, la policía tendrá que investigarlo.

—Vale, salíamos juntos, ¿y qué?

—¿Una cita de vez en cuando? ¿Algo más serio? ¿Planes de boda?

—¡Eres un gilipollas repugnante!

—Está claro que eres muy lista para algunas cosas, pero parece que no te das cuenta de que te estoy preparando para lo que te preguntarán la policía y el FBI. ¿Te crees que el agente Ventris va a ser amable contigo? «Hombre muerto más relación personal» te convierte automáticamente en sospechosa.

—Yo no lo maté. Maldita sea, me gustaba. Era una buena persona. Quizá lo nuestro tuviera futuro. ¿Algo más? —Giró la cara mientras las lágrimas le surcaban el rostro.

—Vale, Alice, vale —dijo Sean con ternura—. Sé que esto resulta duro para ti. —Hizo una pausa—. ¿Puedes decirme si Len te mencionó algo sobre el hecho de que alguien le deseara algún mal? ¿O si sabía algo que podía hacerle correr peligro? ¿Algo relacionado con Babbage Town? ¿Camp Peary? ¿Algo parecido?

Alice respiró hondo varias veces y se secó los ojos con la manga antes de responder.

—¿Camp Peary? ¿Qué tiene eso que ver con la muerte de Len?

—Si la muerte de Monk Turing está relacionada con lo que le pasó a Len, quizá tenga mucho que ver.

—Pero pensaba que habías dicho que parecía que Monk se había suicidado —le recordó Alice.

—No lo sabemos con certeza. Pero responde a mi pregunta, por favor. ¿Len te mencionó algo?

—Nunca me dijo que alguien quisiera hacerle daño.

Sean se inclinó hacia delante.

—Entendido. ¿Hay espías por aquí? ¿Habló alguna vez de eso?

Alice negó con la cabeza.

—No, nunca, ¿por qué?

—Por algo que me comentó —dijo Sean—. ¿Se te ocurre algo más?

—Bueno, sí que dijo que la gente de aquí no tenía ni idea de en lo que estaban metidos. Que el trabajo que realizábamos cambiaría el mundo. Y no para bien. —Intentó sonreír—. Dijo que nosotros los superdotados no teníamos ni idea de cómo funcionaba el mundo real. Quizás estuviera en lo cierto.

—Me comentó que lo que se estudiaba en Babbage Town era capaz de hacer que los países se declararan la guerra. No puede tratarse sólo de números.

—Estoy asustada, Sean. Len Rivest era un hombre muy competente. El hecho de que lo mataran, así, en su casa, rodeado de medidas de seguridad... —Se estremeció y se dejó caer en el asiento.

Parecía tan desgraciada que Sean se levantó y le rodeó los hombros con un brazo para reconfortarla.

—Todo se arreglará, Alice.

—¡No me trates con condescendencia! Estoy aterrorizada por Viggie. Quizá también corra peligro.

—¿Por qué? —preguntó Sean.

—Tú sabrás. Tú eres el experto en estas cosas.

—¿Sabe la niña que su padre no va a volver?

Alice se mostró incómoda.

—Intento preparar el terreno para decírselo, pero no me resulta fácil.

—Si realmente te preocupa, yo la sacaría de Babbage Town —propuso Sean.

—No puedo hacer eso.

—Pensaba que el bienestar de Viggie era tu máxima prioridad.

—Viggie es feliz aquí. No puedo desarraigarla y llevarla a un lugar desconocido. Podría acabar con ella. Se me ocurre otra opción —dijo Alice de pronto, cogiéndole la mano—. Nos quedamos y tú ayudas a que Viggie esté a salvo.

—Ya tengo una misión. —«De hecho tengo dos misiones», se corrigió Sean mentalmente.

—Es una niña. Necesita ayuda. ¿Vas a quedarte de brazos cruzados y negarte a ayudar a una niña vulnerable que acaba de perder a su padre?

Sean se disponía a decir algo pero se contuvo. Al final, exhaló un suspiro.

—Supongo que podría vigilarla.

Las lágrimas volvieron a surcar las mejillas de Alice.

—Gracias.

—Imagino que ahora que soy el guardaespaldas extraoficial de la muchachita debería conocerla.

Alice recobró la compostura y se levantó.

—Acaba de terminar unos ejercicios de descomposición en factores para mí.

—¿Cómo?

—Viggie tiene la capacidad de descomponer cifras enormes en factores en su cabeza. No tan enormes como para invalidar mi trabajo, pero quizás haya algo en los recovecos de su mente que ofrezca la clave para desvelar el atajo que estoy buscando.

—¿Y entonces la niña vulnerable hará que el mundo tal como lo conocemos deje de girar de repente?

Alice sonrió.

—Bueno, dicen que los mansos heredarán la tierra.

30

Sean había esperado encontrarse con una niña tímida y callada, sin embargo, Viggie Turing estaba llena de energía y daba la impresión de que sus enormes ojos azules captaban todos los movimientos que se producían a su alrededor. Llevaba una alegre camisa roja, pantalones pirata e iba descalza. Después de que Alice se la presentara, Viggie cogió inmediatamente a Sean de la mano y lo condujo al piano.

—Siéntate.

Sean se sentó.

—¿Tocas? —preguntó ella observándolo con unos ojos tan intensos que resultaban incómodos.

—El bajo. Sólo cuatro cuerdas, no es tan difícil. Y cuando uno pierde millones de neuronas al día como yo, no está mal. —Viggie no se molestó en comentar la bromita y se limitó a sentarse y tocar una melodía desconocida para Sean—. Vale, me has pillado —reconoció—. ¿De quién es?

Alice le respondió.

—Vigenère Turing. Es una composición original.

Sean observó a la muchacha impresionado.

—¿Te gusta? —le preguntó ella.

Sean asintió.

—Eres una compositora de gran talento.

Viggie sonrió y Sean vio que afloraba la niña de once años de su interior, dado que se trataba de una expresión de timidez y de deseo de agradar. Y aquello lo asustó. Quizá confiara en personas poco dignas de confianza. «Aquí hay espías», había dicho Rivest.

—Viggie, ¿quieres...?

Empezó a tocar otra canción. Cuando acabó, se levantó y se acercó a una silla junto a la mesa de la cocina y se puso a mirar por la ventana. Mientras Sean la observaba, sus ojos grandes y vivarachos se convirtieron en meras hendiduras.

Sean se levantó.

—¿Viggie?

Sean miró a Alice, quien le hizo una seña para que se sentara con ella en el sofá.

—A veces se retira a una especie de mundo interior. Si esperamos, ya volverá en sí —dijo con voz queda.

—¿La ha visto algún experto? ¿Toma medicación?

—No sé si la ha visto algún experto pero no toma medicación. Ahora que soy su tutora, me encargaré de ello inmediatamente.

—¿Qué sabes de la madre de Viggie?

—Monk dijo que se divorciaron hace años. Él tenía la patria potestad.

—Eso es lo que me dijo Rivest —apuntó Sean—. Pero, Alice, supongo que sabes que si la madre de Viggie aparece, es muy probable que los tribunales le otorguen la custodia a no ser que esté en prisión o incapacitada para cuidar de su hija.

—Pero Monk me nombró tutora.

—Eso queda invalidado si aparece la madre.

—No voy a preocuparme por eso hasta que ocurra —dijo Alice.

—18.313 y 22.307.

Se giraron para mirar a Viggie, que los estaba observando.

—Son los factores primos de 408.508.091 —explicó la niña—. ¿Verdad?

Alice asintió.

—Eso es. Si multiplicas 18.313 por 22.307, obtienes 408.508.091.

Viggie aplaudió y se echó a reír.

—Pero si apenas hace una hora que te dije el número. ¿Cómo has sabido los factores tan rápido? —preguntó Alice.

—Los he visto en mi cabeza —admitió la niña.

—¿Estaban en fila? ¿Estabas haciendo cálculos mentales otra vez? —preguntó Alice con impaciencia.

—No. Se me han ocurrido de repente. No he tenido que hacer cálculos.

—Al menos no los cálculos que sabemos hacer los pobres mortales —dijo Alice con aire pensativo—. Viggie, me parece que el señor Sean quería preguntarte una cosa. —Viggie lo miró expectante.

—Sólo quería que supieras que vendré a verte de vez en cuando. ¿Te parece bien?

Viggie miró a Alice, que asintió.

—Supongo —dijo Viggie—. Pero debería preguntárselo a Monk.

—¿Llamas a tu padre por su nombre de pila?

—Él me llama por mi nombre. ¿No es eso lo que se hace?

—Supongo que sí. No he conocido a tu padre, pero me parece un tipo genial.

—Lo es. Tocaba en una banda de rock en la universidad. —Viggie volvió a mirar por la ventana y Sean temió que estuviera a punto de sumirse en una de sus «retiradas», pero se limitó a añadir—: Ojalá venga pronto a casa. Tengo que contarle un montón de cosas.

—¿Como qué? —preguntó Sean quizá precipitándose.

Viggie se levantó inmediatamente y empezó a tocar el piano otra vez, cada vez con más fuerza.

Cuando paró durante unos instantes, Sean le habló:

—Viggie, ¿cuándo viste a tu padre por última vez? —La pregunta provocó que se pusiera a tocar más fuerte todavía—. ¡Viggie! —exclamó Sean, pero Alice ya lo estaba empujando hacia la puerta principal mientras Viggie aporreaba las teclas antes de salir corriendo de la habitación.

Al cabo de unos segundos oyeron un portazo. Enseguida apareció la mujer que Sean había visto dormida en el sofá la noche anterior.

—Volveré dentro de unos minutos para ver cómo está, señorita Graham —dijo Alice antes de acompañar a Sean al exterior.

—Bueno, ya veo qué pasa con Viggie —dijo él mientras se rascaba la cabeza.

—Creo que en lo más profundo de su ser sabe que le ha pasado algo a su padre. Siempre que alguien le menciona el tema, se encierra en sí misma.

Sean vio a Viggie observándolos desde la ventana de su dormitorio y entonces, igual que una idea que se escapa de la cabeza, desapareció.

Sean se volvió hacia Alice.

—Los números que te ha dicho. ¿No puede haberlos averiguado con una calculadora?

—Sí, pero habría tardado un día entero. El 18.313 es el número primo dos mil, es decir, tendría que haber comprobado todos los que le preceden para ver si divididos por 408.508.091 dejaban decimales. Lo vio en la cabeza, tal como ha dicho.

—Cuéntame por qué es tan importante.

—Sean...

—Maldita sea, Alice, ha habido un par de muertes. He aceptado proteger a Viggie porque crees que corre peligro. Lo mínimo que puedes hacer es empezar a decirme por qué.

—De acuerdo. El mundo funciona con información que se manda electrónicamente. Cómo trasladarla de A a B de forma segura es la clave de la civilización. Utilizar la tarjeta de crédito para comprar cosas, sacar dinero del cajero automático, enviar un mensaje de correo electrónico, pagar facturas o comprar por Internet. Hoy en día la encriptación se basa estrictamente en los números y su longitud. El sistema más potente se basa en la criptografía asimétrica de clave pública. Es lo único que garantiza que las transmisiones electrónicas del gobierno a los comercios y a los particulares sean seguras y, por tanto, viables.

—Creo que me suena. ¿RSA o algo así?

—Eso. La clave pública estándar suele ser un número primo muy largo de cientos de dígitos que exigiría que cien millones de PC trabajaran en paralelo varios miles de años para descubrir los dos factores. Sin embargo, si bien todo el mundo conoce el número de la clave pública, o por lo menos el ordenador sí, la única forma de leer lo que se envía es desvelando la clave pública utilizando dos claves privadas. Esas claves son los dos factores primos de la clave pública y sólo el software del ordenador sabe lo que son. Por poner un ejemplo sencillo, el número cincuenta podría ser la clave pública y diez y cinco serían las claves privadas. Si sabes los números diez y cinco puedes leer la transmisión.

—¿Como los números que Viggie te dio? —preguntó Sean.

—Sí. Teniendo en cuenta que los ordenadores son cada vez más rápidos y que la práctica de hacer funcionar cientos de millones de ordenadores en ataques masivos en paralelo es cada vez más frecuente, los estándares de encriptación son cada vez más complejos. Pero, de todos modos, lo único que hay que hacer es añadir unos cuantos dígitos a la clave pública y el tiempo necesario para descifrarla se multiplica por mil, por no decir millones, de años.

—Pero tu investigación puede no ser más que una especie de llave inglesa para todo esto, Alice.

—La comunidad de encriptación cuenta con que no existe ningún atajo para la descomposición en factores porque en dos mil años de búsqueda nadie lo ha descubierto. Sin embargo, Viggie es capaz de hacerlo de vez en cuando. ¿Podría hacerlo con cifras mayores? Si es así, como he dicho, ninguna transmisión electrónica resulta segura y el mundo cambiará de forma drástica.

—¿Volveremos a las máquinas de escribir, los mensajeros y a las latas unidas con un cable?

—Se acabarían los negocios y el gobierno; el pobre consumidor no tendría ni idea de cómo actuar. Y los generales ya no podrían comunicarse de forma segura con sus ejércitos. Dudo de que mucha gente sea consciente de que hasta los años setenta, antes de que se inventara la criptografía de clave pública, las empresas privadas y los gobiernos tenían que emitir miles de mensajes constantemente con libros de códigos y contraseñas nuevos. Nadie quiere volver a esa época.

—Es increíble que la civilización entera se base en no ser capaces de descomponer en factores números grandes con rapidez —dijo Sean.

—Hemos hecho la cama y ahora tenemos que acostarnos en ella —comentó Alice.

—Supongo que la opinión pública no es consciente de nada de todo esto.

—La gente se llevaría un susto de muerte.

—Entonces, ¿crees que existe un atajo?

—Viggie me hace pensar que existe uno. Pero, a pesar de eso, mi mayor preocupación ahora mismo no son los números, sino Viggie. No puedo permitir que le ocurra nada.

—¿Crees que alguien sabe que Viggie podría tener la llave del parón del mundo? —indagó Sean.

—Has dicho que Len pensaba que aquí hay espías. Su padre

conocía su habilidad y está muerto. No sé. La verdad es que no lo sé.

Sean volvió a reconfortarla poniéndole una mano en el hombro.

—No va a pasarle nada. El FBI y la policía están aquí y este sitio está repleto de guardias.

—Lo que acabas de decir ya era cierto antes de que mataran a Len —recalcó Alice.

—Pero ahora yo investigo el caso.

—¿Y qué sugieres exactamente para proteger a Viggie?

—¿Cuántos dormitorios tiene tu bungalow? —preguntó Sean.

—Cuatro. ¿Por qué?

—Uno para Viggie, uno para ti, uno para mí y sobra uno.

—¿Te vienes a vivir conmigo?

—Si me alojo en la casa principal es imposible que llegue a tiempo si le pasara algo a Viggie.

—Tendré que conseguir la aprobación de Champ y hablar con Viggie. Mañana estoy libre a partir de las seis de la tarde. ¿Qué te parece entonces?

—¿Por qué no te vas a vivir a la casita de Viggie?

—Allí hay demasiados recuerdos de Monk para ella. Pensé que alejarla de eso sería mejor.

—¿Cómo se lo explicarás a Viggie?

—Ya se me ocurrirá algo —reveló Alice.

La mujer se marchó.

Sean estaba mirándola cuando le sonó el móvil. Miró el número y se quejó. Era Joan Dillinger. ¿Cómo iba a explicarle que había asumido no una misión, sino dos nuevas misiones? La respuesta estaba clara. No pensaba responder al dichoso teléfono.

Regresó a su habitación caminando con pesadez y se preguntó cómo era posible que estuviera haciéndose más profundo el agujero en el que se encontraba.

31

Cuando Horatio Barnes regresó a casa de Linda Sue Buchanan aquella tarde, su hombre, Daryl, no estaba muy contento que digamos con los planes de la mujercita. Era un individuo corpulento y desaliñado, la camiseta grasienta estaba a punto de reventar tanto en el pecho como en la barriga. Sostenía al bebé con una de sus manazas y tenía una lata de cerveza en la otra.

—Ni siquiera conoces a este tío, Lindy —bramó Daryl—. Vete a saber si no es un violador sexual.

—Si te paras a pensar, la mayoría de los violadores son violadores sexuales —dijo Horatio haciéndose el simpático—. De hecho, he visto a unos cuantos en la cárcel.

—¿Ves lo que te digo? El tío ha estado en el trullo —declaró Daryl.

—No, he hecho de asesor para varios sistemas de prisiones estatales para tratar a los internos. Pero, a diferencia de mis pacientes, podía marcharme al acabar la jornada.

Linda Sue sacó las llaves del bolso.

—Vamos en coches separados, Daryl, y llevo mi Mace y tal. —Cogió un revolver compacto.

Dio la impresión de que Daryl se sentía aliviado al ver el arma.

—Bueno, si intenta algo le pegas un tiro y se acabó.

—Ésa es la idea —dijo Linda Sue, impasible mientras comprobaba la munición del arma.

—Un momento, amigos —dijo Horatio—. Para empezar, nadie va a disparar a nadie. Y, por cierto, ¿tienes licencia para eso?

Daryl resopló.

—Tío, esto es Tennessee, aquí no hace falta licencia para llevar pipa.

—Pues a lo mejor tendrías que comprobarlo otra vez —declaró Horatio—. Y lo único que quiero es hablar con la abuela de Linda Sue. Le he dicho que podía indicarme cómo llegar a la residencia y que ya iría yo solito.

Daryl se giró en redondo para mirarla.

—¿Es verdad eso? Entonces, ¿por qué vas?

—Voy para cobrar, gilipollas —espetó ella.

—¿Sabes qué? Te doy los cien dólares ahora mismo y te puedes quedar aquí con tu gallardo esposo —propuso Horatio mientras Daryl lo miraba con expresión confusa.

—Ni hablar. Lo que yo he entendido es que los cien pavos eran el mínimo y que, si la información que la abuela tenía era realmente buena, cobraría más. Quizá mucho más.

—Pues eso no es lo que yo he entendido —dijo Horatio.

—¿Quieres ir a ver a la abuela o no?

—¡Cien pavos! ¡Joder! —exclamó Daryl cuando por fin asimiló la cifra en su turbia cabeza.

—Vale, tú ganas. Vamos —dijo Horatio.

—Pensé que tenías la misma idea que yo —dijo Linda Sue con una sonrisa complacida.

—¡Oye, Lindy, si acabas disparándole, asegúrate de pillar antes la pasta! —les gritó Daryl desde el porche.

—Bueno, si me disparara, podría llevarse todo mi dinero, puesto que difícilmente estaré en situación de oponer resistencia —dijo Horatio muy servicial.

—Anda, pues es verdad —convino Daryl, emocionado—. Nena, ¿has oído eso?

Horatio levantó la mano a modo de advertencia.

—Pero entonces tendría que pasar el resto de su vida en la cárcel por homicidio y atraco a mano armada. De hecho, aquí en Tennessee quizá le caiga la pena de muerte. Y eso podría aplicarse a los cómplices implicados en la preparación del crimen. Espero que te des cuenta de tu papel.

Daryl se limitó a quedárselo mirando porque era incapaz de formular una respuesta.

Horatio se dirigió a Linda Sue.

—Más te vale que no te dispares a ti misma.

—Tengo el puto seguro puesto —espetó.

—Pues eso sería todo un logro, porque los revólveres no tienen seguro.

—Oh —dijo Linda Sue.

—Sí, oh.

32

La residencia de ancianos se encontraba a una hora de distancia en coche. Cuando entró en el centro, el hedor a orina y heces golpeó a Horatio como un mazo. Ya había estado en aquellos centros públicos con anterioridad para tratar a pacientes con depresión. Joder, ¿cómo no iba a estar deprimido quien tuviera que pasar sus últimos años en un cuchitril como ése? Los ancianos se hallaban apilados como cajas de embalar en sillas de ruedas y andadores contra la pared. Horatio y Linda Sue oyeron, mientras se acercaban a la recepción, el sonido de las risas enlatadas de un televisor, procedentes del fondo del pasillo. La pista de risas no bastaba para cubrir los gemidos y quejidos de toda una generación abandonada en aquel montón de cemento hediondo que había sepultado sus esperanzas.

Linda Sue se movía con decisión, aparentemente ajena a la miseria humana que la rodeaba por todas partes.

En dos minutos llegaron a la habitación de la abuela, una estancia semiprivada de unos diez metros cuadrados con televisor propio que parecía no funcionar. La compañera de habitación había salido, pero la abuela estaba sentada en una silla con una bata a cuadros de estar por casa mientras los pies enrojecidos e hinchados parecían a punto de reventarle las zapatillas andrajosas. Llevaba el poco pelo cano que le quedaba aplastado bajo una redecilla. Tenía el rostro flácido y arrugado; los dientes, amarillos y gastados en muchos puntos. No obstante, tenía los ojos nítidos y firmes. Miró primero a Linda Sue; luego, a Horatio, y después, otra vez a su nieta.

—Hace tiempo que no venías, Lindy —dijo la abuela con el suave acento sureño.

A Linda Sue pareció incomodarle el comentario.

—Tengo mucho trabajo, los niños que criar y un hombre al que hacer feliz.

—¿Y qué hombre es ése? ¿El que acaba de salir de la cárcel o el que está a punto de ir a la cárcel?

A Horatio no le quedó más remedio que reprimir una carcajada. Estaba claro que la abuelita no sufría nada parecido a la demencia.

—Este hombre —dijo Lindy señalando a Horatio— quiere saber unas cosas de una gente que vivía en el barrio mientras tú estabas allí.

La abuela clavó la mirada en Horatio. Advirtió la intriga en esos ojos viejos. Probablemente agradeciera cualquier cosa que no le hiciera pensar en la residencia.

—Me llamo Horatio Barnes —se presentó y le estrechó la mano—. Encantado de conocerla. Y gracias por su tiempo.

—Hazel Rose —dijo ella—. El tiempo es lo único que me sobra en este sitio. ¿De quién quieres información?

Horatio le mencionó a los Maxwell.

La abuela asintió.

—Me acuerdo de ellos, por supuesto. Frank Maxwell tenía muy buena planta con el uniforme. Y los chicos que tenían... todos eran altos y guapos.

—¿Y la hija, Michelle? ¿La recuerda?

—Sí. ¿Y por qué no me dices por qué quieres saber todo esto? —dijo Hazel Rose.

—Probablemente le parezca muy aburrido.

—Dudo de que pueda competir con este sitio en materia de aburrimiento, así que adelante y síguele la corriente a una viejecita.

—La familia me ha contratado para averiguar una cosa. Una cosa que ocurrió cuando Michelle tenía unos seis años. Eso debió de ser hace unos veintisiete o veintiocho años.

—¿Una cosa que ocurrió? ¿Como qué?

—Como algo que hubiera hecho que a Michelle le cambiara la personalidad.

Linda Sue resopló.

—Joder, una niña de seis años no tiene personalidad.

—Al contrario —corrigió Horatio—. La personalidad definitiva de un niño está ya formada en gran medida a los seis años.

Linda Sue volvió a resoplar y empezó a toquetear la hebilla del bolso mientras Horatio volvía a centrarse en Hazel Rose.

—¿Observó algo así? Sé que fue hace mucho tiempo, pero resultaría de gran ayuda si lo recordara.

Dio la impresión de que Hazel Rose cavilaba al respecto frunciendo los labios.

Al final, Linda Sue rompió el silencio.

—Salgo a fumar. —Se levantó y blandió un dedo en dirección a Horatio—. Y sólo se puede entrar y salir de aquí por un sitio, así que ni se te ocurra intentar largarte sin ya sabes qué. —Dedicó lo que probablemente pensara que era una sonrisa sincera a su abuela y se marchó.

—¿Cuánto prometiste pagarle? —preguntó Hazel en cuanto su nieta hubo salido.

Horatio sonrió, acercó una silla y se sentó a su lado.

—Cien pavos. Preferiría mil veces dárselos a usted.

Hazel Rose desestimó la oferta.

—En este lugar no hay nada en que gastar el dinero. Dáselo a Lindy. Teniendo en cuenta que la chica va de holgazán en holgazán, lo necesitará. Cuatro hijos de cuatro donantes de esperma distintos, perdón por la expresión, y probablemente tenga cuatro más antes de que se dé cuenta. —Guardó silencio unos instantes y Horatio decidió esperar—. ¿Cómo está Michelle? —preguntó Hazel Rose.

—Podría estar mejor —dijo Horatio sinceramente.

—Seguí su carrera —reconoció la anciana—. Leí sobre ella en los periódicos y tal.

—Ah, ¿sí? ¿Por qué?

—Fíjate hasta dónde llegó la chica. Atleta olímpica. Servicio Secreto. Ha llegado lejos. Siempre lo imaginé.

—¿Por qué?

—Como has dicho, a una edad temprana se sabe ya cómo van a ser los niños. Esa niña era tozuda y decidida. Recuerdo pensar sobre ella que no es importante el tamaño del perro sino cómo pelea. Y esa niña no iba a dejar que nada ni nadie se interpusiera en su camino.

—Habría sido usted una buena psicóloga —dijo Horatio.

—Quería ser médico. Acabé tercera en mi promoción.

—¿Qué ocurrió?

—Mi hermano mayor también quería ser médico. Y en aquella época los chicos tenían preferencia sobre las chicas. Así que me quedé en casa a cuidar de mis padres enfermos y luego me casé, tuve hijos, mi marido murió de un ataque al corazón el día después de jubilarse y aquí estoy. No ha sido una gran vida, pero es la que me ha tocado vivir.

—Sacar adelante una familia es una labor muy importante.

—No digo que me arrepienta de nada. Pero todo el mundo tiene sueños. Algunas personas, como Michelle, luchan lo suficiente para hacerlos realidad —afirmó Hazel Rose.

—¿Y observó alguna diferencia en ella?

—Sí. No me atrevo a decir que fuera a los seis años. Hace demasiado tiempo, supongo que lo entiendes. Pero de repente la niña no me miraba a la cara y éramos amigas, la invitábamos a merendar y esas cosas con otras niñas del barrio. Un buen día dejó de venir. Se enfadaba enseguida o se ponía a llorar. Intenté hablar con su madre, pero Sally Maxwell no quería oír hablar del tema. De hecho, se marcharon del barrio poco después.

—¿Y no tiene ni idea de lo que pudo haber pasado para que Michelle sufriera ese cambio?

—Le he dado vueltas muchos años, pero no se me ha ocurrido nada.

—Una de las cosas que la familia me ha contado es que se volvió cada vez más dejada. Y eso no ha cambiado.

—La verdad es que no me invitaban mucho a su casa. Sally estaba muy atareada, pues Frank no estaba en casi todo el día por culpa del trabajo.

—Pensaba que tenía un horario bastante fijo como policía.

—Michelle fue una hija tardía para ellos —afirmó Hazel Rose—. Frank intentaba por todos los medios entrar en el cuerpo de policía de una ciudad mayor. Trabajaba durante el día e iba a clases nocturnas en la escuela universitaria para obtener un máster en derecho penal.

—Un hombre ambicioso —opinó Horatio—. ¿No recuerda nada más que pueda contarme?

—Bueno, hay una cosa que siempre me ha extrañado. Probablemente no tenga nada que ver con lo que buscas.

—Ahora mismo, todo me sirve —admitió él.

—Los Maxwell tenían un hermoso macizo de rosales en la parte delantera de la casa. Frank lo plantó como regalo de aniversario para Sally. Era muy bonito y qué fragancia... Iba allí muchas veces sólo para oler las flores.

—Ya no está.

—Eso es. Un día me fui a la cama y cuando me desperté a la mañana siguiente resulta que alguien lo había cortado.

—¿Descubrió quién había sido?

Hazel Rose negó con la cabeza.

—Frank supuso que había sido algún joven al que había arrestado por conducir borracho, pero no sé. ¿Qué saben los adolescentes de las flores? Le habrían rajado los neumáticos o apedreado las ventanas.

—¿Recuerda cuándo ocurrió?

Hazel miró el techo frunciendo de nuevo los labios.

—Hace unos treinta años, supongo.

—¿Podrían ser veintisiete o veintiocho?

—Sí, podría ser, ¿por qué no?

Horatio se recostó en el asiento, absorto en sus pensamientos. Al final se levantó y cogió la cartera. Hazel Rose inmediatamente extendió la mano.

—Dale el dinero a Lindy. De lo contrario te hará la vida imposible.

Pero Horatio no pensaba sacar dinero de la cartera. Anotó algo en el reverso de una tarjeta y se la tendió.

—Aquí tiene el nombre y el número de una mujer que conozco en la zona que puede conseguir que la trasladen a una residencia mucho mejor que ésta. Déjeme un día para los trámites y luego llámela.

—No tengo dinero para ir a una residencia mejor.

—No importa el dinero que tenga sino los contactos que tenga, Hazel Rose. Y el lugar en el que estoy pensando ofrece clases de temas distintos, incluida medicina, si sigue interesada.

La anciana cogió la tarjeta.

—Gracias —dijo con voz queda. Cuando Horatio se giró para

marcharse, añadió—: Si ve a Michelle, ¿podría mandarle un saludo de parte de Hazel Rose? ¿Y decirle que estoy realmente orgullosa de ella?

—Eso está hecho.

Horatio recorrió el pasillo, encontró a Lindy coqueteando con un fornido auxiliar en la sala de visitas, pagó el unto a la huraña mujer y se largó del cuchitril subvencionado por el Estado.

Cuando subió al coche empezó a preguntarse de qué modo la desaparición de unos rosales había estado a punto de destrozarle la vida a Michelle Maxwell hacía casi tres décadas.

33

A la mañana siguiente, Michelle hizo una sesión de ejercicios duros, se quejó a una de las enfermeras sobre el desaparecido Horatio Barnes, regresó a su habitación y arrancó de un tirón la pajilla de la boca a Cheryl después de que la mujer emitiera seis sorbidos espantosamente largos.

Entonces oyó el correteo de unos pasos en dirección a ella y se dio cuenta de que había llegado el momento de la verdad. Agarró a Cheryl, que protestaba en voz bien alta, y la metió en el cuarto de baño.

—¡No salgas hasta que oigas que un cuerpo cae al suelo! —le gritó Michelle a la cara. Comentario que hizo que Cheryl dejara de chillar por no encontrar la pajilla.

Michelle cerró el baño de un portazo, se giró y se preparó.

Barry abrió la puerta de la habitación de una patada, armado con una tubería metálica.

—¡Hija de puta! —gritó.

—¡Traficante de drogas! —chilló ella fingiendo estar enfurecida antes de echarse a reír—. A ver si lo adivino, han trincado a tu compinche esta mañana y te ha delatado.

—¡Hija de puta! —volvió a bramar.

Michelle hizo un gesto con las manos.

—Ven a por mí, Barry, guapo. Seguro que lo estás deseando. Y después de darme una paliza podrás pasártelo a lo grande conmigo.

Barry dio un salto hacia delante, con la tubería bien levantada para asestarle un golpe mortal.

Brincó hacia atrás igual de rápido cuando el pie de Michelle le golpeó de lleno en la cara. Ella no esperó a que se recuperara. Le clavó el puño en la barriga y luego dio una vuelta rápida y le propinó una patada demoledora en la mandíbula que lo lanzó a la cama de Cheryl. Barry intentó levantarse, aturdido por la fuerza de sus golpes. Le lanzó la tubería, pero ella se agachó y la esquivó a escasos centímetros de la cabeza. Acto seguido, Barry cogió una silla y también se la lanzó, pero Michelle era demasiado ágil. Saltó de la cama y la embistió, pero sólo se encontró con aire y con una impresionante patada lateral en los riñones que pareció dejarlo fuera de combate.

Cayó de rodillas gimiendo mientras Michelle se cernía sobre él y le hincaba el codo en la nuca. Eso lo dejó tendido en el suelo.

—Estoy esperando, Barry. Si quieres acabar con esto, más vale que te des prisa; la policía no tardará en llegar.

—¡Hija de puta! —gimoteó con un hilo de voz.

—Sí, eso ya lo has dicho. ¿No se te ocurre nada nuevo?

Barry intentó levantarse y Michelle se preparaba para darle un golpe que lo dejara fuera de combate cuando dos policías de Fairfax asomaron la cabeza por la puerta con las armas desenfundadas.

Michelle señaló a Barry.

—Él es a quien buscáis. Soy Michelle Maxwell, ayer avisé al agente Richards.

—¿Se encuentra bien, señora? —preguntó uno de los policías al ver la habitación destrozada.

Barry gimió desde el suelo.

—¡Idiota! Yo soy quien está herido. Necesito un médico. Me ha agredido.

—Ésta es mi habitación. Ha venido aquí con la tubería de plomo, tiene sus huellas —declaró Michelle—. Ha intentado vengarse por fastidiarle la operación de tráfico de drogas que había montado con el farmacéutico. Mi teoría es que amañaban los registros informáticos del inventario de fármacos para que no se notara el robo y el amigo Barry los enviaba a su banda callejera a nombre de los pacientes recluidos. —Bajó la mirada hacia el hombre apaleado—. Como veis, las cosas no salieron exactamente tal como las había planeado.

Los policías levantaron a Barry a pesar de que decía que estaba gravemente herido, lo esposaron y le leyeron sus derechos.

—Necesitaremos tomarle declaración, señora —dijo uno de los policías.

—Oh, será un placer.

Habían enfundado las armas y estaban sacando a Barry cuando todos se quedaron petrificados. Sandy estaba en la puerta en la silla de ruedas. De todos modos, no se fijaron en la mujer, sino en la pistola que sostenía.

34

Uno de los policías se llevó la mano al arma.

—¡No! —gritó Sandy, que agarraba la pistola con ambas manos—. No —repitió—. Sólo quiero hacerle daño a él —añadió, señalando a Barry con la pistola. Lo miró fijamente—. No me reconoces, ¿verdad? No tienes motivos para ello. No fuiste allí ese día para matarme, fuiste a asesinar al padrino. Pero fallaste y te cargaste al novio. ¡A mi marido! —Barry se quedó sin aliento, y Sandy desplegó una amplia sonrisa—. Oh, ya te vas acordando. —Negó con la cabeza—. Qué mal tirador eras. Mataste a mi marido, me dejaste inválida y fallaste tu objetivo. Tus jefes de la mafia debieron de enfadarse mucho contigo por eso. —Entonces Michelle dio un paso adelante y Sandy desplazó la pistola para apuntarla—. Michelle, no te hagas la heroína —dijo Sandy—. No quiero hacerte ningún daño. Pero me obligarás a ello si intentas impedir que dé su merecido a este pedazo de mierda.

—Sandy, no tienes por qué hacerlo. Han arrestado a Barry por tráfico de drogas. Va a pasar mucho tiempo en la cárcel.

—No, no es cierto, Michelle.

—Sandy, tenemos pruebas, no tiene escapatoria.

—Está en un programa de protección de testigos. Lo encubrirán igual que hicieron en el pasado —dijo Sandy.

Michelle se giró para mirar a Barry y luego volvió a centrarse en Sandy.

—¿Protección de testigos?

—Delató a sus jefes de la mafia y no cumplió pena en prisión por matar al hombre que yo amaba; los federales miraron para otro lado porque ayudó a hacer caer una importante banda de criminales. Y en este caso también mirarán para otro lado. ¿Verdad que sí, Barry? ¿O debería llamarte por tu verdadero nombre, Anthony Bender?

Barry sonrió.

—No sé de qué estás hablando —dijo—, y si me disparas tú también acabarás en la cárcel.

—¿Te crees que me importa? Me quitaste lo único que me importaba en la vida.

—Oh, qué penita tan grande, pobre lisiadita —se burló Barry.

—¡Cállate! ¡Cállate! —gritó Sandy acercando el dedo al gatillo.

Los policías no apartaban la vista del arma de Sandy. Michelle lo notó, se giró y les indicó algo moviendo sólo los labios. A continuación, se colocó entre Barry y Sandy.

—Sandy, dame la pistola. Esta vez irá a la cárcel, me aseguraré de ello.

—Ya. —Barry se echó a reír.

Michelle giró en redondo.

—Cállate, imbécil. —Se dirigió de nuevo a Sandy—. Irá a la cárcel, te lo juro. Dame el arma.

—Michelle, sal de en medio. Me he pasado años buscando a este cabrón y ahora pienso acabar con él.

—Te quitó a tu marido y también las piernas. No permitas que te quite la vida que te queda.

—¿Qué vida? ¿A esto le llamas vida?

—Puedes ayudar a otras personas, Sandy. Eso es muy válido.

—Ni siquiera puedo ayudarme a mí misma, ¿cómo voy a ayudar a los demás?

—A mí me has ayudado. —Michelle dio otro paso hacia delante—. Me has ayudado —añadió con voz pausada—. No eres una delincuente. No eres una asesina. Eres buena persona. No permitas que te quite eso.

La pistola vaciló un poco en manos de Sandy, pero luego la puso bien rígida y habló con voz más calmada.

—Lo siento, Michelle. Tienes razón, no puedo matar a este pedazo de mierda aunque se lo merezca.

—Es verdad, Sandy. Ahora dame la pistola.

—Adiós, Michelle.

—¿Qué?

Sandy se colocó la pistola contra la sien y apretó el gatillo. El clic resonó en toda la habitación. Sandy apretó el gatillo una y otra vez, pero no salió ninguna bala para acabar con su vida. Se quedó perpleja mientras Michelle se le acercaba y le quitaba suavemente la pistola de la mano.

—He quitado las balas.

Sandy la observó anonadada.

—¿Cómo? ¿Cómo lo sabías?

—Tierra en los dedos y tierra en el suelo. La gente no suele hurgar en la tierra de un cesto de flores. Sabía que allí había algo, Sandy.

—¿Por qué no cogiste la pistola? —se quejó uno de los policías—. Si no nos hubieras avisado de que estaba descargada, quizá le habríamos disparado.

Michelle tomó una de las manos temblorosas de Sandy.

—Pensé que tenía que vivir esta escena para seguir adelante con su vida. Para ver de qué era capaz y de qué no. —Michelle sonrió con ternura a la mujer—. A veces ésa es la mejor terapia que existe.

—¿Sabías lo de Barry? —pregunto Sandy.

—No se me había ocurrido que fuera él quien disparó a tu esposo, pero te veía observándolo e intuí que te interesaba por algo. Pero no sabía que era testigo protegido.

—Por cierto —empezó a decir Barry con tono seguro—. Llama a mi contacto del servicio de justicia. Se llama Bob Truman, y está aquí en Washington.

Michelle se animó.

—¿Bobby Truman?

Barry la miró desconcertado.

—¿Lo conoces?

—Desde luego. Gané una medalla de plata en los Juegos Olímpicos con su hija. Cuando le cuente lo ocurrido, tendrás suerte si vuelves a ver la luz del sol antes de cumplir los ochenta años. Hoy debe de ser mi día de suerte.

Se llevaron a Barry entre patadas y gritos. Los policías insistieron en presentar cargos contra Sandy, pero Michelle acabó disuadiéndolos.

—¿De verdad queréis rellenar todo el papeleo por esto? Además, todas las esposas de Norteamérica os considerarán unos capullos —añadió, mirando con toda la intención la alianza que llevaba uno de los agentes.

—La pistola estaba descargada —le dijo el agente, nervioso, a su compañero.

—A la mierda, no quiero líos. Pero nos llevamos el arma —respondió el otro.

Michelle condujo a Sandy a su habitación y charló con ella un rato. Cuando Michelle regresó a su habitación, oyó un gimoteo. Abrió la puerta del baño y Cheryl estuvo a punto de desplomarse.

—Cheryl, perdona. Me he olvidado de ti. —Michelle llevó a la trémula mujer hasta la cama y se sentó con ella. Entonces vio la pajilla en el suelo, la cogió y se la dio. Para su sorpresa, Cheryl no empezó a succionarla, sino que se agarró con fuerza a los hombros de Michelle, quien notó lo huesuda que era. Michelle suspiró, sonrió y abrazó a la mujer—. Me parece que esta noche hay una sesión muy buena sobre trastornos de la alimentación. ¿Qué te parece si vamos juntas? Después de cenar.

—Tú no tienes ningún trastorno de la alimentación —susurró Cheryl con voz trémula.

—¿Estás de broma, Cheryl? He tomado filete ruso, ración doble. Y encima me ha gustado. Si eso no es un trastorno, que venga Dios y lo vea.

35

Al día siguiente por la tarde, Sean estaba haciendo la maleta cuando llamaron a la puerta de su dormitorio.

—Adelante.

Champ Pollion asomó la cabeza por la puerta.

—¿Alice ha hablado contigo? —preguntó Sean.

—¿Sobre el traslado? Sí. No tengo ningún inconveniente en que hagas de ángel de la guarda de Viggie. Sólo te advertiría que procures no acabar muerto —añadió con firmeza.

—La supervivencia siempre ha sido una de mis mayores prioridades. —Sean cerró la maleta y la dejó en el suelo—. ¿Sabes? Nunca llegamos a hablar de tu trabajo aquí en Babbage Town.

Champ entró en el dormitorio.

—Contaba con que Len entrara en detalles.

—Como Len no puede hacerme el honor, ¿te importaría llevarme de visita? Si quieres podemos ir ahora mismo a visitar la Cabaña número dos.

—Entonces sabes lo de la Cabaña número dos, ¿no?

—Y siento una gran curiosidad por ese aparatejo que tenéis, el que hará que el mundo olvide a Edison y a Bell.

—A veces me acusan de usar demasiadas hipérboles.

—¿Por qué no dejas que lo vea?

—Mira, no quiero que pienses que no quiero cooperar... —empezó a decir Champ.

—Entonces coopera —espetó Sean.

—Hay que mantener ciertas reservas —dijo Champ con arrogancia.

—Permíteme que te explique la situación, Champ. Para empezar, estoy trabajando con el sheriff Hayes en el caso y él puede obligarte a enseñármelo si me fuerzas a tomar esa vía. Para continuar, hay dos muertes relacionadas con Babbage Town. Dudo de que quieras que pasen a ser tres, sobre todo si resulta que tú eres el tercer cadáver.

—¡Yo! ¿Crees que corro peligro?

—Yo sé que corro peligro, así que seguro que tú también —manifestó Sean.

—Oye, ¿esto no puede esperar? Estoy muy ocupado.

—Eso es lo que me dijo Len Rivest. Y fíjate dónde ha acabado.

Champ se puso tenso y luego se relajó y dijo:

—No sé, todo esto es muy raro.

—Por experiencia sé que las personas que no quieren cooperar tienen algo que ocultar.

Champ se sonrojó.

—No tengo nada que ocultar.

—Bien —gruñó Sean—, entonces no te importará decirme dónde estabas entre la medianoche y las dos de la madrugada la noche que Len Rivest murió.

—¿Fue entonces cuando lo mataron? —preguntó Champ.

—Responde a la pregunta.

—No tengo por qué responder —replicó con tono desafiante.

—Cierto. Llama a tu abogado, cierra el pico y deja que el FBI investigue todos los detalles de tu vida desde antes del parvulario. Y si hay algo que caracteriza al FBI es su minuciosidad.

Champ pareció plantearse la situación durante unos instantes.

—No podía dormir, así que bajé a la cabaña para repasar los resultados de unas pruebas.

—¿Te vio alguien, Champ?

—Por supuesto. Siempre hay gente trabajando. Funcionamos las veinticuatro horas del día, los siete días de la semana.

—¿Estuviste allí todo el rato? ¿Desde las doce hasta las dos? ¿Y después? Verificado por testigos.

«Venga, Champ, miénteme. Venga.»

A Champ se le formó un tenue velo de sudor.

—Que yo recuerde sí. Pero no me pidas el minuto exacto.

—Yo no puedo, pero otras personas sí pueden y te lo pedirán.

Ahora vamos a echarle un vistazo a tu cabaña. ¿Tenéis personal de limpieza? —preguntó Sean por el camino—. ¿O tu gente limpia y se encarga de su propia colada?

—Las mujeres de la limpieza vienen a diario en distintos turnos. En un mismo momento hay unas doce personas encargadas de la limpieza. —Señaló a una mujer con uniforme blanco de asistenta que empujaba por la calzada un carro rebosante de ropa—. Los servicios de lavandería se encuentran en una parte de la Cabaña número tres, cerca de la sede central de seguridad. Todo el personal de limpieza ha sido investigado, llevan el mismo uniforme y tienen pases de seguridad intransferibles. ¿Te parece suficiente?

—No, no me lo parece. ¿Qué tipo de detergente utilizan?

Champ dejó de caminar y se lo quedó mirando.

—¿Cómo dices?

—Es broma, Champ, es broma.

36

La Cabaña número dos era mucho mayor que los dominios de Alice. Para entrar por la puerta cerrada, Champ tuvo que introducir su distintivo de seguridad por una ranura y pasar el dedo por un escáner empotrado en la pared. El interior de la cabaña estaba formado por una enorme zona de trabajo en el medio, con salas adjuntas alrededor del perímetro. A través de algunas puertas que estaban abiertas, Sean vio maquinaria compleja y operarios de la misma. En una pared había un cartel que rezaba: «P = NP.»

—¿Qué significa eso? —preguntó Sean, señalándolo.

Champ vaciló antes de responder.

—Es una ecuación que representa el NP o tiempo polinómico no determinista que es igual a P o tiempo polinómico. Cuando se cumpla totalmente, hará que E igual a MC al cuadrado parezca un proyecto para una colección de juguetes de hojalata.

—¿Y eso?

—El tiempo polinómico representa los problemas que son fáciles de resolver, bueno, relativamente fáciles. Los problemas NP completos representan los problemas más difíciles del universo.

—¿Como, por ejemplo, la curación del cáncer? —preguntó Sean.

—No exactamente, aunque quién sabe qué aplicaciones podría llegar a tener. De hecho, aquí tenemos un departamento cuya única misión es determinar el modo en que las proteínas recién creadas adoptan la forma adecuada que determina su función en el organismo. Pueden adoptar miles de millones de formas, no obstante, la mayoría de las proteínas se forman del modo adecuado.

Sean se dio cuenta de que el hombre era mucho más hablador y elocuente sobre los temas que dominaba, y tenía intención de aprovecharse de ello.

—Entonces, si suelen hacerlo bien, ¿por qué es tan importante entender cómo lo hacen?

—Porque no siempre lo hacen bien —dijo Champ—. Y cuando no es así, los resultados pueden ser catastróficos. El Alzheimer y la enfermedad de las vacas locas son ejemplos de proteínas que se estropean en la secuencia de doblado. Pero a lo que me refiero realmente es, por ejemplo, a la fabricación de un coche o a la gestión del tráfico aéreo mundial no de una de las mejores formas posibles, sino de la mejor forma posible teniendo en cuenta todos los factores imaginables. Cómo transportar energía desde el punto A a cualquier otro con la máxima eficacia; o cómo hacer que el típico vendedor ambulante escoja la ruta óptima. De hecho, con un itinerario de sólo quince ciudades, el pobre vendedor tiene más de seiscientos cincuenta mil millones de posibilidades para escoger.

»¿Sabías que no existe software en el mundo que garantice no cometer errores? No obstante, si somos capaces de resolver problemas NP, podríamos producir un software perfecto cada vez. Y lo interesante es que, teniendo en cuenta cómo funciona el mundo, tenemos muchos motivos para creer que, si se soluciona un problema NP, se solucionan todos de una sola vez. Sería el mayor descubrimiento de la historia. La concesión del premio Nobel a su descubridor no le haría suficiente justicia.

—¿Y cómo es que los ordenadores no son capaces de hacerlo? —preguntó Sean, interesado.

—Los ordenadores son criaturas deterministas, mientras que, tal como indica su nombre, los problemas NP son no deterministas. Así pues, se necesita tecnología no determinista para solucionarlos.

—¿Y eso es en lo que trabajáis aquí?

—Junto con un método para descomponer rápidamente números grandes en factores.

—Alice me ha explicado el concepto. Intenta encontrar un atajo, pero entonces ya nada será seguro y el mundo tal como es ahora dejará de existir. ¿Y hacer que el mundo deje de girar merece un premio Nobel?

Champ se encogió de hombros.

—Eso es una cuestión para los políticos, no para humildes científicos como nosotros. La investigación de Alice va para largo y necesitará mucha suerte. —Champ señaló por el interior de la sala—. Aquí radica la respuesta. Sólo tenemos que encontrarla. —Vaciló un momento antes de decir—: Mira esto.

Acompañó impaciente a Sean a una mesa oval de cristal, bajo la cual había una pequeña máquina de aspecto raro.

—¿Qué es esto? —preguntó Sean.

—Una máquina de Turing —respondió Champ con veneración.

—Turing. ¿Como Monk Turing?

—No, como Alan Turing. Sin embargo, creo que tenían algún tipo de parentesco, lo cual demuestra que la genética no va tan desencaminada. Alan Turing fue un verdadero genio que salvó millones de vidas durante la Segunda Guerra Mundial.

—¿Era médico?

—No, Turing era matemático —aclaró Champ—, aunque el mundo apenas le ha hecho justicia. Fue destinado al famoso Bletchley Park, en las afueras de Londres. Hemos llamado «cabañas» a nuestros edificios en honor a los decodificadores de Bletchley porque así es como llamaban a sus lugares de trabajo. Para que me entiendas, Turing inventó la máquina que descifró parte de uno de los códigos Enigma alemanes más importantes. La guerra acabó en Europa por lo menos dos años antes gracias al trabajo de Turing. También era homosexual. Menos mal que el gobierno no se enteró. Lo habrían vetado y los aliados quizás hubieran perdido la guerra, ¡qué idiotas! Resultó ser que su homosexualidad se descubrió después de la guerra, su carrera se fue al garete y el pobre hombre se suicidó. Todo ese talento desperdiciado por el mero hecho de que le gustaban los hombres en vez de las mujeres.

—¿Y esto se llama máquina de Turing? —curioseó Sean.

—Sí. Turing planteó como hipótesis una máquina de pensamiento universal, por definirla de algún modo. Aunque parece muy sencilla, te aseguro que, con las instrucciones adecuadas, una máquina de Turing es capaz de abordar cualquier problema. Todos los ordenadores modernos están fabricados siguiendo este modelo, considérala como una especie de software primigenio. Nadie es capaz de inventar un ordenador clásico cuyo concepto sea mejor o más potente que una máquina de Turing; sólo se puede fabricar uno que realice los pasos más rápido.

—Ya estamos otra vez con la palabra «clásico».

Champ cogió un tubo de cristal largo y fino.

—Y éste es el único dispositivo del mundo que es potencialmente más potente que una máquina de Turing.

—Me enseñaste esa cosa cuando nos conocimos, pero no me explicaste qué era —recordó Sean.

—Puedo explicártelo, pero no lo entenderás.

—Venga ya, no soy tonto —repuso Sean, molesto.

—¡No se trata de eso! —exclamó Champ—. No lo entenderás porque ni siquiera yo lo entiendo realmente. La mente humana no está preparada para funcionar en un plano subatómico. Todo físico que diga que entiende completamente el mundo cuántico miente.

—Entonces, ¿se trata de algo cuántico?

—En concreto de partículas subatómicas que encierran el potencial de un poder de computación que escapa a la comprensión humana.

—Pues no parece gran cosa —dijo Sean, observando el tubo.

Champ deslizó el dedo a lo largo del tubo.

—En el mundo de la computación, dicen que el tamaño sí importa. En el Laboratorio Nacional de Los Álamos hay un superordenador llamado Blue Mountain. Como sin duda sabes, todos los PC del mundo contienen un chip. Es el cerebro del ordenador y tiene millones de interruptores en miniatura que chirrían en un idioma que sólo entiende los unos y los ceros. El Blue Mountain tiene más de seis mil chips, lo cual lo convierte en un ordenador capaz de realizar tres billones de operaciones por segundo. Lo utilizan para simular el efecto de una explosión nuclear desde Estados Unidos; por suerte, no explota realmente. Sin embargo, por potente que sea, cuando intentaron reproducir una mera millonésima de segundo de explosión nuclear, el viejo Blue se pasó cuatro meses haciendo cálculos.

—No puede decirse que sea la velocidad del rayo —comentó Sean.

—Están trabajando en otro superordenador que dejará obsoleto el Blue, una máquina capaz de realizar treinta billones de operaciones por segundo, cuyo nombre en clave es Q y que ocupa cuatro mil metros cuadrados de superficie. Será capaz de realizar más cálculos en un minuto que un humano con una calculadora en mil millones de años y existen planes para construir otros incluso más rápidos. De todos modos, estos ordenadores no son mejores que la máquina de Turing; sólo ocupan mucho más espacio y cuestan mucho más de hacer funcionar. Pero es lo mejor que se nos había ocurrido. —Sostuvo el tubo—. Hasta ahora.

—¿Me estás diciendo que eso es un ordenador?

—En su estado actual se trata de un dispositivo rudimentario capaz de hacer unos cuantos cálculos, pero ésa no es la cuestión. Un ordenador comprende el idioma de los unos y los ceros. Con un ordenador clásico eres un uno o un cero. No los dos. En el mundo cuántico esas reglas limitadas no son aplicables. De hecho, un átomo puede ser tanto un uno como un cero a la vez, y ahí radica la belleza del concepto. —Champ hablaba con fluidez—. Un ordenador clásico aborda básicamente un problema de forma lineal hasta que obtiene la respuesta correcta. Con un ordenador cuántico cada uno de los átomos busca la respuesta correcta en paralelo. Así pues, si por ejemplo quieres saber la raíz cuadrada de todos los números del uno al cien mil, colocas todos los números en una línea de átomos, manipulas los átomos con energía, y luego la contraes con sumo cuidado porque en cuanto se observa todo el montaje se desmorona como un castillo de naipes. Y, *voilà*, tendrás todas las respuestas correctas a la vez, en milésimas de segundo.

—No veo cómo es eso posible —reconoció Sean.

Champ ensombreció el semblante.

—¡Por supuesto que no! No eres un genio. Pero recordemos algo que sí entiendes. Un superordenador como el gigantesco Q se alimenta de datos en partes de sesenta y cuatro bits. Así pues, coloquemos en fila sesenta y cuatro átomos juntos. Recuerda, Q ocupa cuatro mil metros cuadrados; sesenta y cuatro átomos son microscópicos. En teoría, el ordenador cuántico de sesenta y cuatro átomos puede realizar dieciocho trillones de cálculos simultáneamente en comparación con los escasos treinta billones por segundo de Q.

Sean se quedó boquiabierto.

—¿Dieciocho trillones? ¿Ese número existe?

—Intentaré ponértelo en contexto. Para igualar el poder de

computación de esas sesenta y cuatro partes microscópicas de energía, el superordenador Q necesitaría una superficie igual a quinientos soles para albergar todos los chips de ordenador necesarios. —Champ sonrió con picardía—. Si supiéramos cómo solucionar el tema del calor, por supuesto. O utilizar sólo moléculas. Como ves ocupan mucho menos espacio. Y, como he dicho, por eso el tamaño sí importa en el mundo de la informática; sólo que lo pequeño es mucho mejor que lo grande.

—¿Y Monk Turing estaba familiarizado con todo esto? —preguntó Sean.

—Sí, era un físico de gran talento.

—¿Y sus conocimientos podían venderse?

—Sin duda hay personas dispuestas a pagar por ellos.

—¿Alguien te ha mencionado alguna vez que es posible que haya espías en Babbage Town? —Sean le lanzó el comentario de sopetón para calibrar la reacción del hombre.

—¿Quién te ha dicho eso?

—O sea, ¿que estás al corriente de la posibilidad de que haya espías?

—No, me refiero a que... bueno, siempre es posible —repuso Champ con voz entrecortada y muy pálido.

—Bueno, tranquilo, cuéntame la verdad.

Champ se enfureció.

—No puedo afirmar que aquí haya o deje de haber espías. Es la verdad.

—Si los hubiera, ¿qué buscarían, Champ?

—Contamos con años de datos, investigaciones, ensayos y errores, avances, posibilidades. Estamos acercándonos a la respuesta.

—¿Y es valiosa?

—Sumamente valiosa.

—¿Valdría la pena ir a la guerra por ella? —preguntó Sean.

Champ lo miró de hito en hito.

—Dios no lo quiera, pero...

—Parece ser que Monk Turing salió del país hace unos nueve meses. Tú debiste de autorizar el viaje. ¿Sabes adónde fue?

—No, pero dijo que eran asuntos familiares. No creerás que Monk Turing era espía, ¿no?

Sean no respondió. Echó una mirada a una trabajadora que salía de la cabaña. Al pasar por el umbral, un pequeño panel situado cerca de la puerta parpadeó. Sean no lo había advertido al entrar.

—¿Qué es eso?

—Un escáner —respondió Champ—. Registra automáticamente quién sale y cuándo.

—Es verdad. Len Rivest me contó lo del registro informatizado. Así supieron cuáles fueron los movimientos de Monk Turing. Así pues, podemos preguntar al ordenador a qué hora entraste anoche y a qué hora te marchaste.

Champ se disponía a responder cuando ambos hombres dirigieron la vista a la puerta al oír que se abría de golpe. El sheriff Hayes entró a toda prisa seguido de un guardia de seguridad que parecía agobiado.

—Te he estado buscando por todas partes —dijo Hayes a Sean, jadeando—. Tenemos que asistir a una reunión —añadió—. Ahora mismo. Con Ian Whitfield. Bueno, me ha pedido que vaya pero yo quiero que me acompañes.

—¿Quién coño es Ian Whitfield? —preguntó Sean, sorprendido.

—El director de Camp Peary —contestó Hayes—. Mejor que nos pongamos en marcha. —Miró a Sean con dureza—. Vienes, ¿verdad?

—Voy.

37

Tras pasar por el mal trago de cenar temprano y asistir a una sesión sobre trastornos alimenticios con Cheryl, Michelle se dio el alta del centro. Antes de marcharse visitó a Sandy.

—He hablado con mi colega de la policía. Me ha dicho que están hartos de las capulladas de Barry. Lo van a expulsar del programa de protección de testigos y han dicho a los fiscales que le impongan la pena máxima.

—No sabes cuánto te lo agradezco, Michelle. No sé qué habría pasado si esa arma hubiera estado cargada.

—Tranquila, para eso están las amigas psicóticas.

—Ahora deja de preocuparte por mí y ve a por tu hombre —apuntó Sandy.

—Sandy, sólo somos amigos.

—Pero ¿vas a ir a verlo?

—Joder, pues sí. Lo echo de menos —reconoció Michelle.

—Bien, así sabrás si quieres que sigáis siendo sólo amigos. —Cuando Michelle se disponía a salir, Sandy le gritó—: ¡No olvides invitarme a la boda! Y yo en tu lugar invertiría en un detector de metales. Teniendo en cuenta tu trabajo, nunca se sabe quién puede aparecer en tus nupcias.

Al salir, Michelle le dejó un mensaje a la enfermera jefe para Horatio Barnes.

—Dile a don Harley Davidson que me puede tachar de su lista de cosas por hacer. Estoy curada.

—Me alegro de que nuestro plan de tratamiento te haya resultado tan eficaz.

—Oh, no ha tenido nada que ver con el plan de tratamiento.

Todo se debe a haber pescado al sanguijuela de Barry. Prefiero eso a un montón de píldoras de la felicidad. —Michelle dio un portazo al salir.

Inspiró el aire fresco de la tarde y fue en taxi al nuevo apartamento. Abrió con las llaves que Sean le había dejado y se dispuso a revolver su parte de la vivienda. Incluso dejó tiradas unas cuantas cosas de Sean. Ya las recogería cuando volviera, porque era un obseso del orden, pero por lo menos lo obligaría a hacer el esfuerzo.

Luego bajó prácticamente corriendo al coche y condujo durante media hora con las ventanillas bajadas con la música de Aerosmith a todo volumen y con la reconfortante presencia de su porquería en el suelo. Lo único que le había hecho falta era un poco de *rock and roll*, se dijo. Claro que las sesiones con Barnes habían sido una gran jodienda, pero también había sobrevivido a ellas. En una guerra de voluntades, no le cabía la menor duda sobre quién prevalecería.

De repente, todos los pensamientos sobre Horatio Barnes desaparecieron de su mente cuando se centró en su próximo plan de acción: reunirse con Sean. Probablemente debería llamarlo y decirle que iba para allá. Pero Michelle raras veces optaba por lo correcto. Y aunque no quería reconocerlo, una pequeña parte de ella temía que, si llamaba a Sean, él le dijera que no fuera.

Cuando regresó al apartamento, Michelle encontró lo que necesitaba tras rebuscar un poco entre las pertenencias de Sean: una copia del expediente de Babbage Town con indicaciones incluidas. Sean le había dicho que iba a ir en una avioneta, sin duda cortesía de doña Joan la cabrona. Michelle optó por el coche. Calculó que el viaje duraría unas cuatro horas para un conductor normal, pero con su detector ilegal de radares y pisando a fondo el acelerador, estaba convencida de poder llegar allí en menos de tres horas. El hecho de que la empresa de Joan no la hubiera contratado no la disuadió lo más mínimo. Lo importante era el caso. Y si había una cosa que tenía clara era que ella y Sean juntos eran prácticamente imparables. Eso era lo importante. No ella. Ellos dos.

Hizo una maleta y se puso en camino y sólo paró para tomarse un café bien cargado y tres barritas energéticas. Tenía la adrenalina por las nubes. Cielos, qué viva y bien se sentía. Y libre.

Horatio fue directo del aeropuerto al centro psiquiátrico y se encontró con que su paciente estrella había huido del corral.

—¿Ha dicho adónde iba? —preguntó a la enfermera jefe.

—No, pero me ha pedido que te diga que está curada.

—Ah, ¿sí? ¿Ahora se autodiagnostica?

—No sé, pero voy a contarte lo que hizo mientras estaba aquí. —La enfermera explicó rápidamente lo de Barry y Sandy, el programa de protección de testigos y la operación antidroga.

—¿Hizo todo eso durante mi ausencia? ¡Pero si no he estado fuera tanto tiempo!

—Esa mujer no es de las que pierden el tiempo. Me han contado que le dio una buena paliza a Barry. La verdad es que ese hombre nunca me cayó bien.

—¡Qué maravillosa es la retrospección! —farfulló Horatio mientras se alejaba.

—Buenas noches, don Harley Davidson —musitó la enfermera.

Horatio se replanteó la situación. Tenía que deducir adónde iría Michelle. De hecho, no era tan difícil. Sin duda querría reunirse con Sean. Quizás en ese mismo instante estuviera en camino. Legalmente, Horatio no podía hacer nada para impedírselo. Pero también sabía que no estaba curada. El incidente que se había producido en el bar podía repetirse y manifestarse de forma distinta y más mortífera.

Se estaba planteando avisar a Sean cuando sonó el teléfono.

—Hablando del rey de Roma, estaba a punto de llamarte —dijo Horatio.

Sean se rio entre dientes.

—Haría un chiste sobre lo extraordinario de nuestros cerebros, pero, de hecho, estoy rodeado de tantos genios que renuncio a la oportunidad —dijo Sean—. Estoy a punto de reunirme con el director de Camp Peary, pero quería pedirte una cosa.

—¿Camp Peary? ¿La granja de la CIA?

—Esa misma. Tengo que pedirte un favor. —Le explicó el caso de Viggie—. Sé que es un fastidio pedirte que vengas porque estás ocupado con Michelle y el resto de tus pacientes.

—Lo cierto es que no —interrumpió Horatio—. Mi paciente favorita me ha dejado plantado. —Informó a Sean sobre la aventura de Michelle en el centro y el hecho de que se había dado el alta ella misma.

—Joder, allá adonde va se mete en líos —declaró Sean no sin cierta señal de orgullo en la voz por la hazaña de Michelle.

—Y me atrevo a conjeturar que va camino de donde estás —apuntó Horatio.

—¿Aquí? Le hablé un poco del caso pero no le dije dónde estaba.

—¿Dejaste algo en el apartamento?

Sean gimió.

—Oh, mierda, dejé una copia del expediente porque no tengo despacho.

—Tus instintos organizativos son encomiables, pero eso significa que probablemente esté ahí por la mañana o incluso antes.

—Joan se pondrá hecha una furia. La verdad es que no se llevan bien —concedió Sean.

—Asombroso. Iré para allí mañana. ¿Hay algún alojamiento cerca?

—Probablemente te consiga una litera en Babbage Town. ¿Qué hago cuando aparezca Michelle?

—Compórtate con normalidad. Ella también te parecerá normal —señaló Horatio.

—¿Has hecho algún avance en su caso?

—He hecho un viaje interesante a Tennessee sobre el que te informaré cuando nos veamos, Sean. Tengo que darte las gracias por introducirme en lo que ha resultado ser un caso fascinante. Esa tal Viggie también suena interesante.

—Horatio, todo este lugar es interesante. Y ahora mismo más que un poco peligroso, así que, si prefieres declinar amablemente la oferta, no te guardaré rencor.

—Fingiré no haber oído lo que acabas de decir.

—¿Michelle ha mejorado algo?

—Tenemos que ayudarla a limpiar su alma, Sean, para que no tenga que volver a preocuparse de que le explote una bomba. Y no pienso dejarla hasta que alcance ese punto.

—Puedes contar conmigo, Horatio.

—Bien, porque por lo que he visto de esa mujer, no hay hombre viviente capaz de lidiar solo con ella.

—Dímelo a mí —concluyó Sean.

38

Mientras recorrían la ciudad universitaria de William and Mary y sus pulcros edificios de ladrillo visto, Sean observó a Hayes. El buen sheriff estaba encorvado hacia delante, agarrado con tal fuerza al volante que tenía los nudillos blancos como la nieve.

—Sheriff Hayes, si partes el volante en dos no podremos regresar.

Hayes se sonrojó y soltó un poco el volante.

—Llámame Merk, como todo el mundo. Supongo que no me comporto como un buen agente de la ley, ¿verdad?

—A la mayoría de los policías no los llaman para reunirse con el gran lobo feroz durante una investigación.

—¿Qué crees que va a decir?

—Dudo de que sea algo que realmente queramos oír. Y claramente te digo que la C de CIA no significa «cooperación».

—¡La jornada no hace más que mejorar! —exclamó Hayes.

—¿Has hablado con Alice?

Hayes asintió.

—Después de que me contaras que salía con Rivest, no tuve otro remedio.

—¿Su relación era seria? —inquirió Sean.

—A ella le parecía que sí.

Aparcaron delante de la dirección que Hayes les había dado. Era un edificio de ladrillo visto de tres plantas que a Sean le dio la impresión de estar compuesto por viviendas.

Un hombre vestido con un polo y unos pantalones sport los recibió en el vestíbulo. Sean dedujo que formaba parte del cuerpo de seguridad de Ian Whitfield. El hombre no era tan alto como Sean y no estaba cachas, pero no tenía ni pizca de grasa en el cuerpo y se le notaban las abdominales bien marcadas bajo el polo. Según el ojo experto de Sean, el tío se comportaba como si fuera capaz de matarte de doce formas distintas sin despeinarse lo más mínimo.

Lo primero que hizo fue enseñarles su identificación y luego confiscarle el arma a Hayes. Acto seguido cacheó a Sean, todo ello sin articular palabra.

Subieron en el ascensor a la tercera planta y rápidamente los hicieron sentar en unos cómodos sillones alrededor de una mesa oval en el interior de un compartimento esquinero. Don Abdominales Tableta de Chocolate desapareció unos instantes y luego regresó con otro hombre. También llevaba un polo y pantalones sport y estaba casi tan en forma como el anterior, aunque llevaba el pelo cano muy corto y probablemente rondara los sesenta años. Sin embargo, Sean se fijó en que cojeaba. Le pasaba algo en la pierna derecha.

El hombre lanzó una mirada fugaz a don Abdominales Tableta de Chocolate y una carpeta de papel Manila apareció en la mano de Whitfield, puesto que, efectivamente, aquel hombre era Ian Whitfield, supuso Sean.

El silencio reinó durante unos minutos mientras su anfitrión leía el documento metódicamente. Al final centró su atención en ellos.

—Se han producido cuatro suicidios confirmados en las inmediaciones de nuestro centro durante los últimos veintisiete meses —afirmó Whitfield. Sean no se esperaba esas palabras de bienvenida y era obvio que Hayes tampoco—. Por algún motivo —continuó—, nos hemos convertido en el cabeza de turco de los deprimidos y suicidas. No sé por qué, pero podría deberse a distintas causas, como el deseo de notoriedad o de ocasionar problemas. Huelga decir que me estoy empezando a hartar de estos numeritos.

—La muerte de una persona difícilmente puede considerarse un «numerito», ¿no? —dijo Sean mientras Hayes se quedaba pálido—. Las circunstancias de la muerte de Monk Turing aún no se han esclarecido. Suicidio, asesinato, todavía no lo sabemos.

Whitfield le dio un golpecito a la carpeta.

—Todos los hechos apuntan a un suicidio. —Miró a Hayes—. ¿No te parece, sheriff?

—Supongo que podría decirse que sí.

—No existen pruebas de que Monk estuviera tan deprimido como para quitarse la vida —señaló Sean.

—¿Acaso no están deprimidos todos los genios? —repuso Whitfield.

—¿Cómo sabes que era un genio?

—Cuando llega gente nueva a las inmediaciones, me gusta saber quiénes son.

—Has estado en Babbage Town, ¿verdad? —insistió Sean.

Whitfield se dirigió a Hayes.

—Creo que he dejado clara mi postura. Cuatro suicidios y ahora el quinto. Se me está acabando la paciencia.

—Ha muerto un hombre —dijo Hayes, armándose aparentemente de valor ante el tono condescendiente del hombre.

—Cualquiera puede saltar una valla y pegarse un tiro en la cabeza.

—El hecho de que tú lo digas no lo convierte en realidad —replicó Sean.

Whitfield seguía mirando a Hayes.

—Supongo que este hombre se ha asociado contigo de alguna manera.

—Perdón, soy Sean King —intervino Sean—. Imagino que nos hemos saltado la parte de la conversación dedicada a las presentaciones. Me he asociado con el sheriff Hayes en este asunto. Y ¿nos equivocamos al suponer que eres Ian Whitfield, director de Camp Peary, de la CIA? De lo contrario, estamos perdiendo el tiempo.

—El FBI ha dado por concluida la investigación y el veredicto es que se trató de un suicidio —declaró Whitfield.

—Bueno, no sería la primera vez que el FBI se precipita en sus conclusiones, ¿verdad que no? Y, por supuesto, tenemos el asesinato de Len Rivest, jefe de seguridad de Babbage Town.

—Eso no es asunto mío —dijo Whitfield.

—Sí que lo es si resulta que la muerte de Turing guarda alguna relación.

—Dudo mucho de que así sea —cortó Whitfield.

—Bueno, por eso jugamos limpio, ¿no? —dijo Sean—. Porque tu opinión no cuenta realmente.

Whitfield lanzó una mirada rápida a la puerta a modo de respuesta. Al cabo de unos instantes, don Abdominales tenía bien sujeto a Sean por el brazo y lo conducía rápidamente a la salida. «O quizá vaya a lanzarme desde el tejado.»

Cuando llegaron al vestíbulo, Hayes recuperó su arma, don Abdominales le dio un apretón extrafuerte a Sean en el brazo y ambos hombres salieron al exterior oscuro.

—¿Cómo se te ocurre hablarle en ese tono? ¿Te has vuelto loco? —le dijo Hayes al llegar al coche patrulla.

—Probablemente.

—Venga ya, has hecho todo lo posible por cabrearlo, ¿por qué?

—Porque es un gilipollas, por eso —dijo Sean.

—Tiene razón sobre lo de los cuatro suicidios.

—Eso no significa que Monk se suicidase. De hecho, quizás eso le diera la idea de simular un suicidio a quienquiera que matara a Monk.

—Buena idea —dijo el sheriff.

—Gracias, intento tener al menos una al día.

—¿Volvemos a Babbage Town?

—Antes quiero comprobar una cosa —advirtió Sean, que se sentó al volante del coche patrulla mientras Hayes ocupaba el asiento del acompañante.

—No sé si las normas te permiten conducir este coche —señaló Hayes.

—Un día por ti y otro por mí —dijo Sean mientras ponía marcha atrás, salía de la plaza de aparcamiento y se situaba a cierta distancia de la entrada del edificio.

—¿Qué estamos haciendo aquí? —preguntó Hayes.

—Se llama vigilancia. Supongo que conoces el concepto.

—¿A quién coño te crees que estás vigilando, King? ¡Al director de Camp Peary!

—¿Existe alguna ley que lo prohíba?

—Probablemente, joder —gruñó Hayes.

Al cabo de un cuarto de hora un coche paró en la entrada del edificio y una mujer de unos treinta y cinco años bajó de él. Era una rubia alta, lucía un buen bronceado y unas piernas largas que animaban no a mirarla dos veces... sino posiblemente tres. Cuando se acercó a la puerta de entrada, Whitfield y su sombra le salieron al encuentro. La mujer habló con Whitfield durante unos instantes y luego él se marchó cojeando con don Abdominales Tableta de Chocolate, se subió a un sedán negro y se marchó dejando a la mujer más que contrariada.

—Interesante —dijo Sean—. O es la esposa de Whitfield o su amante.

—O la novia.

—Whitfield llevaba anillo de casado.

Mientras hablaban, la mujer subió al coche y se marchó. Sean puso la primera y se situó detrás de ella.

—¿Qué coño estás haciendo? —preguntó Hayes.

—Seguirla.

—Sean, podríamos meternos en un lío por esto.

—Ya estoy metido en un lío. —Hayes se recostó en el asiento con expresión resignada. Sean sonrió y dijo—: ¿Te sigues alegrando de haberte asociado conmigo?

—¡No!

—Bien, eso significa que empezamos a formar un buen equipo. —Ese comentario hizo recordar a Sean que Michelle estaría allí en el plazo de unas horas. En circunstancias normales, Sean se habría alegrado de ver a su verdadera socia, pero no dejaba de pensar en las palabras de Horatio. Michelle podía resultar peligrosa para ella misma. No tenía que haber dejado el centro. No estaba curada. Iba hacia allí. ¿Y quién demonios sabía qué iba a pasar?

39

Michelle aprovechó el trayecto para llamar a una amiga que trabajaba en el Centro Nacional de Inteligencia tras haber pasado una temporada en el Servicio Secreto, donde Michelle la había ayudado en sus comienzos. La llamó a casa porque supuso que el teléfono del trabajo estaría pinchado.

Tras unos pocos cotilleos, Michelle dijo:

—No pretendo que me cuentes secretos, Judy, pero ¿qué puedes decirme sobre Camp Peary?

—¿Te refieres a la Actividad de Formación Experimental de las Fuerzas Armadas del ministerio de Defensa?

—Venga ya, Judy, no me salgas con ésas. Sé que pertenece a la CIA.

—Vale, vale, perdona, me ha salido la respuesta oficial de forma automática. —Su amiga le habló de la envergadura física del lugar, de su historia y de su misión oficial—. Ahora buena parte de la formación avanzada se realiza en el Point de Carolina del Norte —dijo Judy—. Pero sigue siendo el principal centro de preparación de espías de la CIA. De hecho, el Pentágono se está planteando fundar una escuela de espionaje propia y abrir comandos de operaciones de inteligencia por todo el mundo.

—A veces el exceso de inteligencia resulta contraproducente —dijo Michelle con ironía.

Judy se echó a reír.

—Oficialmente no puedo hacer ningún comentario al respecto. El director actual de Camp Peary es un hombre llamado Ian Whitfield. Ex militar, de la Delta Force, creo. Héroe de la guerra de Vietnam. Un hombre con el que más vale no meterse. Llegó al mundo de la inteligencia allá por la década de 1980. Estuvo destinado en Oriente Próximo varios años. Ahora que ha vuelto al país, se dice que está haciendo todo lo posible para que Camp Peary recupere su importancia.

—¿Y cómo se lo monta? —preguntó Michelle.

—¿Por qué te interesa? —La amiga respondió con otra pregunta.

—Tengo un trabajo allí. Ha aparecido un cadáver en el lugar.

—Lo he leído en el periódico. Pensaba que había sido un suicidio.

—Podría ser. ¿Qué me estabas diciendo de Whitfield?

—Hace dos años se desviaron ciertos fondos desde el Congreso para construir un nuevo edificio en el lugar, supuestamente una residencia.

—¿Supuestamente?

—Mira Michelle, yo no te he contado nada.

—Judy, no he hablado contigo, ¿vale? Desembucha.

—En los años noventa, construyeron una residencia de ciento cinco plazas para complementar el nuevo centro de formación. Lo que se rumorea por aquí es que el dinero era en realidad para un centro de interrogatorios —dijo Judy.

—¿Interrogatorios? ¿Y por qué se lo tenían tan callado?

—Depende de a quién interroguen y...

—Y cómo los interroguen. —Michelle acabó por ella.

—Exacto.

—¿Terroristas?

—Ya sabes que es probable que la NSA esté escuchando esta conversación, Michelle.

—Adelante. No tienen suficiente personal para analizar las conversaciones de los malos de verdad o sea que mucho menos las de personas como nosotras. —Michelle hizo una pausa—. O sea ¿que llevan allí a gente sin que nadie sepa nada y quizá los torturan?

—¿Oficialmente? Por supuesto que no. Oficiosamente, ¿quién sabe? No es que vayan a contarle a todo el mundo que han abierto una cámara de torturas nuevecita en Tidewater, Virginia, a tres horas de la capital del mundo libre. No es que esté a favor del maltrato a los prisioneros, pero es una guerra contra el terrorismo. No podemos librarla con los métodos tradicionales.

—Vale, ¿cómo los llevan allí?

—Junto con los fondos para la «residencia», también se destinaron fondos para una nueva pista de aterrizaje capaz de dar servicio a grandes reactores.

—¿Como los jets de los vuelos transoceánicos? —indagó Michelle.

—Exacto.

Michelle guardó silencio durante unos instantes.

—¿Las brigadas de paramilitares siguen destinadas en Camp Peary?

—No te lo puedo decir, Michelle.

—¡Venga ya, Judy!

—A ver cómo te lo explico: no vayas allí de picnic porque a lo mejor nunca volvemos a saber de ti.

—Gracias por el consejo. Has sido de gran ayuda, Judy.

—Gracias a ti sobreviví a mi primer año en el servicio.

—Las mujeres tenemos que ayudarnos mutuamente.

—¿Estás trabajando en esto con Sean King?

—Sí.

—¿Sois ya algo más que socios de empresa? —preguntó Judy.

—¿Por qué quieres saberlo?

—Porque, si no te gusta, yo quiero una oportunidad. Está como un tren.

—Tendrías que verlo cuando se pone gruñón —advirtió Michelle.

—Me lo quedo por gruñón que se ponga, créeme.

Michelle colgó, se zampó una barrita energética y apuró el café. Consultó su reloj y el sistema de navegación. A ciento cincuenta por hora le faltaban sesenta minutos para llegar. Menos mal que llevaba a su amigo el detector de radares ilegal.

40

Hayes y Sean siguieron a la señora hasta el aparcamiento de un bar muy famoso situado a unas tres manzanas del campus de William and Mary. Cuando ella entró, Hayes y Sean tomaron una decisión rápidamente: Sean entraría solo y el uniformado Hayes se quedaría en el coche patrulla.

Cuando Sean bajó del coche, el sheriff levantó una mano a modo de advertencia.

—Mira, quiero que conste en acta que como te acerques a menos de tres kilómetros de esa mujer va a ser muy comprometido si resulta estar casada con Whitfield.

—Pero, por otro lado, si la muerte de Monk está relacionada con Camp Peary e Ian Whitfield, entonces la señora podría ofrecernos una especie de atajo. Y, como premio, a lo mejor descubro quién intentó matarme.

El interior del bar estaba poblado por una mezcla interesante de universitarios y de personas que realmente tenían que trabajar para vivir. Tras la barra de aspecto antiguo, que parecía sacada directamente del decorado de *Cheers*, dos jóvenes y un hombre mayor servían las bebidas con la mayor rapidez que su cerebro y sus manos les permitían. «Ya se sabe que los estudios superiores dan mucha sed», pensó Sean.

Allí estaba ella, en una mesa alta del fondo, cerca de los billares. Ya tenía una bebida y hábilmente intentaba ahuyentar al moscón que parecía pertenecer al equipo de rugby del William and Mary, un guardalíneas a juzgar por la envergadura del joven. No es que Sean culpara al hombre de intentarlo. La minifalda de la señora le dejaba al descubierto las largas piernas, y la melena rubia le caía en cascada sobre los hombros, abriéndose cerca del generoso escote, y la pasión de esos ojos azules que bullía justo bajo la superficie... Joder, si hubiera estado en la universidad, se imaginaba que habría removido cielo y tierra para llevársela a la cama. Se habría pasado los cuatro años de carrera alardeando de la hazaña.

El tío le escribió algo en un trozo de servilleta y se lo dio. Ella miró lo que había escrito, sin duda un número de teléfono o la descripción de un acto sexual lascivo que quería hacerle. Ella negó con la cabeza y le hizo una seña para que se largara.

Sean ocupó el espacio vacío y se sentó a su lado. Ya fuera porque quedaba claro que Sean tenía edad más que sobrada para beber alcohol legalmente o porque había perdido energía al rechazar la ofensiva del guardalíneas, la mujer le dedicó una sonrisa agradecida.

—No te había visto nunca por aquí —dijo ella.

—Es que nunca había venido. —Sean aprovechó la mirada de una camarera—. Lo mismo que la señora.

Ella levantó la bebida.

—¿Te gustan los mojitos?

—Ahora sí. —Miró la alianza que llevaba en el dedo y ella se percató.

Dijo:

—Me parece que no existe ninguna ley que prohíba a una mujer casada salir sola.

—Por descontado. Lo siento, me llamo Sean Carter.

—Valerie Messaline.

Si estaba casada con el viejo Ian, la señora no había adoptado el apellido del marido.

Se estrecharon la mano. La mujer le sujetó la mano con fuerza y seguridad. Le recordó a otra mujer que estrechaba la mano igual: Michelle.

—¿Y qué te trae a este pueblecito?

—Negocios —respondió Sean—. ¿Vives por aquí?

—No, pero mi marido trabaja cerca de aquí. De hecho, hoy pensaba salir con él. —Bajó la mirada hacia el vaso—. La cosa no ha salido bien. —Eso explicaba la escenita del exterior del edificio.

—¿Puedo preguntar qué le pasa a tu marido para no darse cuenta de lo afortunado que es o sería una indiscreción?

Ella se echó a reír.

—La pregunta no es indiscreta, pero la respuesta podría serlo.

Le sirvieron la bebida a Sean y ambos fueron dando sorbos mientras él lanzaba miradas por el bar. Sean intentaba distinguir a cualquiera que estuviera prestándoles más atención de la normal.

—¿A qué te dedicas, Sean?

—Soluciono problemas.

—Cielos, ¿puedo contratarte? —dijo ella en broma.

—No salgo barato.

—No te habría dejado sentar aquí si lo pensara —dijo ella.

—¿Y tú a qué te dedicas?

—Ya no hago gran cosa.

—¿Hijos? —preguntó Sean.

—No, no salió bien.

—Yo tampoco.

Ella le miró la mano.

—¿Ahora no estás casado?

—Divorciado. Nunca he vuelto a entrar en el juego.

—¿Y qué hiciste para que tu mujercita se divorciase de ti?

—Parece ser que ronco, y muy fuerte —rio Sean.

—Pues eso tiene una cura que no falla.

—Ah, ¿sí? ¿Qué?

—Follar como un condenado —lanzó ella.

Sean sonrió.

—Vaya, ¿debería sonrojarme o qué?

—Sólo era un comentario. No va dirigido necesariamente a ti, aunque eres un hombre muy atractivo, pero no hace falta que yo te lo diga, ¿verdad? —Habló con un tono contundente y agresivo. La mujer no estaba coqueteando con él. Sin duda había algo más.

Sean consultó su reloj. Michelle aparecería de un momento a otro. Y no quería presionar demasiado a Valerie la primera vez que se veían.

—Bien...

—Siento ser tan aburrida —dijo ella con cierto fastidio.

Sean alzó la mirada y vio su expresión ofendida.

—Es que tengo una cita.

—Pues entonces mejor que te vayas. Así podré acabarme el mojito tranquila, para variar.

—Valerie, he visto al otro tío intentando ligar. Yo no soy de ésos.

—¿Dónde habré oído esa frase?

Sean se sacó un trozo de papel del bolsillo y escribió algo. Se lo dio.

—Ahora tengo que marcharme pero aquí tienes mi número.

—¿Por qué iba a querer yo tu número? —dijo Valerie.

—Por ahora llamémosle información que intercambian los nuevos amigos. —La miró expectante—. Si no quieres, no tienes por qué darme tu número.

—Mejor, porque no pensaba dártelo.

Sean se acabó el mojito y se levantó.

—Un placer haberte conocido, Valerie.

Ella no le respondió, pero Sean notó que lo fulminaba con la mirada mientras se acercaba a la salida. Al llegar al coche patrulla, informó a Hayes del encuentro.

—¡Tú tienes ganas de morir! —exclamó el agente—. Whitfield parecía tener ganas de matarte por hacerle una pregunta sencilla sobre Camp Peary. ¿Te imaginas qué te haría si se entera de que estás tonteando con su mujer?

—Sólo me he tomado una copa con la señora. Al comienzo ha sido amable, pero luego ha pasado algo y de repente ha cambiado. Es uno de los motivos por el que me he batido en retirada.

—A lo mejor está acostumbrada a que la gente fisgonee para averiguar cosas de su marido y a usarla para ello —comentó Hayes—. ¡Igual que has hecho tú!

Regresaron en el coche a Babbage Town en silencio.

—Hay un par de socios que vienen a reunirse conmigo —informó Sean al bajarse del coche—. ¿Te gustaría incluirlos en el trato que hicimos tú y yo?

—¿Te refieres a asociarnos? —Sean asintió—. No sé, ¿son buenos?

—Tanto como yo o mejores.

—Bueno, pues a lo mejor sí porque probablemente acabes muerto a manos de un esposo celoso.

Cuando Hayes salió por la puerta de Babbage Town, Sean vio el titilar de los faros que se acercaban a él. Respiró hondo cuando el todoterreno estuvo más cerca.

Michelle Maxwell había llegado.

41

Sean fingió sorpresa al ver a Michelle, pero no le pidió demasiadas explicaciones y se dedicó a intentar que le permitieran la entrada en el complejo. Después de una acalorada discusión con los guardias de seguridad de la entrada principal y de acabar llamando a Champ Pollion, que apareció para resolver la situación, lo consiguió.

Cuando Champ le echó el ojo a Michelle, el brillante físico quedó reducido al instante a una especie de cachorrillo que reclamaba su atención.

—Sí, por supuesto que puedes quedarte —dijo Champ con un ligero tartamudeo mientras le tendía la mano a Michelle.

—A lo mejor podemos comer algo en el restaurante mientras hablamos del caso —propuso Sean.

—Vale —dijo Michelle mirando a Champ—. Gracias, señor Pollion.

—Por favor, llámame Champ.

—Seguro que te mereces llevar el nombre de los campeones* —dijo ella.

Cuando se alejaron en el coche, Sean miró hacia atrás en dirección a Champ y vio su expresión de deseo por Michelle.

«Ni lo sueñes, colega.»

El restaurante estaba prácticamente vacío a esa hora pero, fieles a la política de servicio ininterrumpido, los chefs de Babbage

* «Champ» en inglés significa «campeón». (N. del T.)

Town estaban trabajando y en cuestión de quince minutos les sirvieron comida caliente y café.

Sean informó a Michelle de todo, incluidos los disparos recibidos por él mismo, su teoría sobre el asesinato de Rivest, y la breve conversación mantenida con Valerie Messaline. A su vez, Michelle lo puso al corriente de lo que había descubierto gracias a su amiga del Centro Nacional de Inteligencia.

—La primera noche que pasé aquí oí que un avión aterrizaba a las dos de la mañana. Un avión grande. Me pregunté por qué no veía ninguna luz de posición.

—Mi contacto del NIC también me dijo que es mejor no contrariar a Ian Whitfield —advirtió Michelle.

—La verdad es que ya me ha dado esa impresión —reconoció Sean.

—Entonces, ¿estás trabajando con ese tal sheriff Hayes?

Sean echó un poco de azúcar en el café.

—Me pareció una buena forma de mantenerme informado.

—¿Y a tu querida Joanie le parece bien?

—Mi querida Joanie no lo sabe porque no he respondido a sus llamadas, Michelle.

—Ya sabía yo que eras mi hombre.

—No te precipites, en algún momento tendré que informarla.

—¿Y ese tal Hayes? ¿Es recomendable? —preguntó ella.

—Es un tío íntegro, aunque enseguida se azora. Cree que no debería acercarme a la mujer de Whitfield.

—Yo opino lo mismo —juzgó Michelle.

—Si la gente de Camp Peary mató a Monk, quizás ella sea el único vehículo para descubrirlo.

—Por cómo dices que se ha sacado de encima a su mujercita esta noche, dudo de que Whitfield le haga el informe diario de sus operaciones, Sean.

—De todos modos, quizá se haya enterado de algo. La señora no tiene un pelo de tonta y ahora mismo no está muy contenta con su maridito.

—Bueno, digamos que Whitfield ordenó matar a Monk Turing. ¿Por qué? —conjeturó Michelle.

—¿Por algo que vio? ¿Los vuelos secretos quizá? Lo que está claro es que aquí pasa algo raro. Alguien me disparó. Y ya puedes decir lo que quieras sobre la CIA, pero no suelen tomarse la molestia de matar a ciudadanos estadounidenses porque sí.

—Quizá viera torturas. O asesinatos —añadió Michelle.

—La gente da por supuesto que Turing saltó la verja y murió allí mismo. Pero ¿y si fue mucho más allá? De hecho, ¿y si intentaba marcharse de Camp Peary cuando lo mataron?

—Pero dices que las pruebas apuntan a que fue un suicidio.

—Venga ya, ¿no te parece que la CIA es capaz de amañar un asesinato para que parezca un suicidio? —dijo Sean.

—Sean, para empezar, ¿por qué iba Monk Turing a estar fisgoneando por ahí?

—Según Whitfield, para suicidarse y dar mala prensa a la CIA o morir acompañado de la gloria mediática.

—Pero tú no te lo tragas.

—No, Michelle, pero quizá viera que aterrizaban los aviones y, siendo un genio curioso como era, decidiera ir a mirar.

—¿Y ese genio no era capaz de imaginar que hacer algo así equivalía a un suicidio? —dijo Michelle con escepticismo.

—Entonces quizá fuera allí por algún otro motivo. Pero existe otra posibilidad. Tal vez estuviera espiando en este lugar y vendiendo su secreto al mejor postor. Da la impresión de que Rivest pensaba que aquí había espías. Y Turing salió del país.

—Eso no explica que acabara muerto en un terreno de la CIA. Y quizá Turing no espiara este lugar —consideró Michelle.

—¿A qué te refieres? —preguntó Sean, con curiosidad.

—Me refiero a qué hacen realmente aquí en Babbage Town. ¿Jugar con números y pequeños ordenadores? Eso es lo que dicen. —Michelle bajó la voz—. ¿Cómo sabes que este lugar no es en realidad una red de espionaje? En la otra orilla del río hay un centro de la CIA ultrasecreto. Quizá toda esta palabrería científica no sea más que eso, tonterías para encubrir su verdadero trabajo: espionaje contra este país.

Sean sonrió.

—Es una excelente teoría. Sabía que tenía motivos para echarte de menos.

—Por eso somos socios —dijo ella.

—Pero si este lugar es una red de espionaje, ¿por qué nos han llamado?

—Rivest llamó. Quizás él no perteneciera a la red. Pero sí que me dijo que los dueños se lo estaban repensando.

—Cuando me arme del valor suficiente para hablar con Joan, le pediré que me ponga al corriente de todas estas cosas. Sobre todo quiero información más detallada sobre Champ, Alice y Monk Turing.

—¿Has dicho que eran ordenadores cuánticos, Sean?

—Len Rivest me dijo que los países podían entrar en guerra por ello.

—¿Crees que la muerte de Rivest está relacionada con la de Monk? —quiso saber Michelle

—Si no, por lo menos con Babbage Town. Me lo iba a contar todo sobre el lugar. Luego fue a darse un baño y se lo cargaron en la bañera —recordó Sean.

—Pero, ¿el FBI sigue pensando que fue un accidente?

—Ventris se encarga del caso. No sé qué piensa. Me dejó bien claro que yo era un gusano al que aplastar si me interponía en su camino.

—Es tarde. ¿Por qué no nos trasladamos a nuestro nuevo hogar? —propuso Michelle.

Sean cogió la maleta y se encaminaron al bungalow. No había ninguna luz encendida en el interior.

—Deben de estar dormidas. —Sean abrió la puerta con la llave que Alice le había dado y condujo a Michelle al interior. Sean encendió la luz del recibidor y le explicó—: Duermo en una litera de uno de los dormitorios de arriba. Hay otra habitación vacía delante. Por la mañana ya le daré explicaciones a Alice. —Sean la observó disimuladamente—. ¿Estás bien? —preguntó con voz queda.

—Mejor que bien, en realidad. Tengo que reconocer que el *rock and roll* me ha hecho mucho bien.

—¿Y las cosas raras que pasaban en el hospital psiquiátrico? ¿Has descubierto algo? —preguntó Sean como si nada, aunque ya sabía la respuesta.

—Nada que merezca la pena contar —mintió Michelle—. Tengo que decirte que me he llevado una gran decepción con tu amigo Horatio. Tras hacerme un montón de preguntas irrelevantes e insultantes, se largó y no he visto al cabroncete desde entonces.

—Ah, ¿sí? Qué raro. —Sean prefirió no decirle que el «cabroncete» llegaría en cuestión de horas.

—Bueno, enséñame dónde está mi cama. Estoy a punto de caer rendida —dijo ella.

Al cabo de un instante, Michelle sacó la pistola y apuntó hacia los sonidos que se abalanzaban sobre ellos desde la oscuridad.

42

Sean agarró a Michelle del brazo y dijo:

—¿Viggie? ¿Eres tú, Viggie?

Los sonidos se oyeron con más claridad. Eran gimoteos.

Sean se dirigió a la habitación contigua y buscó el interruptor de la luz.

Viggie estaba acurrucada en una silla contra la pared. Tenía puesto el pijama y llevaba el pelo suelto. Parecía mayor que con las coletas. Tenía los ojos rojos de haber llorado y la expresión de su rostro transmitía un dolor absoluto.

Michelle enseguida enfundó el arma y se acercó a la niña.

Se agachó y le dijo con voz suave:

—Cariño, ¿estás bien?

Ya fuera por la dulzura de las palabras de Michelle o por su expresión preocupada, Viggie le tendió una mano y Michelle se la cogió.

—Viggie, ¿ha ocurrido algo? —preguntó Sean—. ¿Alice está aquí? —Viggie no dijo nada y siguió mirando fijamente a Michelle—. Quédate con ella, voy a ver si está Alice. —Sean subió corriendo las escaleras mientras Michelle se sentaba en el suelo y acariciaba la mano de Viggie.

—Todo irá bien, Viggie. Soy Michelle. Michelle Maxwell. Soy amiga de Sean. Puedes llamarme Michelle o incluso Mick si quieres.

—Mick —dijo Viggie inmediatamente mientras se secaba los ojos con la mano libre.

—¿Puedo llamarte Viggie o prefieres que te llame señorita Turing?

Viggie negó con la cabeza.

—Viggie —susurró.

—Pues Viggie. Qué nombre tan bonito. Conozco a un montón de Michelles, pero nunca he conocido a ninguna Viggie. Eso significa que debes de ser realmente especial.

Viggie asintió, como si quisiera mostrar su acuerdo, pero se agarró con más fuerza a los dedos de Michelle.

—Mick —repitió.

—Ahora somos amigas, ¿no?

Viggie asintió poco a poco, observando fijamente a Michelle como si buscara algún atisbo de duda o, lo que es peor, falsedad.

Sean volvió con Alice. Michelle alzó la mirada y vio la cara de dormida que tenía y luego, visible al final de los pantalones del pijama que le llegaban a media pantorrilla, la pierna artificial. Sean hizo las presentaciones rápidamente.

—No sabía que había bajado —reconoció Alice. Miró a Sean con expresión enojada—. Te hemos esperado hasta muy tarde.

—Lo siento, Alice, me he entretenido con otra cosa.

—Pues entonces a lo mejor deberíamos replantearnos el trato.

—Estoy aquí —dijo Michelle levantándose del suelo, pero sin soltar la mano de Viggie—. Soy Michelle Maxwell, la socia de Sean. Ahora entre los dos podremos encargarnos de todo.

Alice miró de hito en hito a Sean durante un buen rato y luego asintió en dirección a Michelle.

—Veo que tú y Viggie ya habéis hecho buenas migas.

Michelle le dedicó una sonrisa a la niña.

—Creo que Viggie y yo seremos grandes amigas.

Viggie se levantó de un salto y corrió hacia el piano que estaba en la otra habitación. Oyeron la canción que estaba tocando a oscuras.

—Vaya, es alucinante —le dijo Michelle a Sean.

—Es la forma que Viggie tiene de demostrar que le caes bien —explicó Alice.

—¿Por qué estaba tan disgustada? —preguntó Sean.

—El dichoso agente del FBI, Ventris, ha venido esta noche. Ha empezado a hablar de la muerte de Monk. Y Viggie lo ha oído.

—¡Oh, mierda! —exclamó Sean.

—Teníais que haber visto a Viggie hace unas horas. Estaba desconsolada. He tenido que contarle la verdad. No podía mentirle... no, estando como estaba. Al final le he dicho al médico que tenemos en plantilla que le recetara un sedante. Estaba dormida cuando me he ido a la cama, pero supongo que se le ha pasado el efecto.

—¿Qué coño ha venido a hacer Ventris aquí? —dijo Sean.

—Al comienzo quería interrogar a Viggie pero me he negado. Creo que no quería que lo oyera, aunque tampoco se ha quedado a consolarla.

—¿Qué quería saber? —preguntó Michelle.

—Si tenía alguna idea de por qué Monk Turing había ido a Camp Peary. O si había mencionado que hubiera ido allí anteriormente. —Sean y Michelle intercambiaron una expresión de sorpresa—. Oficialmente me dijeron que el FBI piensa que Monk se suicidó.

Alice consiguió sacar a Viggie del piano, pero la niña se negó a irse a dormir hasta que Michelle la tomó de la mano, la condujo escaleras arriba y la acostó.

Tras dar las buenas noches a Alice, Sean y Michelle se acomodaron en sus respectivos dormitorios. Sean fue a sentarse en la cama de Michelle mientras deshacía la maleta.

—Tranquila, no tardarás mucho en desordenarlo todo —comentó él.

—Menudo payaso estás hecho. ¿Qué le ha pasado a la pierna de Alice?

Sean le contó su experiencia en Irak y su trabajo en Babbage Town.

—Una mujer increíble —dijo—. Debe de haber sido horrible para Viggie enterarse así de lo de su padre.

—Debe de haberlo sido —convino Sean. Se oyó una vibración. Sean gimió y miró el teléfono.

Michelle sonrió y dijo:

—A ver si lo adivino, ¿la señorita Joanie? ¿Vas a volver a ignorarla?

—No, si esta vez no respondo probablemente venga directa a Babbage Town.

—Vaya, eso sí que sería divertido —dijo Michelle, mientras dejaba la pistola bajo la almohada—. A lo mejor no deberías responder. Si aparece, podría dispararle accidentalmente pensando que se trata de un depredador que busca carne fresca. Oh, no funcionará porque es depredadora y si le disparara no sería por accidente.

—No estás colaborando mucho que digamos. Tengo que razonar con ella, Michelle.

—Adelante. Pero mientras lo haces quiero oír cómo le echas una verdadera reprimenda a esa bruja de una vez por todas.

Sean se puso en pie.

—Esa bruja es la que nos paga, o al menos a mí. Así que voy a lidiar con ella en la paz y comodidad de mi cuarto —respondió Sean.

—Cobarde. ¿Vas a decirle que estoy aquí?

—He dicho que me dejes lidiar con ella, Michelle.

—¿Qué les pasa a los hombres con las confrontaciones? Las mujeres no tienen ningún problema en saltar a la yugular.

Cuando Sean se marchó, Michelle caminó sigilosamente por el pasillo y abrió la puerta de la habitación de Viggie. La niña estaba sentada en la cama a oscuras.

—Soy yo, Mick —dijo Michelle.

—Hola, Mick —dijo Viggie con un hilo de voz.

—¿Quieres que me siente un rato contigo?

Viggie le tendió la mano.

Michelle se tumbó a oscuras cerca de la niña asustada. Cuando la mano de Viggie entró en contacto con la de ella, Michelle notó una sacudida mientras los fragmentos de un recuerdo distante y desagradable la embargaban. En él, otra niña asustada estaba sentada en la oscuridad intentando esclarecer lo indescifrable. La imagen desapareció tal como había llegado y dejó a Michelle tan perpleja, confundida y asustada como la niña que tenía a su lado.

43

Joan Dillinger le gritó durante dos minutos, aunque a él le pareció más tiempo. Incluso intentó hacerlo sentir culpable.

—He hecho una excepción contigo, Sean, y ¿así, así es como me lo pagas?

—No te he devuelto las llamadas porque no tenía nada que decir. ¿Acaso es tan grave?

—Voy a contarte lo que sí es grave. Mi jefe recibió una llamada nada más y nada menos que del director adjunto de operaciones de la CIA, diciéndole claramente que mejor que nos retiremos ya, y te nombró como uno de los principales culpables. ¡El director adjunto de operaciones, por el amor de Dios!

—Ian Whitfield no ha perdido el tiempo. Me pregunto cómo se enteró de que tu empresa estaba en el caso —comentó Sean.

—Son la CIA, Sean, saben descubrir cosas. Joder, la mitad de mi personal ha trabajado en Langley en algún momento.

—No puedo impedir que la policía investigue un asesinato, Joan.

—Oh, y ésa es otra cosa. ¿Me estás diciendo que ahora te has afiliado a la policía, Sean?

—Así accedo a sitios a los que, de otro modo, no podría, lo cual aumenta las posibilidades de que descubra la verdad. ¿No es eso lo que se supone que tengo que hacer?

—Sean, cuando te contraté para este trabajo...

—Sí —la interrumpió Sean—, a ver si dejamos las cosas claras de una vez por todas. ¿Quién nos contrató?

—Len Rivest.

—No era más que el jefe de seguridad. Alguien tuvo que autorizarle para contratar a tu empresa.

—Bueno, ¿se te ocurrió preguntárselo?

—No importa si se lo pregunté o no. Está muerto.

—¿Cómo?

—Está muerto, Joan. Me sorprende que el director adjunto de operaciones omitiera ese pequeño detalle.

—Esto es increíble. Len era un buen tipo. Hace mucho tiempo que nos conocíamos.

—No lo dudo —dijo Sean—, sin embargo, su condición de buen tipo no me acaba de cuadrar.

—¿Qué quieres decir con eso? —replicó ella rápidamente.

—Fue asesinado, Joan. Y por experiencia sé que la gente es asesinada por uno de estos dos motivos: porque no le caía bien a alguien o porque alguien lo prefería muerto para que no hablara.

—¿Crees que Len estaba implicado en la muerte de Monk Turing?

—Las muertes tan seguidas tienden a guardar relación —dijo Sean.

—No se ha dictaminado que Monk fuera asesinado.

—Oficialmente tampoco se ha dictaminado eso en el caso de Len, pero estoy seguro de que lo mataron. Y, por cierto, alguien me disparó un par de veces. Creo que los tiros procedían de las inmediaciones de Camp Peary.

—Cielo santo, ¿ha pasado todo eso y no me has llamado? —se alarmó Joan.

—Estaba ocupado. Así que volviendo a la pregunta original: ¿quién nos contrató?

—No lo sé —dijo Joan.

—Joan, estoy cansado y muy cabreado con el mundo. Así que no me vengas con jueguecitos. Len Rivest dijo que lo que hacen aquí puede provocar guerras entre países.

—¿Eso dijo?

—¿Y tú no lo sabías, Joan?

—No lo sabía. Te lo juro, Sean. Por lo poco que sé del caso, pensé que pasarías unos días ahí y que llegarías a la conclusión de que Turing se había suicidado en los terrenos de Camp Peary. No es la primera vez que pasa una cosa así, ya lo sabes.

—Sí, Ian Whitfield me aclaró el tema —recordó Sean—. Pero ahora, con la muerte de Rivest, la dinámica ha cambiado.

—Si es que están relacionadas —objetó Joan.

—Tengo la corazonada de que sí.

—Entonces voy a mandar refuerzos.

—Ya tengo a una persona —dijo Sean.

Se produjo un largo silencio antes de que Joan gritara:

—¿Me estás diciendo que ella está ahí contigo?

—¿Quién, Mildred?

—¡La dichosa Michelle Maxwell! —gritó tan fuerte que Sean tuvo que apartarse el móvil del oído.

—Eso es —repuso con toda tranquilidad—. Se ha presentado aquí con ganas de trabajar.

—¡Ésa no trabaja para esta empresa!

—Lo sé. La he subcontratado.

—No tienes autoridad para hacer una cosa así, King.

—Lo cierto es que sí. Soy un contratista independiente para tu empresa. El párrafo quince, subsección «d» del contrato que firmé con tu empresa me otorga libertad para consultar a quienes considere oportuno para la misión, siempre y cuando el pago salga de mis honorarios.

—¿Realmente te has leído el contrato?

—Siempre leo los contratos, Joan. Quizá juntos podamos llegar al fondo de este asunto. También va a venir otro amigo, un psicólogo llamado Horatio Barnes.

—¿Por qué? ¿O acaso resulta que por contrato no tengo derecho a cuestionar tu elección de personal?

—La hija de Monk Turing —se limitó a responder—. Acaba de enterarse de que su padre está muerto y se ha puesto histérica. Y no es precisamente fácil comunicarse con ella. Pero creo que Horatio será capaz de entenderse con ella.

—¿Crees que es posible que la niña sepa algo sobre la muerte de su padre? —preguntó Joan, aparentemente resignada a las novedades.

—Ahora mismo es una de las pocas personas que podría darnos una pista.

—Sean, arriesgar tu vida no entra dentro de las funciones del cargo.

—Lo tendré en cuenta, Joan.

—Por otro lado, dile a Mildred que le sentaría de maravilla tragarse una bala de gran calibre que fuera dirigida a ti.

—Seguro que ya está al corriente de tus sentimientos al respecto.

Sean colgó el teléfono, se dejó caer en la cama totalmente vestido y se quedó dormido. No le preocupaba su seguridad personal. El Equipo A estaba justo al otro lado del pasillo. Probablemente fuera positivo que no viera lo asustado y confundido que estaba su Equipo A, en cuyo caso Sean no habría dormido a pierna suelta ni por casualidad.

44

Cuando Horatio Barnes llegó por la mañana temprano, Champ no se mostró tan predispuesto como con Michelle.

—¡Esto no es un hotel! —exclamó.

—Pero creo que puede ayudar a Viggie —dijo Sean.

—Pues que lo haga guardando las distancias, joder. Estamos en un centro de alta seguridad en el que se lleva a cabo investigación confidencial y ni siquiera sé quién es ese hombre.

—Yo respondo de él. Pero sí que has dejado que Michelle se quede —replicó—. A ella tampoco la conoces. ¿Qué diferencia hay?

—¡No! —espetó Champ, y se marchó enfadado.

Horatio quedó relegado a un hotelito de la ciudad cercana de White Feather.

Por suerte, Michelle no se había levantado todavía y Sean pidió prestado un coche y siguió a Horatio a White Feather. Después de registrarse, los dos hombres se sentaron en el restaurante a tomar un café.

—Bonita zona —comentó Horatio—. Si no fuera por la de gente que se han cargado, me plantearía jubilarme aquí.

—Háblame de Tennessee —lo instó Sean.

—Bien. —Y Horatio le contó su viaje.

—¿Qué tiene que ver un macizo de rosales destrozado con los problemas de Michelle? —preguntó Sean cuando Horatio hubo terminado.

—No sé si guarda alguna relación. —Observó a Sean por encima de la taza de café—. ¿Qué tal está nuestra chica?

—Parece estar en plena forma. Se ha puesto las pilas a tope.

—Quizá le duren poco. Háblame de Viggie.

Sean le explicó la situación mientras Horatio se recostaba en el asiento.

—No suena fácil. ¿Cómo quieres abordar el tema? Ese tal Champ no me deja entrar en el recinto.

—Puedo traer a Viggie aquí —propuso Sean—. A Alice no le importará. Se preocupa mucho por la niña.

—Bien. ¿Le has dicho a Michelle que venía?

—No, pero se enterará enseguida. Cuando le explique que es por el bien de Viggie, creo que no le importará. Da la impresión de que ha congeniado muy rápido con ella.

—Eso podría resultar revelador en varios aspectos —declaró Horatio con expresión pensativa—. A lo mejor puedo matar dos pájaros de un tiro.

Cuando Sean regresó a Babbage Town se encontró a Michelle en el restaurante charlando con Champ. Viggie rondaba por un extremo de la larga mesa masticando lo que parecían unos «cheerios» pasados.

Champ se levantó de la mesa en cuanto vio a Sean.

—Espero que entiendas por qué tu amigo no puede alojarse aquí.

—¿Qué amigo? —preguntó Michelle rápidamente.

—Horatio Barnes —intervino Sean con brusquedad.

Cuando Champ advirtió la reacción de perplejidad de Michelle, pareció sorprenderse.

—Si me disculpas —tartamudeó y se marchó rápidamente.

Cuando Champ se marchó, Michelle explotó:

—¿Qué coño hace Barnes aquí?

—Ha venido por Viggie. Necesitamos a alguien que sea capaz de conectar con ella.

—¿Y tuviste que llamar al tío que me encerró y luego me dejó plantada? Me parece increíble que hayas hecho eso, Sean.

—Él no te encerró. Fuiste al centro de forma voluntaria. Y no te dejó plantada, Michelle.

—¿De qué estás hablando? Desapareció.

—Fue a Tennessee.

Michelle endureció tanto el semblante que pareció haberse quedado petrificada.

Tras casi un minuto de silencio, recuperó el habla.

—¿Qué fue a hacer a Tennessee?

—¿A ti qué te parece? —dijo Sean.

—La última persona de quien espero jueguecitos es de ti.

—Vale. Fue a Tennessee a buscar el lugar en el que vivías cuando tenías seis años —terminó de explicar Sean.

—¡No me lo puedo creer!

Ninguno de los dos advirtió las cabezas que se giraban hacia ellos cuando alzaron la voz.

—Según tu hermano sufriste un cambio radical de personalidad ese año.

—¡Era una niña! —gritó Michelle

—Venga ya, Michelle, ¿qué pasó?

—¡Nada! ¿Tú te acuerdas de cuando tenías seis años?

De repente, Sean se dio cuenta de lo que estaba haciendo. De hecho, la estaba cagando. Estaba inmiscuyéndose en la labor de Horatio, haciéndole a Michelle preguntas muy personales y de una forma increíblemente torpe delante de desconocidos.

—No, no lo recuerdo —se apresuró a responder—. Lo siento. —Su tono arrepentido pareció aplacar la ira de Michelle.

Los dos se dieron cuenta de que Viggie los miraba con expresión incierta. Michelle se sentó inmediatamente a su lado y le rodeó los hombros con un brazo.

—No pasa nada, Viggie, hemos tenido un pequeño desacuerdo, nos pasa continuamente. —Se dirigió abruptamente a Sean—: ¿Verdad que sí?

Sean asintió.

—Continuamente. —Se levantó y se sentó con ellas.

Viggie llevaba un peto vaquero y sus características coletas. Michelle se fijó en que tenía las uñas completamente mordidas.

—Tiene que ir al colegio —dijo Sean—. Aquí hay una escuela para los hijos de los empleados. Está en la mansión, al final del pasillo. —Bajó la voz—. He dispuesto que un guardia se siente con ella. Regresaremos antes de que acaben las clases.

—¿Regresaremos de dónde?

—Ya lo verás.

45

Antes de dejar a Viggie en la clase y marcharse, Sean y Michelle hablaron con la maestra, una mujer de mediana edad.

—Un caso especial —dijo la maestra sobre Viggie—. Pero cuando tiene un buen día es tan brillante como el que más.

—Alice Chadwick dice que es capaz de descomponer en factores cifras enormes en la cabeza —dijo Sean.

—Exacto. ¿Te imaginas ser capaz de hacerse una imagen mental de millones, por no decir billones de números claramente alineados?

—No, la verdad es que no —respondió Sean—. De hecho, hasta me cuesta acordarme de mi número de teléfono.

Dejaron a Viggie con la maestra y el guardia y salieron. Se encontraron con Alice Chadwick en el pasillo.

—En el colegio está segura —le dijo Sean antes de explicarle la llegada de Horatio—. A lo mejor puede ayudarla.

—¿A superar el trauma de la muerte de su padre? —preguntó Alice dedicándole una mirada severa—. ¿O a algo más?

—Alice, si sabe algo sobre la muerte de Monk tenemos que averiguarlo. Cuanto antes lo descubramos, menos importante será Viggie para un asesino.

—De acuerdo, adelante —aceptó Alice.

Sean explicó a Michelle el origen de la mansión mientras ambos recorrían los jardines.

—Este lugar fue construido por un tío que hizo una fortuna vendiendo a la gente comida mala enlatada que probablemente matara a unos cuantos consumidores.

—No he visto ningún cartel con el nombre de Babbage Town.

—Qué curioso. Yo tampoco.

Le contó lo del sistema de cabañas y luego le habló en detalle de la conversación mantenida con Champ acerca del ordenador cuántico.

—Le he pedido a Joan que investigue quién es el propietario de este lugar. Puedes decir lo que quieras de ella, pero eso se le da muy bien.

—La mayoría de los animales provistos de zarpas lo hacen —espetó Michelle.

Al final llegaron delante de la casita de Turing, desocupada entonces.

—El agente especial Michael Ventris, que va de duro por la vida, se lo llevó todo, pero Joan está intentando averiguar adónde viajó Monk.

—¿Dices que Alice te mencionó que fue al extranjero?

—Pero no sabía adónde —concedió Sean.

A continuación la llevó a la casita de Len Rivest.

—¿Has comprobado la coartada de Champ la noche que mataron a Rivest? —preguntó Michelle.

—Según el ordenador, entró en la Cabaña número dos a las once y media y salió a las tres de la madrugada. Así que la persona que vi a las dos de la mañana no fue él.

—Y dado que parece que Rivest llevaba muerto al menos cinco horas cuando lo encontraste, eso descarta a Champ.

—Los sospechosos vienen y van —dijo Sean, exhalando un suspiro.

A continuación bajaron hasta el cobertizo para barcas. Michelle analizó las embarcaciones con ojo experto.

—Nada demasiado excepcional, la mayoría son embarcaciones de recreo —dictaminó. Señaló un Formula Bowrider de ocho metros situado en un soporte en uno de los pasadizos cubiertos—. Uno de los dueños de este lugar debe de ser neoyorquino.

Sean observó el nombre troquelado en el espejo de popa.

—La gran manzana. —Señaló la otra orilla del río—. ¿Cuánto se tardaría en cruzarlo a remo? No para alguien como tú, sino un simple mortal.

Michelle se paró a pensar.

—No sé qué corriente hay, pero diría que por lo menos cuarenta y cinco minutos. Siempre parece más cerca desde tierra. Cuando estás remando está mucho más lejos.

—O sea, que ir y volver serían unas dos horas, teniendo en cuenta que a la vuelta uno remaría probablemente más despacio, ¿no, Michelle?

—Eso es.

La llevó por el bosque hasta el punto desde donde se divisaba Camp Peary. Michelle extrajo unos prismáticos de la mochila y enfocó.

El sol rebotaba en la cerca que rodeaba el recinto de la CIA.

—Pues menudo disparo fue —dijo Michelle al calcular la distancia y la trayectoria.

—Sí, alegrémonos de que fuera «menudo» y no «mortífero» o, de lo contrario, no estaría aquí.

Ella señaló hacia el claro en el límite donde acababan los árboles.

—¿La pista de aterrizaje?

—Sí.

Michelle miró las enormes grúas que había río abajo.

—¿La Armada? —Sean asintió—. ¿Dónde encontraron el cadáver?

—Que yo sepa, justo allí. —Sean señaló hacia una zona boscosa a quinientos metros escasos de la pista.

—La cosa es que Monk fue allí por voluntad propia y no sólo para suicidarse. Entonces o fue a reunirse con alguien o a espiar el lugar y alguien lo pilló —infirió Michelle.

—Cierto, pero si fue a espiar, la CIA tenía todo el derecho a dispararle. Así pues, ¿por qué simular que se trató de un suicidio?

—Bueno, quizá fuera realmente un suicidio —dijo Michelle.

—¿Y qué me dices de Rivest? No cabe la menor duda de que fue asesinado.

—Sin relación con la muerte de Monk —dijo ella sencillamente.

Sean no estaba tan convencido.

—Puede ser. —Mientras regresaban, Sean saltó de repente—: Mira, tenía que haberte informado de que Horatio venía. Lo siento. Intentaba ayudar.

—Olvídalo —replicó ella. Por la forma en que lo dijo, Sean supo que Michelle nunca lo olvidaría.

46

En cuanto subieron al todoterreno de Michelle, Sean bajó la ventanilla y respiró hondo.

—Recuerdo que una vez limpiaste el coche para mí, para que pudiera respirar sin ayuda de un dispositivo externo.

—Eso fue cuando me caías bien —dijo ella, poniendo la marcha—. Bueno, ¿adónde vamos ahora?

Condujeron siguiendo el curso del río. Aproximadamente a cada kilómetro pasaron por una mansión en ruinas o una plantación; lo único que quedaba en pie en muchas de ellas eran múltiples fustes.

—El tercer cerdito tenía razón, constrúyela de ladrillo y durará —comentó Michelle.

Al final pararon en una finca y bajaron del coche. Seguido por Michelle, Sean subió por el camino lleno de maleza. En la columna inclinada de piedra de la entrada figuraba el nombre Farleygate escrito en letras de bronce gastadas.

—He leído un libro sobre la historia de Babbage Town. Farleygate era propiedad del hijo de un famoso inventor.

—¿Y qué ocurrió? —preguntó Michelle.

—Al igual que un montón de ricos que heredan dinero, se lo ventiló. La mayoría de las mansiones de la zona, Brandonfield, Tuckergate, están en ruinas.

—O se han convertido en laboratorios secretos en los que muere gente —completó Michelle.

Un viento helado azotó el jardín delantero, que el bosque circundante estaba invadiendo rápidamente.

—Seguro que era bonita cuando la estrenaron —comentó Michelle mientras se rodeaba los hombros con los brazos y observaba la casa. A diferencia de muchas de las casas solariegas abandonadas de la zona, las paredes de Farleygate seguían en pie, si bien las enormes puertas dobles de madera de la entrada estaban podridas, la mayoría de las ventanas se hallaban rotas y el tejado de pizarra estaba agujereado—. Probablemente fuera un buen sitio en el que pasar la infancia —dijo con cierta nostalgia.

Sean la miró sorprendido.

—Nunca te has comprado una casa. Pensaba que no te iba eso de tener propiedades.

—Tampoco me he casado nunca y eso no significa que no pueda mirar —espetó ella.

Oyeron unos sonidos que se filtraban desde la mansión.

—Parecen voces —dijo Michelle. Sacó la pistola y se dirigió a la casa seguida muy de cerca por Sean. Una vez dentro, Michelle sacó una linterna de la mochila y fue recorriendo el lugar con el haz.

El pasillo en el que estaban era largo, tenía el suelo podrido y las paredes se caían a pedazos. El aire era frío y húmedo por el moho y Sean empezó a toser. Los ruidos que habían oído volvieron a sonar, como susurros amortiguados. Entonces les pareció oír un pequeño chillido justo a su lado. Se sobresaltaron y Michelle dirigió tanto la pistola como la linterna en esa dirección. Se encontraron con una pared en blanco pero, aun así, seguían oyendo lo que parecía una especie de zumbido.

Michelle miró a Sean con expresión incierta.

—¿Un nido de avispones? —preguntó.

Sean estaba desconcertado. Se acercó a la pared y le dio un golpecito. Los ruidos cesaron. La miró negando con la cabeza.

—Nido de humanos. —Palpó la pared hasta que encontró lo que buscaba: un pequeño aro de metal. Sean tiró de él y esa parte de la pared se abrió.

Algo le golpeó en las piernas y algo más en el pecho. Se cayó de culo. Oyeron un correteo por el pasillo.

Cuando Sean se levantó oyó otros sonidos: gritos y risas.

Miró por encima del hombro. Los gritos procedían de un niño de unos ocho años que Michelle tenía bien agarrado. Las risas eran de Michelle y no cabía la menor duda de que el motivo era Sean.

Cuando Sean se sacudió la ropa, Michelle se dirigió al niño con falso tono severo.

—Veamos, nombre, rango y número de serie, caballero. —Él la miraba atemorizado y Michelle se dio cuenta de que todavía llevaba el arma en la mano—. Oh, lo siento. —Enfundó la pistola antes de añadir—: Venga, habla. ¿Qué estabas haciendo aquí?

—En un sitio así puedes hacerte daño, hijo —dijo Sean.

—Venimos muy a menudo —respondió el niño con insolencia—. Nunca nos ha pasado nada.

Sean asomó la cabeza al interior del escondite.

—Una habitación secreta. ¿Cómo la encontraste?

—Mi hermano, Teddy, venía aquí a menudo con su banda cuando tenía mi edad. Ahora es mi sitio. Todos estos edificios viejos tienen habitaciones secretas.

Sean se puso rígido y miró a Michelle. Sacó la cartera y le tendió un billete de diez dólares al niño.

—Gracias, hijo.

Después de que el niño se marchara corriendo, salieron al exterior y se sentaron en un vetusto banco de piedra.

—O sea, ¿que registramos Babbage Town a ver si encontramos una habitación secreta? —preguntó Michelle.

—Sí.

—¿Puedo preguntar por qué?

—Así tendremos algo que hacer. Y si hay un espía en Babbage Town... —Sean no acabó la frase.

—¿De verdad crees que un espía utilizaría una habitación secreta? ¿Para hacer qué? ¿Salir a hurtadillas por la noche a hacer sus rondas traicioneras? Cuéntame otra, anda.

—¿Qué sabes de Camp Peary?

—Aparte de lo que te dije, poca cosa.

—Si haces una búsqueda por Internet, no sale nada. Sólo aparecen unos cuantos artículos repetidos.

—¿Y te extraña? —dijo Michelle.

—El hombre que me vino a recoger cuando bajé del avión me dijo que la Armada había sido propietaria del terreno durante la Segunda Guerra Mundial y que formaba a los futuros marineros. Luego se marcharon, pero volvieron en los años cincuenta y echaron a todo el mundo.

—¿A todo el mundo? ¿Quién es todo el mundo, Sean?

—Aquí había dos pueblos. Magruder y otro cuyo nombre no recuerdo. Al parecer, las casas y todo lo demás siguen allí.

—¿Y qué tiene eso que ver con nuestra investigación? —preguntó Michelle.

—Nada. Estoy matando el tiempo hasta que se me ocurra algo relevante —reconoció Sean.

—Hablando de temas relevantes, ¿cuánto conocía Rivest a Monk Turing? —preguntó Michelle.

—Según Rivest, no demasiado bien. Cuando estuvimos tomando copas, se sinceró un poco más y dijo algo interesante.

—¿Qué? Lárgalo, Sean.

—Mencionó que él y Monk habían ido a pescar juntos un día al río York. Estaban en una barca tomando cerveza y lanzando las cañas al agua sin esperar pescar nada.

—¿Y?

—Y Monk miró hacia Camp Peary y dijo algo así como: «Es realmente irónico que sean los mayores coleccionistas de secretos del mundo.»

—¿Qué tenía de irónico? —preguntó Michelle.

—Según Rivest, cuando le preguntó al respecto, Monk no soltó prenda.

—No entiendo que eso pueda ayudarnos —reflexionó Michelle.

—Nunca conocí a Monk Turing, pero no creo que fuera de los que hablaba por hablar. Vamos.

—¿Adónde?

—¿Recuerdas que he dicho que en Internet sólo hay unos pocos artículos sobre Camp Peary?

—Sí, ¿y?

—Un par de ellos fueron escritos por un hombre llamado South Freeman que vive en un pueblecito cercano, en Arch. Dirige el periódico local y también es el historiador oficial de la zona —explicó Sean—. Supongo que él es una de las pocas personas que puede informarnos sobre Camp Peary.

Michelle se dio una palmada en el muslo al levantarse del banco.

—¿South Freeman? ¿Monk Turing? ¿Champ Pollion? ¿Qué coño pasa con este caso que todo el mundo tiene nombres raros?

47

Arch era un pueblo con pocas calles, un único semáforo, unos cuantos negocios familiares, unas vías de la línea de ferrocarril abandonada injertadas en la calle principal como una sutura antigua y un edificio de una planta de ladrillo visto, necesitado de restauración, que albergaba el *Magruder Gazette*. Otro pequeño letrero oxidado especificaba que la Magruder Historical Society también se encontraba allí.

—Si el pueblo se llama Arch, ¿por qué no es el *Arch Gazette*? —preguntó Michelle mientras aparcaba el coche y salían.

—Tengo mis sospechas, pero podemos preguntarle al viejo South —repuso Sean con cierto misterio.

Al entrar fueron recibidos por un hombre de color de unos sesenta años, con el cuerpo larguirucho y un rostro cadavérico, delimitado por una barba de un blanco grisáceo en cuyo centro había un cigarrillo humeante que le sobresalía de los labios finos y agrietados.

Se estrecharon la mano.

—South Freeman —dijo—. Recibí tu llamada. ¿Así que queréis saber un poco sobre la historia de la zona? Pues estáis en el sitio adecuado.

Sean asintió y South los condujo a una pequeña sala que hacía las veces de despacho. Estaba revestida de archivadores gris plomo y un par de escritorios desvencijados, aunque en uno de ellos había un ordenador flamante. Las paredes albergaban fotografías variadas de la zona, incluida una gran imagen por satélite que Sean identificó enseguida como Camp Peary. Encima ponía: «El infierno más cercano.»

Sean lo señaló.

—Veo que eres un gran fan del servicio de inteligencia más importante de tu país.

South miró la foto y se encogió de hombros.

—El gobierno les quitó la casa a mis padres y nos echó a todos. ¿Cómo se supone que tengo que sentirme?

—Debió de ser la Armada, no la CIA —corrigió Sean.

—La Armada, el Ejército, la CIA, prefiero pensar en ellos de forma colectiva como el imperio del mal.

—He leído tus artículos sobre Camp Peary —dijo Sean.

—Bueno, no había muchos para escoger, ¿no? —South apagó la colilla e inmediatamente encendió otro pitillo.

Michelle se apartó el humo de la cara.

—¿O sea que vivías en Magruder? —preguntó Sean mirando a Michelle—. Lo he deducido por el nombre del periódico.

Freeman asintió.

—Eso es. En el terreno que ahora ocupa Camp Peary había dos pueblos: Bigler's Mill y Magruder, donde yo nací. Ahora constan en la lista de lugares desaparecidos del registro oficial del estado de Virginia.

—¿Tienen estadísticas de ésas? —preguntó Sean.

Freeman señaló una lista clavada con chinchetas en un tablón de anuncios.

—Aquí la tienes. Ahí están todos los condados, pueblos y demás que se han fusionado con otros lugares, han cambiado de nombre o, como Magruder, nos ha robado el dichoso gobierno.

Sean observó la lista unos instantes.

—Entiendo por los artículos que las casas siguen ahí, barrios enteros, de hecho.

—No lo puedo confirmar, por supuesto, dado que no permiten a personas como yo merodear por allí. Pero, por la información de gente que sí ha estado allí, sí, muchos edificios siguen en pie. Incluida la casa en la que nací y viví de niño. Por eso el periódico se llama *Magruder Gazette*. Es mi forma de mantener el pueblo con vida.

—Bueno, supongo que todo el mundo tuvo que hacer sacrificios durante la Segunda Guerra Mundial —comentó Sean.

—No tengo problemas con hacer sacrificios si se reparten de forma equitativa.

—¿A qué te refieres? —preguntó Sean.

—Magruder era una comunidad de afroamericanos de clase trabajadora, o comunidad «de color», como los llamaban entonces. No vi que la Armada arrasara ningún barrio de blancos ricos y empezara a echar a la gente. Fue la misma historia de siempre. Echa a los negros pobres porque a nadie le va a importar.

—Entiendo el problema, South, de verdad que sí —dijo Sean—, pero hemos venido a hablar de Camp Peary y de la historia local.

—Eso es lo que dijiste por teléfono, pero no me explicaste por qué.

—Somos detectives privados contratados por los directivos de Babbage Town para esclarecer la muerte de Monk Turing.

—Ya, el tío que encontraron muerto. He escrito un artículo al respecto. Todavía no lo he publicado porque estoy esperando a saber el final. —Los miró con suspicacia—. ¿Así que trabajáis para Babbage Town? ¿Y si hacemos un trato? Yo os hablo de la Granja y vosotros me habláis de lo que hacen realmente en ese pueblo de genios.

—Me temo que no podemos hacer tal cosa, South. Hemos firmado un acuerdo de confidencialidad.

—Pues a lo mejor yo también —dijo South.

—Nuestra intención es esclarecer la muerte de Monk Turing —intervino Michelle.

—¿Y el otro tipo? ¿Al que mataron en Babbage Town? Dicen que murió accidentalmente en la bañera. Y yo digo, sí, ya, igual que Lee Harvey Oswald y James Earl Ray actuaron por iniciativa propia. Pues nada, estamos igual. Vosotros no podéis hablar, y yo, tampoco. Ahí está la puerta. Hasta la próxima.

—Si descubrimos la verdad sobre Monk Turing —continuó Michelle—, quizá no resulte muy propicia para Camp Peary. Y quizás acaben desmontando la parada y marchándose.

La expresión de South cambió de inmediato. Ahora estaba mucho más intrigado que desafiante.

—¿Crees que es posible?

—Todo es posible —afirmó Michelle—. Y a Monk Turing lo encontraron muerto allí.

—Pero todos los medios de comunicación convencionales dicen que fue un suicidio. Igual que el resto de las personas que han aparecido muertas por allí en los últimos años. Y en todos los *blogs* de Internet dicen a gritos que se trata de una conspiración del gobierno. ¿Quién tiene razón?

—A lo mejor lo descubrimos con tu ayuda —dijo Sean.

South apagó el cigarrillo, cogió un periódico que tenía encima de la mesa y pareció ponerse a leerlo.

—¿Qué queréis saber?

—¿Qué puedes decirnos sobre Camp Peary? —dijo Sean—. Me interesan más los acontecimientos actuales.

South lo miró por encima del periódico.

—¿Acontecimientos actuales?

—Sí, como los que vienen del aire.

—¿Os habéis fijado en los aviones que llegan? Supongo que desde Babbage Town se disfruta de buenas vistas de ellos —indicó South—. Aterrizan justo después de sobrevolar el río, ¿no?

—Pero a las dos de la mañana no se tienen buenas vistas de nada, sobre todo si ni siquiera encienden las luces de posición —aclaró Sean.

—Sí, ya lo sé.

—¿Los has visto? —preguntó Michelle.

—El dichoso gobierno no posee los terrenos de los alrededores. Cómprate una buena barbacoa en Pierce, baja por la carretera desde Spookville y cruza el río hasta la casa de un colega mío. Siéntate en su muelle y espera a que el avión pase por ahí por equivocación con cosas que el gobierno no quiere que sepamos. Supe que allí había gato encerrado antes de la primera guerra del Golfo y Afganistán, y cuando empezó lo de Irak la pista de aterrizaje de Peary parecía el aeropuerto internacional de Chicago, del tráfico que había.

—Le brillaban los ojos—. Una vez a la semana voy en coche hacia la entrada de Camp Peary, veo los tejados metálicos de las garitas de vigilancia, todas ellas con los putos carteles que dicen «Prohibida la entrada, propiedad de Estados Unidos», y digo: «Cabrones, ahí está la propiedad de mi madre, devolvédmela.» No lo digo en voz lo suficientemente alta como para que me oigan, claro —añadió riendo entre dientes—. Luego doy media vuelta en el cambio de sentido, lo tienen ahí para la gente que se pierde o que se acerca por curiosidad. Lo llaman «el giro del último giro» y vuelvo a casa. Me hace sentir mejor. —South guardó silencio durante unos instantes.

»Esos aviones vienen una vez por semana, los sábados. Siempre a la misma hora. Y son reactores grandes. Tengo un colega que trabaja de controlador aéreo y tiene contactos entre los militares de Norfolk. Esos aviones no aterrizan en ningún otro punto del país aparte de en Camp Peary. No pasan por aduanas ni por controles militares, por nada.

—Pero, ¿son aviones militares? —preguntó Michelle.

—Según mi amigo, no. Cree que están inscritos como aviones privados.

—¿Aviones privados que pertenecen a la CIA? —dijo Sean.

—Joder, la CIA tiene flota propia. No es que tengan que dar explicaciones a nadie sobre en qué se gastan el dinero de nuestros impuestos.

—¿Tienes idea de qué transportan esos aviones? —preguntó Sean.

South le lanzó una mirada penetrante.

—Quizá sea un cargamento vivo y que respira, pero sólo habla árabe o farsi.

—¿Detenidos extranjeros?

—No es que defienda a los terroristas, pero deben disponer de garantías procesales —declaró South con firmeza—. ¿Y si la CIA decide a quién secuestrar y traer aquí sin que haya ningún tribunal de por medio? Me refiero a que su historial con este tipo de cosas no es precisamente intachable. —Sonrió—. Si está pasando algo de esto, hay un premio Pulitzer esperando al periodista que revele la historia.

—Sí, sería todo un golpe de efecto para el *Magruder Gazette* —dijo Michelle con sarcasmo.

—Hace poco alargaron la pista de aterrizaje para permitir la llegada de reactores mayores y también consiguieron dinero para una residencia nueva —explicó Sean—. ¿Qué te parece eso?

South se levantó.

—Voy a enseñaros lo que me parece.

Los condujo a otra sala. Sean se quedó rezagado y, cuando South ya estaba fuera de la estancia, volvió a entrar e hizo unas fotos con el móvil de la imagen vía satélite de Camp Peary antes de reunirse rápidamente con ellos en la sala contigua. En la mesa que dominaba el centro había un mapa detallado desplegado.

—Ésta es la parte de Camp Peary que fue Bigler's Mill y Magruder. —Señaló distintos puntos del mapa—. ¿Veis cuántas casas hay? Casas bien construidas. Con buenas calles y acceso a todas partes. De modo que están todas estas construcciones y, aun así, necesitan edificar otra residencia para albergar a la gente. ¿Qué sentido tiene eso?

—A lo mejor las casas están en mal estado o las han demolido —sugirió Michelle.

—No creo —respondió South—. Como he dicho, conozco a personas que han trabajado ahí que me han contado cosas. Y si derribas barrios enteros, hay que trasladar los escombros a algún sitio. Me habría enterado. —Señaló otro punto del mapa—. Y en Camp Peary también se encuentra la única propiedad del Registro Histórico Nacional que nunca se abrirá al público: Porto Bello. Fue el hogar del último gobernador colonial de Virginia, John Murray, el cuarto conde de Dunmore. Ni siquiera la CIA puede tocar ese edificio sin meterse en un buen lío.

—¿Cómo es que un sitio como ése acabó en Camp Peary? —preguntó Michelle.

—El conde de Dunmore se largó corriendo de Williamsburg, donde estaba la mansión del gobernador, a Porto Bello, su pabellón de caza, cuando el ejército de Washington se acercó peligrosamente durante la Revolución. Luego el muy cobarde se escabulló de noche en un barco británico y volvió a Inglaterra. En Norfolk hay una calle que lleva su nombre. No en su honor, sino porque se piensa que fue el último lugar de Norteamérica que pisó, el cabrón monárquico. Pero a lo que iba, tienen un montón de alojamiento para la gente, así que ¿para qué necesitan una residencia nueva?

—¿Tienes algún contacto en Camp Peary que te pueda servir?

—Si lo tuviera, ya lo habría utilizado. Sólo tengo a don nadie de bajo nivel de vez en cuando. Nadie me va a pasar la lista de pasajeros de esos vuelos, si es que te refieres a eso. —Señaló otras zonas del mapa—. Se dedican a la instrucción de brigadas de paramilitares de forma continua. Tíos peligrosos. Supongo que practican secuestros y cosas así. O asesinatos ordenados por el gobierno. La CIA mata mejor que nadie. Fingen tener misiones por todo el mundo. Joder, incluso poseen globos enormes que hacen volar para cambiar el tiempo. Para que llueva o nieve, cosas así. También máquinas de viento gigantes. U olas de calor alucinantes. Al menos es lo que me han dicho.

—Para simular los combates en el desierto. Como en Afganistán —comentó Michelle.

Pasaron unos minutos más con South Freeman antes de marcharse habiéndole prometido que lo mantendrían informado. A cambio, él dijo que les contaría cualquier novedad que se produjera.

—Quién sabe —dijo antes de que se marcharan—. A lo mejor recupero la casa de mis padres. ¡Eso sí que sería alucinante!

Mientras se acomodaban en el coche de Michelle, Sean recibió una llamada.

—King. —Inspiró rápidamente mientras escuchaba—. ¡Mierda! —Colgó.

—¿Ha muerto alguien más?

—Sí, y los dos muertos están más muertos si cabe.

—¿Qué estás diciendo?

—Era el sheriff Hayes. El depósito de cadáveres acaba de saltar por los aires.

48

—Un escape de gas —dijo el sheriff Hayes mientras contemplaban el montón de escombros chamuscados de lo que fuera el depósito de cadáveres improvisado.

—¿No es eso lo que siempre se dice? —apuntó Michelle.

—¿Y dices que el forense ha muerto? —preguntó Sean.

Hayes asintió.

—Estaba en el interior trabajando en el cadáver de Rivest. No han quedado restos suficientes de él para practicarle una autopsia.

—¿Lo mismo con los cadáveres de Rivest y Monk?

—Reducidos a hueso y cenizas.

—Me parece demasiada casualidad, ¿no crees? —dijo Sean.

—Pensaba que te había dicho que te alejaras de mi camino —dijo una voz retumbante. Cuando se giraron, los tres vieron al agente especial Ventris del FBI acercándose a ellos a grandes zancadas. Se paró a escasos centímetros del rostro de Sean—. ¿Tienes problemas de oído?

—Está trabajando conmigo, agente Ventris —se apresuró a decir Hayes.

—Me importa una mierda, como si trabajas para Dios Todopoderoso en persona, te dije que te apartaras de mi camino.

—He venido aquí como respuesta a una llamada del sheriff Hayes —dijo Sean, tan tranquilo—. ¿Y te importaría explicarme cómo es que el FBI tiene jurisdicción sobre una muerte local que no guarda relación con ninguna persona o asunto federal?

Ventris parecía estar a punto a darle un buen puñetazo a Sean. Michelle se colocó entre los dos.

—Mira, Sean King y yo también hemos sido federales, agente Ventris. Nuestro principal contacto era Len Rivest y ahora está muerto. Sean encontró el cadáver; es natural que queramos mantenernos informados sobre el asunto. Pero de ninguna manera nos inmiscuiremos en la investigación federal. Lo único que pretendemos es saber la verdad, igual que tú.

Las palabras de Michelle parecieron bajarle un poco los humos a Ventris.

—Sean, quizá sería buena idea que compartieras con el agente Ventris tu teoría sobre Rivest —dijo Hayes rápidamente.

—No quiero que piense que me inmiscuyo —masculló Sean.

—Suéltalo —espetó Ventris.

Sean explicó a regañadientes la ausencia de toallas y de la alfombrilla de baño, además del desatascador, y su teoría sobre cómo podían haber asesinado a Rivest.

—Le habíamos pedido al forense que comprobara si había indicios en el cadáver de que eso había ocurrido.

Ventris se quedó mirando el suelo unos instantes.

—Ya me di cuenta de que no había toallas —dijo—. Y la alfombrilla de baño, pero no sabía lo del desatascador.

—O sea, ¿que también sospecháis que fue un asesinato?

—Yo siempre sospecho que es un asesinato —afirmó Ventris—. Voy a traer a un equipo para que examine todo esto.

—Y la muerte de Rivest te interesa porque crees que está relacionada con la de Monk Turing, que se produjo en territorio federal —dijo Sean.

—Entonces quizá deberíamos unir esfuerzos —sugirió Michelle.

—Eso es imposible —respondió Ventris—. Si queréis compartir información conmigo, adelante, pero yo no voy a hacer lo mismo. En el FBI las cosas se hacen de un modo determinado.

—Pensaba que el modo de hacer las cosas incluía la colaboración con la policía local —dijo Sean.

—Y ése soy yo —añadió Hayes.

—Pero ellos no —replicó Ventris, enojado y mirando enfurecido a Sean y a Michelle.

—¿Acaso el objetivo no es descubrir quién hizo todo esto? —intervino Michelle.

—No, el objetivo es que yo lo descubra —espetó Ventris.

—Te lo pondré fácil —empezó a decir Sean—. Lo convertiremos en una competición. El que lo consiga antes se lleva el mérito. Pero eso es para que sepas que te vamos a dar una paliza. —Se giró y se marchó airadamente.

Ventris se dirigió a Hayes.

—Si entorpece mi investigación, ¡caerás con él, Hayes!

—Yo sólo intento hacer mi trabajo —replicó Hayes.

—No, por lo que parece intentas hacer «mi» trabajo.

Ventris se dio cuenta de que Michelle lo miraba fijamente y sonreía.

—¿Qué coño estás mirando, guapa?

—Tenías que haber aceptado mi oferta de cooperación, Ventris. Porque cuando resolvamos este caso, vas a quedar como un completo idiota. —Se giró y se marchó.

—¡Puedo detenerte por decir gilipolleces como ésas! —le gritó Ventris.

Michelle giró la cabeza.

—No, no puedes. Se trata de ese concepto tan arraigado llamado libertad de expresión. Que pases un buen día, Ventris.

Al cabo de un minuto, Hayes se reunió con Sean y Michelle delante del todoterreno de ella.

—Perfecto, hemos conseguido cabrear a la CIA y al FBI. ¿A por quién vamos ahora? ¿La DEA? —dijo Hayes.

—Suponiendo que alguien hiciera explotar el depósito de cadáveres a propósito, la cuestión es por qué —dijo Michelle.

—Y la respuesta parece obvia —comentó Sean—. Había algo en esos cadáveres que el forense iba a encontrar y que nos indicaría la dirección adecuada.

—Ya le había hecho la autopsia a Monk —señaló Hayes—. Así que lo que les preocupa no podía ser el cadáver de Monk.

—Cierto —convino Sean—. La quema del cadáver de Rivest significa que no podemos saber si mi teoría sobre cómo lo mataron es correcta.

—¿Sabemos si el forense ya lo había comprobado? —añadió Michelle.

—Si así fue, no tuvo ocasión de decírnoslo —dijo Hayes rápidamente—. Le pedí que me llamara en cuanto descubriera algo, pero no llamó.

—Podemos seguir una pista que Ventris no tiene —dijo Sean con seguridad.

Michelle lo miró.

—¿Cuál?

—Valerie Messaline.

Hayes gimió.

—Maldita sea. Temía que fueras a decirlo.

49

Horatio Barnes estrechó la mano de Viggie mientras Alice Chadwick les observaba, nerviosa. Estaban en la salita del hotel en el que se alojaba Horatio.

Antes de que Horatio dijera una palabra, Viggie se colocó de un salto frente al pequeño piano vertical situado en un rincón del salón. Comenzó a tocarlo. Horatio se levantó y se sentó a su lado.

—¿Te importa si te acompaño? —le preguntó mientras ella tocaba.

Viggie meneó la cabeza y Horatio esperó un poco, para observar el ritmo, y empezó a tocar con suavidad. Interpretaron un dueto durante cinco minutos y, de repente, Viggie dijo:

—Ya he terminado.

Se desplomó en el sofá mientras Horatio se sentaba frente a ella sin dejar de mirarla con detenimiento.

—Tocas muy bien —le dijo— y, por lo que se rumorea, también eres un genio de las matemáticas.

—Los números son divertidos —repuso Viggie—. Me gustan porque si sumas los mismos números siempre obtienes las mismas respuestas, y eso puede decirse de pocas cosas.

—Vamos, que la vida es impredecible, ¿no? Estoy de acuerdo. Entonces los números te parecen seguros, ¿no?

Viggie asintió con aire distraído y miró a su alrededor.

Horatio siguió observándola mientras tanto. En su profesión, el lenguaje corporal revestía la misma importancia que la comunicación verbal. Le formuló varias preguntas preliminares relativas a su vida en Babbage Town. Horatio había planeado abordar con tacto el asunto de Monk Turing, pero las palabras de Viggie desbarataron su estrategia.

—Monk está muerto, ¿lo sabías? —le preguntó Viggie y, antes de que Horatio respondiera, añadió—: Era mi padre.

—Lo sé, me lo han dicho. Lo siento mucho. Estoy seguro de que lo querías mucho. —Viggie asintió, cogió una manzana de un cuenco que había en la mesa y comenzó a comérsela—. ¿Qué me dices de tu madre?

Viggie dejó de masticar.

—No tengo madre.

—Todo el mundo tiene madre. ¿Quieres decir que está muerta?

Viggie se encogió de hombros.

—Me refiero a que no tengo madre. Monk me lo habría dicho.

Horatio miró a Alice, que parecía apenada por la situación. Negó con la cabeza en señal de impotencia.

—¿Qué recuerdas de ella?

—¿De quién?

—De tu madre —insistió Horatio.

—Ya te lo he dicho, no tengo madre.

—Vale, ¿qué te gustaba hacer con tu padre? Se le daban bien los números, ¿no? ¿Jugabais con números?

Viggie tragó saliva, mordisqueó la manzana y asintió.

—Continuamente. Decía que era más lista que él. Era un experto en física cuántica, ¿lo sabías?

—Mi coeficiente intelectual no da para tanto.

—Pues yo lo entendía; entiendo muchas más cosas de las que la gente cree.

Horatio miró a Alice, quien asintió para alentarlo.

—Entonces, ¿la gente cree que no entiendes las cosas?

—Soy una niña. Una niña, una niña, una niña —repitió Viggie con voz cantarina—. Al menos eso es lo que creen.

—Estoy seguro de que Monk no pensaba lo mismo —opinó Horatio.

—Monk me trataba de forma especial.

—¿Cómo?

—Confiaba en mí.

—Es maravilloso que un adulto confíe en alguien de tu edad.

Seguro que te hacía sentir bien. —Ella se encogió de hombros de manera evasiva—. ¿Recuerdas la última vez que viste a Monk? —Volvió a encogerse de hombros—. Con esa cabecita tuya, estoy seguro de que no te costará nada.

—Lo que mejor recuerdo son los números —dijo Viggie—. Los números nunca cambian. Un uno siempre es un uno y un diez siempre es un diez.

—Pero los números sí que cambian, ¿no? Por ejemplo, cuando los multiplicas o los sumas, restas o divides. Diez puede ser diez o diez mil. Uno puede ser uno o cien, ¿cierto?

Viggie lo miró de hito en hito.

—Cierto —respondió de forma automática

—¿O es falso?

—Es falso —repuso Viggie—. Falso, falso, falso. —Mordió la manzana de nuevo.

Horatio se recostó. «Vaya, un loro», pensó.

—¿Te gustan los acertijos con números? Recuerdo uno que aprendí en la universidad. ¿Quieres jugar? No es fácil.

Viggie dejó la manzana.

—A mí no me costará —dijo la niña con impaciencia.

—Supongamos que soy un abuelo y que tengo un nieto que tiene tantos días como semanas tiene mi hijo, y mi nieto tiene tantos meses como años tengo yo —explicó Horatio—. Entre mi hijo, mi nieto y yo sumamos ciento cuarenta años. ¿Cuántos años tengo yo?

Horatio miró a Alice, que había comenzado a resolver el acertijo en un trozo de papel que había sacado del bolso. Volvió a mirar a Viggie.

—¿Quieres lápiz y papel? —le preguntó.

—¿Para?

—Para resolver el problema.

—Ya lo he resuelto. Tienes ochenta y cuatro años, aunque no los aparentas.

Al cabo de unos instantes, Alice alzó la vista. En el trozo de papel había varias operaciones y, al final de ellas, se veía el número «84». Sonrió a Horatio y movió la cabeza con desaliento.

—Salta a la vista que no estoy a su altura.

Horatio miró de nuevo a Viggie, que esperaba impaciente.

—¿Has visualizado todos esos números? —le preguntó, y ella asintió antes de seguir comiéndose la manzana.

Horatio le indicó dos números grandes y le pidió que los multiplicase. Viggie lo hizo en cuestión de segundos. Horatio le planteó una división y ella la resolvió casi de inmediato. Finalmente, le propuso un ejercicio de raíz cuadrada. Viggie dio con la solución en un instante y adoptó una expresión aburrida mientras Horatio anotaba algo en un trozo de papel.

—Quiero plantearte otro problema —le dijo.

Viggie se irguió, pero seguía aburrida. «De loro, nada. Eres un perro bien adiestrado, ¿no, Viggie?»

—Supongamos que tienes una amiga con la que lo haces todo, y esa amiga tiene que marcharse a otro sitio y no volverás a verla nunca más. ¿Cómo te sentirías? —Viggie parpadeó una y otra vez. Parpadeó tanto que el rostro se le tensó por el esfuerzo. Horatio tuvo la impresión de que estaba viendo un ordenador cuyo circuito se había sobrecalentado—. ¿Cómo te sentirías? —repitió Horatio.

—El problema no tiene números —repuso Viggie en tono perplejo.

—Lo sé, pero algunas preguntas no tienen que ver con los números. ¿Te sentirías triste, feliz o ambivalente?

—¿Qué significa ambivalente?

—Que te da igual una cosa o la otra.

—Sí —dijo ella de forma automática.

—¿Y estarías triste?

—Triste, estaría triste.

—¿Y no feliz? —preguntó Horatio.

Viggie miró a Alice.

—El problema no tiene números.

—Lo sé, Viggie, hazlo lo mejor que sepas.

Viggie se encogió de hombros y continuó comiéndose la manzana. Horatio tomó nota.

—¿Estabas pensando en la última vez que viste a tu padre?

—¿Por qué no me sentiría feliz? —preguntó Viggie de repente.

—No te sentirías feliz porque tu amiga se habría marchado. Nos divertimos con los amigos, pero si tu mejor amiga se marchase ya no podrías divertirte con ella —le explicó Horatio—. Estoy seguro de que te divertías con tu padre antes de que se marchase.

Te entristeció que tu padre se marchase, ¿no? ¿Ya no te divertirás con él?

—Monk se fue —afirmó Viggie.

—Exacto. ¿Te lo pasaste bien la última vez que lo viste?

—Me lo pasé muy bien.

—¿Qué hiciste? —inquirió Horatio.

—No puedo contártelo.

—Oh, ¿es un secreto? Los secretos son divertidos. ¿Tenías muchos secretos con Monk?

Viggie bajó la voz y se inclinó un poco hacia Horatio.

—Todo era secreto.

—Y no puedes contárselo a nadie, ¿no?

—Eso mismo.

—Pero podrías si quisieras.

—Sí, si quisiera —admitió Viggie.

—¿Quieres contarlo? Estoy seguro de que te apetece contarlo —sugirió Horatio.

Por primera vez, Viggie pareció titubear.

—Tendría que contártelo de manera secreta.

—¿Como si fuera un código? Me temo que los códigos no son lo mío, Viggie.

—A Monk le encantaban los códigos. Le gustaban los códigos secretos. Me dijo que los llevaba en la sangre.

Horatio miró a Alice con expresión inquisitiva, aunque la mujer parecía tan confundida como él.

—¿Los llevaba en la sangre, Viggie? —le preguntó Horatio—. ¿A qué te refieres? —Viggie sonrió—. ¿A qué te refieres? —repuso—. Me gustaría saber a qué te refieres con lo de que Monk decía que llevaba los códigos en la sangre.

—Eso es lo que me dijo, que llevaba los códigos en la sangre. Códigos y sangre, eso dijo.

Horatio se recostó.

—¿Monk los llevaba la última vez que le viste?

—Sí —respondió en tono alegre.

—¿Te contó un secreto? —Viggie asintió de nuevo—. ¿Puedes contárnoslo? —Dejó de sonreír y comenzó a negar con la cabeza—. ¿Por qué no? ¿Era un supersecreto?

—Viggie —intervino Alice—, si sabes algo deberías contárnoslo.

—No me cae bien —repuso Viggie señalando a Horatio—. Ahora tengo que irme. —Se levantó y salió de la habitación.

Horatio miró a Alice, que parecía contener el aliento.

—Te dije que era un hueso duro de roer. ¿Has sacado algo en claro?

—La conozco mejor que hace una hora —respondió Horatio—. Algo es algo.

—Bueno, la próxima vez que la veas podría ser una persona completamente distinta.

Después de que Alice se marchara con Viggie, Horatio llamó a Sean para ponerlo al corriente de la sesión.

—¿Viggie es autista? —le preguntó Sean.

—Autismo es un término muy amplio —respondió Horatio—. De todos modos, no creo que sea autista.

—¿Entonces?

—Creo que, en algunos aspectos, es mucho más lista que los demás. En otros aspectos no es muy inteligente o madura. Tal vez sea un problema de percepción. De nuestra percepción. Esperamos que sus emociones estén a la altura de su intelecto, pero apenas es una niña. Y el modo en que habla de su padre me da malas vibraciones.

—¿A qué te refieres? —preguntó Sean.

—Al parecer, Monk la trataba como si fuera una adulta, al menos algunas veces. Pero otras la trataba como si fuera un... aparato.

—¿Un aparato?

—Sé que no tiene sentido. Ojalá supiera más detalles sobre su madre. Viggie cree que no ha tenido madre.

—Entonces, ¿cómo está la situación? —preguntó Sean.

—Me temo que no hemos avanzado mucho.

—Bueno, al menos los resultados son congruentes. Es decir, nulos.

—¿Qué piensas hacer, Sean?

—Ponerme las pilas para ver si consigo algo.

50

Dado que la mujer no le había dado su número de teléfono, Sean lo buscó en el listín y en Internet, pero no lo encontró. Finalmente decidió regresar a Williamsburg esa misma noche para ir al bar en el que la había visto la noche anterior. Michelle quería seguirla de cerca, pero Sean se opuso. Estaban en su habitación en la casa de Alice.

—No creo que Valerie valorase tu presencia tanto como yo.

—Sean, piénsalo bien, un tipo como Ian Whitfield no dejaría que su mujer lo engañase. Seguramente la siguen a todas horas.

—Bueno, entonces ya me habrán visto con ella. Si vuelven a verme con ella tal vez se pongan nerviosos y cometan un error que los delate.

—Es una probabilidad bastante remota, ¿no crees?

—No tenemos otra alternativa —afirmó Sean—. Los cadáveres están achicharrados; Ventris nos viene con evasivas; en Babbage Town nadie sabe nada, y la única persona que podría ayudarnos, Viggie, se expresa de un modo que no entendemos.

—Creía que Horatio iría a verla —opinó Michelle.

—Ya lo ha hecho. —Sean le resumió rápidamente el resultado de la sesión entre Horatio y Viggie.

—Entonces, al parecer, Monk le contó algo a su hija, pero es un código.

—Si es que Viggie dice la verdad. Códigos y sangre. ¿Qué querrá decir con eso?

Michelle se encogió de hombros.

—Ni idea, Sean.

—Apenas hay pistas en este caso y todas acaban desapareciendo sin que surjan otras pistas nuevas.

—Por cierto, ¿se sabe algo del pitbull con falda?

Sean sacó un trozo de papel del bolsillo.

—Monk viajó a Inglaterra. Joan logró dar con su itinerario. Fue a varios lugares: Londres, Cambridge, Manchester y un sitio llamado Wilmslow, en Cheshire. Y otro lugar que hace que los otros lugares cobren sentido.

—¿Qué otro lugar? —le preguntó Michelle.

—Bletchley Park —respondió Sean—. Es donde su pariente Alan Turing trabajó durante la Segunda Guerra Mundial y, según Champ Pollion, salvó el mundo.

—¿Qué relación guarda con los otros lugares?

—Salvo tres años en Princeton, son los ejes vitales de Alan Turing. Nació en Paddington, Londres, fue a la Universidad de Cambridge, se doctoró en Princeton, en Estados Unidos, luego vivió en Bletchley Park, tras la guerra estuvo en la Universidad de Manchester y se suicidó en Wilmslow en 1954.

—Así que el tipo era pariente de Monk y él decidió hacer un recorrido histórico —dijo Michelle—. O tal vez eso no sea todo.

—Seguramente.

—¿Qué quieres que haga mientras coqueteas con una mujer casada, Sean?

—Esta noche te toca Viggie, pero antes Horatio quiere hablar contigo. Si tienes tiempo, no estaría mal que buscases una habitación secreta en la mansión.

—¿Y si no quiero hablar con Horatio?

—No te obligo a nada, pero quiere ayudarte de veras, Michelle.

—¿Te refieres a que hablará con mi familia a escondidas y fisgoneará en mi pasado?

—Aquí tienes la dirección del lugar en el que se aloja —dijo Sean.

—¿Qué harás mientras tanto? —preguntó ella.

—Me prepararé para la gran cita.

Michelle frunció el ceño.

—A veces consigues que me cabree.

—Ah, ¿sí? Pues a mí nunca me ha pasado.

51

Michelle se pasó la hora siguiente recorriendo la planta principal de la mansión, de forma metódica pero discreta. Inspeccionó la sala de billar, la enorme biblioteca, un salón para fumar, una sala de armas con rifles y escopetas antiguos expuestos tras unas puertas de hierro con rejas, un salón y una sala de trofeos con las obligadas cabezas de animales en la pared. No vio nada que le indicara la existencia de una habitación secreta. Harta de los revestimientos de madera carcomidos, las alfombras persas, el olor a rancio de las cosas pasadas de moda, y cansada por no haber progresado en absoluto, salió al exterior para sopesar las posibilidades.

Era demasiado pronto para ir a buscar a Viggie y, sin embargo, necesitó otra media hora para decidirse y subir a su todoterreno para ir a ver a Horatio.

—Lo hago por Sean —le dijo mientras se sentaban en la misma sala en la que Horatio había hablado antes con Viggie.

—Me alegro de que hayas venido, independientemente de la motivación. Te aseguro que causaste furor en el centro psiquiátrico. Atrapaste a un criminal y le salvaste la vida a esa mujer. Seguro que eso hizo que te sintieras bien.

—Sí, me sentía genial hasta que Sean me dijo que querías hablar conmigo —admitió Michelle.

—Trato de hacer mi trabajo lo mejor que puedo.

—Lo mejor será que vayamos al grano. Digamos que he acudido a las sesiones, he hecho los ejercicios, he respondido a tus preguntas ofensivas, he desnudado el alma, he atrapado a un narcotraficante y, como has dicho, le he salvado la vida a una mujer.

Creo que podríamos concluir que estoy curada y así dejaremos de gastar el dinero de Sean, ¿no te parece? Y ahora retomaré mi trabajo. ¿Por qué no te dedicas a lo tuyo, aunque nunca he sabido muy bien de qué se trata? —Michelle se levantó.

La sobresaltó el tono casi vociferante:

—No estás curada ni por asomo. Estás bien jodida, señorita. Las cosas seguirán yendo a peor y llegará el día en que la cagarás en el trabajo y tal vez os cueste la vida a Sean y a ti. Si eso te parece bien, lárgate, sube a esa basura que llamas coche y dirígete hacia el ocaso de un infierno inminente. Pero no me vengas con lo de que estás curada porque es la mayor gilipollez que he oído en mi vida. La gente que desea mejorar hace esfuerzos. No se mienten a sí mismos ni a los demás. No se quedan atolondrados y se sumen en una existencia patética mientras niegan que les pasa algo. Tienen agallas y no largan tonterías. Estoy harto de las tuyas. —Michelle sintió una furia cegadora en su interior. Apretó los puños y tensó el cuerpo, lista para atacar—. ¿Te das cuenta de toda la ira que has acumulado? —prosiguió Horatio con toda tranquilidad—. ¿Ves lo rápido que aparece, Mick? Y eso que sólo te he dicho unas cuantas palabras. Palabras ciertas, pero palabras al fin y al cabo.

»A eso se le llama perder el control de uno mismo. Te gustaría matarme, ¿no? Lo sé, lo veo en todas tus moléculas. Del mismo modo que querías matar al pobre patán del bar. La diferencia estriba en que en el bar tuviste que emborracharte primero, antes de que la ira se acumulara de tal modo que la descargases en otro ser humano. Ahora estás completamente sobria y la ira se apodera de ti y hace que quieras arrancarme la cabeza de cuajo. A eso me refería con lo de que las cosas empeorarían.

»¿Qué será lo siguiente? ¿Se disparará la rabia por el modo en que te mire un desconocido en la calle? ¿O tropiece contigo en el metro? ¿O por su olor? Todo se reduce a esa ira interna, Michelle. Debes plantarle cara.

—¿Y si no quiero? —preguntó ella sardónicamente.

—Sales perdiendo y el demonio gana. Tú eliges.

Lentamente, de manera casi imperceptible, Michelle se sentó de nuevo.

Horatio la observó con atención. Michelle miraba hacia el suelo y sintió un espasmo muscular que le descendía por la nuca.

—No sé qué quieres de mí —expresó con voz trémula.

—Podría ponerme frívolo y decirte la verdad, pero la mente no funciona así. Quiero hablar, Michelle, eso es todo. Quiero hacerte algunas preguntas y escuchar las respuestas, pero, sobre todo, querría hablar contigo. De ti. ¿Te ves capaz?

Transcurrió un largo minuto mientras Michelle apretaba con fuerza los brazos de la silla.

—Vale —respondió finalmente en apenas un susurro.

—Fui a la casa donde viviste a los seis años. Sean te lo contó, ¿verdad?

—Sí.

—Conocí a una mujer, Hazel Rose. ¿La recuerdas? —Michelle asintió—. Hazel Rose te recuerda perfectamente. Me pidió que te dijera que se enorgullece de ti. —Horatio esperó unos instantes, pero Michelle no reaccionó al escuchar esas palabras—. Hazel me contó que solías ir a merendar a su casa con otros niños del barrio. ¿Recuerdas esas meriendas?

—No.

Horatio seguía mirándola con atención. No existía ningún manual al respecto; básicamente, Horatio interpretaba el lenguaje corporal del paciente y confiaba en que las interpretaciones fueran acertadas.

—Hazel mencionó que teníais un bonito macizo de rosales.

Nada más oír aquello, el cuerpo de Michelle se relajó, como si alguien le hubiera desconectado el corazón. Al principio creyó que se desmayaría, pero se recuperó enseguida y se irguió en la silla.

—Mi padre plantó esas rosas —repuso de forma automática.

—Sí, fue un regalo de aniversario. Pero alguien las cortó.

—Fueron unos chicos que estaban enfadados con mi padre.

—Es una teoría posible.

Michelle volvió a ponerse tensa, pero no lo miró.

—Hazel Rose también se dio cuenta de que experimentaste un cambio en aquella época. ¿Recuerdas por qué?

—Sólo tenía seis años, ¿cómo quieres que lo recuerde?

—Bueno, acabas de recordar los rosales, y que los plantó tu padre y que alguien los cortó.

—Tal vez me cargué brutalmente a alguien a los seis años y lo estoy reprimiendo —le espetó Michelle—. ¿Estás contento?

—¿De vuelta a las salidas ingeniosas? Confiaba en que mi discursito sin pelos en la lengua las mantendría a raya durante al menos diez minutos. No suelo usarlo a menudo.

Michelle lo miró con curiosidad.

—¿Y por qué lo has usado conmigo?

—Porque veo que estás perdiendo el control, Michelle —respondió Horatio en voz baja—, y no quiero que acabes en un callejón sin salida.

—Maldita sea, estoy aquí, Horatio, estoy trabajando, pensando, ayudando a Sean y a una niña que necesita a alguien en estos momentos. ¿Tan mala soy? Dime, ¿tan mala soy?

—Sólo tú puedes responder esa pregunta.

Horatio creyó ver que a Michelle los ojos se le humedecían, pero volvió a endurecer la mirada enseguida.

—Sé que tratas de ayudarme, al igual que Sean. Tengo problemas, lo sé. Estoy tratando de resolverlos, intento ser productiva.

—Me parece perfecto, pero mientras tratas de ser productiva no te ocupas de esos problemas. De hecho, los ignoras, Michelle.

—Dices que cambié a los seis años —repuso ella en tono desafiante—. Bueno, pues no me han ido tan mal las cosas. ¿Has sido atleta olímpico? ¿Has sido poli? ¿Has protegido al presidente? Pues yo sí. ¿Le has salvado la vida a alguien? Yo sí, y más de una vez.

—No digo que tu vida no haya sido ejemplar. Tus logros han sido extraordinarios, pero yo estoy hablando del futuro, de tu conducta autodestructiva. Lo que quiero que entiendas es que, tarde o temprano, pagarás el pato.

Michelle se levantó.

—¿Me estás diciendo que todo lo que he hecho en la vida tiene que ver con algo que me pudo haber pasado de niña? ¿Acaso me estás diciendo eso? —chilló.

—No, yo no he dicho eso, lo has dicho tú.

Al igual que Viggie, Michelle se marchó rápidamente. Horatio la oyó poner en marcha el coche y alejarse de allí a toda velocidad.

Horatio se frotó la sien, salió al exterior, se subió a la Harley y la siguió. Esta vez no pensaba dejar que se marchara.

52

—Como mínimo deberías dejar que te cubra, Sean —le dijo el sheriff Hayes. Iban en el coche de Hayes camino de Williamsburg.

—No funcionará porque Whitfield te conoce.

—Pues que te acompañe uno de mis ayudantes. Whitfield no te dejará tontear con su mujer.

—No parece importarle que su mujer vaya de bares y le tiren los tejos. No era la primera vez que estaba en ese local.

—Pero sabe quién eres, King. Si te ve con ella pensará que estás espiando.

—Pero no sabe que sé que ella es su mujer. Si aparece él o su gorila, me haré el loco y me iré.

—¿Crees que un tipo como Whitfield se lo tragará?

—Seguramente no —afirmó Sean—, pero si se te ocurre algo mejor, soy todo oídos. Joder, ni siquiera sé si estará allí esta noche. Tal vez estemos perdiendo el tiempo.

—Pero aunque Messaline sepa algo, ¿por qué iba a contártelo?

—Se me da bien sonsacar información a la gente.

—Pero dijiste que la primera vez te dio largas —recordó Hayes.

—Fue la primera vez.

—¿De veras crees que Whitfield está relacionado con las muertes de Monk y Len?

—Monk murió en territorio de la CIA. Whitfield se aseguró de que nos retiraran del caso e hizo que el director adjunto de operaciones me siguiera. Y me dispararon desde ese mismo lugar; y allí aterrizan aviones en plena noche que vuelan con las luces apagadas.

—¿Aviones? —repitió Hayes.

—Pasan por Babbage Town. Son grandes reactores capaces de realizar vuelos intercontinentales. Nadie sabe quién va en esos aviones. Y el Congreso destinó fondos irregulares para construir una supuesta nueva residencia para agentes novatos en Camp Peary, aunque allí ya hay alojamiento de sobra.

—¿A qué te refieres con lo de «supuesta»?

—Un edificio puede ser muchas cosas, incluyendo un centro para interrogatorios o incluso una cámara de torturas.

Hayes estuvo a punto de salirse de la carretera.

—¿Has perdido el juicio? Eso es del todo ilegal en este país.

—Tal vez Monk viese que aplicaban descargas eléctricas a prisioneros de quienes nadie tiene constancia. ¿Qué mejor motivo para matarlo? —aventuró Sean.

—No puedo creérmelo. ¿Qué hay de Len Rivest?

—Monk se lo contó, o Len lo sospechaba o lo averiguó por su cuenta. Whitfield lo descubrió y adiós a Len Rivest.

—Pero si Len sabía algo, ¿por qué no acudió a la policía? Por Dios, había trabajado en el FBI.

—Quizá no quería enfrentarse a la CIA y a Ian Whitfield. Tal vez haya cargos gubernamentales más importantes que están al corriente de lo que sucede en Camp Peary. Puede que se lo contara a alguien y resulta que se lo contó a la persona equivocada.

—Hablas como si se tratase de una gran conspiración —dijo el sheriff.

—¿Y qué? Son el pan nuestro de cada día. Si lo que está en juego es muy importante, entonces la relevancia de las conspiraciones aumenta para adecuarse a ello. Por cierto, en Washington no se llaman conspiraciones, sino «políticas».

—Esto me supera, Sean, no pienso negarlo —repuso Hayes en tono nervioso—. No soy más que un poli de pueblo que quiere jubilarse dentro de unos años.

—Hayes, déjame aquí y olvídalo todo. Podemos separarnos de forma amistosa, pero no pienso darme por vencido.

Hayes pareció cavilar al respecto unos instantes.

—A la mierda —dijo finalmente—. Si tengo que acabar, que sea a lo grande. Pero sigo creyendo que alguien debería seguirte.

Si alguno de los dos se hubiera dado la vuelta, se habría percatado de que ya había alguien siguiéndolos.

Horatio detuvo la motocicleta junto al todoterreno de Michelle. Ella había salido de la carretera y había aparcado bajo unos árboles, cerca del río. No estaba en el coche, y Horatio siguió un sendero de tierra que conducía hasta el río; Michelle se encontraba sentada sobre un tronco caído que se extendía en parte sobre el río. No se percató de la presencia de Horatio mientras se sentaba en la parte del árbol que estaba en tierra firme.

—Buenas tardes —le dijo mientras arrojaba un guijarro hacia las rápidas aguas del York, que arrastraba restos de una tormenta hacia la bahía de Chesapeake.

Michelle permaneció callada durante unos minutos, contemplando el agua en silencio de tal modo que Horatio temió que acabara saltando.

—Una vez limpié el coche —dijo finalmente; esas palabras le llamaron la atención—. Lo hice por Sean.

—¿Por qué?

—Porque me gustaba y él estaba pasando un mal momento.

—¿Te costó limpiar el coche?

—Mucho. Todo parecía pesar una tonelada. Pero no es más que un coche, ¿no? —Se volvió por completo hasta mirarlo de frente—. No es más que un coche —repitió.

—Coche, dormitorio, estilo de vida. Supongo que te costó mucho.

—No pude mantenerlo limpio, y eso que lo intenté. Bueno, en realidad ni lo intenté —reconoció Michelle—. No podía, y punto. Volví a llenarlo en menos de un día.

—Sean dice que tu *scull* de carreras está inmaculado y que el casco está siempre reluciente.

Michelle sonrió.

—Típico de él, aunque no puede decirse que no tenga sus manías. ¿Has conocido a alguien tan ordenado y limpio? ¡Venga ya! —Rompió una ramita del árbol caído y la arrojó al río—. No sé por qué cambié, Horatio —reconoció mientras la observaba desplazarse río abajo—, de verdad que no lo sé. Si te soy sincera, ni siquiera recuerdo haber cambiado, pero si hay tantas personas que lo aseguran supongo que tengo que aceptarlo.

—Bien, es positivo que lo admitas, Michelle. Sin embargo, he visto que te afectaba que mencionara el macizo de rosas. ¿Por qué?

Michelle volvió a estremecerse. Permanecieron en silencio varios minutos. Michelle tenía la vista clavada en el tronco sobre el que estaba sentada; Horatio la miraba de hito en hito sin mediar palabra. No quería echar a perder el primer avance real desde que había empezado a tratarla. Su paciencia se vio compensada con creces.

—¿Es posible temer algo y no saber qué es? —le preguntó.

—Sí. Es posible que se encuentre en el subconsciente y sólo percibas el miedo sin saber a qué responde. El mecanismo de seguridad que el cerebro emplea para protegernos consiste en reprimir en el subconsciente hechos pasados a los que no supimos enfrentarnos en su debido momento. Los olvidamos, eso es todo.

—¿Así de fácil?

—Así de fácil, pero es como tener agua en el sótano y poner remiendos aquí y allá para impedirle el paso. Al final, el daño es tan grave que toda la casa corre peligro, ya que el agua comienza a filtrarse por lugares inesperados, lugares que ni siquiera se ven hasta que el daño es irreparable.

—O sea, que soy una casa medio podrida... —dedujo Michelle.

—Y nunca encontrarás a un albañil tan preparado como yo.

—Pero ¿cómo vas a ayudarme si no recuerdo por qué tengo miedo?

—Existe un método fiable: la hipnosis —respondió Horatio.

Michelle meneó la cabeza.

—No creo en esas tonterías. Nadie puede hipnotizarme.

—Normalmente, las personas que creen eso son las más fáciles de hipnotizar.

—Pero hay que querer que te hipnoticen, ¿no?

—Eso ayuda, desde luego. Pero quieres sentirte mejor, ¿no? —le recordó Horatio.

—No estaría aquí hablando contigo de estas cosas si no lo quisiera. ¡Nunca había hablado de esto con nadie!

—Me lo tomaré como un cumplido, Michelle. ¿Me dejarás hipnotizarte?

—No me gusta perder el control, Horatio. ¿Y si te cuento algo que me supere? ¿Y si es tan terrible?

—Por eso he estudiado tanto y tengo tantos diplomas en la pared. Soy el profesional. Déjame hacer mi trabajo, es lo único que te pido.

—Pues pides mucho, quizá demasiado —comentó ella de forma brusca.

—¿Te lo pensarás?

Michelle se levantó, descendió por el tronco con destreza y se plantó junto a Horatio de un salto.

—Me lo pensaré —le dijo mientras pasaba junto a él.

Horatio la siguió con la mirada, exasperado.

—¿Adónde vas?

—Tengo que cuidar de Viggie.

54

Sean estaba de suerte, porque encontró a Valerie en la misma mesa que la noche anterior. Al igual que la última vez, le estaba dando calabazas a otro ligón de tres al cuarto.

Valerie iba vestida de forma menos provocadora, con pantalones anchos y un jersey de cachemira. Llevaba el pelo recogido en una trenza y un color de pintalabios discreto.

Cuando vio que Sean se acercaba a ella, miró hacia otro lado. Sean se sentó junto a ella, pero no la miró.

—Veo que sigues siendo la estrella —le dijo Sean.

—Y veo que cuando alguien pasa de ti no terminas de pillarlo —repuso ella.

—Esta noche el riesgo es nuevo —dijo Sean.

—No para mí.

—¿Te apetece cenar conmigo?

—¿Tengo que llamar al gorila para deshacerme de ti?

—Me lo pensaré mientras decides dónde te gustaría comer. —Ella estuvo a punto de sonreír y Sean se dio cuenta enseguida—. Vale, ya sé que no tengo muchas oportunidades, pero me conformo con poco.

—¿Por qué crees que querría cenar contigo?

—Bien, te lo diré ahora que me estás prestando atención. —Se calló y añadió—: Sólo quiero compañía. Viajar solo es muy aburrido. Lo único que me apetece es charlar un rato disfrutando de un buen vino. Y podemos pagar a medias para no debernos favores.

—¿Y por qué supones que se me da bien charlar? ¿Y que me gusta el vino? —preguntó Valerie.

—Creo que lo de charlar es innegable. Mi radar de poca monta nunca falla. No ha sonado desde que te conozco. En cuanto al vino, soy flexible, pero de camino al bar he pasado junto a un local donde sirven un Cabernet que me muero por probar —argumentó Sean.

—¿Conoces bien los vinos?

—Era coleccionista de vino.

—¿Eras? —preguntó Valerie, más interesada.

—Sí, hasta que alguien se cargó mi casa y mi bodega. —Sean se levantó—. ¿Vamos?

Sentados en un rincón con vistas a la calle y compartiendo la botella de Cabernet, Sean volvió a observar la alianza de Valerie. Lo hizo de tal modo que ella no lo pasó por alto.

—Te preguntas por qué ceno contigo si estoy casada, ¿no? —dijo ella.

—Pensaba que si fuera tu marido no te dejaría ir de bares sola.

—Sé cuidar de mí misma.

—Me preocuparía que te encaprichases de uno de esos caballeros —insinuó Sean.

—¿Crees que me he encaprichado de ti?

—Creo que te planteas si soy honesto o si soy otro adulador que espera que le llegue su momento.

—¿Y cuál de los dos eres?

—Bueno, si fuera un adulador te diría que soy bastante honesto.

—Entonces, ¿en qué quedamos? —preguntó Valerie.

—Observa y decide —invitó Sean—. ¿Te parece razonable?

—¿Sobre qué hablamos para que pueda observar?

—Las historias personales son un protocolo aceptado. Empezaré yo mismo. Como te dije, estoy divorciado, sin hijos. Te conté que lo mío era resolver problemas, y es cierto. Soy abogado, pero no me lo reproches. Estoy aquí por una diligencia debida para un cliente que se encuentra en medio de un pleito de lo más desagradable. ¿Y tú?

—Casada y, como ya te dije, nunca he sido madre. Antes trabajaba, ahora me quedo en casa o, a veces, salgo. Eso es todo.

—¿Sin tu marido? ¿Es que no se da cuenta de que eres lista y guapa?

Ella sostuvo en alto un dedo a modo de advertencia.

—No te pases de la raya.

—Lo siento. Seré más respetuoso —prometió Sean—. ¿Qué haces para pasarlo bien?

—Nada. Creo que ya me he divertido bastante en la vida. A partir de ahora todo es cuesta abajo.

—Venga ya, ni que tuvieras un pie en la tumba.

—¿No lo tengo? —preguntó ella.

—No estarás enferma, ¿no?

—No del modo que piensas, no.

Sean se reclinó y agitó el vino en la copa.

—Vale, estás entre las tres mujeres más interesantes que he conocido. Para que te hagas una idea, mi ex ni siquiera estaba entre las diez mejores.

—Lo cual indica que no tienes buen ojo para las personalidades.

—He mejorado —señaló Sean.

—Mi marido estaría en la lista de los cinco mejores de cualquier persona. Es una persona interesante. Al menos lo que hace es muy interesante.

—¿Y qué hace?

Ella meneó la cabeza.

—Ya sabes lo que dice la canción: «Las malas lenguas hunden barcos.»

Sean pareció sorprenderse.

—¿Hunden barcos? ¿Tu marido es militar? Sé que aquí son importantes —dijo, con aire ingenuo.

—Trabaja para el gobierno, pero no en ese campo, aunque lo estuvo. En Vietnam.

—¡Vietnam! Pero eres joven.

—Esperó bastante tiempo antes de casarse. No sabría decirte por qué decidió lanzarse después de pasar tantos años solo —explicó ella.

—¿Y luego qué? ¿El FBI? Algunos de mis viejos colegas del ejército acabaron en el FBI.

—¿Has oído hablar de un lugar llamado Camp Peary?

Sean negó con la cabeza lentamente, pero dijo:

—Igual... me suena. ¿Es un campamento para niños?

Ella sonrió.

—En cierto modo, pero hay niños grandes con armas a juego.

—¿A qué te refieres?

—Camp Peary es un centro de formación para una agencia gubernamental que empieza por C y acaba por A. ¿Lo pillas?

—¡La CIA! ¿Tu marido trabaja para la CIA? —le preguntó. Ella lo miró con recelo.

—¿En serio que Camp Peary no te suena de nada? —preguntó ella.

—Soy de Ohio. Tal vez sea conocido aquí, pero en Dayton no nos hemos enterado. Lo siento.

—Bueno, mi marido lo dirige. De todos modos, no es un secreto de Estado.

Sean parecía perplejo.

—Valerie, me gustaría preguntarte algo bien sencillo —propuso.

—¿Por qué un hombre así deja que su mujer vaya de bares sola y cene con desconocidos? —Sean asintió—. Bueno, te responderé de forma bien sencilla. Le da igual lo que haga. A veces no sé por qué se casó conmigo. Bueno, sí que lo sé. Deslumbro a los hombres a primera vista. Pero en el caso de Ian, el efecto fue perdiendo fuerza con el tiempo.

—O sea, que Ian va a lo suyo y tú a lo tuyo. ¿Por qué no os divorciáis?

Ella se encogió de hombros.

—Los divorcios suelen acabar mal y desgastan mucho. Has dicho que te habías divorciado. ¿No es cierto?

—Muy cierto —respondió Sean—. Supongo que Ian está muy ocupado con lo de la guerra contra el terrorismo y todo eso.

—O tal vez ya no le parezca interesante —insinuó Valerie.

Sean se reclinó con expresión pensativa.

—En el caso de mi mujer y yo, fue amor a primera vista. Pero ella cambió, o yo cambié, ¿quién sabe? Los abogados no le caían muy bien. Supongo que estábamos predestinados a acabar mal.

—Tal vez me pasó lo mismo.

—¿Por qué? ¿Cómo os conocisteis?

—Trabajaba con un contratista privado que colaboraba con la CIA. Mi campo es o era el bioterrorismo mucho antes de que se pusiera de moda. Ian y yo nos conocimos durante una conferencia en Australia. Por supuesto, eso fue antes de que lo ascendieran para dirigir Camp Peary. De hecho, había estado allí antes de conocerlo. Pero acabé quemada y lo dejé. A Ian todavía le gusta ese mundo. Es lo que nos diferencia, y mucho.

—Un momento. Ya sé de qué me sonaba. ¿No encontraron un cadáver en Camp Peary?

Valerie asintió lentamente. Dijo:

—Al parecer, el tipo saltó la valla y se pegó un tiro.

—Joder, ¿quién haría algo así?

—Todo el mundo tiene problemas —comentó ella.

—Parece que lo dices por experiencia propia.

—Todos decimos las cosas por experiencia propia, Sean.

Después de cenar, caminaron juntos por la calle.

—Ha sido una velada agradable, Valerie, gracias.

—Ha sido deprimente, sobre todo por mi culpa.

Sean no replicó, no se le ocurría nada.

—Estaré una semana en la ciudad —dijo finalmente—. ¿Te gustaría que quedásemos de nuevo?

—No me parece buena idea —respondió ella.

—¿Me das al menos tu número de teléfono?

—¿Por qué?

—¿Qué tiene de malo hablar? —dijo él.

—Todo tiene algo de malo. —Sin embargo, introdujo la mano en el bolso, sacó un bolígrafo y un trozo de papel, anotó un número y se lo dio.

—Puedes dejarme un mensaje; si no te devuelvo la llamada, pues nada, lo siento. Gracias por haberme ahorrado otra noche en ese bar. Adiós.

Valerie le tocó el brazo y luego se alejó. Sean estaba apesadumbrado. Seguramente, Valerie Messaline era lo que parecía: una mujer sola que se mantendría a flote hasta que ocurriese algo. Su única pista fiable para llegar a Camp Peary acababa de esfumarse. ¿Qué haría a continuación?

Supo la respuesta de inmediato. Pero ¿tendría el valor, o mejor dicho, la locura necesaria para ponerla en práctica?

55

Michelle decidió combinar el cuidado de Viggie con una atrevida maniobra táctica. Todavía era de día, así que, con el permiso de Alice, llevó a Viggie al cobertizo. Equipó a la niña con un chaleco salvavidas después de cerciorarse de que no era muy buena nadadora. Sacaron un kayak y al cabo de unos instantes ya estaban en el agua; Viggie iba delante con un remo y Michelle guiaba la embarcación desde la parte de atrás mientras le indicaba a Viggie cómo remar.

Viggie aprendió rápidamente a ejecutar el movimiento correcto y remaba con soltura y eficacia. Desde luego, Viggie era más fuerte de lo que parecía.

—Qué divertido —dijo Viggie mientras el viento le agitaba el pelo.

—Me encanta —repuso Michelle. Le bastaron dos paladas para pillar el ritmo de nuevo. Cuando has remado en grupo en infinidad de ocasiones, los movimientos se quedan grabados para siempre.

Tal y como Michelle había planeado, llegaron rápidamente a la zona del York situada frente a Camp Peary. Dejó de remar y le dijo a Viggie que hiciera otro tanto. Mientras la corriente las arrastraba, Michelle se inclinó hacia atrás y observó con discreción el complejo secreto de la CIA. La valla exterior resplandecía bajo el sol del atardecer. No había guardias a la vista, pero el sexto sentido le dijo que la estaban vigilando.

—Es Camp Peary —dijo Viggie de repente—. Ahí murió Monk.

—¿Conoces Camp Peary? —Viggie asintió—. ¿Monk te habló alguna vez sobre él? —Viggie asintió de nuevo—. ¿Qué te contó?

—Cosas.

—¿Códigos y sangre?

Viggie se volvió para mirarla de hito en hito.

—Has hablado con el otro hombre.

—Con Horatio Barnes, sí. Es un amigo. —Michelle se mordió el labio tras el último comentario.

—No me cae bien.

—Bueno, a veces causa una mala impresión. Entonces, ¿códigos y sangre? Parece interesante.

Lo bueno de estar en el kayak en medio del río es que Viggie no podía levantarse y marcharse, y ése era uno de los motivos por los que Michelle la había llevado allí.

—A Monk le gustaban los códigos. Me los enseñó. Era pariente de un científico famoso.

—Tú también eres pariente suyo.

Viggie asintió con expresión orgullosa.

—Alan Turing era homosexual. A la gente no le gustaban entonces, así que se comió una manzana envenenada y se murió.

Michelle no sabía qué decir tras aquel cambio de tema en la conversación. «Monk la trataba como si fuera una adulta», pensó.

—Qué pena —dijo finalmente.

—Espero no tener que comerme una manzana envenenada cuando la gente se enfade conmigo.

—Estoy segura de que nunca harías algo así, Viggie —repuso Michelle en tono resuelto—. Quitarse la vida no es la mejor solución. —Michelle se sintió culpable tras decir esas palabras.

—Es como la reina malvada de Blancanieves. Se convirtió en bruja, se subió a un viejo bote y fue río abajo hasta la casita del bosque. Luego convenció a Blancanieves para que se comiera una manzana envenenada. No se murió, pero se quedó dormida. Tuvo que venir un príncipe y besarla para despertarla. ¡Puaj!

—Esperar que llegue un príncipe azul para salvarte la vida no es muy inteligente que digamos, ¿no?

—No, pero demuestra que quien tiene la manzana es muy poderoso.

Michelle decidió cambiar de tema.

—Viggie, ¿te suena que haya una habitación secreta?

Viggie se volvió.

—¿Una habitación secreta?

—Sí. Estuvimos en otra casa vieja de la zona y encontramos a varios niños en una habitación secreta. Uno de los niños dijo que en muchas de las casas hay habitaciones secretas.

—Pues nunca he visto ninguna en Babbage Town —repuso Viggie.

—Vale. —Michelle esperó unos instantes y añadió—: Hablando de cosas secretas, ¿me enseñarías algunos códigos?

—Hay muchas clases de códigos. También puedes inventártelos.

—¿Los inventabais Monk y tú?

—Oh, claro, muchas veces.

—Supongo que quería ocultar cosas a otras personas. ¿Sabes a quiénes quería ocultárselas?

—A todo el mundo —respondió Viggie. Se volvió y le dedicó una sonrisa burlona—, y a ti también.

De repente, Michelle cayó en la cuenta de que Viggie sabía perfectamente cuáles eran sus intenciones y se estaba divirtiendo a su costa. Michelle decidió probar un enfoque más directo. Era más arriesgado, pero se le estaban acabando las opciones.

—Viggie, queremos encontrar al hombre que se llevó a Monk, ¿lo comprendes? Ese es el motivo por el que estamos aquí. —Michelle vio a Viggie dejar caer los hombros bruscamente, pero dado que no sabía cómo interpretar ese gesto, añadió—: Si temía u ocultaba cosas a alguien, tendríamos que saber a quién. Sólo queremos ayudarte.

—La gente que dice que quiere ayudar siempre tiene otros motivos —dijo la niña.

—Nosotros no, Viggie, créeme.

Viggie se volvió de nuevo y la miró fijamente.

—¿Te pagan para ayudarme?

La pregunta la pilló desprevenida, pero intuyó que no le convenía engañar a Viggie.

—Mi trabajo consiste en ayudar a los demás. Me gano la vida así.

—Entonces te pagan, y por eso estás conmigo, ése es el único motivo. Apuesto a que te gustaría estar con tus verdaderos amigos.

—Viggie, no tengo muchos amigos verdaderos. De hecho, aparte de Sean, no tengo ninguno.

—No me lo creo.

—¿Por qué? ¿Crees que, menos tú, todo el mundo tiene muchos amigos? Y en la escuela de Babbage Town hay más niños.

—No les caigo bien, piensan que soy rara —dijo Viggie.

—Todos somos raros en cierto modo. Si algún día vas en mi coche sabrás a qué me refiero. Es un vertedero del que no puedo deshacerme por mucho que me esfuerce.

Viggie la miró de hito en hito.

—Por eso trajeron al tal señor Barnes. Porque soy rara.

Michelle tragó saliva a duras penas.

—De hecho, el señor Barnes también me está ayudando a superar algunos problemas que tengo... desde que era niña.

—¿En serio? —Michelle asintió—. ¿Lo prometes? No lo dices por decir, ¿no?

—Te lo prometo. El pobre, cada vez que me hacía preguntas para tratar de ayudarme... yo me levantaba y me marchaba.

—Yo también hice lo mismo —susurró Viggie—. ¿Por qué te marchabas?

Michelle titubeó. No es que no supiese la respuesta a la pregunta, sino que le costaba decirla.

—Porque tenía miedo.

—¿Miedo de qué? —le preguntó Viggie sin dejar de mirar a Michelle.

—Miedo de que él averiguase la verdad y yo no pudiese soportarlo.

Viggie cogió el remo.

—Yo también —susurró.

—Lo que pasa es que no recuerdo qué me pasó y quiere hipnotizarme para ayudarme a recordarlo todo.

—¿Lo dejarás? —preguntó Viggie.

—No lo sé, ¿tú qué dices?

—¿Quieres mi opinión?

—Claro, eres muy lista. ¿Lo dejo o no? Supongo que podría seguir viviendo sin saberlo. A veces la verdad no es muy maravillosa que digamos.

—Creo que deberías dejar que te hipnotizase —repuso Viggie con firmeza.

—¿En serio? ¿Por qué? —dijo Michelle.

—Es mejor saber las cosas, ¿no?

Michelle no respondió de inmediato.

—Creo que tienes razón. Es mejor saber las cosas.

—¿Podemos volver? —le preguntó Viggie mientras hundía el remo en el agua.

—Claro. Espero que te hayas divertido.

Viggie asintió pero no dijo nada. Mientras daban la vuelta y se alejaban remando, un hombre salió cojeando del bosque situado junto a Camp Peary.

Ian Whitfield apartó los prismáticos pero no dejó de observar la pequeña embarcación de dos personas. Uno de sus hombres le había avisado. Sacó un teléfono de la funda del cinturón y marcó un número. Habló con expresión adusta. A los pocos minutos llegó don Abdominales, su ayudante.

—¿Ex agente del Servicio Secreto? —le preguntó Whitfield—. ¿Tanto ella como Sean King?

—Exacto. Michelle Maxwell ha venido a investigar las muertes de Turing y Rivest en representación de los habitantes de Babbage Town.

—La hija de Turing iba en el kayak —aseveró Whitfield.

—¿Qué quiere que hagamos, señor?

Whitfield no respondió. Se limitó a contemplar el río a través de la verja de tela metálica. Finalmente, se volvió hacia don Abdominales.

—A veces es un trabajo de lo más desagradecido, hijo.

Ian Whitfield se dio la vuelta y se adentró renqueando en el bosque.

De vuelta en el cobertizo, Michelle y Viggie guardaron el kayak y el equipo. Mientras regresaban a Babbage Town, Viggie tomó a Michelle de la mano y se la apretó.

—Espero que el señor Barnes te ayude a recordar cosas —le dijo.

—Gracias, Viggie, te agradezco que me ayudes a decidirme.

Ya en la casita, Viggie corrió hasta el piano y comenzó a tocar. Cuando terminó de interpretar la canción, miró a Michelle.

—Me caes bien, Michelle.

—Tú también me caes bien, Viggie.

Viggie se apartó del piano de un salto y corrió escaleras arriba. Al llegar al rellano, se detuvo y se volvió.

—¡Códigos y sangre! —gritó, y luego corrió por el pasillo hasta su habitación, dejando a Michelle atónita en la planta baja.

56

Sean había reservado un coche de alquiler en Williamsburg y condujo hasta Babbage Town tras la cena con Valerie. Atravesó el puente que salvaba el río York y mientras pasaba por Gloucester Point el coche que lo había estado siguiendo toda la noche le dio alcance y lo obligó a desviarse de la carretera. Antes de que Sean tuviera tiempo de salir, había un hombre junto a la ventanilla.

—Sal del coche —le gritó a Sean mientras le mostraba su identificación.

Mike Ventris, agente especial del FBI, no parecía estar precisamente contento.

—¿Puede saberse por qué motivo? —le preguntó Sean con cortesía.

—¡Cierra el pico y sube a mi coche! ¡Ya!

Sean lo siguió hasta el coche patrulla federal. Se acomodó en el asiento del pasajero, y Ventris, en el del conductor. Nada más cerrar las puertas, Ventris se volvió hacia él.

—¿Qué crees que estás haciendo, idiota? —le espetó.

—Conducía de vuelta a Babbage Town cuando me has obligado a salir de la carretera. ¿Te toca el cursillo de repaso de conducción en el FBI o lo haces por diversión?

—Corta el rollo de listillo. Primero, fuiste a ver a Ian Whitfield.

—De hecho, nos llamó al sheriff Hayes y a mí.

—Y luego quedaste con su mujer en un bar —dijo Ventris.

—No, nos conocimos por casualidad.

—Y acabas de cenar con ella.

—Que yo sepa eso no es delito —masculló Sean.

—¿Cuál es exactamente tu relación con Valerie Messaline?

—Nos unió la pasión por un buen mojito.

Ventris le hundió un dedo en el pecho.

—Me falta esto para detenerte.

—¿Acusado de qué? —preguntó Sean.

—Te puedo encerrar durante cuarenta y ocho horas sin tener que dar explicaciones —soltó Ventris—. Mientras tanto, seguramente encontraría algún motivo para detenerte.

—He venido a trabajar, como tú. Trato de averiguar quién asesinó a Monk Turing y a Len Rivest. ¿Recuerdas la pequeña competencia que te mencioné?

—Y te dije que no entorpecieses la investigación.

—No sabía que Valerie Messaline fuera motivo de entorpecimiento —dijo Sean.

—No tiene nada que ver con el caso, al igual que Ian Whitfield. Tiene cosas más importantes que hacer que preocuparse por un detective de tres al cuarto que fisgonea donde no debe. —El tono de Ventris era despectivo.

Sean lo miró con incredulidad.

—¿Desde cuándo el FBI es el perrito faldero de la CIA?

—Por tu propio bien, déjalo. Tenemos entre manos asuntos más importantes que un par de asesinatos.

—¿Por ejemplo?

—Sal de mi coche —ordeno Ventris—. Más te vale que no volvamos a vernos.

Sean bajó del coche y luego dio un golpecito en la ventanilla.

—Por cierto, ¿se sabe algo del «escape de gas» en el depósito de cadáveres?

Ventris estuvo a punto de arrollarlo mientras salía a toda velocidad.

A pesar de la actitud de listillo que había adoptado con Ventris, Sean no sonreía mientras regresaba a su coche. Cada vez estaba más implicado en aquel asunto y seguía sin entender nada. Durante el camino de vuelta a Babbage Town, Sean ya sabía cuál sería el siguiente paso.

—¡No lo dirás en serio! —exclamó Horatio. Los tres estaban junto al coche de Michelle y la Harley de Horatio, aparcados en un camino de tierra a poco más de un kilómetro de Babbage Town—. Monk Turing saltó la valla de Camp Peary y acabó como acabó.

—Créeme, no quiero saltar la valla, pero es nuestra última opción.

Michelle apoyó la espalda en el coche y observó a su compañero.

—¿Cuándo propones que lo hagamos?

Horatio la miró boquiabierto.

—¿Piensas acompañar a este chalado?

Sean miró a Michelle y dijo:

—Iré solo.

—Ni lo sueñes. Si tú vas, yo también voy.

—Si nos pillan la habremos cagado bien cagada —le contestó Sean.

—Reconozco que eres cualquier cosa menos aburrido —repuso Michelle.

—¿Os dais cuenta de lo que estáis diciendo? —intervino Horatio—. Es la CIA, por Dios. Os podrían ejecutar por traición.

—Iremos el sábado —dijo Sean respondiendo a la pregunta de Michelle—, si es que antes no hay novedades en el caso.

—¿El siguiente vuelo programado? —preguntó Michelle, y Sean asintió.

—No sé si lo viste en el mapa de la oficina de South Freeman, pero la...

—La pista de aterrizaje está al otro lado de la hilera de árboles donde encontraron el cadáver de Monk —explicó Michelle—. O sea, ¿haremos un reconocimiento del vuelo?

—Al menos será interesante ver quién baja de ese maldito avión.

—Me estáis asustando, Sean —dijo Horatio, y añadió—: Sabéis que no os puedo dejar hacer algo así.

Sean se volvió hacia él.

—Si no quieres que saltemos al otro lado de la valla, entonces busca la manera de que descubramos la verdad. Eres un experto en eso, ¿no? Has estado trabajando con Viggie y Michelle justamente para obtener la verdad, ¿no?

—Es diferente.

—No para mí —dijo Sean—. Han muerto tres hombres. El instinto me dice que la causa se encuentra en Camp Peary. Alguien de allí trató de matarme. No puedo quedarme de brazos cruzados.

—Pues déjalo en manos de las autoridades.

—Al sheriff Hayes le daría un infarto si supiera lo que estamos planeando. Ventris me pegaría un tiro y fingiría que el arma se le había disparado sin querer. Le expliqué a Hayes lo de la cena con Valerie y el encuentro con Ventris, pero eso es todo. Te lo cuento todo porque confío en ti. Y nunca haría nada para joderte.

—¿A qué te refieres? —le preguntó Horatio, nervioso.

—Si nos pillan, los polis detendrán a quienquiera que crean que colaboró con nosotros. Es decir, tú. Todavía estás a tiempo de volver a casa. Michelle y yo juraremos que no sabías nada de nada.

Horatio se apoyó en el vehículo.

—Bueno, la mayoría de los criminales con los que he trabajado no son ni la mitad de considerados.

—Si todo sale bien y volvemos sanos y salvos, podrás seguir viendo a Michelle. —Sean miró a su compañera—. Si ella quiere, claro —se apresuró a añadir.

Michelle permaneció callada.

—¿Y si decido quedarme? —le preguntó Horatio.

—No pasará nada si no nos pillan, pero si lo hacen, es posible que los polis comiencen a fisgonear si todavía estás aquí. No puedo garantizarte que no te conviertas en un blanco.

—Si os pillan alegaré que estáis locos de atar —dijo Horatio.

Sean sonrió.

—Cuantas más opciones, mejor.

—Pero corres un gran riesgo, Sean —repuso Horatio.

—¿Y? Me he pasado toda la vida adulta corriendo riesgos.

—Con el tiempo se convierte en algo instintivo —añadió Michelle.

Horatio los vio intercambiar ese tipo de mirada cómplice que sólo se produce entre dos personas que han arriesgado sus vidas con cierta frecuencia.

—Viggie sabe algo. Códigos y sangre. Si averiguamos lo que significa, tal vez resuelva el caso sin que tengáis que saltar esa maldita valla.

—Cualquier buen investigador sigue varias pistas porque la mayoría no llevan a ninguna parte —explicó Sean—. Es cuestión de números. Pero ahora mismo mi objetivo es ese trozo de tierra al otro lado del río.

—Mientras tanto —dijo Michelle— probaré suerte con Champ.

—Y yo hablaré con Alice —dijo Sean.

—¿Cuál es la previsión meteorológica para el sábado por la noche? —preguntó Michelle.

—Nublado y frío.

—Al menos tenemos tiempo para prepararnos. Necesitaremos varias cosas.

—Ya las he pedido —dijo él.

—¿Joan no te preguntó nada?

—No se las pedí a Joan, no confío en ella, al menos no en este caso.

—No quiero saber nada más —intervino Horatio, fingiendo que se tapaba las orejas—. Tal y como están las cosas, ya soy cómplice.

—No te preocupes. No te delataremos —Sean sonrió—, salvo que nos ofrezcan un trato mejor si te traicionamos.

—¿Qué he hecho para merecerme unos amigos así?

—Horatio, necesitamos que sigas la pista de Viggie. Códigos y sangre. Tienes razón, seguro que significa algo.

—Podría probar de nuevo durante otra sesión —replicó Horatio.

—Nos hemos hecho amigas —intervino Michelle—. Déjalo en mis manos.

Horatio la miró.

—¿Te dijo que le caías bien?

—Sí, y me dijo que tú le caías mal.

—Tomo nota del gran placer que te produce comunicármelo —comentó el psicólogo con calidez.

—Hay otra cosa que me desconcierta, y es que si tengo razón y mataron a Rivest, nadie lo vio salir de la casa, que está en la calle principal. Alguien tuvo que ver algo —planteó Sean.

—¿Estás seguro de que tu colega el sheriff hace las preguntas adecuadas a las personas adecuadas? —preguntó Michelle.

—Supongo que sí, pero tal vez me equivoque. Quizá deberíamos ocuparnos nosotros.

—Entonces, ¿qué hago mientras os preparáis para que os maten? —intervino Horatio

—¿Significa eso...?

—Sean comenzó a formular la pregunta, pero Horatio le interrumpió:

—Sí, me quedo —anunció Horatio—. Debo de estar tan chalado como vosotros. Pero la buena noticia es que tendré tiempo de sobra para proporcionar apoyo psicológico en la mansión después de que nos trinquen. Así que encomendadme una misión antes de que recobre el juicio, me suba a la Harley y me largue como alma que lleva el diablo.

—Ve a ver a un tipo llamado South Freeman en Arch, Virginia. Dirige un periódico y conoce bien la historia de la zona. Dile que vas de nuestra parte. Averigua todo lo que puedas de esta zona.

Mientras comenzaban a separarse, Horatio le susurró a Michelle:

—¿Te has pensado lo de la hipnosis?

—Hagamos un trato: si salgo viva de ésta, te dejaré que me hipnotices.

—El mero hecho de que os planteéis esto en serio significa que estáis pirados. Lo sabes, ¿no?

—Deséame buena suerte, Horatio.

—Buena suerte —le dijo de mala gana mientras ella cerraba la puerta del coche.

57

A primera hora de la mañana siguiente, Michelle salió a pasear con Viggie; se dirigieron hacia el embarcadero, donde se sentaron con los pies en el agua. Michelle trató de que Viggie hablase sobre los códigos y la sangre, pero ella siempre respondía con evasivas.

—¿Podemos salir con el kayak de nuevo? —le preguntó Viggie.

—Claro, ¿quieres ir ahora?

—No, sólo era por saberlo. —Señaló hacia la otra orilla del río—. No me gusta ese sitio.

—¿Camp Peary? ¿Y eso? ¿Por lo que le pasó a Monk allí?

—No sólo por eso —respondió la niña con naturalidad.

—¿Por qué más?

—Monk se marchaba a menudo —dijo, cambiando de tema—. Me dejaba sola mucho tiempo.

—¿Cuándo? ¿Te refieres a cuando se marchó al extranjero? —Viggie asintió. Michelle no podía creerse que no se le hubiese ocurrido preguntarle al respecto con anteroridad—. ¿Sabes por qué se fue del país? ¿Por qué fue a los lugares que fue en el extranjero?

—Cuando volvió hablaba mucho de Alan Turing. No era la primera vez que iba allí. Alan Turing le caía muy bien, aunque esté muerto.

—¿Cuándo fue allí por primera vez?

—Antes de venir aquí, cuando vivíamos en el otro sitio —explicó Viggie..

—¿Qué otro sitio?

—En Nueva York. No me gustaba. Vivíamos en un bloque de

pisos. Todos eran viejos. No me gustaban porque olían raro. Todos menos una persona. Un viejecito. Me caía bien. A Monk también le caía bien. Hablaban mucho, aunque él hablaba de forma rara. Me costaba entenderlo.

—¿Recuerdas de qué hablaban? —Michelle no creía que fuese importante, pero quería que Viggie siguiese interesada en la conversación.

—No, la verdad. Hablaban de cosas del pasado.

—Ya.

—Tocaba el piano muy fuerte cuando lo hacían.

—Pero has dicho que el anciano te caía bien.

—Sí, era buena persona, pero sólo hablaba de cosas del pasado y me costaba entenderlo.

—Bueno, a veces a los ancianos les gusta hacer eso, recordar el pasado. Al parecer, a Monk le interesaba.

—El viejo era un experto en matemáticas y ciencia. Le enseñó a Monk unos mapas antiguos y una vez le vi escribir un montón de letras en un trozo de papel para ver si mi padre las entendía.

—¿Como una especie de código?

—Supongo.

—Has dicho «letras» —apuntó Michelle—. Creía que Monk era un experto en números.

—Monk decía que la historia estaba llena de números importantes. Alan Turing usó números en el pasado para ayudar a que acabase una guerra importante. Monk me lo contó. Pero también usaban letras del alfabeto.

—¿De eso hablaban Monk y el anciano? ¿De Alan Turing y de lo que había hecho durante la Segunda Guerra Mundial?

—A veces.

Michelle, impaciente por naturaleza, se esforzaba por no comenzar a gritarle: «¡Corta el rollo de los jueguecitos y cuéntame la verdad, mocosa!» Sin embargo, se contuvo y prosiguió hablando con cuanta calma pudo.

—Entonces, ¿de qué solían hablar?

Viggie se levantó.

—Te echo una carrera hasta casa. —Se volvió y comenzó a correr. Michelle le dio alcance enseguida, pero luego se quedó atrás, como si estuviera cansada.

—Si te gano, me contarás lo de los códigos y la sangre —le dijo fingiendo que jadeaba—. Si me ganas, te prometo que nunca volveré a preguntarte sobre eso. ¿Trato hecho?

—¡Trato hecho! —exclamó Viggie, tras lo cual comenzó a correr a toda velocidad por el sendero que conducía a la casita de Alice.

Dobló la última curva y vio la casa allí mismo. Dio un grito de alegría y corrió más rápido aún. A apenas tres metros de la escalera de entrada vio incrédula cómo Michelle, que se había mantenido rezagada a propósito, pasaba volando junto a ella, subía corriendo las escaleras y se sentaba en el último escalón.

Viggie se detuvo en seco y la miró asombrada.

—Has hecho trampa —le dijo.

—¿Cómo? Has corrido. He corrido. He ganado. Ahora cumple tu palabra.

—Me caes bien, Michelle.

—Vale, Viggie —repuso Michelle con cautela—, pero ¿qué hay de nuestro trato?

Viggie pasó corriendo junto a ella y entró en la casa. Michelle la siguió y la encontró sentada al piano.

Comenzó a tocar con frenesí, golpeando las teclas con las yemas de los dedos. El ritmo era tan frenético que Michelle no reconocía la música.

—Viggie, por favor, para. ¡Para! ¡Viggie!

Viggie dejó de tocar en el acto, se levantó de un salto y corrió hacia las escaleras. Se paró, se volvió hacia Michelle y gritó:

—¡Códigos y sangre! —Luego corrió escaleras arriba. Al cabo de unos instantes, cerró de golpe la puerta de su dormitorio.

A los pocos segundos, Alice Chadwick, medio vestida, bajó rápidamente por las escaleras.

—Por Dios, ¿qué pasa? —gritó.

Michelle se destapó las orejas y se volvió hacia ella.

—Ojalá lo supiera. Se ha puesto a tocar el piano como una loca.

—No suele hacer eso, salvo que algo o alguien la moleste —le dijo Alice en tono acusador.

—Bueno, esta vez ha sido cosa suya. —Michelle le dio una palmadita en el hombro a Alice—. Toda tuya. Necesito descansar. —Salió dando un portazo.

Poco después, Michelle le dijo a Sean que, de momento, Viggie era un callejón sin salida.

—Entonces tenemos que entrar en Camp Peary como sea —repuso Sean—. El material que pedí llegará mañana.

—Perfecto. Hasta luego —le dijo Michelle.

—¿Adónde vas?

—Lo de Viggie no me ha salido bien, a ver si tengo más suerte con Champ. Pero primero me cambiaré de ropa, claro está.

—Michelle, me asombra lo que eres capaz de hacer con tal de saber la verdad.

—Te quedarás más asombrado cuando veas el resultado, Sean.

—Mientras seduces al hombre más listo del mundo, recorreré Babbage Town para averiguar si alguien vio algo en la casa de Rivest la noche que lo asesinaron. Luego trataré de encontrar la habitación secreta.

—Te dije que ya la busqué —dijo Michelle.

—Cuatro ojos ven más que dos.

Dos horas más tarde, Sean había acabado su recorrido. Nadie había visto nada sospechoso ni a ningún desconocido. Perplejo, regresó a la mansión para almorzar en el comedor. Vio a Viggie comiendo con otros niños.

Alice estaba sentada sola en el otro extremo de la sala mientras los camareros corrían de un lado para otro para servir a los genios hambrientos.

Se sentó junto a Alice y pidió la comida.

—¿Qué, ha habido suerte con los números?

Alice frunció el ceño.

—Me alegra que te diviertas tan fácilmente tú solito. ¿Dónde está tu compinche? Esta mañana ha dejado trastocada a Viggie. Ésa no era precisamente mi intención cuando os contraté.

Sean se inclinó hacia delante.

—Verás, Alice, tú no nos contrataste. Trabajamos para una empresa que los propietarios de Babbage Town han contratado, sean quienes sean, para que averigüemos quién asesinó a Monk Turing.

—Tarea en la que habéis fracasado estrepitosamente.

—Los asesinos suelen esforzarse para que no los atrapen.

—Qué alivio saberlo —dijo Alice.

—Creo que la sesión de Horatio con Viggie salió bien.

—Sí, si el hecho de que Viggie se marchase a media sesión se califica como «salir bien».

—¿Qué me dices de los códigos y la sangre? Eso fue lo que Viggie dijo, ¿no?

Alice toqueteó nerviosa la taza de té y señaló:

—Nunca le había oído decir esas palabras. Las dijo de un modo que daba miedo.

—¿Y no tienes ni idea de a qué se refería? —preguntó Sean.

—No, y eso fue lo que le dije a Barnes.

—Venga ya, Alice, pon en marcha tu mente analítica.

Alice suspiró.

—Existen muchos códigos. ¿Le enseñó Monk a Viggie cómo crear un código? Tal vez. ¿Se comunicaban mediante códigos? Quizá. ¿Cómo descifrar un código si ni siquiera se sabe el código? Enséñame un ejemplo y te ayudaré.

—¿Qué me dices de la palabra «sangre»? —señaló Sean.

—Monk murió ensangrentado, eso está claro.

—Vale, pero en teoría Monk no estaba muerto cuando se lo contó a Viggie.

—Viggie es una niña muy emocional e inestable, propensa a cambios de humor y a exagerar —dijo Alice—. Si piensas basar todo el caso en algo que dijo, pues bueno, no me parece muy sensato.

—Si se te ocurre otra cosa, soy todo oídos.

—Yo también tengo que trabajar.

—¿Sabe Champ quién es el propietario de Babbage Town?

—Ni idea, Sean. Sé que cada mes se marcha unos días. Tal vez se reúna con los propietarios.

—Interesante. ¿Va en coche o en avión?

—Pilota su propio avión.

—¿En serio? ¿Dónde lo tiene? —Sean estaba sorprendido.

—En una terminal privada a unos ocho kilómetros de aquí. Una vez volé con él.

—No está mal tener tu propio avión.

—Bueno, en realidad no sé si es suyo —aclaró Alice.

Sean se calló. Mientras observaba a una camarera uniformada que llevaba una bandeja con comida, cayó por fin en la cuenta: había estado formulando la pregunta equivocada. Se levantó de un salto y se marchó corriendo mientras Alice lo observaba, atónita.

58

Michelle eligió unos vaqueros negros ceñidos, sandalias abiertas y una blusa blanca holgada con los dos botones superiores desabrochados. No tenía ninguna minifalda y los tacones no eran lo suyo. Encontró a Champ en su despacho, quien estuvo a punto de caerse de la silla al verla llegar sin previo aviso. A petición suya, Champ le enseñó la Cabaña número dos y Michelle expresó cuán «importante» era la labor que Champ realizaba allí. Mientras él le mostraba la máquina de Turing, Michelle se inclinó para observarla de cerca y se apoyó en la espalda de Champ para no perder el equilibrio. Sintió que el pobre se sacudía como por una descarga eléctrica. Michelle gimió para sus adentros. Qué fácil era manipular a los hombres. Hasta los genios eran estúpidos.

Almorzaron en un pequeño comedor privado de la mansión que, al parecer, estaba reservado para el director de Babbage Town.

—Parece que esta operación es importante. ¿Cómo acabaste dirigiéndola?

—Dudo mucho de que te interese saberlo —respondió Champ, mirándola.

—Si no me interesara no te lo preguntaría.

—Había realizado trabajos pioneros en el campo, primero en Stanford y luego en el MIT, que acabaron convirtiéndose en numerosas patentes. Dediqué la tesis doctoral a la mecánica cuántica y fue considerado un texto innovador. Creo que me ofrecieron el cargo por eso.

—Sean me dijo que la propiedad de Babbage Town es una especie de secreto de Estado.

—Algo así, y pagan muy bien por mantenerlo oculto.

—La generosidad es una buena manera de ganarse la lealtad.

—Han sido más que generosos —dijo Champ—. Me dieron incluso un avión para que volara.

—¿En serio? No soy piloto, pero he ido mucho en avión. Me encanta.

—Podría llevarte algún día. Hay unas vistas maravillosas de la zona.

—Sería genial. Siempre y cuando no sobrevueles Camp Peary, claro.

—No te preocupes. Esos parámetros están grabados en el ordenador de a bordo. —Champ hizo una pausa—. Parece que te intereso.

—Porque eres interesante —dijo Michelle.

—Y un posible sospechoso.

—Creo que tienes una coartada para el momento de la muerte de Len Rivest.

—Sí, estaba trabajando.

—¿Qué tal va todo? —Michelle cambió de tema.

—Con suerte, tendremos un prototipo rudimentario para comienzos del año que viene.

—Y entonces el mundo se acabará, o eso le dijeron a Sean.

—Qué va. No, el ordenador sólo realizará cálculos muy básicos. Faltan muchos años para que conmocionemos al mundo.

—Una larga espera.

—En el mundo de la física pasa muy rápido. —Se acabó el vino—. ¿Qué tal con Viggie?

—Es una buena chica. Me cae bien. Me apena su situación, lo tiene complicado.

—No era fácil convivir con Monk. Era un tipo muy reservado, parecía tener la flema inglesa.

—Hablando de ingleses, tengo entendido que viajó a Inglaterra hace poco —dejó caer Michelle.

—Sí, dijo que necesitaba ocuparse de algunos asuntos familiares.

—¿Te dijo algo al volver? ¿Fue a otros países?

—No lo sé —dijo Champ—. Supongo que esa información estará en su pasaporte. —Champ chasqueó los dedos—. Un momento. No puedo creerme que no lo recordara antes. Me trajo un regalo. Fue muy listo porque no se marchó en un momento que resultara muy oportuno que digamos.

—Un regalo. ¿De dónde? ¿De Inglaterra?

—No, era una jarra de cerveza de Alemania.

—¿De Alemania? ¿Estás seguro?

—Si quieres verla, la tengo en casa.

La casa de Champ no estaba tan descuidada como la oficina, pero tampoco estaba a la altura de alguien como Sean King. A Michelle le pareció admirable aquel desorden.

Champ la condujo hasta un pequeño estudio abarrotado de libros. En un estante había una jarra de cerveza enorme profusamente decorada. Champ se la dio.

—Ahí la tienes. No está mal, aunque la verdad es que la cerveza no es lo mío.

Michelle observó la jarra con atención. Tenía una tapa de peltre con bisagras y los lugares más famosos de Alemania estaban dibujados con relieve en el lateral. Le dio la vuelta y observó el fondo.

—No dice de dónde es, sólo que está hecha en Alemania.

—Exacto. Supongo que podría haber venido de cualquier parte —dedujo Champ.

—¿Te importa si me la quedo? —le preguntó Michelle.

—Si nos ayuda a desvelar la verdad, toda tuya. Ojalá pudiera ayudarte.

—Podrías hacer algo —repuso Michelle. Champ la miró expectante—. Deja que Horatio Barnes se quede en Babbage Town.

Champ parecía desconcertado por la petición, por lo que Michelle se apresuró a añadir:

—Cama y comida, nada más. Te lo agradecería.

—Bueno, supongo que es posible —repuso.

—Gracias, Champ. Por cierto, he visto prendas de artes marciales en la puerta de la oficina. ¿Qué practicas?

—Taekwondo. Cinturón negro. ¿Tú practicas?

—No —mintió Michelle.

Salieron al exterior.

—Podría recogerte pasado mañana a eso de las nueve si hace buen tiempo —le dijo Champ. Se colocó bien las gafas—. Esto...

en el camino de vuelta hay un buen restaurante con una carta que vale la pena.

Michelle observó el cuerpo larguirucho de Champ. Desde luego, era lo bastante fuerte como para matar a Rivest, ya que no le habría costado sujetarlo bajo el agua con un desatascador hasta que se ahogase. Pero Sean había dicho que Champ tenía una coartada para la hora del asesinato.

¿Seguro que la tenía?

59

—Pareces el experto sobre Camp Peary de la zona —dijo Horatio. Estaba sentado frente a South Freeman en el despacho de éste.

—Sí, pero a nadie le interesan mis palabras —repuso South, amargamente—. Que la CIA haga lo que le dé la gana. Me limitaré a pasar inadvertido hasta que todo salte por los aires.

—Bueno, la mayoría de los estadounidenses quieren sentirse seguros.

—Ah, ¿sí? Más te vale que no me tires de la lengua.

Horatio le explicó brevemente lo que Sean le había contado sobre el encuentro con South Freeman.

—Ahora quiere saber los detalles menos conocidos de la zona.

—Le interesa la muerte de Monk Turing, ¿no? —Horatio asintió—. Bueno, a mí también me interesa. Si lo que te diga os ayuda a resolver el caso, quiero una exclusiva, pero una exclusiva de verdad que devuelva la fama a mi periodicucho semanal.

—No puedo darte la palabra de Sean al respecto —se sinceró Horatio.

Freeman frunció el ceño.

—Entonces lárgate de aquí. No regalo los favores; va contra mis principios.

Horatio titubeó unos instantes.

—Vale, tomaré una decisión excepcional. Si resolvemos el caso gracias a la información que nos proporciones, serás el primero en tener la historia. Si quieres, lo pongo por escrito.

—Con tantos abogados listillos pululando por ahí, los documentos no sirven para nada. —South le tendió la mano a Horatio para estrechársela—. Prefiero mirar a un hombre a los ojos y darle la mano. Si me jodes, iré a por ti.

—Qué delicadeza la tuya.

—Entonces, ¿qué quieres saber? —le preguntó South.

—Bueno, ¿por qué no haces un repaso cronológico? Sé cosas sobre la CIA y Camp Peary, pero ¿qué ocurrió con anterioridad? Creo que la Armada formó a técnicos de ingeniería civil y construcción durante la Segunda Guerra Mundial ¿no había nada más?

—Oh, sí, muchas cosas. Como les dije a tus colegas, había dos poblaciones, Magruder y Bigler's Mill. Magruder recibió ese nombre en honor a un general confederado, por supuesto, ésa era la moda entonces —resopló—. Está claro que mis padres siguieron otra lógica al llamarme South.

—South Freeman, hombre libre del sur —matizó Horatio—. Muy listos.

—Sí, bueno, Bigler's Mill se construyó en el emplazamiento de un hospital de la guerra de Secesión. Así que, cuando la Armada llegó, todo estaba preparado.

—¿Por qué escogieron esa zona los militares? —inquirió Horatio.

—¿Aparte de por el hecho de que estaba habitada por negros que no tenían ni voz ni voto? La tierra era barata, había agua cerca (al fin y al cabo se trataba de la Armada) y la compañía ferroviaria tendió un ramal desde Williamsburg hasta la estación de Magruder.

—¿Y eso? ¿Para traer marineros y suministros?

—Sí. La gente suele olvidar que entonces la mayoría de los soldados se desplazaban por el país en ferrocarril. Pero el ramal también respondía a otro motivo.

—¿Cuál?

—Cuando la Armada dirigía el campamento también había una prisión militar.

—¿Una prisión militar? —dijo Horatio—. ¿Una prisión para soldados norteamericanos culpables de crímenes de guerra?

—No. Era para prisioneros de guerra alemanes.

—¿Alemanes?

—Sobre todo marineros. Procedían de los submarinos y los barcos hundidos frente a la costa Este. Por supuesto, el chalado de Hitler creía que estaban muertos. De ahí el secretismo. El gobierno no quería que nadie supiera que esos alemanes estaban retenidos en la prisión militar.

—¿Por qué? ¿Por qué era tan importante?

South lo señaló y sonrió.

—Ésa es la pregunta del millón de dólares, ¿no?

—Está claro que has pensado en ello. ¿Qué opinas?

—Si queríamos que esos alemanes hablasen, desembuchasen o capturarlos con los libros del código Enigma que usaba la Armada alemana, entonces Hitler y sus compinches removerían cielo y tierra hasta matarlos —explicó South—. Y para qué negarlo, entonces aquí había muchos espías y asesinos alemanes. Casualmente, el rumbo de la batalla del Atlántico cambió cuando esos prisioneros llegaron a Camp Peary, así que creo que los nuestros querían sonsacarles información sobre el código Enigma.

—¿Qué fue de los prisioneros cuando acabó la guerra?

—Supongo que algunos volvieron a Alemania. Una vez acabada la guerra, ¿qué sentido tenía retenerlos? Pero creo que no todos regresaron a Alemania. ¿Qué se encontrarían allí salvo polvo, ruinas y caos? Y, además, se les daba por muertos. Creo que algunos se quedaron en Estados Unidos. —Mientras Horatio asimilaba la información, South prosiguió con el relato—. La guerra acabó, la Armada se marchó y el terreno se convirtió en un coto de caza y un espacio forestal estatal. La Armada regresó en 1951, cerró el campamento y ha permanecido cerrado al público desde entonces.

»La CIA se hizo cargo del emplazamiento en junio de 1961 aunque, oficialmente, seguía siendo una base militar. Irónico si piensas en ello. Justo esa fecha.

Horatio se sobresaltó. Sean le había explicado que Monk Turing había calificado de «irónico» el lugar mientras Len Rivest y él pasaban cerca de allí mientras pescaban.

—¿Irónico? ¿En qué sentido? —preguntó Horatio.

—Eso fue dos meses después del fracaso de la CIA en Bahía de Cochinos, en Cuba. En aquel entonces, la Armada anunció que inauguraba un nuevo centro para reemplazar la base que llamaban Seamaster. Trasladaron el material de instrucción, como los explosivos y las armas poco convencionales, a otro centro. Gilipolleces. Estoy seguro de que en junio de 1961 Camp Peary pasó a ser el principal centro de espionaje de la CIA. Estaban avergonzados tras la cagada de Bahía de Cochinos. Supongo que necesitaban un lugar para formar de verdad a los suyos para que hiciesen bien el trabajo. Sí, justo después de Bahía de Cochinos. Pero ésa no es la única ironía.

—¿Cuál es la otra?

—Ya te he explicado que la población recibió el nombre de un general confederado, ¿no? Pues bien, el general Magruder fue uno de los verdaderos maestros del engaño durante la guerra. Y ahora, en la población que llevaba su nombre, habitan personas que se ganan la vida mintiendo —concluyó South.

—Entiendo. Eso sí que es irónico —convino Horatio, si bien no sabía qué tenía que ver con lo que Monk le había dicho a Rivest aquel día—. ¿Algo más?

South Freeman miró alrededor, aunque estaban a solas.

—Empecé a contarle esto a tus amigos, aunque luego cambié de idea, pero ¡qué más da! Hay una parte de Camp Peary que casi nadie sabe que existe, ni siquiera quienes trabajan allí.

—¿Y tú cómo lo sabes? —indagó Horatio.

—Esas personas comen y viven en sitios limpios, ¿no? Pues bien, conozco a muchos cocineros y personal de la limpieza. La misma cabronada de siempre, muchos tienen mi color de piel, ¿qué te parece?

—Vale, sigue —lo instó Horatio.

—Bueno, en el campamento hay una zona oscura, y no me refiero a los que se parecen a mí. Ahí es donde se cuece la diplomacia secreta de Estados Unidos.

—¿Diplomacia secreta?

—Sí, están que no paran. Gobernantes de otros países, agentes, rebeldes, dictadores e incluso terroristas que están de nuestra parte... al menos de momento... llegan en esos aviones que ves volando a las dos de la madrugada. No pasan por aduanas ni nada. Nadie sabe ni siquiera que han estado aquí y, desde un punto de vista oficial, las reuniones no han tenido lugar. Antes de que invadiésemos Irak, vino un grupo de líderes kurdos para urdir un plan para derrocar a Sadam.

—South, ¿cómo es que sabes todo esto? —preguntó Horatio, impresionado.

Freeman pareció ofenderse.

—Eh, soy un maldito periodista, tío.

Horatio se reclinó con expresión preocupada.

Freeman esbozó una sonrisa malévola.

—Acojonante —dijo.

—Acojonante —convino Horatio.

60

—No he tenido tiempo de buscar la habitación secreta —le dijo Sean a Michelle cuando se vieron más tarde—, ¿quieres que la busquemos juntos?

Al cabo de varios minutos, estaban en el vestíbulo principal de la mansión. Esperaron a que no hubiera nadie para comenzar la búsqueda. Habían recorrido media docena de habitaciones y habían terminado de rebuscar en la biblioteca cuando, al salir de la misma, una voz les sobresaltó.

—No lo estáis haciendo bien.

Se dieron la vuelta y vieron a Viggie sentada, con expresión de superioridad, en un sofá recargado junto a la pared en el vestíbulo.

—¿No deberías estar en clase? —le preguntó Michelle.

—Estoy enferma.

—No pareces enferma.

—Ya he acabado todo lo que tenía que hacer, hasta los deberes. Os he visto fisgoneando.

—No estábamos fisgoneando —se quejó Sean.

—Estáis buscando la habitación secreta de la que me hablasteis, pero no lo estáis haciendo bien.

—Vale, ¿cómo lo harías tú? —le preguntó Sean.

A modo de respuesta, Viggie sostuvo en alto varias hojas de papel repletas de números y ecuaciones.

—Ya lo he solucionado. Después de que me lo preguntarais, me pasé un buen rato midiendo las dimensiones internas y externas de la casa y las comparé con la configuración física real.

—¿En serio? —dijo Sean, asombrado—. Sólo tienes once años.

Viggie no le hizo caso.

—Y he descubierto algo muy interesante.

—¿El qué? —le preguntó Michelle.

—Que hay un espacio de unos dos metros cuadrados que no concuerda. —Les enseñó los papeles, pero los cálculos eran demasiado complicados para Sean y Michelle.

—Vale, pequeña Einstein —dijo Sean—, ¿dónde está?

—Tercera planta, pasillo oeste, junto al último dormitorio a la derecha.

Sean trató de ubicarse.

—Es decir, junto al dormitorio en el que yo me quedaba.

Viggie puso los brazos en jarras y lo miró de hito en hito.

—¡Anda! ¡Mira que no haberte dado cuenta, don Einstein!

Sean corrió escaleras arriba y Michelle y Viggie lo siguieron.

Al cabo de unos instantes, estaban en la tercera planta, observando lo que parecía una pared normal.

—Vigilad —les dijo Sean mirando hacia el pasillo. Comenzó a palpar la pared con los dedos para buscar un hueco en la madera o un cerrojo oculto como en la otra mansión. Tras unos diez minutos, se dio por vencido—. No encuentro nada, ¿quieres probar? —le preguntó a Michelle.

—Nada —anunció Michelle al cabo de otros diez minutos.

—Viggie, ¿estás segura de que es aquí? —preguntó Sean.

—Por supuesto —respondió ella con sequedad.

—Bueno, pues entonces es un espacio desperdiciado y no hay habitación secreta o la puerta se abre de otro modo.

—Sean, has dicho que estaba junto al dormitorio en el que te quedabas, ¿no? —dijo Michelle—. Probemos desde allí.

—¡Claro! —Sean las condujo hasta el dormitorio y comenzó a dar golpecitos en la pared—. Suena hueco —dijo. Tanteó la pared buscando una palanca de algún tipo pero no encontró nada. Se dirigieron hacia la habitación que estaba al otro lado del espacio vacío, pero la puerta estaba cerrada con llave.

—Vale, ¿y ahora qué? Si agujereamos la pared se darán cuenta —dijo Michelle—. ¿Y qué más da si hay una habitación secreta? Seguramente estará vacía, como la que había en la otra casa.

—Michelle, ya hemos hablado de esto. Si Rivest tenía razón y aquí hay espías, tal vez usaran la habitación por algún motivo.

—¡Espías! —exclamó Viggie.

—No se lo cuentes a nadie —le advirtió Sean.

—¿Y para qué usarían los espías la habitación?

—Si lo supiera, no intentaría entrar ahí —respondió Sean.

—Bueno, parece que ahora no hay nada que hacer. —Michelle se volvió hacia Viggie—. Gracias por ayudarnos. Sean y yo no lo habríamos averiguado en la vida.

A Viggie se le iluminó el rostro.

61

Horatio le dio las gracias a Freeman y regresó al hotelito. Una vez allí, fue a ver si tenía mensajes en la consulta. Había varios, pero sólo uno de ellos le llamó la atención. Devolvió la llamada de inmediato.

—¿Sí?

—¿Señora Hazel Rose? ¿Hazel Rose?

—Un momento, está en la cama de al lado.

Horatio esperó unos instantes y oyó que el teléfono cambiaba de manos. Finalmente, oyó una voz grave con acento sureño.

—¿Sí? ¿Quién es?

—Señora, soy Horatio Barnes, acabo de escuchar su mensaje.

—Ah, sí, señor Barnes. Quería agradecerle lo que hizo. Me trasladarán al centro que mencionó. No puedo creérmelo. Tienen una biblioteca con libros de verdad, no sólo revistas.

El entusiasmo de Horatio se desvaneció. Creía que habría recordado algo sobre la infancia de Michelle.

—Sí, claro, me alegro de que esté contenta. Allí será mucho más feliz. Gracias por llamar.

—Eh, un momento. No llamaba sólo por eso.

Horatio se puso tenso.

—¿No?

—He recordado algo más. No sé si le servirá, pero me ha parecido que debía contárselo.

—En estos momentos, señora Rose, cualquier cosa me servirá.

Hazel Rose comenzó a susurrar, seguramente para que su compañera de habitación no la escuchase.

—¿Recuerda que le dije que Frank Maxwell iba a clases nocturnas en la escuela universitaria para obtener un máster y acceder a un cuerpo de policía más importante?

—Lo recuerdo —dijo Horatio—. Dado que los hermanos de Michelle ya eran adultos y se habían marchado, estoy seguro de que se sentía sola.

—Bueno, no creo que Michelle fuese la única persona que se sentía sola en esa casa.

—¿A qué se refiere, señora?

—Que conste que yo no le he contado lo que va a oír.

—Lo juro —dijo Horatio.

Hazel Rose suspiró.

—En esa época, al menos una vez a la semana solía ver un coche aparcado un poco más allá de la casa de los Maxwell.

—¿Un coche?

—Si quiere que le sea sincera, no le di mucha importancia. El coche ya no estaba cuando mi marido se levantaba para ir a trabajar. Yo lo sabía porque me levantaba antes para prepararle el desayuno —dijo Hazel Rose.

—¿Llegó a saber de quién era el coche?

—No, pero una vez vi el coche en otro lugar. Estaba aparcado frente a un Dairy Queen.

—¿Vio quién lo conducía?

—Sí —dijo la mujer—. Un hombre atractivo. Llevaba uniforme.

—¿Qué clase de uniforme?

—Del ejército, señor Barnes.

—¿Había una base militar cerca?

—No, pero había un centro de reclutamiento.

—¿Cree que él trabajaba allí? —indagó Horatio.

—Tal vez. Nunca le seguí la pista, no era asunto mío.

—Pero ¿por qué cree que el coche tenía que ver con la casa de los Maxwell?

—En aquel entonces era la única casa, aparte de la mía, en aquel tramo. En las otras casas de la calle, antes de la suya, vivían mujeres cuyos maridos dormían con ellas.

—¿Frank Maxwell no?

—Exacto. Y las noches que se quedaba a dormir, el coche no aparecía.

—¿Está segura?

—Completamente —afirmó Hazel Rose.

—¿Y acaba de recordarlo? —le preguntó Horatio, con escepticismo.

—Lo recordé cuando vino a verme, pero ¿para qué escarbar en el pasado? ¿De qué servirá?

—¿Y por qué ha cambiado de idea y me lo ha contado?

—Cuanto más pienso en ello, más convencida estoy de que la verdad, sea cual sea, ayudará a Michelle. Apenas era una niña. Pasase lo que pasase entonces, no fue culpa suya.

—¿Qué cree que ocurrió, señora Rose?

—Señor Barnes, eso no pienso decírselo. Ahora es cosa suya. Espero haberlo ayudado. ¿Ha saludado a Michelle de mi parte?

—Sí, y se acordaba de usted.

—Le deseo lo mejor del mundo. —Se le quebró la voz.

Horatio le dio las gracias, colgó y se reclinó en la silla. Aquello daba un nuevo rumbo a la situación. No le gustaba en absoluto.

62

Esa misma noche, Horatio se trasladó a una habitación vacía de la mansión después de que Michelle le dijera que Champ lo había autorizado.

—No me lo esperaba —dijo Horatio.

—Hasta los genios cambian de idea —repuso Michelle.

—No, no me esperaba que se lo pidieras.

—¿Cómo sabes que se lo he pedido? —preguntó ella.

—Soy el loquero, ¿vale? Lo sé, y punto.

Después de deshacer las maletas, Horatio le pidió a Sean que fuera a su habitación. Le explicó lo que South le había contado sobre Camp Peary y los prisioneros de guerra alemanes retenidos en la prisión militar. También le resumió la conversación telefónica con Hazel Rose.

Sean reflexionó sobre el asunto.

—¿Qué te parece?

—¿Qué me parece? Pues me parece que la madre de Michelle tenía una aventura con ese militar.

—Eso ya me lo imaginaba. Pero ¿cómo relacionas ese hecho con el cambio de personalidad de Michelle?

—No estoy seguro —admitió Horatio.

—¿Te dijo Hazel Rose cuándo dejó de ver el coche del militar?

—No, no se lo pregunté —admitió Horatio.

Los dos hombres se miraron.

—Crees que Michelle vio algo, ¿no? —Horatio asintió lentamente—. ¿Como qué?

—Es pura conjetura, pero algo... malo. Tal vez a su madre en la cama con ese tipo. Pero en realidad creo que fue algo peor. Su hermano Bill no está de acuerdo conmigo, pero creo que aquel tipo abusó de Michelle.

Sean parecía escéptico.

—¿Y su madre lo permitía? ¡Venga ya!

—Créeme, he visto de todo —dijo Horatio, apelando a su experiencia profesional—. Tal vez su madre no lo supiera o prefiriera hacer la vista gorda mientras el tipo siguiera yendo a verla.

—¿Cómo afectaría eso a una niña de seis años? —preguntó Sean.

—¿El ver a su madre en la cama con otro hombre? A esa edad es posible que sólo entienda que un desconocido está con su madre. ¿Y si su madre se lo justificó de alguna manera? Pero ¿el abuso sexual? Eso tendría un efecto demoledor, sobre todo si la madre accedió a ello.

—No me lo puedo creer, Horatio. A Michelle le ha ido muy bien en la vida. ¿Cómo es posible triunfar en la vida con una carga así?

—A veces los abusos hacen que la persona se vuelva ambiciosa y esa ambición le permite lograr muchos objetivos. Pero bajo la apariencia del éxito existe una realidad muy distinta. Representa el duro desequilibrio de la vida y, en un momento dado, ese desequilibrio puede dar al traste con todo.

—A Michelle le pasó algo así —señaló Sean.

—Lo sé.

Sean miró por la ventana.

—¿Y si Michelle vio a su madre con otro hombre o ese tipo abusó de ella y se lo contó a su padre?

Horatio dejó escapar un largo suspiro.

—Entonces la cosa está más jodida. Hazel Rose dijo que el militar dejó de ir a la casa. Tal vez porque estaba muerto.

—Un momento. ¡Un militar! —exclamó Sean—. El tipo al que Michelle pegó en el bar iba vestido de militar cuando lo vi.

—Tiene sentido —repuso Horatio.

—¿A qué te refieres?

—He hablado con personas que han trabajado con Michelle, así como con sus amigos, atletas. Algunos mencionaron que se había peleado más de una vez.

—A ver si acierto: ¿con militares? —dijo Sean.

—Sí, al menos los casos que me contaron.

—Horatio, tenemos que averiguar si le ocurrió algo a ese militar.

—No me parece una buena idea —repuso Horatio.

—¿Desde cuándo la verdad no es una buena idea?

—No se trata de una de tus investigaciones, Sean, sino de la cabeza de una persona. A veces la verdad sólo causa dolor.

—Al menos creo que deberíamos saberlo, y luego ya decidirás si se lo cuentas a Michelle o no. Me dijo que querías hipnotizarla. Si lo haces y comienzas a hacerle preguntas tal vez la experiencia no acabe como te gustaría. Mejor estar al corriente de los hechos antes de hipnotizarla.

—De hecho, tienes razón —convino Horatio—, pero ¿cómo lo averiguo?

—Apuesto a que Freeman conoce a alguien que conoce a alguien que podría ayudarnos en Tennessee.

—Lo llamaré.

Alguien llamó a la puerta y los interrumpió. Era Michelle. Se percató enseguida de la expresión sombría de ambos.

—Parece que estáis realizando los preparativos para un funeral y para ir a la guerra a la vez —les dijo.

—Horatio acaba de ponerme al día sobre su charla con South Freeman —se apresuró a explicarle Sean—. Al parecer, esos vuelos secretos traen a personas que, oficialmente, nunca han estado aquí. Tienen una zona reservada para la diplomacia secreta.

—Que sería potencialmente mortal para Monk Turing si resulta que eso es lo que presenció —comentó Michelle.

—Eso no es todo —prosiguió Sean—. Antes de que existiera Camp Peary, la Armada retuvo aquí a prisioneros de guerra alemanes.

—¿Prisioneros de guerra alemanes? —preguntó Michelle—. Qué irónico. Champ me enseñó una jarra de cerveza alemana que Monk le había regalado.

—¿Monk Turing estuvo en Alemania?

—Bueno, no estoy cien por cien segura, Sean, pero trajo la jarra cuando regresó del viaje al extranjero. Tal vez el sheriff Hayes sepa si Monk fue o no a Alemania. Es posible que haya convencido a Ventris para que le enseñe el pasaporte de Monk.

—Alemanes en Camp Peary y Monk de viaje a Alemania —dijo Sean, con expresión reflexiva.

—¿Qué más te contó Champ? —le preguntó Horatio.

Michelle los puso al tanto de la conversación y añadió:

—Y está coladito por mí.

—Pues no dejes que se pase de la raya —dijo Sean con tal firmeza que sorprendió a Horatio.

—No será fácil —aclaró ella—. Es cinturón negro de taekwondo.

—Sí, y pilota su propio avión. Me lo dijo Alice.

—De hecho, no es suyo. Pertenece a Babbage Town. Pasado mañana volaré con él.

—No termina de gustarme que estés a solas con ese tipo a casi cinco mil metros de altura —dijo Sean.

—No tengo la más mínima intención de hacer nada obsceno, si es eso a lo que te refieres.

—Sé que tiene una coartada para la hora del asesinato de Rivest, pero sigue sin gustarme.

—Tal vez no la tenga, Sean.

—¿A qué te refieres? Comprobé el registro informático —dijo Sean—. Estuvo en la Cabaña número dos hasta las tres de la madrugada.

—Es probable que Champ pueda saltarse el sistema de seguridad. Además, es un cerebrín. ¿Acaso alguien así no sabría manipular un sencillo registro informático?

—No se me había ocurrido —respondió Sean con desazón.

—¿Has hablado con alguien que estuviese allí esa noche para confirmar lo que pone en ese registro informático? —le preguntó Michelle.

—No, pero enmendaré ese error de inmediato. Bien pensado, Michelle.

—Tengo mis momentos de lucidez —consintió ella.

—En serio, no me parece buena idea que vueles sola con Champ.

—Lo sé, pero lo superarás, Sean.

—He averiguado algo más —dijo él—. ¿Recuerdas que pregunté si alguien había visto algo inusual la noche del asesinato de Rivest?

—Sí, nadie había visto nada.

—Pues bien, les hice una pregunta un tanto distinta. Les pregunté si habían visto a alguien cerca de la casa de Rivest, incluyendo a quienes deberían haber estado allí.

—No te sigo —dijo Horatio.

—Se refiere a otros científicos, guardias, etcétera —explicó Michelle.

—Y personal de la limpieza —dijo Sean—. Uno de los guardias vio a uno de los empleados empujando un carrito de la ropa sucia hacia la Cabaña número tres alrededor de la una de la madrugada. —Michelle y Horatio lo miraron—. ¿No os dais cuenta? ¿Qué mejor medio para llevarse toallas mojadas, alfombrillas de baño y un desatascador que un carrito de la ropa sucia?

—Es la mejor manera, está claro. Bien pensado, Sean.

—Entonces, ¿un empleado de la limpieza mató a Rivest? —preguntó Horatio.

—No, seguramente alguien que iba vestido como tal. Fui a la lavandería. Nadie ha visto esas toallas mojadas, alfombrillas de baño o desatascadores.

—Si fuera así, entonces fue una mujer quien mató a Rivest —dijo Horatio—. Sería mucho más fácil que una mujer vistiese como una mujer, ¿no?

Sean meneó la cabeza.

—No he dicho que fuera una mujer. De hecho, el guardia me dijo que era un hombre. Lo he comprobado con el supervisor de la limpieza. Tienen tantos empleados como empleadas. Pero una mujer podría ponerse pantalones y hacerse pasar por hombre.

—Tenemos que averiguar quién trabajaba esa noche —dijo Michelle.

—Sí y no —repuso Sean—. Desde luego, repasaremos la lista, pero creo que podría haber sido alguien de fuera disfrazado de empleado de la limpieza. Si llegas con un uniforme y una placa de identificación que parece verdadera, ¿quién lo va a poner en duda?

—O podría haber sido alguien que trabaje en Babbage Town disfrazado de empleado de la limpieza —añadió Michelle.

—Eso sería más preocupante. —Sean se volvió para marcharse.

—¿Adónde vas? —le preguntó Michelle.

—A averiguar si nuestro querido genio, Champ Pollion, estaba de verdad en la Cabaña número dos o tal vez empujando un carrito de la ropa sucia repleto de pruebas después de haber ahogado a Len Rivest.

63

Sean no encontró a nadie que hubiera visto a Champ en la Cabaña número dos hasta las tres de la madrugada de la noche del asesinato de Len Rivest. Como consecuencia de ello, Champ Pollion volvió a figurar entre la lista de sospechosos. Mientras Sean regresaba a la casa de Alice, Joan lo llamó.

—Hemos recibido un comunicado de los propietarios de Babbage Town —comenzó a decir.

—¿Quiénes son? —se apresuró a preguntarle Sean.

—No lo sé.

—Entonces, ¿cómo sabes que son los verdaderos propietarios?

—Se establecieron unas contraseñas y un acceso de canal seguro. Son ellos. Desde el asesinato de Rivest se han estado replanteando nuestra presencia en la escena del crimen. Si al menos hubieras hecho algún progreso...

—Joan, me estoy dejando la piel en ello, te lo aseguro. Aquí todo el mundo entorpece y se anda con evasivas, y ni siquiera sabemos quién es nuestro cliente.

—¿Qué has averiguado?

Sean titubeó y le contó lo de los prisioneros de guerra alemanes.

—¿De veras eso tiene que ver con la muerte de Monk Turing?

—Es posible, Joan. Te agradecería que consiguieras una lista de los prisioneros de guerra retenidos en Camp Peary durante la guerra y qué fue de ellos. Y dado que rastreaste su viaje hasta Inglaterra, ¿podrías hacer otro tanto con el de Alemania? Trataré de echar un vistazo a su pasaporte si logro arrebatárselo al FBI.

—Veré qué puedo hacer. ¿Sabes qué parte de Alemania?

—Ni idea.

—He visto que has solicitado fondos para equiparte allí, Sean.

—Exacto.

—Sin embargo, has olvidado especificar qué clase de material necesitas.

—Nada extraordinario, te lo aseguro —dijo él.

—Entonces no veo impedimento alguno para que me digas de qué se trata.

—Joan, si no quieres dar el visto bueno, dímelo. Lo he conseguido todo a buen precio y parte del material es de alquiler.

—No es una cuestión de dinero —aclaró Joan.

—Entonces, ¿a qué viene tanto rollo?

—Digamos que tengo la impresión de no estar al corriente.

—Te informaré en cuanto sepa algo —afirmó Sean.

—¿Cómo se encuentra tu compinche «loca»?

Sean se puso tenso.

—¿A qué coño te refieres?

—Estoy bien informada —respondió Joan de forma críptica.

—Michelle está bien —dijo él.

—Estoy segura. Pero hazme caso, no necesitas a una persona vulnerable cubriéndote las espaldas en los momentos difíciles.

—Mi espalda está perfectamente, Joan.

—Como si no lo supiera, al igual que las otras partes del cuerpo. En serio, Sean, la amistad es maravillosa, pero ¿te jugarías la vida por ella? Ya ha habido tres asesinatos. No quiero que seas el cuarto.

Joan colgó y Sean se odió a sí mismo por dudar de repente de Michelle. ¿Y si se venía abajo cuando estuvieran en territorio de la CIA? ¿Y si hacía algo que les costara la vida?

64

A la tarde siguiente, Michelle estaba buscando a Viggie, pero nadie conocía su paradero. Alice estaba trabajando en su cabaña y el guardia encargado de vigilar a Viggie le había perdido el rastro. Sin embargo, Michelle recordó algo que Viggie le había dicho poco antes y salió corriendo hacia el río.

Llegó al cobertizo al cabo de cinco minutos y vio que faltaba uno de los kayaks. Recorrió el río con la mirada. Se avecinaba una tormenta; el viento cobraba fuerza, y la corriente del río, velocidad. Oyó un trueno y respiró el olor inconfundible a lluvia.

Lo que oyó a continuación la paralizó por completo.

—¡Socorro! ¡Socorro!

Michelle cogió un kayak para dos personas y un remo del soporte que estaba junto al cobertizo, arrojó un rollo de cuerda al interior del kayak y corrió hacia el final del embarcadero. Al cabo de unos instantes estaba remando furiosamente en el río espumoso.

—¡Socorro!

Vio una pequeña mancha roja a lo lejos. A medida que Michelle se acercaba, vio que el kayak de Viggie había volcado. Ella se aferraba a la pequeña embarcación, pero la corriente del río la arrastraba. Michelle redobló sus esfuerzos y el kayak voló por el río. Hacía meses que no remaba con esa intensidad y el ritmo le resultaba agotador. Al cabo de unos instantes se produjo el incentivo que necesitaba. Al otro lado del río cayó un rayo con tal fuerza que el suelo tembló. Al relámpago le siguió un trueno ensordecedor.

Viggie chillaba con más fuerza. Michelle no apartaba la mirada de la niña y dejaba que los brazos, espalda y piernas se ocuparan del resto. Al cabo de cinco minutos, y tras varios truenos ensorde-cedores y relámpagos, Michelle se detuvo junto a Viggie. En el momento en el que le tendió el remo para que se aferrase, los cielos se abrieron y comenzó a llover con tal fuerza que las gotas se les clavaban en la cara y en los brazos.

Viggie ni siquiera trató de agarrarse al remo; se aferraba con terquedad al lateral del kayak volcado.

—Viggie, ya te tengo. No te pasará nada. ¿Lo entiendes? —le dijo Michelle con toda la calma que pudo.

Viggie negó con la cabeza.

—Me ahogaré —dijo con voz temblorosa—. No llevo chaleco salvavidas.

—No te ahogarás. Coge el remo con la mano libre.

—No puedo.

—¡Sí puedes, Viggie! —Cayó un rayo tan cerca que a Michelle se le erizó el vello de la nuca—. Viggie, coge el remo. ¡Ya!

Viggie no se movió, pero la corriente sí lo hizo. Le arrancó el kayak de la mano y lo arrastró dando vueltas. Viggie gritó y comenzó a hundirse.

Michelle se ató el extremo de la cuerda en el tobillo y anudó el otro extremo en el soporte del kayak.

—¡Socorro! —chilló Viggie mientras se retorcía en el agua y se hundía.

Michelle se zambulló en el río. El agua estaba turbia y buscó a Viggie con las manos más que con los ojos. Finalmente la encontró. La sujetó por el pelo y la sacó a la superficie. Viggie pataleaba, chillaba y tosía el agua sucia del río.

Michelle miró alrededor. El kayak estaba a unos veinte metros y se desplazaba rápidamente. El trozo de cuerda que Michelle se había atado en el tobillo estaba tirante.

Colocó a Viggie boca arriba y le rodeó el pecho con un brazo.

—Ya te tengo, cariño. Estás bien. Te llevaré hasta el kayak y luego saldremos del río ¿vale? Tienes que relajarte. Si opones resistencia, me costará más. Relájate, eso es todo, ya te tengo.

Viggie se dio cuenta de que no se hundía y permaneció inmóvil. Michelle sabía que todavía corrían peligro porque el kayak se desplazaba rápidamente y las arrastraba. Tenía dos opciones: cortar la cuerda y regresar nadando con Viggie o tratar de acercar el kayak tirando del mismo con un brazo. Las dos opciones eran complicadas. Mientras tanto, la tormenta ganaba intensidad.

Michelle era una excelente nadadora, pero comenzaba a sentirse cansada y había un buen trecho hasta la orilla. Podría aprovechar la corriente, pero tarde o temprano tendría que nadar contra la misma para llegar a tierra. Era posible que llegado ese momento estuviera agotada. Se negaba a tener que elegir entre salvar a Viggie o salvarse a sí misma. En cuanto se hubo arrojado al agua, Michelle había decidido que o las dos o nada.

La cuerda atada al tobillo se tensó tanto que le costaba sujetar bien a Viggie. Finalmente se soltó la cuerda y dejó que la corriente se llevara el kayak.

Michelle miró hacia atrás. Tenía que llegar a la orilla, y rápido. Abrazó a Viggie con más fuerza, agitó las piernas y luchó contra la corriente con el brazo libre. Fue inútil. No podría atravesar la corriente sin soltar a Viggie.

La tormenta estaba sobre ellas. Sólo oía los truenos, el viento y el gemido de los árboles azotados por el viento. Viggie comenzó a retorcerse, tal vez porque había percibido el miedo en las extremidades tensas de Michelle.

No oyó el motor hasta que llegó a su lado. Unas manos fuertes sacaron a Viggie del agua y luego a Michelle. Mientras se sentaba, abrazando a la gimoteante niña, Michelle alzó la vista y vio que Champ Pollion había vuelto a pilotar la motonave. Puso rumbo al muelle de Babbage Town.

Después de asegurarse de que Viggie estuviera bien, Michelle se puso en pie y se acercó a Champ.

—Gracias. La cosa se estaba poniendo fea.

—Había salido a pasear; primero vi que el kayak de Viggie volcaba y luego a ti yendo a su rescate. Entonces salí corriendo a por la motonave. Supuse que lo mejor sería ir a buscaros lo más rápido posible.

Atracó la motora y ayudó a bajar a Michelle y a Viggie, que estaba claramente conmocionada.

—¿Seguro que está bien? —preguntó Champ, preocupado.

—Sí, sólo un poco asustada.

—No me extraña.

Michelle cogió a Viggie por los hombros con suavidad y la

condujo por el camino que llevaba a Babbage Town. Champ las acompañó hasta la casa de Alice.

—Si pilotas un avión tan bien como los barcos, mañana será un gran día —dijo Michelle.

—Esto... ¿te importa si lo dejamos para pasado mañana? Me ha salido un imprevisto.

—Claro, Champ, cuando te vaya bien.

Champ sonrió con timidez, murmuró algo incoherente y se marchó deprisa.

—Me has salvado la vida, Mick —le dijo Viggie cuando se hubieron cambiado de ropa.

—Champ también ha contribuido lo suyo —repuso Michelle—. ¿Y qué hacías sola en el río? —le preguntó en tono severo.

Viggie se miró las manos y puso cara de pena.

—Quería estar sola.

—Se me ocurren muchas maneras de estar sola sin arriesgar la vida.

—Gracias por salvármela —dijo Viggie.

—Me alegro de haber llegado a tiempo.

—Sí...

Viggie se levantó, se dirigió hacia el piano y comenzó a tocar. Con delicadeza, y no frenéticamente, como la última vez. Eran notas lentas, casi lúgubres. Observaba a Michelle con expresión inescrutable mientras tocaba.

—Gracias, Viggie —le dijo Michelle cuando hubo terminado de tocar—. Muy bonito. ¿Qué era?

Viggie no respondió. Se volvió y subió las escaleras. Al cabo de unos instantes, Michelle oyó que cerraba la puerta de su dormitorio.

En el río York, una barca hinchable rígida de unos seis metros, el orgullo de los equipos de asalto anfibios ligeros del ejército, navegaba al mando de Ian Whitfield, a quien no parecía importarle la tormenta que lo rodeaba. En la cubierta estaba el kayak de Michelle, con la cuerda todavía anudada al mismo. Aceleró y la barca se dirigió a toda velocidad hacia Babbage Town. Atracó la barca, bajó y empujó el kayak hasta el embarcadero flotante. Hizo una mueca al regresar de un salto a su barca. Llevaba un impermeable amarillo y unos pantalones cortos color caqui. Tenía unas pantorrillas musculosas y morenas. La derecha estaba cubierta de cicatrices. La lluvia helada siempre hacía que le palpitase.

Aceleró y la barca saltó hacia delante; la proa cabalgó por encima de la masa de agua formando un ángulo de cuarenta y cinco grados. Al cabo de unos instantes, la barca y el director de Camp Peary apenas eran una mota a lo lejos mientras la tormenta seguía azotando la zona.

65

A primera hora de la mañana siguiente, el mal tiempo había pasado de largo y Sean y Michelle se reunieron en el mismo lugar aislado, a unos dos kilómetros de Babbage Town. El día anterior, Michelle le había explicado la experiencia en el río y Sean le había contado que Champ, en realidad, no tenía coartada. Se habían reunido esa mañana allí para repasar la situación con mayor detalle lejos de las miradas entrometidas de Babbage Town.

—A ver qué me dices: ¿qué estaba haciendo Viggie sola en el río? —le preguntó Sean.

—Quería estar a solas, o eso dijo.

—Quizá quisiera ver Camp Peary de cerca.

—¿Por qué? —quiso saber Michelle.

—Ni idea.

—¿Tú has averiguado algo?

Sean asintió.

—He hablado con Hayes. Echó un vistazo al pasaporte de Monk e indica que viajó a Alemania.

—¿A qué parte del país?

—Llegó a Fráncfort. Eso fue todo cuanto Hayes me dijo. He llamado a Joan para ver si averigua más detalles. —Desenrolló un trozo de papel y lo extendió sobre el capó del coche de Michelle—. Hice una fotografía de la imagen de satélite de Camp Peary que Freeman tenía en la oficina y la amplié. —Sean le señaló varios puntos en el mapa—. He oído toda clase de cifras, pero creo que tiene unas cuatro mil hectáreas, la mayoría sin explotar. Como ya sabíamos, la pista de aterrizaje está bastante cerca del lugar donde encontraron el cuerpo sin vida de Monk. Un poco hacia el sur parece haber un grupo de búnkeres y, más allá, un embarcadero. —Recorrió con el dedo otra zona con nombres impresos—. Parecen los barrios que Freeman mencionó. Aquí está Bigler's Mill Pond, la casa Porto Bello está aquí, Queens Lake está detrás, y Magruder, allí.

»El complejo principal linda con la Interestatal 64 por el oeste y con la Colonial National Historical Parkway por el sur. El anexo Cheatham del centro de suministros navales está ahí —añadió señalando el papel con el índice.

—Al sur de la pista de aterrizaje hay una ensenada que se adentra en el terreno —señaló Michelle.

—Seguro que está vigilada —dijo Sean—. Desde luego por tierra, y apostaría que la ensenada está repleta de minas.

—Entonces, ¿saltamos la valla? ¿Ha llegado el material?

Sean asintió.

—Sí, todo. —De repente, se dejó caer hacia atrás apoyándose en el coche—. Michelle, no quiero saltar la valla, es una locura. Aunque no nos maten, no me apetece pasarme el resto de la vida en la cárcel, y no te dejaré hacerlo.

—Pero si decides ir, no permitiré que vayas solo.

—Tal vez no tengamos que hacerlo si Joan averigua a qué parte de Alemania fue Monk —dijo Sean.

—Lo cual puede que no tenga nada que ver con todo esto.

—¿Qué hay de Viggie? ¿Códigos y sangre?

Michelle meneó la cabeza.

—No hay novedades. Cuando volvimos del río estaba comprensiblemente agotada. Tocó el piano con una delicadeza inusual. Lo normal es que diga: «Michelle, me caes bien» y luego toque como una posesa, grite: «códigos y sangre» y se vaya corriendo a su habitación. Esta vez no lo hizo. Me agradeció que le salvase la vida y luego interpretó una melodía lenta y bonita, como si me estuviera dando las gracias con la música. Fue bastante emocionante. Y... —La voz se le apagó mientras miraba a Sean—. ¿Estás pensando lo mismo que yo? —le preguntó en un susurro.

—Sí, y también estoy pensando en lo idiota que he sido por no haberme dado cuenta antes.

Subieron al coche. Sean consultó la hora.

—¿Qué hay del vuelo con Champ?

—Retrasado hasta mañana.

—Bien, Michelle, a lo mejor tengo tiempo para hacerte cambiar de idea. Llama a Horatio y dile que venga a vernos a la casa de Alice.

—¿Por qué?

—Toca el piano, por eso.

66

—Después de lo que pasó en el río, Viggie no ha ido al colegio —explicó Michelle mientras Horatio y Sean la seguían por el camino que conducía a la casa de Alice—. Creo que sólo tocará para mí.

—Horatio ha traído la grabadora —dijo Sean—. Nos mantendremos fuera de su vista, pero oiremos la canción.

—¿Y luego qué? —preguntó Michelle.

—Si se trata de un código, pediremos ayuda para descifrarlo. Creo que por aquí cerca ronda un genio.

Horatio colocó la grabadora cerca del piano, oculta tras unos libros, tras lo cual él y Sean salieron a hurtadillas al porche de la entrada. Oirían la música por la ventana abierta.

Michelle subió las escaleras, fue a buscar a Viggie y le pidió que le tocara la canción de nuevo.

Viggie la interpretó y luego se marchó a su habitación. Michelle recogió la grabadora y fue al encuentro de Horatio y Sean.

—Me he puesto en contacto con Alice. Vendrá enseguida. Mientras tanto, Horatio, ¿podrías escribir las notas de la canción que acaba de tocar con sólo escucharla?

—Sí, claro.

—Un momento, no has reconocido la canción, ¿no? Si la reconocieses, sólo tendríamos que encontrar la partitura. Debe de estar en algún lugar de la casa.

—Lo siento, la canción era demasiado melosa para mi gusto —admitió Horatio—. Me va más el rock clásico.

Cuando Alice llegó a la casa, Horatio ya había escrito las notas. Sean se las enseñó.

—¿Crees que conforman un código? —le preguntó.

—Exacto —respondió Sean.

—Con las notas musicales no existen muchas posibilidades para crear códigos.

Horatio asintió.

—Do, re, mi, fa, sol, la, si. Claro que pueden clasificarse en sostenidos, bemoles, etcétera.

—¿Las notas te bastan para empezar a descifrar el código, Alice? —le preguntó Sean.

—No lo sabré hasta que lo sepa —respondió Alice—. ¿Sabéis cuál es el tema de la canción? —Sean miró a Michelle pero no dijo nada. Alice, que lo había estado mirando, le espetó—: Joder, si no confías en mí lo bastante como para decirme lo que buscas, que te ayude otro.

—Vale, vale. —Sean respiró hondo—. Tal vez tenga que ver con Camp Peary, prisioneros de guerra alemanes y vuelos secretos.

Alice puso los ojos como platos.

—Que conste, soy lingüista y matemática, no criptoanalista.

—Pero algunos de los mejores decodificadores del mundo han sido lingüistas y matemáticos —señaló Sean.

—Bueno, el contexto siempre ayuda. Monk Turing era un tipo muy listo. Estoy segura de que no es un código sencillo.

—¡Turing! —gritó Sean—. Códigos y sangre. Tiene que ser eso.

—¿El qué? —preguntó Michelle, asombrada.

—Monk Turing era pariente de Alan Turing, los unían lazos de sangre. Fue a Inglaterra hace poco y visitó los lugares donde Turing había vivido. Alan Turing descifró sin ayuda de nadie uno de los códigos Enigma alemanes. Seguramente la canción guarda relación con eso.

Alice echó un vistazo a las notas musicales.

—Bueno, eso ya me sirve de algo. Tengo algunos libros sobre Alan Turing y su trabajo. ¿Para cuándo lo necesitas?

—Para ya.

67

Michelle decidió salir a remar en el kayak. La ayudaba a pensar y quería pasar de nuevo frente a la zona de Camp Peary que daba al río. Si pensaban entrar allí, no le vendría mal reconocer el área. Cuando llegó al cobertizo, vio su kayak en el embarcadero.

«¿Cómo habrá llegado hasta aquí?»

Media hora más tarde, había observado el campamento desde distintos puntos. No les costaría franquear la valla de tela metálica, pero ¿y después? Por primera vez, se planteó qué les pasaría si los atrapaban. ¿Y qué esperaban encontrar entre los miles de hectáreas de terreno forestal sin explotar? ¿Valdría tanto como para dar su vida a cambio? Y aunque parecía que Sean se lo estaba replanteando, ¿qué pasaría si cambiaba de idea y decidía hacerlo? ¿Lo acompañaría o tomaría la decisión más lógica, renunciar a esa locura? Y si Sean iba solo y lo mataban, ¿habría servido de algo que ella le hubiera acompañado? ¿Viviría con la conciencia tranquila?

La sirena de una embarcación interrumpió aquellos pensamientos. Miró alrededor. La barca hinchable rígida venía a su encuentro. Ian Whitfield iba al timón con unos pantalones cortos de deporte y una camiseta que revelaba su magnífico físico. Llevaba una gorra de los Yankees y su expresión era amistosa.

Acercó con pericia la barca al kayak de Michelle, la puso en punto muerto y ella colocó el remo sobre la borda de la barca para que el kayak no se desestabilizase.

—Ian Whitfield —anunció él mientras la saludaba con la mano. Michelle trató de disimular su sorpresa—. Hoy hace mejor día que ayer —dijo Whitfield en tono alegre.

—¿Saliste con la tormenta?

—Un rato. Encontré el kayak en el que vas ahora flotando río abajo. ¿Pasó algo?

—Una amiga se dio un chapuzón, pero logramos sacarla fuera.

—Me alegro. La corriente del York es algo traicionera, ¿señorita...?

—Michelle Maxwell. Llámame Michelle. —Miró hacia el otro lado del río—. ¿Qué tal las cosas al otro lado del York?

—No recuerdo haber dicho de dónde soy.

—Oh, esas cosas se oyen aquí y allá, y yo suelo enterarme de casi todo. Trabajé en el Servicio Secreto, aunque estoy segura de que ya lo sabes.

Whitfield continuaba observando el río.

—Mi sueño era jugar al béisbol con los Yankees, pero mi talento no estaba a la altura del sueño. Servir al país no era una mala alternativa.

A Michelle la sorprendió que Whitfield admitiese de forma tácita cuál era su trabajo.

—Ir en el *Air Force One* y proteger al presidente fue uno de los mayores honores de mi vida. —Michelle hizo una pausa y añadió—: Conocí a algunos tipos en Delta que habían estado en Vietnam. —Él la miró de hito en hito—. Como decía, suelo enterarme de casi todo. —Whitfield se encogió de hombros y ella concluyó—: Eso fue hace mucho tiempo.

—Pero no se olvida.

—Algunos lo olvidan; yo, no. —Señaló hacia Babbage Town—. ¿Cómo van las cosas en tu lado del río?

—Despacio.

—Siempre me he preguntado por qué se establecerían ahí.

—¿Frente a ti?

—¿Has venido con un socio? —Ian Whitfield preguntó haciendo caso omiso de la pregunta de Michelle.

—Sí.

—La muerte de Monk Turing fue desafortunada, pero desde luego no basta para abrir una investigación por asesinato.

—Le dijiste a mi socio que Turing se había suicidado —dijo ella.

—No, le dije que se habían producido cuatro suicidios en

Camp Peary y alrededores, y también le dije que el FBI había llegado a la conclusión de que Turing se había suicidado.

—No sé si siguen pensando lo mismo. Además, ¿qué me dices de Len Rivest?

—El periódico local dijo que había bebido mucho y que se ahogó en la bañera —recordó Whitfield—. No parece tan siniestro.

—¿Dos muertes tan seguidas?

—La gente muere constantemente de formas distintas, Michelle.

A Michelle le pareció que ese hombre sabía lo que estaba diciendo.

—Parece una advertencia —dijo ella.

—No puedo evitar que interpretes mis palabras como quieras. —Él recorrió con la mano el otro lado del río—. Hay una importante presencia federal, incluyendo la Armada. Personas que trabajan por el país, haciendo cosas peligrosas, arriesgando sus vidas. Deberías entenderlo. Tú arriesgaste tu vida por el país.

—Lo comprendo —respondió Michelle—, pero ¿adónde quieres ir a parar exactamente?

—Sólo quiero que recuerdes que este tramo del río puede ser peligroso. Hagas lo que hagas, no lo olvides. Que tengas un buen día.

Michelle apartó el remo de la borda mientras Whitfield ponía marcha atrás, daba la vuelta y se alejaba lentamente. Michelle recolocó el kayak para verle dirigirse río abajo hasta el embarcadero de Camp Peary. Whitfield no volvió la vista en ningún momento.

Cuando Whitfield hubo desaparecido, Michelle viró el kayak y comenzó a remar sin prisa. Ian Whitfield le había dado mucho que pensar... y un buen motivo para tener miedo.

68

Mientras tomaban café en el comedor de la mansión, Michelle le explicó a Sean su encuentro con Ian Whitfield.

—No me parece la clase de persona que lance amenazas vacuas —opinó Sean.

—No dejaba de sentir escalofríos mientras me hablaba.

—Ahora tengo menos ganas que nunca de franquear la valla —aseguró Sean.

—Entonces deberíamos replanteárnoslo desde otra perspectiva —dijo Michelle—, pero no sé cuál.

—Repasemos lo que sabemos. Monk fue a Alemania y murió en Camp Peary. Hubo prisioneros de guerra alemanes retenidos en Camp Peary durante la guerra. Len Rivest quería hablar conmigo sobre Babbage Town y ahora está muerto. Creía que había espías. Alice Chadwick tenía una aventura con Rivest y ahora es la tutora de Viggie. Champ no tiene una coartada para la muerte de Len, pero no tenemos pruebas que lo inculpen. Ian Whitfield nos ha lanzado advertencias a los dos y su mujer es un callejón sin salida. El depósito de cadáveres saltó por los aires. ¿Para eliminar pruebas del asesinato de Rivest?

—Un momento —dijo Michelle—. Sospechaste que asesinaron a Rivest porque no había toallas, ni alfombrilla de baño ni tampoco desatascador.

—Exacto. Se lo dije a Hayes y le pidió al forense que comprobase si había indicios del desatascador en el cadáver.

—¿Y?

—El forense murió antes de hablar con nosotros.

—Si volaron el depósito de cadáveres porque sabían que sospechabas que se trataba de un asesinato, ¿cómo averiguaron que era eso lo que sospechabas?

—Bueno, es posible que Hayes se lo mencionara a alguien sin querer.

—O tal vez se lo dijera a alguien a propósito —replicó Michelle.

—¿Por qué haría algo así?

—Para hacer de abogado del diablo. ¿Lo conoces bien, Sean?

—Sé que es el sheriff del condado.

—Pero no sabemos de parte de quién está.

—¿Te estás volviendo paranoica o qué?

—Con Babbage Town y Camp Peary frente a frente, si no te vuelves paranoico es que estás completamente tarado —apuntó ella.

Sean asintió.

—Tenemos que seguir intentándolo como hasta ahora; esperar que Alice descifre algo; investigar lo de los alemanes. Ahora mismo no se me ocurren otras alternativas.

—Tal vez no tengamos más remedio que sortear esa valla —dijo Michelle.

En cuanto Michelle se hubo marchado, Sean sacó un trozo de papel con un número de teléfono. Marcó los números y, tras el tono, dijo:

—Valerie, soy Sean Carter. ¿Quedamos?

Mientras Michelle regresaba a la casa vio algo que la hizo salir disparada a toda velocidad.

—¿Qué coño haces? —gritó.

Viggie se quedó quieta y la miró intensamente al tiempo que dejaba de sonreír y soltaba la bolsa de basura que tenía en la mano.

Michelle observó el interior de su coche. Estaba limpio como una patena.

—¿Cómo te atreves a tocar mis cosas? Es mi coche. ¿Quién te ha dado permiso para entrar y tocar mis cosas? ¿¡Quién!?

Viggie retrocedió.

—Yo... esto... Me dijiste que nunca conseguías limpiarlo, por mucho que te esforzaras. Creía que te alegrarías.

Michelle recogió la bolsa de basura y comenzó a sacar los objetos y ponerlos de nuevo en el coche.

—Esto no es basura —le gritó a Viggie—. ¡Aléjate de mi coche!

Viggie se dio la vuelta y regresó a la casa sollozando. Michelle no pareció darse cuenta de ello. Estaba ocupada sacando cosas de la bolsa de basura y recolocándolas en el suelo del coche.

—¿Te pillo en un mal momento?

Michelle se volvió y vio a Horatio mirándola; ella gimió para sus adentros.

—Sólo ha sido un malentendido —se apresuró a decir Michelle.

—No, creo que tus palabras han sido de una claridad meridiana.

—¡Déjame en paz, Barnes!

—¿Vamos a dejar que Viggie se quede llorando desconsoladamente en la casa o qué?

Michelle miró hacia la casa y oyó los sollozos de Viggie. Se apoyó pesadamente en el coche y dejó caer al suelo la piel de plátano y la zapatilla de tenis que sostenía. Sintió que una lágrima se le deslizaba por el rostro. Se sentó en el estribo del todoterreno y clavó la mirada en la hierba.

—Lo siento —susurró Michelle—, pero estaba tocando mis cosas y no tenía derecho a hacerlo.

Horatio se acercó al vehículo.

—Bueno, en cierto sentido tienes toda la razón del mundo. La gente no debería tocar lo que no es suyo, pero creo que Viggie sólo quería ayudarte, o al menos ésa era su intención. Te das cuenta de ello, ¿no? —Michelle asintió secamente—. ¿Te has pensado lo de la hipnosis?

—Ya te lo dije, si regresamos con vida...

—Ya, pero más vale que cortes el rollo —la interrumpió Horatio—, porque no te queda mucho tiempo.

Michelle levantó la cabeza lentamente para mirarlo.

—¿Qué quieres decir exactamente?

—Exactamente lo que he dicho —aclaró él.

Michelle se levantó y arrojó la bolsa de basura al interior del coche.

—¿De qué coño serviría? Está claro que lo mío no tiene remedio.

69

Caminaban por la playa. Valerie llevaba sandalias mientras que Sean avanzaba encorvado a su lado y los mocasines se le llenaban de arena. Había llamado a Valerie porque no se le ocurría cómo abordar la investigación de forma satisfactoria y por la conversación del marido de Valerie con Michelle. Sin embargo, ella se le había echado encima en cuanto él había salido del coche. Conocía a la perfección a Sean Carter, incluyendo que su verdadero nombre era Sean King.

—Supongo que habrás hablado con tu marido —le dijo Sean.

—¡Oh, sí! Si hay algo que a Ian se le da bien es averiguar cosas. Eres un ex agente del Servicio Secreto y has venido a investigar los asesinatos de Babbage Town. No puedo creerme que me creyera tus patrañas. No puedo creérmelo.

—Valerie, eso no es cierto del todo.

—¿Niegas que me usaste para tratar de que le sonsacase información a mi esposo? ¿Niegas haberme seguido hasta el bar después de que Ian te dijera que lo dejaras pasar?

—No, no lo niego, pero...

—Nada de «peros» —arrojó Valerie.

—Sí, iba a la caza de información, sólo hacía mi trabajo.

—Lo que me has hecho es imperdonable, King.

—Valerie, lo siento si te he hecho daño. Pero cuando se trata de resolver un caso de asesinato... Si hubiera podido conseguir la información de otro modo, no te habría molestado.

Valerie lo miró fijamente con los brazos entrecruzados sobre el pecho; había dejado caer las sandalias sobre la arena. La brisa del océano le agitaba los anchos pantalones de color blanco. Poco a poco suavizó la expresión.

—Supongo que no me lo esperaba, no me esperaba que me engañasen... —dijo ella—. Al menos no después de Ian.

—¿A qué te refieres?

—Creía que se había casado conmigo porque me quería. Está claro que me equivocaba.

—Entonces, ¿por qué lo hizo?

—¡Vete a saber! Y entonces apareces tú y, por primera vez desde que estoy casada, me planteo cómo sería estar con otro hombre. ¡Tú! ¡Tú, maldito hijo de puta!

Sean la miró, incómodo.

—Valerie, lo único que puedo decirte es que me costó mucho mantener la distancia profesional.

—¡Distancia profesional! Oh, eso sí que me hace sentir bien. —Tenía el rostro bañado en lágrimas y se las secó con enfado.

—Lo siento, Valerie, de veras que lo siento.

—Ahórrate las mentiras. No quiero oírlas. —Valerie se detuvo, se agachó, recogió una concha y la arrojó con furia al mar. Se dio la vuelta y sujetó a Sean por la chaqueta—. ¿Y sabes qué es lo peor de todo?

La expresión de Sean daba a entender que no quería saberlo.

—Dímelo, me lo merezco —repuso de todos modos.

—Tal vez no te lo merezcas.

—Valerie, si pudiera, daría marcha atrás, pero no puedo. Así que dímelo.

Finalmente, Valerie apartó la mirada, aunque sólo unos instantes.

—Ni te imaginas lo mucho que me apetece acostarme contigo, a pesar de lo muy cabrón que has sido, de que me hayas usado y traicionado. ¿A que soy una perdedora? ¡Lo soy! Porque quiero follarte vivo. ¿Qué te parece, Sean?

Comenzó a sollozar. Sean se dispuso a abrazarla, pero Valerie lo apartó. Sean volvió a intentarlo y ella se dejó.

—Valerie...

Permanecieron abrazados durante varios minutos. Finalmente, Valerie se hizo a un lado, sacó un pañuelo del bolsillo y se secó los ojos.

—¿Y si vamos a algún lugar un poco más íntimo? Es decir...
—Respiró hondo—. Debería odiarte, pero no es así. La primera
noche en el bar, cuando te di largas, me marché pensando que era
una auténtica idiota porque presentía que tenías algo más. —Y
añadió en voz baja—: Mucho más de lo que había en mi matrimo-
nio. Así que, ¿vamos a algún lugar juntos?

—Sí, claro que podemos, Valerie —repuso Sean. La tomó de la
mano—. Pero no puede ser más que eso. Sé que te parecerá una locura, pero creo que tú tampoco quieres que sea nada más.

—¿Por qué? —dijo ella.

—Porque creo que todavía estás enamorada de tu marido.

—Maravilloso —dijo una voz—. Muy bonito.

Los dos levantaron la vista mientras el hombre se les acercaba.

—¡Oh, Dios mío! —farfulló Valerie.

Ian Whitfield avanzó cojeando por la arena.

Sean se colocó delante de Valerie.

—No es lo que parece, Whitfield.

Whitfield se detuvo justo delante de Sean.

—Supongo que no querrás tomarme el pelo, ¿no? Una sarta de
mentiras estúpidas sólo conseguirá que me enfade todavía más. Y
eso sería todo un logro, te lo aseguro.

—¡Ian, no! —exclamó Valerie.

Whitfield ni se molestó en mirarla.

—Has bebido con mi mujer, has cenado con ella y ahora cami-
náis por la playa cogiditos de la mano. ¿Estás loco o es que eres
tonto de remate?

—Si sabías todo eso, ¿cómo es que sigo con vida? ¿Por qué no
ordenaste a tus esbirros que me eliminaran después de tomar el
mojito en el bar? —Sean retrocedió un paso y se preparó; Whitfield parecía dispuesto a atacar en cualquier momento.

—No soy un mafioso. No me cargo a la gente. Sólo soy un
funcionario al servicio de los ciudadanos estadounidenses.

—Vale, don funcionario, un consejo: trabaja menos y pasa más
tiempo con tu mujer. Los estadounidenses lo entenderán.

Whitfield miró a Valerie, que retrocedió.

—¿Ahora eres consejero matrimonial? Pensaba que no eras
más que un investigador privado incompetente.

—Hago lo que puedo.

—Supongo que seducir a mi esposa forma parte de tu trabajo.

—No he seducido a tu mujer. No hace más que darme largas y creo que es porque te quiere. ¿Por qué? Ni idea. Así que, en lugar de hacerte el duro conmigo, tal vez deberíais hablar tranquilamente del tema a solas. Lo dejo en tus manos.

Whitfield retrocedió un paso. Sean miró a Valerie y le dijo:

—¿Quieres que me quede?

Ella negó con la cabeza.

—No —dijo.

Sean miró a Whitfield.

—No la cagues.

Sean se marchó y dejó allí a Whitfield y a Valerie, mirándose mientras la brisa marina soplaba a su alrededor.

70

Michelle estaba sentada en los escalones del porche de la casa de Alice. Horatio se había marchado y Michelle todavía oía a Viggie sollozar dentro de la casa. Finalmente, se levantó, entró y se entretuvo tocando una melodía desconocida en el piano. Los sollozos terminaron. Michelle respiró hondo y subió las escaleras.

No se molestó en llamar a la puerta. Viggie estaba tumbada boca abajo en la cama, con la cabeza debajo de la almohada. El cuerpo todavía se le estremecía. Michelle apartó la almohada con delicadeza y oyó que Viggie recitaba números, unos números muy grandes.

«Perdió a su padre y la he tratado como una mierda —pensó Michelle—. Nunca he pensado en lo mal que lo está pasando.»

Se sentó en la cama y le colocó la mano en la espalda. Viggie se puso tensa de inmediato.

—Viggie, lo siento mucho. No tenía derecho a tratarte así. Espero que me perdones. Las cosas no me han ido muy bien últimamente. He tenido problemas, como ya te he dicho. Algunos días son mejores que otros. Supongo que hoy he tenido un mal día. Sé que sólo querías ayudarme.

Michelle estaba mirando la pared y no se había dado cuenta de que Viggie se había dado la vuelta y la miraba de hito en hito. En cuanto se percató de ello, abrazó a Viggie y rompió a llorar desconsoladamente. En esta ocasión, fue Viggie quien la consoló.

—Tranquila, Mick, yo también tengo días malos... A veces me pongo como una loca. No entiendo nada y eso me enfurece. —Michelle sollozó y Viggie la abrazó con más fuerza—. Tranquila, no estoy enfadada contigo... Me caes bien. Eres mi amiga.

Michelle estrechó a Viggie entre sus brazos.

—Tú también eres mi amiga, Viggie —le susurró entre sollozos—. Haría cualquier cosa por ti. Nunca volveré a hacerte daño. Te lo prometo. Te lo prometo.

Cuando Sean volvió a casa encontró a Michelle sentada en el salón de la casa con el rostro enrojecido.

—¿Estás bien? —le preguntó de inmediato—. ¿Le ha pasado algo a Viggie?

—Ella está bien y yo también.

—¿Seguro? —insistió Sean.

Michelle asintió lentamente, como si hablar le exigiera un esfuerzo del que era incapaz.

Sean se sentó a su lado.

—Pues yo no estoy bien. —Le contó lo sucedido en la playa.

—Por Dios, Sean, ese hombre podría haberte matado.

—Todavía está a tiempo —dijo él.

—¿Y qué hacemos ahora?

—Dormir, Michelle. Intuyo que mañana será un día ajetreado, y dormir largo y tendido nos sentará bien.

Por desgracia, ninguno de los dos tendría esa suerte.

Michelle, que siempre había tenido el sueño ligero, deslizó la mano por debajo de la almohada y cogió la pistola mientras la puerta de su habitación se abría lentamente. Michelle entreabrió los ojos para ver quién se acercaba. Viggie llevaba una camiseta larga hasta las rodillas y traía algo en las manos.

Se quedó junto a la cama un momento y luego colocó el objeto sobre la colcha. Al cabo de unos instantes, Michelle oyó cerrarse su puerta y, poco después, la de Viggie.

Se irguió de inmediato y encendió la luz de la mesita de noche. Vio que el objeto que Viggie le había dejado era un sobre de papel manila. Dentro había una carta en un sobre normal y una fotografía.

Michelle estaba tan entusiasmada que salió al pasillo sólo con las bragas y una camiseta de tirantes. Llamó con delicadeza a la puerta del dormitorio de Sean. No hubo respuesta. Volvió a llamar un poco más fuerte.

Apretó los labios contra la puerta.

—¿Sean? ¿Sean?

Finalmente, lo oyó refunfuñar y gruñir, y luego moverse en la cama. La luz se encendió, lo oyó acercarse y la puerta se abrió.

Tenía cara de sueño y llevaba un pijama a rayas.

—¿Qué pasa? —preguntó él.

Michelle esbozó una sonrisa.

—¿Duermes en pijama? —le dijo mirándolo de arriba abajo—. ¿En serio?

Sean no respondió en el acto; acababa de darse cuenta de que Michelle iba medio desnuda.

—¿Y tú no te pones casi nada para dormir? ¿En serio?

Michelle pareció sorprenderse, se miró y se llevó la mano hacia el pecho y se cubrió sus partes más íntimas con el sobre.

Sean sonreía.

—No, en serio, Mick, ni hablar. Acabo de despertarme de un sueño profundo y me cuesta concentrarme en cosas como pechos y... —Miró hacia el sobre—. Bueno, ya sabes el resto. —Al ver que Michelle no decía nada y se quedaba allí con expresión incómoda, Sean añadió—: ¿Querías algo más, aparte de burlarte de mi pijama?

Michelle entró en el dormitorio pasando junto a él, se sentó en la cama y le indicó que hiciera otro tanto.

—Date prisa, Sean, tengo que enseñarte una cosa.

—¡Ya lo veo!

—No estoy salida, ¿vale? Me refiero a otra cosa, y es importante.

Sean suspiró, se dirigió hacia la cama y se desplomó junto a Michelle.

—¿De qué se trata?

Le contó lo de la aparición nocturna de Viggie y le mostró los objetos.

El cansancio había desaparecido de las facciones de Sean. Observó la carta y la fotografía con atención.

—¿De dónde las ha sacado?

—Supongo que serían de su padre, ¿no?

—Así que Viggie te las ha dado; primero la música y ahora esto. ¿Por qué?

—Le caigo bien. Le he salvado la vida. Confía en mí.

Sean la miró con curiosidad.

—Creo que has dado en el clavo, Michelle. Confía en ti. —Guardó los objetos en el sobre de papel manila—. Tienes que ir a hablar con ella ahora mismo. La carta menciona algo más que debería ayudarnos a que todo esto cobre sentido. Si te ha dado esto, debería darte el resto.

—Lo intentaré.

Michelle volvió a su habitación, se puso un albornoz y se encaminó hacia el dormitorio de Viggie. Al cabo de diez minutos regresó al de Sean con expresión decepcionada.

—¿Qué ha dicho?

—No sólo no quería contarme nada, sino que ni siquiera ha reconocido que me había dado el sobre —reconoció Michelle.

Se pasaron la siguiente hora analizando la carta y la fotografía.

—Bueno —dijo Sean finalmente—, no es que me importe estar junto a una mujer medio desnuda, pero deberías vestirte.

—¿Qué? —exclamó Michelle, asombrada.

—Me has despertado y ahora iremos a despertar a Horatio. Quiero que me dé su opinión sobre una cosa.

Mientras Michelle se levantaba y se marchaba a su habitación, Sean observó el sobre. Tal vez fuera la clave que necesitaban. Lo deseaba desesperadamente porque se les estaban agotando las opciones, y no quería que la última opción viable fuese sortear la valla de Camp Peary.

71

Amanecía mientras Sean y Michelle se dirigían hacia el dormitorio de Horatio en la mansión. Se identificaron ante el adusto guardia de la entrada y subieron las escaleras.

Sean había llamado de antemano y Horatio les abrió de inmediato. El psicólogo estaba vestido, pero no llevaba el pelo recogido en una coleta, como de costumbre, sino que lo tenía encrespado de tal modo que parecía una ola a punto de romper en la playa.

Comenzó a decir algo.

—Aquí no —lo interrumpió Sean—. Vamos a dar una vuelta.

Al cabo de veinte minutos estaban junto al coche de Michelle, aparcado bajo unos árboles a orillas del York. La luz del sol comenzaba a iluminar la superficie del agua mientras Sean y Michelle observaban a Horatio analizar la carta y la fotografía.

—Veamos, la dirección del remitente es Wiesbaden, en Alemania. Por suerte, la carta está escrita en inglés, aunque la escritura es la de una persona mayor cuya lengua materna no es el inglés. Y se la envía a Monk Turing un tal... —Horatio entrecerró los ojos para leer la firma y se ajustó las gafas que llevaba.

—Henry Fox —le indicó Michelle.

—En resumen —explicó Sean—, Fox le agradece a Monk que lo ayudase a volver a Alemania.

Horatio observó el encabezado de la carta.

—Está fechada hace casi un año, es decir, antes de que Monk fuera a Inglaterra y a Alemania.

—Al menos la última vez que fue. Echa un vistazo al final de la carta —le dijo Sean.

Horatio leyó en voz alta:

—«Puesto que me has ayudado, te devolveré el favor, tal y como acordamos. Ya lo tengo, y será tuyo cuando vengas a verme.»

Horatio alzó la vista.

—Entonces, ¿Fox quería darle algo a Monk Turing como retribución por haberlo ayudado a regresar a Alemania?

—Eso parece —comentó Michelle—, y Monk fue a Alemania a buscarlo. Aprovechó el viaje para visitar varios lugares en Inglaterra.

—¿Qué le dio Fox a Monk? —preguntó Horatio.

—Todavía no lo sabemos —admitió Michelle.

—Vale, Monk ayudó a Fox a volver a su tierra natal, pero Henry Fox no suena muy alemán.

—Tengo una teoría al respecto —dijo Sean de forma misteriosa—, pero debo esperar para confirmarlo. —Cogió la fotografía. Se veía a tres personas sentadas en unos escalones delante de un edificio grande. Una de las personas era Monk Turing; una Viggie más pequeña estaba a su lado. La tercera persona era un anciano bajito de penetrantes ojos azules y barba cana. La fotografía estaba fechada.

—Se tomó hace tres años —dijo Michelle—. Viggie me dijo que su padre y ella vivían entonces en un apartamento en Nueva York. Me contó que no tenían amigos, salvo un anciano con quien su padre hablaba del pasado. También me dijo que hablaba de manera rara.

—Seguramente se refería a que tenía acento, acento alemán —comentó Sean.

—Entonces, ¿el anciano de la foto es Henry Fox?

—Exacto —respondió Sean—. La foto indica muchas cosas, pero seguimos sin saber qué le dio Fox a Monk.

—Viggie dijo que el anciano solía escribir letras en un trozo de papel y retaba a Monk Turing a que, supongo, las descifrara —añadió Michelle.

—Un momento —intervino Horatio—. South Freeman dijo que uno de los motivos por el que el ejército mantenía en secreto la presencia de los prisioneros alemanes era porque era posible que algunos supieran descifrar el código Enigma. Después de hablar con South me informé al respecto. Cada una de las divisiones militares alemanas tenía distintas redes del código Enigma empleado. Se creía que el código naval era el más difícil de todos. La gente que trabajaba en Bletchley Park, Alan Turing incluido, no logró descifrarlo. Con ayuda de los submarinos, los alemanes se estaban cargando a los aliados en la batalla del Atlántico. Es decir, hasta que los aliados obtuvieron algunos códigos navales alemanes. Con esa información se pusieron las pilas en Bletchley Park y el rumbo de la guerra comenzó a cambiar.

—¿De qué nos sirve saber eso? —preguntó Michelle.

—South también me dijo que la batalla del Atlántico comenzó a ser favorable a los aliados después de que se retuviera a los prisioneros de guerra alemanes en Camp Peary. Esos prisioneros procedían de barcos y submarinos hundidos. Eso significa que los prisioneros alemanes retenidos en Camp Peary podrían haber tenido el código Enigma naval y otra información útil para los aliados.

—¿Crees que el tal Henry Fox podría haber sido uno de esos prisioneros de guerra? —le preguntó Michelle.

—La edad coincide, seguramente habla con acento alemán, escribe códigos en trozos de papel y habla sobre la guerra. Sí, creo que es probable.

—Por eso quería hablar contigo —dijo Sean—, porque tenemos que averiguar qué le dio Fox a Monk Turing, el favor que menciona en la carta.

Horatio parecía perplejo.

—¿Yo? ¿Cómo iba a saber lo que Fox le dio?

—Viggie dejó la carta y la fotografía en la cama de Michelle mientras dormía. Creo que lo hizo porque confía en Michelle.

—Vale, pero ¿qué tiene que ver conmigo?

—¿Sería posible que Turing hubiera dejado todas esas pistas a su hija y le hubiese dicho que se las diese sólo a alguien en quien confiase?

Horatio asintió y dijo:

—Es bien plausible. Viggie es muy inteligente, pero es fácil manipularla. A veces repite lo que le hayas dicho. Me di cuenta de ello cuando hablé con ella.

—Michelle habló con Viggie después de que ella le dejara el sobre en la habitación, pero no quiso decirle nada. Ni siquiera reconoció haberle dado el sobre a Michelle —dijo Sean—. ¿Por qué haría algo así?

Horatio permaneció en silencio unos instantes.

—Aunque parezca raro —dijo finalmente—, creo que Monk no sólo la manipuló, sino que también la programó.

—¿La programó? —exclamó Michelle.

—Ya me lo había imaginado, pero lo que acabas de contarme me lo ha confirmado. Creo que Monk le proporcionó información y le enseñó a contarla sólo en determinadas circunstancias. Viggie interpretó la canción para Michelle porque confiaba en ella. Luego Michelle arriesgó su vida para salvar a Viggie, así que Viggie dio otro paso y le proporcionó más información. —Horatio miró a Michelle—. Resulta curioso que te haya dado el sobre después de lo del coche.

—¿Lo del coche? —preguntó Sean.

—Hemos hecho las paces —se apresuró a decir Michelle apartando la mirada de la expresión inquisitiva de Sean—. No creo que vuelva a salvarle la vida, al menos confío en no verme en esa situación. Entonces, ¿qué debería hacer para que me dé el resto de la información?

—No lo sé —respondió Horatio.

—Estamos en un callejón sin salida —afirmó Sean— hasta que Joan haga algo o Alice descifre la canción. —Se guardó el sobre y la fotografía en el bolsillo, se desperezó y bostezó—. Bueno, ya que nos hemos levantado temprano, nos vendría bien desayunar.

Michelle consultó la hora.

—Pero rápido. Champ vendrá a recogerme a las nueve para ir a volar.

—¿Piensas ir? —le preguntó Sean en tono severo.

—Sí.

—Pero no tiene coartada para la hora del asesinato de Rivest.

—Dudo mucho de que obtengamos información de personas inocentes. Tiene más sentido que investiguemos a los que tal vez sean culpables.

—El instinto me dice que dejemos en paz a ese tipo.

—Ya —repuso Michelle—, pero el cerebro me dice que no podemos permitirnos ese lujo.

Horatio miró a Sean.

—Tu turno, salvo que decidas ceder ante la señorita.

—Cierra el pico —le espetó Sean mientras se subía al coche.

Horatio se volvió hacia Michelle.

—Vaya, qué tipo tan sutil.

—¿Sutil? —preguntó Michelle, perpleja.

Horatio puso los ojos en blanco, suspiró y subió al coche.

72

Esa misma mañana, Horatio llamó a South Freeman por dos motivos. Primero, para ver si tenía una lista de los prisioneros de guerra alemanes retenidos en Camp Peary durante la Segunda Guerra Mundial.

Freeman soltó una carcajada.

—Ah, sí, la tengo aquí mismo en el escritorio. El Pentágono no quería dármela, así que me di un paseíto hasta la CIA y los agentes me imprimieron la lista y luego me preguntaron si quería saber algún otro secreto de mierda.

—Supongo que eso es como decir: «joder, no» —repuso Horatio. Luego le preguntó si conocía a algún director de periódico de la zona de Tennessee donde Michelle se había criado. En ese caso, Horatio tuvo más suerte.

—Un tipo llamado Toby Rucker dirige un semanario en un pueblo a una hora al sur de Nashville. —Cuando Freeman le mencionó el nombre del pueblo, a Horatio le dio un vuelco el corazón. Era el mismo lugar donde Michelle había vivido.

—¿Para qué quieres saberlo? —le preguntó Freeman.

—Querría averiguar algunos detalles sobre la desaparición de una persona hará cosa de treinta años.

—Bueno, Toby lleva más de cuarenta años allí; si salió en el periódico, lo sabrá. —Freeman le dio el número de Rucker y añadió—: Lo llamaré ahora y le diré que te pondrás en contacto con él.

—Te lo agradezco de veras, South.

—Más te vale, Barnes. Y no olvides nuestro trato. ¡Una exclusiva! O te estrangulo.

—Vale. —Horatio colgó, esperó veinte minutos y llamó a Rucker.

Un hombre que dijo llamarse Toby Rucker respondió tras el segundo tono. Rucker le dijo que South Freeman acababa de llamarlo. Horatio le pidió lo que necesitaba y Rucker aceptó ayudarlo en cuanto pudiera.

Nada más colgar, Horatio oyó un ruido en las alturas. Asomó la cabeza por la ventana del dormitorio y vio un helicóptero sobrevolando Babbage Town. Mientras se alejaba, Horatio se imaginó a Michelle a miles de metros de altura con un hombre en quien Sean King no confiaba en absoluto. De hecho, Sean le había pedido un favor especial y Horatio había accedido.

—Vuelve sana y salva, Michelle —farfulló Horatio—. Todavía tenemos que hablar de muchas cosas.

El despegue había sido perfecto. El Cessna Grand Caravan era espacioso y lujoso, con un único pasillo y catorce asientos, contando al piloto y al copiloto. Champ le había asegurado que contaba con los más modernos dispositivos de navegación y comunicación.

—¿Vuelas con mucha gente?

—Soy un tipo solitario. —Champ se apresuró a añadir—: Me gusta pensar aquí arriba, eso es todo.

Michelle observó los asientos.

—Tanto espacio desperdiciado —comentó.

—Si las cosas me van bien tal vez me compre mi propio jet —dijo Champ.

—No me pareces un materialista.

Champ se encogió de hombros.

—No lo soy. Me dediqué a la ciencia porque me gustaba resolver cosas. Pero todo acaba complicándose, y no me refiero a la ciencia. —Se calló.

—Vamos, Champ, cuéntamelo.

Él miró por la ventana del aparato.

—Los ordenadores cuánticos tienen un potencial enorme para hacer cosas buenas en el mundo, pero también malas.

—Estoy segura de que el tipo que inventó la bomba atómica pensó lo mismo.

Champ se estremeció y propuso:

—¿Te importa si cambiamos de tema?

—Vale, enséñame qué sabe hacer este avión.

Champ realizó un ascenso inclinado, algo fácil para aquella aeronave. Luego ejecutó varias maniobras y acrobacias aéreas que no sorprendieron a Michelle, acostumbrada a volar en aviones sencillos en las peores condiciones posibles.

Champ señaló por la ventanilla.

—El tristemente famoso Camp Peary. Si nos acercásemos más nos derribarían.

—¿Podríamos bajar un poco?

Champ descendió hasta unos seiscientos metros de altura y voló en círculos. Michelle observó con atención la topografía del terreno para captar todos los detalles.

—¿No podemos acercarnos más?

—Depende de si eres reacia a los riesgos o no.

—No mucho. Supongo que tú sí.

—Es curioso, pero desde que te conozco ya no lo soy —concedió Champ.

Viró a la izquierda y redujo la velocidad de crucero. El avión voló en línea recta, siguiendo el curso del río York.

—Si nos acercamos más nos meterán un misil por el trasero —dijo Champ.

Michelle veía el embarcadero desde el que Ian Whitfield habría salido con la barca hinchable rígida. A continuación se veían los búnkeres que Sean le había mostrado en la imagen del satélite. Desde el avión parecían un grupo de cajas de cemento alineadas las unas junto a las otras.

Hacia el norte se encontraba la ensenada del York que parecía dividir Camp Peary, y más al norte estaba la pista de aterrizaje. Michelle observó los barrios que South Freeman había descrito; luego, una vieja casa de ladrillo y un pequeño estanque. Al sur de Camp Peary estaban el centro de suministros navales y la armería.

—Los federales tienen la zona bien delimitada —comentó Michelle.

—Sí —convino Champ. Inclinó el avión hacia la derecha, voló hacia el este por encima del York y, a unos seiscientos metros de altura, sobrevolaron una de los zonas más pintorescas que Michelle había visto jamás.

—¡Qué bonito!

—Sí, lo es —dijo Champ mientras miraba a Michelle de hito en hito. De repente, desvió la mirada.

—Venga ya, Champ, se supone que es la chica la que se sonroja.

Champ miró por la ventana.

—Una vez volé con Monk.

—¿En serio? ¿Quería ver algo en particular?

—No, aunque quiso sobrevolar el río a poca altura.

«Para ver Camp Peary de cerca, como yo», pensó Michelle.

—Esto... ¿te gustaría pilotar?

Michelle tomó los mandos que tenía delante y giró lentamente hacia la izquierda y luego a la derecha.

—¿Podemos subir un poco?

—Puedes subir hasta unos dos mil quinientos metros, pero con calma —indicó Champ.

Michelle inclinó el morro del avión hacia arriba hasta alcanzar los dos mil quinientos metros y luego lo enderezó.

—¿Qué me dices de un descenso en picado controlado, como el que has hecho antes?

Champ la miró, nervioso.

—¿Eh? Bueno, vale.

Michelle deslizó los mandos hacia delante y el morro del avión se inclinó hacia abajo, y luego un poco más. Michelle vio que la tierra se acercaba a una velocidad vertiginosa, pero no soltó los mandos. De repente, recordó pesadillas que la habían atormentado hacía casi tres décadas. Una niña paralizada, pero ¿quién era la niña? ¿Ella? No estaba segura, pero el miedo que se había apoderado de ella era más que real.

Estaban descendiendo en picado y, sin embargo, Michelle no parecía percatarse de lo que indicaba el altímetro ni escuchar la alarma de la cabina. Tampoco veía a Champ tirando con fuerza de los mandos y gritándole que los soltase, que se estrellarían. Michelle era incapaz de apartar las manos de los mandos; era como si se hubiera quedado paralizada. Por segunda vez, se oyó decir: «Adiós, Sean.»

Al final, a pesar de aquella vorágine, oyó a Champ gritando:

—¡Suéltalos!

Michelle miró a un lado y vio a Champ, lívido, tratando de empujar los mandos hacia atrás con todas sus fuerzas para salvarles del descenso mortal. Michelle apartó las manos y Champ logró enderezar el avión y tomar tierra de manera accidentada, ya que el tren de aterrizaje rebotó dos veces en la pista antes de afianzarse del todo.

Rodaron hasta detenerse. Durante varios minutos, sólo se oían sus jadeos. Finalmente, Champ la miró.

—¿Estás bien?

Michelle sintió náuseas.

—A pesar de haber estado a punto de matarnos, sí, estoy bien.

—He visto a otras personas quedarse paralizadas a los mandos del avión —dijo Champ—. Lo siento, no debería haberte dejado pilotar.

—Champ, no ha sido culpa tuya. Lo siento, lo siento de veras.

Mientras se dirigían a pie desde el avión hasta el Mercedes de Champ, llegó una motocicleta que se detuvo junto a ellos. Era la Harley de Horatio Barnes. El motorista se quitó el casco. Era Sean King.

—Bonito día para volar ¿no?

—¿Qué haces aquí? —le preguntó Michelle.

Sean le dio un casco.

—Vámonos.

—Gracias por la clase de vuelo, Champ. Me temo que ahora mismo no me apetece comer. —Se sentó en la moto, detrás de Sean.

Después de salir de la terminal de vuelo privada y recorrer varios kilómetros por carretera, Michelle le pidió a Sean que parase.

—¿Qué pasa?

—¡Para! —exclamó ella.

Sean salió de la carretera y paró, y Michelle corrió hasta unos árboles para vomitar.

Regresó al cabo de unos minutos, lívida, limpiándose la boca. Subió a la motocicleta lentamente.

—¿Las alturas te han tratado mal? —le preguntó Sean.

—No, digamos que ha sido un error del piloto. ¿Y qué haces montado en la Harley de Horatio?

—He salido a dar una vuelta.

—¿Y has llegado casualmente a la terminal cuando aterrizábamos?

Sean se volvió.

—¿Llamas a eso aterrizar? —le espetó—. Estabais cayendo en picado. Creía que el motor no respondía o algo. ¡He estado a punto de matarme viniendo a toda velocidad aunque sólo fuera para recogerte de la pista de aterrizaje con una espátula! ¿Qué coño ha pasado ahí arriba?

—Un problema en el motor, pero Champ lo arregló. —Detestaba mentirle, pero se habría sentido peor si le hubiera contado la verdad. ¿Y cuál era la verdad? ¿Que se había quedado paralizada y había estado a punto de estrellar el avión?

—Creía que habías dicho que había sido un error del piloto.

—Olvídalo —repuso Michelle—. Si sales vivo de un aterrizaje, entonces es que ha sido un buen aterrizaje.

—Perdona que me preocupe por ti.

—Entonces, ¿nos has estado siguiendo con la moto mientras volábamos?

—Ya te dije que no quería que volases sola con ese tipo —le recordó Sean.

—¿Crees que no sé arreglármelas yo solita?

—Oh, joder, no me vengas con esas tonterías. Sólo quería...

Michelle le dio un golpecito en el casco.

—¿Sean?

—¿Qué?

—Gracias.

—De nada.

Se pusieron en marcha.

Michelle se agarró con fuerza a la chaqueta de Sean. No quería soltarse de ninguna manera. Nunca había pasado tanto miedo en la vida. Y esta vez el motivo del miedo no había sido un enemigo externo, sino ella misma.

73

Sean condujo hasta el hotelito donde Horatio se había alojado en un principio.

—Joan me ha enviado unos documentos por fax —le explicó a Michelle.

Recogieron los documentos y se dirigieron a un restaurante cercano. El estómago de Michelle se había calmado lo bastante como para tomar unos sándwiches y café. Le comentó a Sean que Monk también había volado con Champ.

Mientras comían, repasaron las páginas que Joan había enviado.

—Monk Turing fue a Wiesbaden.

—¿Cómo lo han averiguado tan rápido?

—La empresa de Joan tiene una filial en Fráncfort. Le siguieron el rastro gracias a los recibos de la tarjeta de crédito. Compró la jarra de cerveza que le dio a Champ entre otras cosas. —Sean echó un vistazo a las otras páginas—. Es la lista de los prisioneros de guerra alemanes retenidos en Camp Peary durante la Segunda Guerra Mundial.

—Vale, ¿cómo coño ha conseguido Joan esa información tan rápido?

—Uno de sus altos ejecutivos había sido almirante y había llegado a dirigir la NSA, por lo que pudo saltarse todo el papeleo. Tampoco puede decirse que siga siendo material confidencial; más bien está lleno de polvo en algún despacho del Pentágono.

Repasaron la lista de prisioneros alemanes. Junto a cada nombre figuraba la fecha de captura, el rango y lo que había sido del prisionero en cuestión.

—Liberaron a casi todos al final de la guerra y los otros murieron en cautividad —dijo Sean—. Pero no veo el nombre de Henry Fox.

—Un momento, fíjate en este tipo. —Michelle señaló un espacio en blanco—. No explica qué fue de él. —Recorrió las páginas con la vista—. Es el único caso.

—Heinrich Fuchs —dijo Sean tras ver el nombre del prisionero.

—Heinrich Fuchs —repitió Michelle lentamente—. Anglicizado podría ser Henry Fox.

Sean la miró fijamente.

—Creo que estás en lo cierto, y no sin razón.

—¿Y eso?

—Apostaría todo lo que tengo, por poco que sea, a que Heinrich Fuchs era un operador de radio de la Marina alemana y a que fue el único hombre que escapó de la prisión militar que ahora ocupa Camp Peary. Por eso no indica qué fue de él. La Armada no admitiría que un prisionero logró escapar.

Michelle respiró hondo.

—¿Se escapó y cambió de nombre?

—Y se trasladó a Nueva York, empezó otra vida, se hizo mayor y acabó viviendo en el mismo edificio de apartamentos que Monk y Viggie Turing. —Se levantó de un salto—. Vamos, tenemos que ver a Viggie.

—¿Por qué?

—Horatio dice que su padre la programó. Bueno, es posible que el nombre de Heinrich Fuchs sea la clave que necesita para contarnos el resto de la historia.

Condujeron hasta Babbage Town y corrieron hasta la clase donde solían estar Viggie y los otros niños, pero Viggie no estaba allí.

—Ha dicho que estaba enferma —explicó la profesora.

—¿Te lo ha dicho en persona? —le preguntó Sean.

—No, ha enviado una nota. Estaba en mi escritorio cuando he llegado por la mañana.

Al cabo de unos minutos, Sean y Michelle subían corriendo las escaleras de la casa de Alice. Cruzaron la puerta como una exhalación y la llamaron a gritos:

—¡Viggie! ¡Viggie!

Michelle corrió escaleras arriba y abrió de golpe la puerta del dormitorio de Viggie. No había nadie y bajó a toda velocidad. Sean y ella la buscaron por toda la casa.

—Ni rastro —dijo Sean, presa del pánico.

—¿Dónde coño está el guardia? —preguntó Michelle.

La puerta de la casa se abrió y apareció Alice. Llevaba un puñado de papeles en la mano y parecía muy cansada. Se sorprendió de verles allí.

—Oídme bien —les espetó—, he utilizado todas las combinaciones posibles con el mejor programa informático que tenemos para descifrar estas malditas notas y no he conseguido nada salvo un galimatías. O sea, que el código supera nuestros recursos o no es un código, y ésa es la conclusión más probable. He averiguado el título de la canción. Es *Shenandoah*, del siglo XIX. Lo cierto es que tiene letra, nada del otro mundo, pero palabras al fin y al cabo. Se me ocurrió la maravillosa idea de que quizá la letra fuera la clave del código. Las analizamos desde todas las perspectivas posibles. ¿Sabéis qué hemos conseguido? Galimatías tras galimatías.

Se quedaron mirándola.

—¿Qué pasa? —les preguntó con recelo.

—¿Dónde está Viggie? —dijo Michelle.

Alice consultó la hora.

—Está en el colegio. Lleva en el colegio desde las ocho.

—No está allí, Alice —replicó Sean—. La maestra nos ha dicho que alguien le dejó una nota en el escritorio diciéndole que Viggie estaba enferma.

Alice los miró inquisitivamente.

—Me he pasado la noche en vela tratando de descifrar esta basura. Se suponía que teníais que vigilarla.

—Esta mañana estaba aquí —le explicó Michelle—. Vino a mi habitación antes del alba y después regresó a su habitación.

—¿Y luego? —preguntó Alice.

Sean y Michelle se miraron.

—Luego nos marchamos para seguir unas pistas —respondió Sean con incomodidad.

—¡Y la dejasteis sola! —exclamó Alice—. ¿Habéis dejado a Viggie sola? ¡Otra vez!

—Creíamos que estabas aquí —repuso Michelle.

Alice arrojó los papeles al aire.

—¿Creíais que estaba aquí? ¿Cómo coño iba a estar aquí si me habíais pedido que resolviera esta basura? —Respiró hondo varias veces—. Se supone que el guardia tiene que acompañarla hasta la escuela. Pedí que enviaran a otro guardia después de que el anterior la dejara sola y estuviera a punto de ahogarse.

Sean la miró con curiosidad.

—¿A quién le pediste que enviara a otro guardia?

—A Champ.

—Champ me recogió a las nueve para ir a volar —dijo Michelle.

—¿A qué te refieres con lo de volar? —preguntó Alice, enfadada.

—Cálmate, Alice. Es posible que Viggie se haya marchado por su cuenta —le dijo Sean.

—¡Recuerda lo que pasó la última vez que hizo eso! —exclamó Alice.

—Tiene razón, Sean. Iré a echar un vistazo al río —se ofreció Michelle.

—Llamaré al equipo de seguridad para que rastreen la zona —dijo Sean.

Sean y Michelle salieron por la puerta y dejaron a Alice mirando con impotencia la pila de papeles.

74

Viggie no estaba en el río. No faltaba ninguna embarcación. La búsqueda en Babbage Town fue infructuosa. La nota que habían dejado en el escritorio de la maestra procedía de un ordenador. Nadie sabía quién la había traído.

El guardia al que se le había encomendado vigilar a Viggie dijo que había ido a la casa esa mañana poco antes de las ocho, pero que se había encontrado una nota en la puerta en la que decía que Viggie estaba enferma y que no iría a la escuela. Les mostró la nota. Al igual que la otra, procedía de un ordenador y no se podía rastrear.

—Cualquiera podría haberlas escrito —dijo Sean.

Michelle, Horatio y Sean estaban fuera de los límites de Babbage Town. El psicólogo había acudido a ayudarles a buscar a Viggie. Habían peinado la zona con el sheriff Hayes y un grupo de voluntarios y no encontraron ni una sola pista que indicara el paradero de Viggie.

Un sedán negro llegó y aparcó junto a ellos.

—¡Oh, mierda! —exclamó Sean—. No, él no, ahora no.

El agente especial Ventris salió del coche y se acercó a ellos.

—Creo que habéis perdido a la niña. ¡De nuevo!

—¿Qué quieres, Ventris? —le preguntó Sean.

—Quiero que os larguéis. Vuestra presencia es contraproducente.

—¿Y tú qué has producido, aparte de confusión?

Michelle le puso la mano en el hombro a Sean a modo de advertencia.

—Tranqui, que es agente federal —le murmuró.

—Será mejor que le hagas caso —advirtió Ventris, que había oído las palabras de Michelle—. Si han secuestrado a la niña, la encontraremos. Es una especialidad del FBI.

—¿Viva o muerta? —le preguntó Sean. Ventris entró en el coche y se marchó mientras Sean lo seguía con la mirada, furioso—. Hijo de puta —le gritó mientras se alejaba.

—Creo que necesitamos respirar hondo para calmarnos —dijo Horatio.

—No quiero respirar hondo para calmarme —le espetó Sean—. Quiero darle de hostias al agente especial de los huevos.

—Bien, expresar pensamientos violentos puede ser positivo —dijo Horatio.

Los tres miraron hacia la carretera al ver que una comitiva de autobuses llegaba retumbando, se detenía frente a la puerta principal y se le permitía pasar.

Sean y Michelle se acercaron corriendo al guardia apostado junto a la puerta.

—¿Qué pasa?

—Vamos a desalojar Babbage Town, al menos de momento.

—¿Por qué? —preguntó Michelle.

—Dos muertes misteriosas y ahora la desaparición de la niña. La gente que trabaja aquí y sus familias están asustadas. Los trasladarán a Williamsburg hasta que se aclaren las cosas.

—¿Quién ha ordenado el desalojo? —preguntó Sean.

—Pues he sido yo —respondió una voz. Se dieron la vuelta y vieron a Champ Pollion acercándose a ellos—. ¿Os parece mal?

—¿Podemos quedarnos? —quiso saber Sean.

—¡No! No pienso responsabilizarme de que alguien salga malparado.

Se volvió para marcharse.

—¿Adónde vas? —le preguntó Michelle.

—Yo también me voy. Valoro mi vida más que la creación de ordenadores cuánticos.

75

Dos horas más tarde, Babbage Town estaba desierto, salvo por la presencia de algunos guardias. Michelle y Sean habían seguido buscando pistas en los jardines y Horatio había regresado a su habitación para hacer las maletas.

Mientras estaban en la casa de Alice preparándose para la marcha, Merkle Hayes había llamado a Sean.

—Es como si se la hubiera tragado la tierra —le dijo sin aportar novedades, pero luego realizó un comentario que dejó perplejo a Sean—. Incluso la CIA ha colaborado, pero tampoco la han encontrado.

—¡La CIA!

—Sí. Ian Whitfield dijo que se había enterado de la desaparición de Viggie y se ofreció a enviar recursos para ayudar en la búsqueda, pero no han encontrado nada.

—Vaya, quién lo diría, la CIA tiene su corazoncito —repuso Sean. Colgó y arrojó el teléfono a la cama, indignado. Fue a la habitación de Michelle y le contó lo que Hayes acababa de decirle.

—Tenemos que ir a buscar a Horatio y largarnos de aquí —le recordó. A modo de respuesta, Sean se volvió y se dispuso a salir de la habitación—. ¿Adónde vas?

—Al embarcadero. Para pensar. Vamos. Ya iremos a buscar a Horatio después.

Recorrieron el sendero del bosque que conducía hasta el cobertizo y se sentaron en el embarcadero.

—¿Dónde estará Viggie? —le preguntó Michelle con tristeza—. ¿Dónde?

Sean miró hacia la otra orilla del río.

—Creo que está allí —respondió señalando hacia Camp Peary—. Creo que está en el mismo lugar donde murió su padre.

—¿Y el que Whitfield se ofreciera a ayudar sólo era una tapadera? —Sean asintió—. ¿Crees que está muerta?

—La cosa no pinta bien.

—Pero ¿por qué, Sean? ¿Por qué Viggie?

—Porque su padre le contó cosas, Michelle. Ella nos contó algunas y alguien lo averiguó. Y ese alguien no quería que Viggie nos contara más cosas.

—Pero ¿cómo iba a saberlo?

—Al parecer, no hay secretos entre Babbage Town y Camp Peary.

Michelle observó las aguas tranquilas del río. Tranquilas de momento.

—Sé que es la CIA, Sean, lo sé. Pero ¿matar a una niña?

—Bromeas, ¿no? Serían capaces de matar a su abuela con tal de salvaguardar la seguridad nacional.

—¿Qué descubriría Monk Turing como para que la CIA fuese a por él y luego secuestrase a Viggie? —le preguntó Michelle.

—Me falta información al respecto y no soy lo bastante listo como para saberlo con lo poco que tengo. Pero estoy seguro de algo: Monk fue asesinado, al igual que Len Rivest. Desconozco el móvil, y tal vez los asesinaran personas u organizaciones distintas y por motivos diferentes, pero los asesinaron. Y Monk Turing conocía a un anciano que seguramente fue prisionero allí y que le contó algo sobre ese lugar. Algo que lo impulsó a ir a Camp Peary. Y morir en el intento.

—Henry Fox logró escapar, pero Monk no pudo. Qué irónico.

—Eso parece —repuso Sean con tristeza.

—Y ahora lo de Viggie. —Michelle contuvo las lágrimas y Sean la abrazó.

—Lo siento, Michelle, esta vez sí que la he pifiado.

—Los dos la dejamos sola, Sean —replicó Michelle—. Los dos.

Sean parecía absorto. Después habló.

—Salimos de la casa a eso de la seis de la mañana. Todavía no había amanecido. Alice estaba en la Cabaña número uno tratando de descifrar las notas. Cualquiera podría haber secuestrado a Viggie en esos momentos. Con una embarcación rápida podría estar en Camp Peary en cuestión de minutos.

—Michelle tenía el rostro bañado en lágrimas mientras Sean hablaba. Él le dio su pañuelo y ella se secó los ojos.

—¿Y ahora qué? —preguntó Michelle.

Sean miró hacia el otro lado del río.

—Pues ahora me toca saltar la valla.

Michelle se hizo a un lado.

—¿Qué?

—Es la única opción que me queda, Michelle. La cagué al dejar a Viggie sin protección. No puedo quedarme de brazos cruzados. Tengo que tratar de salvarla.

—Vale, ¿cuándo lo haremos?

—Tú no irás.

—Entonces tú tampoco —expresó Michelle.

—Michelle, no puedo dejar que lo hagas. Joder, tal vez me equivoque en todo. No pienso permitirte que arriesgues la vida por nada.

—¿Qué vida, Sean? Hay días que ni siquiera sé quién soy. La única vida que me importa en estos momentos es la de Viggie. Así que, si piensas saltar la valla, yo también iré. —Sean la miró de hito en hito, en parte orgulloso de que se negase a dejarlo solo, en parte asustado al recordar las advertencias de Joan y Horatio—. Sean —continuó Michelle—, el vuelo de la CIA aterrizará mañana por la noche. ¿Crees que tratarán de llevársela en avión? Tal vez la mantengan con vida hasta entonces.

Sean no replicó y miró hacia el río. ¿De veras quería lidiar con alguien como Ian Whitfield? ¿De veras quería enfrentarse a él? La respuesta era no. Y, por supuesto, sí.

De repente se le ocurrió algo. Se levantó de un salto.

—¡En marcha!

76

Toby Rucker llamó a Horatio mientras hacía las maletas. Le dijo al psicólogo que las pesquisas habían sido fructíferas.

—En la época que mencionas, se encontró un coche abandonado a una hora de aquí, en Smoky Mountains. En aquel entonces yo era reportero *free lance*, pero recuerdo bien la noticia después de haberla leído en los archivos.

—¿A nombre de quién estaba el coche?

—A nombre de William Joyner, sargento del ejército. Le habían asignado la oficina de reclutamiento de la zona. Eso fue en la década de los setenta.

—¿Qué fue de él? —preguntó Horatio.

—Nadie lo sabe —respondió Rucker—. Encontraron el coche, pero no a él. La policía local abrió una investigación, y el ejército envió a los suyos, pero no averiguaron nada.

—¿Estaba casado?

—No. Tenía casi treinta años. Se alistó en el ejército a los dieciocho. Fue a Vietnam, siguió siendo militar y hacía unos seis años que había regresado a Estados Unidos cuando desapareció.

—¿Alguna relación amorosa? ¿Novias? —le preguntó Horatio.

—Los archivos no indican nada en ese sentido. ¿Por qué, sabes algo al respecto? —inquirió Rucker.

—No —se apresuró a responder Horatio.

—¿Por qué te interesa este caso? South no me lo comentó.

—Digamos que soy una persona curiosa. O sea, ¿la investigación llegó a un callejón sin salida?

—Es lo que suele ocurrir cuando no se encuentra el cadáver.

Tal vez Joyner se cansara del ejército, encontrara algo mejor en otro lugar y desapareciera del mapa. No es tan raro.

Horatio le dio las gracias y colgó. Al parecer, William Joyner había tenido una aventura con la esposa de Frank Maxwell y luego había desaparecido. El cadáver, suponiendo que hubiera muerto, no se había encontrado. ¿Qué habría visto Michelle en aquel entonces que la había marcado de esa manera? Horatio sabía que sólo obtendría esas respuestas de la propia Michelle. Si bien su consciente había enterrado esos recuerdos, Horatio sabía que el subconsciente nunca los olvidaría.

Sean y Michelle se llevaron algunas herramientas del garaje y las escondieron en una mochila. Se dirigieron a la mansión y le explicaron al guardia que iban a buscar a Horatio.

—Nos marchamos, tal y como dijo Champ.

El guardia los dejó pasar y Michelle y Sean corrieron escaleras arriba y luego por el pasillo hasta la habitación en la que Sean se había alojado al principio.

Entraron en la misma y se detuvieron frente a la pared donde Viggie había calculado que se encontraba la habitación secreta, si es que existía.

—Debería haber una puerta, pero no tenemos tiempo de encontrarla. —Atacaron la pared con las herramientas y le practicaron un enorme agujero. Con la ayuda de una linterna, Sean miró por el mismo.

—¡Joder!

—¿Qué hay?

—Ya lo verás —respondió Sean—. ¡Deprisa!

Empujaron la pared con más fuerza aún. Al poco, pasaron por el agujero y observaron las paredes repletas de aparatos electrónicos. Al otro lado de la pared había una puerta. Sean la señaló.

—Se accede desde la otra habitación, la que está cerrada con llave.

En una pared había una hilera de monitores en los que se veía el interior de todas las cabañas.

—Ésa es la Cabaña número uno —dijo Sean, señalando la pantalla.

—Y ésa es la Cabaña número dos, la de Champ —dijo Michelle, señalando otra pantalla.

La otra pared estaba repleta de pantallas de ordenador en las que se veían números y más números en movimiento.

—¡Están grabando en secreto los datos de los ordenadores de la cabaña de Champ! —exclamó Sean.

—Entonces Len Rivest tenía razón. En Babbage Town hay un espía, un espía electrónico —dijo Michelle. Observó una luz roja parpadeando en un aparato que había en una de las paredes—. Oh, mierda, ¿es eso lo que creo que es? —gritó.

Salieron rápidamente por el agujero y corrieron hacia las escaleras mientras la alarma seguía parpadeando.

—¿Y Horatio? —exclamó Michelle.

Sean se paró en seco, giró sobre los talones y corrió por el otro pasillo. Aporreó la puerta de Horatio. Cuando Horatio la abrió, Sean lo arrastró hacia el pasillo.

—¿Por qué corremos? —jadeó Horatio.

—Para evitar una muerte segura —le espetó Michelle.

Al oír esas palabras, el psicólogo comenzó a correr a toda velocidad.

—¿Cómo saldremos de aquí? —preguntó Michelle—. La entrada principal está vigilada.

—En barco —respondió Sean—. ¡Vamos!

Los tres se dirigieron rápidamente hacia el cobertizo para barcas y, de camino, vieron a dos guardias que no parecían estar al corriente de la irrupción en la habitación secreta.

—¿Estás seguro de que esa alarma funcionaba? —le preguntó Michelle a Sean.

—¿Llamamos al sheriff Hayes? —sugirió Horatio.

—Ahora mismo no confío en nadie —respondió Sean con firmeza.

Llegaron al cobertizo, Sean abrió la puerta, cogió las llaves del Formula, bajó el montacargas y al cabo de unos instantes estaban navegando por el York en punto muerto con las luces apagadas.

—¡Mantened los ojos bien abiertos! —les advirtió Sean.

Michelle estaba perpleja.

—¿Qué ocurre? —le preguntó Sean al mirarla desde el timón.

—¿Por qué vendría Viggie al cobertizo y saldría en kayak al río?

—Dijiste que no te explicó por qué lo había hecho.

—Ya habíamos salido en kayak juntas en una ocasión. Dijo que se había divertido como nunca. Luego corrimos de vuelta a casa tras hacer una apuesta: si le ganaba, me contaría lo de los códigos y la sangre. Le gané, se enfadó y comenzó a tocar como una loca en el piano, pero tocó.

—¿Y?

—Entonces, ¿por qué volvió al río? —preguntó de nuevo.

—Es un tanto peligroso tratar de adivinar qué estaba pensando Viggie —le advirtió Horatio.

—¿Por qué tengo la sensación de que quería decirme algo? ¿Por qué creo que quería que fuese al embarcadero? —Michelle miró hacia Camp Peary—. Además, pasó algo raro. De repente me contó una historia.

—¿Qué historia?

—Pues que sabía que Alan Turing se había suicidado comiéndose una manzana envenenada. Me dijo que le recordaba a la historia de Blancanieves. Ya sabéis, la de la reina malvada que se transforma en bruja, navega río abajo y engaña a Blancanieves para que se coma la manzana envenenada, y Blancanieves casi se muere. Viggie estuvo a punto de morir en el río. Dijo que quien tuviera la manzana sería muy poderoso. ¿Por qué me contaría todo eso?

—No lo sé, pero ¿nos sirve de algo? —le preguntó Sean.

—¡Oh, Dios mío! —exclamó Michelle de repente—. ¿Barco? ¿Manzana? —Corrió hacia la popa del barco, se agachó y observó el nombre grabado en el espejo de popa—. *La Gran Manzana* —leyó.

—¿Como la de Nueva York? —preguntó Sean.

—No, como la manzana de Blancanieves —lo corrigió Michelle—. Venga, tenemos que registrar el barco.

—¿Por qué? —quiso saber Horatio.

—¡Ayudadme, eso es todo! Ayudadme.

Al cabo de una hora, los tres estaban sentados en popa, mirándolo: el papel enrollado estaba escondido en el baño del barco, detrás de unos rollos de papel higiénico en uno de los armarios.

—Debió de bajar al río aquel día para esconder el documento. Seguramente pensaba dejarme otra pista o tal vez darme el documento como hizo con el sobre si le decía las palabras mágicas, pero no se le presentó la ocasión.

—El hecho de que creyera que necesitaba ocultarlo sugiere que tenía miedo —añadió Horatio.

—Bueno, resulta que el miedo no era infundado, ¿no? —comentó Michelle con amargura.

—Es antiguo —dijo Sean mientras examinaba el documento—, de la época de la Segunda Guerra Mundial. Debe de ser lo que Heinrich Fuchs, alias *Henry Fox*, le dio a Monk Turing cuando éste fue a verlo a Alemania.

—Es un mapa —afirmó Horatio mientras lo observaba.

—De Camp Peary o de lo que fuera cuando estaba en manos de la Armada. La topografía coincide con el mapa que South Freeman enseñó en la oficina —añadió Michelle.

Sean señaló una línea que discurría desde la orilla del río hasta el centro del complejo.

—Ahí no hay una entrada. Debe de ser un error del mapa.

—No es un error si no indica una entrada de agua —replicó Michelle.

—Tal vez se trate de una carretera.

Michelle le dio la vuelta al mapa. Alguien había anotado las iniciales «H. F.»

—Heinrich Fuchs —dijo Horatio.

—Y hay algo escrito en alemán.

—Mirad aquí —dijo Sean, señalando unas anotaciones más recientes.

—Están en inglés. Tal vez sean de Monk Turing. Hay indicaciones de todo tipo, incluso para la brújula.

—Vale, pero ¿para ir adónde?

Michelle le dio la vuelta al mapa de nuevo.

—A esa línea, seguro. Un momento. Sean, si tienes razón, Fuchs logró escapar de Camp Peary.

—¿Y?

—¿Cómo lo hizo?

—Ni idea —admitió Sean—. Supongo que la manera más fácil sería llegando al río. Si hubiese ido por la carretera o por el bosque los perros lo habrían olido. El río sería el mejor medio para escapar sin dejar rastro, pero primero tendría que llegar hasta el río. Supongo que habría muchos guardias.

—Estoy segura de que los había sobre tierra —repuso Michelle.

—¿Sobre tierra?

—Sean, esa línea podría ser un túnel que va directo hasta Camp Peary o, en el caso de Heinrich Fuchs, un túnel que sale de Camp Peary. El túnel es uno de los medios más usados para escapar de las cárceles.

—Pero, Michelle, ¿por qué se molestaría Monk en ir a buscar el mapa de un túnel que conduce a Camp Peary? Lo mataron.

—No lo mataron en el túnel. Seguramente lo atraparon cuando salió del túnel. Tal vez ni sepan que existe ese túnel.

—Eso no explica por qué se arriesgó a ir por el túnel —dijo Sean.

—Quizá Fuchs le habló sobre algo que está en Camp Peary —intervino Horatio—. Algo, no lo sé, algo valioso.

—Es una locura, Michelle, pero encontrar el mapa nos ha proporcionado el modo de entrar en Camp Peary.

—¿Crees que Viggie está allí? —preguntó ella.

—Aunque no esté, tal vez descubramos algo importante, lo bastante importante como para chantajearlos y obligarlos a que liberen a Viggie.

—Pero ¿y si me equivoco y saben que existe ese túnel? —reflexionó Michelle.

Sean los miró con expresión solemne mientras doblaba el mapa con cuidado.

—Entonces me temo que podemos darnos por muertos —sentenció.

77

Decidieron navegar río abajo para recoger el material que Sean había encargado para la incursión en Camp Peary. A continuación, se desviaron para ir a ver a South Freeman. Arch, Virginia, no estaba junto al río, por lo que atracaron la embarcación en un viejo muelle y recorrieron un kilómetro a pie. Sean llamó de antemano con el móvil de Michelle y, aunque era tarde, encontraron a South sentado junto al escritorio, fumando un cigarrillo como de costumbre y tecleando a toda velocidad.

—«Niña desaparece en Babbage Town.» Está en boca de todos. Material de primera. Lo mejor de todo es que es la hija de Monk Turing. Sacaré una edición especial. Dadme una alegría y decidme que tiene que ver con los espías que están al otro lado del río.

—Más bien tiene que ver con el hecho de que la niña podría estar muerta —replicó Michelle con gravedad—. ¿Los periodistas os habéis planteado esa posibilidad?

Freeman dejó de teclear, se dio la vuelta en la silla y la miró frunciendo el ceño.

—Eh, no tengo nada contra la niña. Rezo para que la encuentren sana y salva y arresten a quienquiera que la secuestrara. Pero las noticias son noticias.

Michelle desvió la mirada, indignada.

—South, ¿has oído hablar de algo valioso en Camp Peary? —le preguntó Sean—. Me refiero a la época en la que la Armada dirigía ese lugar durante la Segunda Guerra Mundial.

—¿Algo valioso? No que recuerde. Salvo por los viejos barrios y las instalaciones de la CIA, sólo hay bosque y varios estanques. ¿Por qué?

Sean parecía decepcionado.

—Confiaba en que dijeras que había un tesoro enterrado, de un barco hundido o algo.

Freeman sonrió.

—Bueno, hay una leyenda al respecto, pero no es más que una chorrada.

—Dinos de qué va —le instó Horatio.

—¿Por qué? Si está en Camp Peary no está al alcance de vuestras manos.

—Ilumínanos —le dijo Sean.

Freeman se reclinó en la silla y comenzó la narración.

—Bueno, ocurrió hace mucho, mucho tiempo, de hecho fue en la época colonial.

—¿Podrías ir al grano? —le espetó Michelle con impaciencia.

Freeman se irguió.

—Eh, señorita, ¡no tengo obligación de contarte nada de nada!

Sean alzó la mano para calmar los ánimos.

—Tómate tu tiempo, South. —Se sentó frente a Freeman y fulminó con la mirada a Michelle, quien se sentó de mala gana en el borde del escritorio y miró al periodista con frialdad.

Freeman parecía haberse tranquilizado, se recostó y empezó de nuevo.

—¿Recuerdas que te hablé de un tal lord Dunmore?

—El último gobernador británico de Virginia, sí —respondió Sean.

—Bueno, según la leyenda local, los británicos enviaron toneladas de oro para financiar la guerra. Lo usarían para pagar a los espías, a los mercenarios alemanes a su servicio y para ganarse a la población. Se suponía que Dunmore tendría que conseguir que los indios se enfadasen con los norteamericanos de modo que tuvieran que enfrentarse a ellos sin por eso dejar de luchar contra los casacas rojas.

»Mucha gente no lo sabe, pero en aquel entonces la mayoría de los ciudadanos cambiaba constantemente de bando. Casi siempre la decisión se basaba en quién había ganado la última batalla importante y en cuál era el ejército que los asediaba. Es posible que el oro que se supone que estaba en manos de Dunmore causase muchos problemas.

—Pero Dunmore estaba en Williamsburg —señaló Sean.

—Los colonos lo echaron —replicó Freeman—. Tuvo que largarse corriendo a su pabellón de caza, Porto Bello, el mismo pabellón que está en el Registro Nacional. Está situado justo en medio de Camp Peary. —Se levantó y señaló un mapa—. Justo aquí. —Volvió a sentarse.

—Si el oro acabó en Porto Bello, ¿qué fue de él? —le preguntó Sean mientras comenzaba a caminar de un lado para otro.

—Vete a saber. Pero no acabó en Porto Bello porque no existió.

—¿Estás seguro? —insistió Sean desde el otro extremo de la habitación.

—Seamos realistas. Si el tesoro estaba en Camp Peary, alguien lo habría encontrado y se lo habría contado a otras personas. Nadie se guarda un secreto así.

—¿Y si nadie lo ha encontrado todavía? —replicó Sean.

—Dudo mucho de que Dunmore fuera lo bastante listo para esconder una montaña de oro lo suficientemente bien como para que nadie la encontrara.

—Camp Peary tiene miles de hectáreas de terreno. Seguramente hay zonas que ni la Armada ni la CIA han explorado —dijo Michelle.

A Freeman no parecía convencerlo esa posibilidad.

—Ya, ya, pero aunque esté allí, nadie lo encontrará ahora. Salvo que lo hagan los espías, seguirá escondido. ¿Vale? —Miró a Sean, que observaba algo en la pared—. ¿Estoy en lo cierto? —preguntó Freeman en voz alta.

Sean miraba con atención un trozo de papel sujeto con una chincheta en la pared.

Michelle parecía preocupada.

—¿Qué pasa, Sean?

Sean giró sobre los talones.

—South, la lista de lugares de Virginia que ya no existen, la que nos enseñaste, ¿es correcta? ¿Estás seguro?

Freeman se puso de pie y se le acercó.

—Claro que estoy seguro. Esa lista procede de los de Richmond. Es la lista oficial.

—¡Joder, ya está! —exclamó Sean.

—¿El qué? —gritó Horatio.

A modo de respuesta, Sean colocó el dedo sobre un nombre de la lista.

—Había un condado en Virginia que se llamaba Dunmore.

—Sí —replicó Freeman con regocijo—, pero cuando echaron a ese bribón, le cambiaron el nombre. Ahora se llama condado de Shenandoah. Un lugar muy bonito.

Sean salió corriendo, seguido por los demás. No eran las malditas notas musicales ni la letra. Era el título de la canción. «Shenandoah.» Ésa era la clave.

Freeman corrió hasta la puerta.

—¿Qué tiene de importante el condado de Shenandoah? —les gritó. Se calló y chilló—: No olvidéis el trato. ¡Quiero el puto Pulitzer! ¡Que quede claro!

78

A la noche siguiente, la embarcación se deslizaba por el río a menos de cinco nudos, lo suficiente para navegar. Llevaba encendidas las luces de posición y había una figura solitaria al timón. Horatio Barnes se subió la cremallera del cortavientos para protegerse del céfiro helado de un frente de bajas presiones que se aproximaba a la zona. El viento agitó ligeramente la embarcación. Horatio había navegado en barco por la bahía de Chesapeake durante décadas, así que el York, incluso de noche, no era un reto ni de lejos.

Mientras sorbía café del vaso de plástico, Horatio pensó que el trabajo de esa noche era fácil, apenas un paseíto por el río. Sin embargo, sabía que lo vigilaban ojos humanos y electrónicos. Pero estaba en aguas públicas y, siempre y cuando no se acercase demasiado a la otra orilla, la CIA no podría hacerle nada.

Entonces Horatio recordó que alguien había disparado a Sean estando en terreno privado. Se desplomó pesadamente en el asiento del capitán y se encorvó hacia delante. No tenía motivos para ponerles las cosas fáciles a esos cabrones. Pensó en el destino de dos personas a quienes les guardaba mucho cariño.

—Cuidaos —le gritó al viento helado y cortante. Luego miró hacia el cielo—. Y si nos pillan, Dios, ¿podría tocarnos una cárcel de régimen abierto?

En la orilla situada frente a Camp Peary, Sean y Michelle, ataviados con el traje de buzo, comprobaban el material.

Sean respiró hondo.

—Nada de errores, Michelle. Un solo paso en falso y estamos muertos. —Michelle no respondió. Sean la miró—. Michelle, ¿estás lista?

Cada vez que se lo habían preguntado, Michelle siempre había respondido de inmediato: «¡Sí!» En esta ocasión, titubeó. En su interior veía imágenes de una gran intensidad, y todas apuntaban a un posible desastre, a que se quedaría paralizada en un momento crucial o a que se apoderaría de ella un impulso suicida que le supondría la muerte. Pero lo peor de todo era imaginarse a Sean King muerto por su culpa e ineptitud.

—¿Michelle? —Sean le tocó el brazo y ella se sobresaltó—. Eh, ¿estás bien? —Michelle no podía mirarle a los ojos y comenzó a estremecerse—. Michelle, ¿qué pasa?

—Sean —dijo entrecortadamente—, no... no puedo hacerlo. —Sean le apretó el brazo con más fuerza—. Lo siento mucho, pero no puedo acompañarte. Sé que pensarás que soy la mayor cobarde del mundo, pero no es eso, no. Es que... —Ni siquiera pudo acabar la frase.

—Basta —repuso Sean con firmeza—. Basta. Eres la persona más valiente que conozco. Es culpa mía, no debí dejar que vinieras.

Michelle le cogió de los hombros.

—Sean, no puedes ir solo. No puedes. Te... te matarán.

Sean se puso en cuclillas y jugueteó con las gafas de buceo, sin mirar a Michelle.

—Tengo que ir, Michelle. Por muchos motivos.

—Pero es muy peligroso —dijo ella.

—Al igual que la mayoría de las cosas de la vida por las que vale la pena morir. —Sean miró hacia la otra orilla—. Ahí está ocurriendo algo terrible. Tengo que averiguar de qué se trata y poner fin a lo que estén haciendo.

—Sean, por favor —le suplicó Michelle.

Sean se colocó las gafas de buceo y preparó el resto del equipo.

—Si no he vuelto mañana por la mañana, ponte en contacto con Hayes y cuéntaselo todo. —Le apartó las manos con delicadeza—. No me pasará nada, Michelle. Hasta pronto.

Se deslizó hacia el río y desapareció. Michelle permaneció en la orilla de arcilla roja, observando las ondas hasta que la superficie volvió a la normalidad. Nunca se había sentido tan sola ni tan avergonzada. Se tumbó lentamente sobre la tierra húmeda, contempló el cielo nublado y sintió que las lágrimas le surcaban el rostro.

Michelle vio cosas terribles en las nubes, cosas del pasado. Adoptaron la forma de criaturas sacadas de pesadillas que había tenido durante años y que nunca había comprendido ni se había explicado. Vio a una niña aterrada pidiendo ayuda en vano. Siempre se había sentido sola porque no confiaba en nadie, al menos no por completo. Sin embargo, una persona se había ganado su respeto, y había depositado en ella más confianza que en cualquier otra persona. Alguien que le había demostrado que nunca le fallaría, que lo había sacrificado todo para ayudarla. Y ahora lo había dejado sumergirse solo en las aguas del York para emprender una misión suicida. Solo.

No podía permitirlo. A la mierda las pesadillas. Sean no haría aquello sin su ayuda. Si morían, morirían juntos.

De repente, las formas de las nubes desaparecieron y recobraron un color grisáceo inofensivo. Michelle cogió el equipo y se sumergió en el río.

79

A escasa profundidad de la superficie del río York, Sean avanzaba con facilidad con ayuda de una unidad de propulsión para submarinistas que, además, aumentaba el rendimiento de las aletas. El oxígeno procedía de un pequeño depósito de aire sujeto en la parte inferior de la cara. También llevaba una mochila impermeable atada al tobillo. La incursión en Camp Peary había sido el resultado de un torbellino de decisiones improvisadas. Podría salir mal por un millón de motivos y bien por muy pocos.

La revelación del título de la canción, *Shenandoah*, le había indicado que iban por buen camino. El condado de Shenandoah había sido el condado de Dunmore. Se trataba de una pista sutil, pero una vez descubierta apuntaba en una única dirección: el pabellón de caza de Dunmore en los terrenos de Camp Peary, Porto Bello. Monk Turing habría ido allí. El único modo de averiguar por qué lo había hecho consistía en seguir sus pasos, unos pasos que lo habían llevado a la muerte.

Llegó a la orilla, un poco más abajo del lugar por el que había salido Monk Turing, con la esperanza de que el paseo nocturno en barco de Horatio distrajese a los vigilantes del perímetro de Camp Peary. Aunque fuera una posibilidad remota, Sean también confiaba en que los espías de Camp Peary no creerían que alguien fuera tan estúpido como para tratar de entrar allí tras la muerte de Turing.

No podía usar linterna, así que sacó de la mochila las gafas de visión nocturna, se las colocó y las encendió. Acto seguido, la línea de visión pasó a ser de un verde amorfo, pero al menos veía a pesar de la falta de luz ambiental.

Sean se arrastró sobre el vientre tras ocultar la unidad de propulsión bajo unos arbustos de la orilla. La valla, el lugar sin retorno, estaba justo delante. Sean sacó un pequeño dispositivo cuya única función era detectar la presencia de energía de cualquier tipo. Lo apuntó hacia la valla y esperó a que apareciese una luz verde. Apareció, lo cual significaba que la valla no estaba electrificada ni contaba con sensores de movimiento.

Sean había averiguado que el perímetro externo de Camp Peary era tan inmenso que la CIA no había invertido ni tiempo ni dinero en emplear un sistema de seguridad complejo. Los mecanismos de protección internos que cubrían cada centímetro de las instalaciones y de las zonas de entrenamiento y operaciones eran otra historia. Era tecnología punta letal. Por eso Sean contaba con la experiencia de Heinrich Fuchs, que al parecer había sido la única persona que había logrado escapar de una prisión militar federal muy segura.

Sin embargo, parecía sumamente ridículo arriesgar su libertad y tal vez su vida por algo que había ocurrido hacía más de sesenta años. De repente, se sintió presa del pánico mientras estaba tumbado sobre la arcilla roja de la orilla del York, preparándose para irrumpir en una de las instalaciones más seguras de Estados Unidos. En esos momentos, lo que realmente quería era volver sobre sus pasos, sumergirse de nuevo en el río y regresar a casa. Sin embargo, no podía moverse. Estaba paralizado.

Estuvo a punto de gritar cuando lo sintió. En el hombro. Luego oyó una voz que le hablaba al oído en un tono reposado y tranquilizador.

—Tranquilo, Sean. Podemos hacerlo —le dijo Michelle.

Sean se volvió y la vio arrodillada junto a él, con una expresión que le indicaba todo lo que necesitaba saber. Le apretó el brazo y asintió. Qué idiota había sido al pensar que Michelle no estaba a la altura de las circunstancias. Joder, estaba más preparada que él. Sean, liberado del miedo, respiró hondo y se desplazó rápidamente hacia delante, seguido por Michelle. Estaban justo delante de la valla. Mientras Michelle vigilaba, Sean cortó un pequeño trozo de la tela metálica. Pasaron por el hueco con el equipo, Sean recolocó en la valla el trozo de tela metálica cortada y se internaron en el bosque.

Al cabo de unos instantes, Sean sacó el documento que Heinrich Fuchs le había dado a Monk Turing. Estaba repleto de datos y cálculos que Sean y Michelle habían anotado. Tuvieron que arriesgarse a encender una linterna para observar el mapa.

Fuchs no había dejado marcas útiles en los árboles ni una X en el suelo para indicar la entrada del túnel, aunque seguramente no habrían resistido el paso del tiempo. Sin embargo, no necesitaban confiar en ese tipo de información porque Monk Turing había anotado en el mapa todo tipo de indicaciones, puntos de referencia y, a través de su hija, había dejado una pista importante para saber cuál era el objetivo. Sean también sabía que Monk Turing no había encarado la muerte para desandar la ruta de huida de un prisionero de guerra alemán. Turing debía de haber tenido otro motivo, uno de peso.

Siguiendo las indicaciones de Turing, se dirigieron hacia el norte y llegaron a un claro rodeado de abedules. Aquél era el sitio. Sean comenzó a medir la distancia con los pasos, pero Michelle lo detuvo.

—¿Cuánto medía Turing? —le preguntó.

—Metro sesenta y ocho.

—Le sacas más de quince centímetros —le susurró Michelle—. Yo contaré los pasos. —Eso hizo, dando zancadas más cortas de lo normal.

«Monk Turing debía de ser una persona muy meticulosa», pensó Sean, porque cuando Michelle dejó de caminar entre los árboles y los arbustos, supo que lo habían encontrado. Estaban en una zona del bosque que parecía no haber sido transitada en décadas, por no decir siglos; sin embargo, Sean sabía que sí había sido transitada.

Se arrodilló y recorrió la letra con la mano. La habían dibujado con una enredadera arrancada de uno de los árboles y colocándola luego en el suelo.

El lugar no lo indicaba una X, sino una V. Sean sabía que era la V de Viggie porque Monk lo había anotado en el documento. Los dos escarbaron con las manos en una zona en la que parecía que sólo había maleza. Sin embargo, sus dedos finalmente tocaron el extremo de un tablón deteriorado y tiraron del mismo. Al levantar el trozo de madera la entrada del túnel quedó al descubierto.

Descendieron un poco por la abertura y luego se dejaron caer hasta llegar al suelo de tierra del pasadizo. A hombros de Sean, Michelle recolocó la trampilla para ocultar la entrada. Al hacerlo, Michelle vio un trozo de cuerda que rodeaba la madera que aguantaba la trampilla que tapaba la abertura.

—Monk debió de colocar la cuerda antes de bajar al túnel —dijo Michelle, señalándola—. La usaría para salir al exterior. La trampilla está demasiado lejos del suelo.

—También he traído cuerda —repuso Sean—. A la vuelta, te auparé para que ates la cuerda y luego la usaré para salir.

Una vez recolocada la trampilla, se arriesgaron a encender las linternas. A medida que avanzaban por el túnel, la pared se inclinaba hacia abajo, lo cual obligaría a las personas altas a encorvarse. Las paredes eran de arcilla roja sólida y seca. Cada medio metro, había vigas de madera podrida en el techo, encajadas entre las paredes.

—No pasaría ni la inspección de seguridad más elemental —dijo Michelle un tanto nerviosa—. ¿Crees que lo hizo él solo? Es mucho trabajo para una persona.

—Creo que lo ayudaron otros prisioneros, pero fue el único que llegó a usar el túnel.

—¿Por qué?

—Creo que los otros prisioneros fueron puestos en libertad después de que acabara la guerra en Europa, más o menos cuando acabaron el túnel —dijo Sean—. Pero no soltaron a Fuchs.

—¿Por qué no?

—Como Horatio, investigué un poco al respecto. Si Heinrich Fuchs era el operador de radio de su barco, entonces conocería el código Enigma. En aquel entonces, los aliados no ponían en libertad a los prisioneros que conociesen el código. Los retenían para sonsacarles información y para evitar que regresasen a Alemania.

—Pero Alemania salió derrotada, Sean.

—Sí, pero quedaban grupos de nazis radicales y altos mandos alemanes diseminados por todo el mundo. Los aliados querían evitar a toda costa que los nazis recuperasen a los expertos en el código ya que podrían ayudarlos a desarrollar otra red de comunicaciones.

—Lo cual demuestra que el conocimiento de la historia resulta útil en la vida moderna —concluyó Michelle.

—Siempre he pensado eso. Venga, en marcha.

80

El Boeing 767 había reforzado los motores y otros elementos clave necesarios para vuelos transoceánicos. El aparato, de fuselaje ancho, se inclinó hacia la izquierda y comenzó a sobrevolar tierra firme estadounidense en Norfolk, Virginia, antes de iniciar el descenso hacia el destino final. El 767 no pertenecía a ninguna aerolínea nacional o extranjera. No era propiedad de una empresa ni de un particular ni tampoco lo utilizaba el ejército estadounidense. Normalmente, si un avión no cumplía con esos requisitos, al llegar al espacio aéreo estadounidense y sobrevolar una de las instalaciones militares más importantes del país, varios cazas habrían despegado a toda velocidad de Norfolk y lo habrían interceptado en términos poco amistosos. Sin embargo, no se oyeron alarmas y los pilotos de la Armada no corrieron hacia los cazas porque el avión en cuestión tenía permiso de los mandos más altos para volar a cualquier lugar de Estados Unidos. El 767 prosiguió el vuelo, al igual que todos los sábados a esa misma hora durante los últimos dos años. Antes de que transcurrieran treinta minutos, los pilotos habrían preparado el tren de aterrizaje y los alerones para descender hacia una pista de aterrizaje sufragada por los contribuyentes estadounidenses, una larga pista de cemento a la que no se permitiría acceder a casi ningún ciudadano.

Sean y Michelle llegaron al final del túnel y trataron de escuchar cualquier sonido procedente del otro lado de la pared que observaban, apenas quince centímetros sobre sus cabezas. Acababan de pasar por debajo de uno de los sistemas de seguridad más complejos de Estados Unidos. Si hubieran estado sobre tierra, el contingente de seguridad los habría matado o detenido.

Colocaron las manos contra el techo y apretaron con fuerza al tiempo que se preparaban para salir corriendo si oían algún ruido que delatara la presencia de otras personas. No se oía nada, así que desplazaron esa parte del techo, treparon hasta una habitación y la iluminaron con las linternas. Las paredes eran de ladrillo y el aire estaba viciado y hedía.

—Es como si hubiésemos retrocedido en el tiempo —susurró Michelle mientras observaba el ladrillo, las vigas podridas y el suelo de tierra.

—Bienvenida a Porto Bello —le dijo Sean—. La Armada seguramente retuvo aquí a Fuchs y a los otros prisioneros de guerra. Y los alemanes lograron cavar un túnel debajo de las mismísimas narices de la Armada.

Varios ladrillos se habían desprendido en un rincón y yacían amontonados en el suelo.

—No es muy tranquilizador que digamos —comentó Michelle al ver los ladrillos caídos—. Este lugar se podría derrumbar en cualquier momento.

Sean recogió uno de los ladrillos.

—Lleva en pie más de doscientos años. Seguro que aguantará otra hora. —Sean iluminó el suelo. Se veían pisadas en la tierra—. Espero que sean de Monk Turing —dijo.

—Entonces, ¿dónde está el oro? —preguntó Michelle.

—Todavía no lo hemos buscado —le recordó Sean.

—Prefiero encontrar a Viggie que el tesoro.

Sean consultó la hora.

—Deberíamos apresurarnos. El avión aterrizará en cualquier momento.

Tras registrar el sótano, subieron las escaleras. En la planta principal no había ni el más mínimo rastro de mobiliario. Sin embargo, aquí y allá se advertían toques de elegancia en la carpintería, el marco de la chimenea, la repisa de madera tallada y el escudo de la corona británica grabado en la pared justo encima de la puerta de entrada. Los siglos lo habían erosionado todo. Sin embargo, Sean y Michelle observaban en derredor asombrados mientras pisaban tablones que habían estado bien colocados y alineados cuando Washington, Jefferson y Adams lucharon por la independencia de la colonia.

Saltaba a la vista que aquel lugar estaba abandonado y que la CIA no lo usaba. Supieron el motivo en cuanto miraron por una de las vidrieras rotas. Lo único que había en las inmediaciones era un pequeño afluente.

Sean lo señaló.

—La ensenada del York —dijo.

Heinrich Fuchs y los otros prisioneros habían seguido el curso de la ensenada para cavar el túnel, suponiendo, con toda razón, que los conduciría hasta el York y la libertad.

En el plan de Sean y Michelle, la ensenada también desempeñaba un papel fundamental, porque discurría cerca del final de la pista de aterrizaje.

Registraron la casa para asegurarse de que Viggie no estuviera allí. Tampoco encontraron el tesoro. Salieron del antiguo pabellón de caza y se dirigieron hacia la ensenada. Michelle volvió la vista. La casa estaba asentada sobre un terreno llano con dos árboles gigantescos delante. Tenía un tejado plano con tejas de madera que cubrían el tercio superior de la estructura. Una única chimenea se elevaba cerca del centro del pabellón. La construcción era de ladrillo salvo por un pequeño porche de madera peligrosamente inclinado.

—Vi la casa desde el avión cuando estaba con Champ.

Sean asintió.

—Estoy seguro de que ése fue el motivo por el que Monk salió a volar con Champ. Quería ver si Porto Bello estaba ocupado y qué había en los alrededores.

Al cabo de unos instantes, estaban en la ensenada y avanzaban hacia el este, desandando el camino que habían seguido en el túnel. Hasta el momento no habían visto indicio alguno de seres humanos. Sin embargo, sabían que eso cambiaría en cualquier momento y que la próxima persona que vieran seguramente iría armada y querría matarlos.

81

El avión, con las luces apagadas, sobrevoló el bosque de las afueras de Babbage Town y el York, superó la valla de seguridad y aterrizó sobre la superficie de hormigón armado de la pista de aterrizaje de tres kilómetros de longitud. Se detuvo por completo después de que los propulsores inversos y los frenos hicieran su trabajo.

El avión rodó hasta el final de la pista y los pilotos dieron la vuelta en el amplio tramo de hormigón. Allí esperaban un autobús, un Hummer y un camión de carga. Los motores se apagaron y se abrió la puerta de cola del avión, se colocaron escaleras portátiles y comenzaron a bajar varias personas. Se abrió la puerta de carga situada en la parte posterior de la aeronave y el camión dio marcha atrás hasta allí.

Sean y Michelle avanzaron arrastrándose sobre el vientre hasta llegar a una valla de tela metálica que circundaba la zona de la pista de aterrizaje. Las gafas de visión nocturna detectaron la actividad de inmediato. Sean también estaba grabando lo que veía con una videocámara de vigilancia especial que ofrecía unas imágenes de una nitidez sorprendente a pesar de la falta de luz.

Michelle se estremeció al ver salir del avión al primer hombre, ataviado con un traje de calle y el tradicional turbante árabe en la cabeza. Lo siguieron una docena de hombres, todos ellos con el mismo atuendo.

Michelle señaló hacia la parte posterior del avión. Sean se sobresaltó al ver el cargamento que se desembarcaba. Junto con las maletas había pilas de fardos de plástico negro.

Sean miró a Michelle, alarmado.

—Oh, mierda. ¿Es lo que creo que es? —susurró.

Mientras continuaban observando, un Range Rover aparcó junto al pequeño autobús de pasajeros y salió una persona.

Sean se quedó paralizado nada más verla.

Valerie Messaline llevaba un traje pantalón beis. Se acercó a los árabes y comenzó a hablar con ellos. A Sean le pareció ver que llevaba un distintivo de seguridad blanco colgado del cuello. Era de la CIA y una actriz de primera; y él se había tragado todas y cada una de sus palabras.

Michelle se dio cuenta de que Sean estaba perplejo.

—¿Valerie?

Sean asintió sin mediar palabra.

Valerie habló con el mismo árabe durante varios minutos mientras los otros hombres subían al autobús con el equipaje. De vez en cuando, Valerie y el árabe miraban hacia el cargamento que se estaba bajando del avión. En una ocasión, Valerie se acercó con el árabe a uno de los fardos, lo tocó y se rio de algo que dijo el hombre.

Al cabo de unos minutos, Valerie regresó al Range Rover con el árabe y siguieron al autobús, que seguramente se dirigiría al complejo cercano que se veía en la imagen del satélite.

En cuanto hubieron terminado de descargar, todos los hombres, menos dos, subieron al Hummer y se marcharon. Los otros dos subieron al camión de carga y se pusieron en marcha. El Hummer siguió el mismo camino que el autobús de pasajeros con los árabes, pero el camión fue en dirección contraria, justo hacia donde Sean y Michelle se encontraban ocultos junto a la puerta de tela metálica.

—Atrás —le susurró Sean en tono apremiante.

Se hicieron a un lado y permanecieron inmóviles en el suelo.

El camión se detuvo al llegar a la puerta, un hombre salió y la abrió, y el vehículo pasó al otro lado seguido del hombre, que cerró la puerta y subió de nuevo a la cabina.

Michelle se quitó la mochila y se volvió hacia Sean.

—Vuelve a Babbage Town, busca a Merkle Hayes y enséñale la cinta de vídeo. Luego espera a tener noticias mías.

Sean la miró de hito en hito.

—¿Que espere a tener noticias tuyas? ¿Adónde vas?

—El vídeo no basta —respondió Michelle—. Tenemos que saber a ciencia cierta qué hay en ese cargamento.

Antes de que Sean pudiera replicar o cogerla del brazo, Michelle salió disparada hacia la parte trasera del camión, se arrojó debajo del mismo, rodeó los bajos metálicos con las piernas y los brazos y se sujetó allí mientras el vehículo se alejaba.

Sean estaba tan perplejo que ni siquiera se movió. No podía creerse lo que Michelle acababa de hacer.

Mientras su compañera desaparecía en la oscuridad en los bajos del camión, Sean permaneció tumbado, solo, en medio de una de las instalaciones más secretas de la CIA y se preguntó si le daría un infarto.

Finalmente, sin saber bien cómo, se calmó. Guardó la mochila de Michelle dentro de la suya y comenzó a arrastrarse hacia Porto Bello. Por agua, estaba a menos de quinientos metros, pero como si fueran quinientos kilómetros.

Sean no era el único que se preguntaba por qué Michelle había hecho aquello de forma impulsiva. Ella misma comenzaba a arrepentirse y en más de una ocasión estuvo a punto de soltarse para dejarse caer al suelo y volver corriendo al encuentro de Sean. Sin embargo, algo se lo impedía.

Oyó otros ruidos aparte de los del camión. El vehículo aminoró la marcha y se detuvo por completo, por lo que Michelle dedujo que habían llegado a la puerta de entrada. En ese momento, le entró pánico. ¿Registrarían el camión antes de salir de Camp Peary? Luego pensó que ni siquiera se molestarían en echarle un vistazo. Estaba en lo cierto; oyó el chirrido de las puertas automatizadas y el camión reemprendió la marcha para salir de Camp Peary.

Llegaron a una calle y aceleraron. Michelle comenzaba a cansarse por el esfuerzo físico, pero ya no podía soltarse porque, como mínimo, se abriría la cabeza. Al cabo de unos instantes, vio las ruedas de otros vehículos en la carretera.

Poco después, el camión salió de la carretera y se desvió hacia un camino de gravilla. La gravilla dio paso al asfalto y, cinco minutos más tarde, el camión se detuvo. Se abrieron las puertas y Michelle vio a los dos hombres bajarse y marcharse. En cuanto dejó de oír sus pasos, se soltó para dejarse caer al suelo y rodó hasta el lado opuesto por el que los hombres se habían ido.

Michelle miró alrededor. Aquel lugar le resultaba familiar por algún motivo, pero estaba a oscuras y no veía bien.

Lo oyó volver y corrió hasta ocultarse detrás de un pequeño edificio que acababa de ver. Dobló la esquina, se detuvo y se arriesgó a mirar. Al hacerlo, se le cortó la respiración. Sabía exactamente dónde estaba.

82

Sean llegó a Porto Bello sin que lo vieran. Subió con sigilo los escalones podridos y no tuvo tiempo de reaccionar cuando uno de los tablones cedió bajo su peso. Sean se hundió, sintió que algo afilado se le clavaba en la pierna y gritó de dolor. Se quedó inmóvil mientras el grito parecía elevarse hacia las alturas y luego, como una tormenta de verano, caer en cascada por todas partes.

¿Había oído una alarma? ¿Personas corriendo? ¿El ladrido de un perro adiestrado? No, era su imaginación jugándole una mala pasada. Trató de liberar la pierna mientras maldecía en silencio al gobernador por haber elegido madera en lugar de ladrillo sólido. Se llevó la mano a la pierna y notó que le manaba sangre de un corte profundo en la pantorrilla.

Cojeó hasta el interior de la casa y bajó rápidamente al sótano. Tropezó con unos escombros y cayó de bruces contra la pared con tal fuerza que un ladrillo se desprendió. Se arrodilló maldiciendo y se frotó las manos rasguñadas. Miró hacia el hueco que había quedado en la pared maestra de la cual se había caído el ladrillo. Iluminó el hueco con la linterna y vio algo. La pared maestra era muy gruesa y detrás había algo...

—¡Joder!

Sean cogió un trozo de madera, lo introdujo en la abertura e hizo palanca hasta que el mortero se desprendió. Alargó la mano y liberó el objeto, llevándose un arañazo de premio.

Una moneda de oro. Escarbó un poco más y sacó una pequeña piedra. Le quitó la tierra y la iluminó. La piedra era en realidad una esmeralda reluciente. Siguió escarbando y vio lo que parecía un lingote de oro y otras monedas de oro. Era el tesoro de lord Dunmore y no sólo había oro. Lo había encontrado, y a juzgar por el estado del lugar, Monk Turing también había dado con él.

«Eso fue lo que Heinrich Fuchs le contó a Monk por haberle ayudado a regresar a Alemania», pensó Sean. Supo que allí había un botín de valor incalculable. South Freeman se había equivocado. Dunmore había sido lo bastante listo como para ocultar el tesoro detrás de una falsa pared maestra para que nadie lo encontrase... hasta que un prisionero de guerra alemán emprendedor se topó con él mientras cavaba un túnel que lo llevaría a la libertad.

Oyó que alguien llegaba corriendo a la casa. Esta vez no se trataba de su imaginación.

Recogió un par de ladrillos del suelo y tapó la abertura de la pared, se guardó la moneda de oro y la esmeralda en la mochila, corrió hasta la parte del suelo que daba al túnel y la apartó. Colocó varios ladrillos sobre la trampilla de madera, cubrió el agujero parcialmente con la misma, se dejó caer por el hueco que quedaba y luego terminó de ocultar la entrada al túnel con la trampilla.

Comenzó a correr a toda velocidad, a pesar de la herida en la pierna.

Cuando llegó al otro extremo del túnel se dio cuenta de que estaba bien jodido. Observó la salida del túnel en lo alto, a casi un metro de su cabeza. Aunque lograse llegar de un salto, no tendría nada a lo que aferrarse. Había aupado a Michelle para que recolocase la trampilla. El plan de huida había consistido en aupar de nuevo a Michelle para que anudase una cuerda que le permitiese salir.

«Un momento», pensó. Si estaba en lo cierto y Heinrich Fuchs había huido solo, ¿cómo lo había hecho? Se arrodilló junto a una de las vigas caídas que habían visto al entrar. Logró apartarla y comenzó a escarbar frenéticamente hasta que apareció una escalera tosca. Debía de haber estado allí desde que Fuchs escapó, oculta bajo la viga caída y décadas de tierra acumulada.

Colocó la escalera junto a la entrada del túnel. Al igual que Monk Turing, Heinrich Fuchs había sido un hombre muy meticuloso. La escalera encajaba perfectamente en un saliente de madera situado justo debajo de la trampilla. Se colgó la mochila al hombro, se sujetó a la escalera y subió tan rápido como pudo. Apartó la trampilla, salió al exterior y luego quitó la escalera. Entonces se detuvo. Si Michelle no había salido de Camp Peary en el camión, tal vez necesitaría la escalera para escapar por el túnel. Sean cambió de idea en cuanto oyó ruidos. Había otras personas en el túnel. Michelle no huiría por allí, por lo que arrojó la escalera al bosque.

Sean recolocó la trampilla, se volvió y comenzó a contar los pasos hasta el claro mientras comenzaba a lloviznar. Ahora oía ruidos inquietantes procedentes de todas partes. Varios reflectores atravesaban la noche oscura como un cuchillo implacable. «Oh, mierda», pensó. Se dejó caer al suelo y rebuscó en la mochila.

A los pocos segundos, un hombre estuvo a punto de pisarlo. Sean vio el MP5, la cara pintada de negro y los ojos que comenzaban a mirar en su dirección. Le disparó; el hombre se puso tenso y luego se desplomó. Sean guardó la pistola inmovilizadora en la mochila. Le quitó al hombre el cinturón de municiones y lo comprobó: una pistola, esposas, una porra y algo que le serviría, dos granadas. Guardó el cinturón de municiones en la mochila, menos una granada, y se agazapó.

Se dirigiría hacia la derecha para ir a buscar su equipo. Por desgracia, los ruidos que oía procedían de esa dirección. Sean quitó el seguro de la granada y la arrojó con todas sus fuerzas hacia la izquierda. Se lanzó al suelo y se cubrió las orejas. Al cabo de cinco segundos, la explosión sacudió Camp Peary.

Sean oyó a varias personas gritar y correr. Esperó. Diez segundos, veinte segundos. Un minuto. Luego se levantó de un salto y corrió como alma que lleva el diablo.

A los pocos minutos había salido por la valla y había encontrado los propulsores. Dejó los de Michelle allí por si llegaba a necesitarlos.

Sean oyó una embarcación que venía del sur a toda máquina. No quería esperar a ver qué era. Se introdujo en la boca la boquilla de la bombona de oxígeno y se sumergió en el río. Descendió lo bastante como para evitar las hélices de la embarcación, activó la unidad de propulsión, atravesó el York en línea recta y apareció en la otra orilla a unos doscientos metros del cobertizo para barcas. El trayecto de vuelta había sido agotador, pero no tenía tiempo para descansar. Corrió hacia el bosque, recogió una mochila que habían escondido allí antes, se quitó el traje de buzo y se puso ropa de calle. Guardó la mayoría de los objetos en la mochila y la ocultó debajo de un arbusto. La cámara de vídeo podía realizar copias, por lo que volcó el vídeo en una memoria externa. Luego corrió por el bosque hasta Babbage Town. No sabía cómo, pero tenía que encontrar a Michelle antes de que fuera demasiado tarde.

83

El cargamento del camión estaba en el interior del pequeño avión. Una vez quitados los asientos, había sitio de sobra. Champ Pollion se acomodó en la cabina y preparó el Cessna para el despegue. Aunque llovía con más fuerza y se había levantado viento, supuso que llegaría a tiempo. Los hombres habían terminado de cargar el avión, pero, dado que Champ no los veía, dejaron varios fardos de plástico en el camión. Arrancaron y desaparecieron en la oscuridad.

Champ repasó rápidamente la lista de comprobaciones previas al despegue y apretó un botón, tras lo cual las hélices cobraron vida. Champ acababa de colocarse los auriculares cuando la puerta se abrió de repente y Michelle asomó la cabeza.

—Eh, Champ, ¿queda sitio para otra persona?

Champ la miró durante varios segundos, como si no terminara de creer lo que veía. Acto seguido, desplazó la mano hacia el arma que llevaba en el cinturón, pero el puño de Michelle fue más rápido. El golpe lo tumbó hacia un lado y comenzó a chorrearle sangre de la nariz.

Champ saltó al asiento del copiloto y salió por la puerta lateral. Michelle sorteó el asiento de un salto y lo persiguió.

Champ se cayó al suelo y Michelle le dio alcance. Champ trató de levantarse, pero Michelle le propinó tal patada en la cabeza que lo derribó de nuevo. Champ la barrió con una pierna y Michelle salió despedida contra el avión. El Cessna vibraba por el esfuerzo del motor.

Champ logró desenfundar el arma, pero la certera patada de

Michelle se la arrebató de la mano. Momentos después, Champ le propinó un puñetazo en el costado y Michelle sintió un dolor intenso en las costillas. Un pie siguió la misma trayectoria que el puño y, mientras caía al suelo y se levantaba como una exhalación, Michelle supo que la pelea iba en serio.

Los dos se plantaron frente a frente con el zumbido del avión de fondo.

—¿Qué coño haces aquí? —le gritó Champ.

—Detener a un ciudadano —le chilló Michelle mientras lo observaba, buscando la oportunidad idónea para abalanzarse sobre él.

—No sabes dónde te metes.

—¡Ja! ¿Desde cuándo un respetado físico se convierte en un camello para la CIA? Eso es lo que hay en los fardos, ¿no? ¿Droga?

—Michelle, no sabes de qué va todo esto.

—Pues explícamelo —dijo ella.

—No puedo y tampoco quiero hacerte daño.

—¡Hacerme daño! ¿Qué me dices de Monk Turing y de Len Rivest?

—Sólo cumplo con mi trabajo —explicó Champ—. Tienes que creerme.

—Lo siento, Champ, se me ha acabado la confianza.

Mientras hablaban, Michelle se había ido acercando a él imperceptiblemente. De repente, giró sobre los talones, le propinó una patada en la cabeza y Champ salió volando de espaldas. Sin embargo, Champ se recobró antes de que Michelle tuviera tiempo de atacarlo de nuevo y le dio una patada en el hombro que la dejó sentada en el suelo. Michelle se levantó de un salto, esquivó otro golpe al agacharse y le hundió el puño a la altura del riñón. Increíblemente, Champ no se desplomó. Se tambaleó hacia atrás, jadeando, pero en plenas facultades de sí mismo.

—Eres bueno —le gritó Michelle por encima del ruido del motor del avión.

—Quizá no tanto como tú —admitió Champ. Miró por encima del hombro—. Michelle, tienes que largarte de aquí.

—¿Para que puedas llevarte la droga?

—No estoy cometiendo ningún delito. Confía en mí.

—Ya te lo he dicho, no confío en nadie.

—Michelle saltó y le hundió el pie en el pecho. Champ cayó de espaldas y, por desgracia, fue a parar junto a su pistola. La recogió, se dispuso a disparar y...

Michelle entró de un salto en la cabina del avión y cerró de un portazo en el preciso instante en que la bala de la pistola de Champ destrozaba el cristal. Michelle echó un vistazo rápido al cuadro de mandos. Había visto a Champ repasar la lista de comprobaciones previas al vuelo, y esa atención al detalle tuvo su recompensa. Soltó el freno de pie, aceleró y el Cessna salió disparado.

Otra bala entró volando por la cabina y esta vez Michelle no pudo apartarse. Gruñó de dolor al sentir que la bala le rozaba el brazo antes de salir por la otra ventana.

Aceleró a fondo, el Cessna tomó velocidad y pasó zumbando por el hormigón en dirección a la pista de aterrizaje. Champ corrió detrás del avión sin soltar la pistola. Disparó contra la cola del avión, pero falló.

—¡Para! —le gritó—. No sabes dónde te metes. ¡Para!

Michelle no pensaba despegar. Aceleró y, al mismo tiempo, apretó a fondo el pedal de la derecha, con lo cual el avión dio un giro de ciento ochenta grados. Champ se paró en seco al ver que el avión lo encaraba. Alzó la pistola para disparar, pero giró sobre sus talones y comenzó a correr. Aunque era rápido, Michelle tuvo que aminorar la marcha para no arrollarlo. Cuando el avión estuvo a punto de echársele encima, Champ gritó y se arrojó a un lado, rodó por un terraplén y chocó contra un grupo de bidones de gasolina.

Michelle detuvo por completo el avión, salió de un salto y bajó corriendo por el terraplén. No esperó a que Champ intentase levantarse. Se abalanzó sobre él y lo golpeó con el codo en la parte posterior de la cabeza. Champ gimió, cerró los ojos y se quedó inmóvil en el suelo.

—¡No te me mueras, Champ! —le gritó furiosa mientras le daba la vuelta para comprobarle el pulso—. Te espera la cárcel, geniecillo de tres al cuarto.

—Champ respiraba con normalidad y el pulso era regular, pero se despertaría con un dolor de cabeza insoportable y la imperiosa necesidad de llamar a su abogado. Michelle miró alrededor, vio un cable colgando de la pared exterior de un pequeño almacén y lo usó para atarlo.

Le registró los bolsillos, encontró el móvil y las llaves del coche y corrió de vuelta al avión. Abrió la puerta de golpe, subió, apagó el motor, hundió una de las llaves en uno de los fardos y comprobó el contenido. Heroína, estaba casi segura. Guardó un poco en una bolsa que había encontrado en el avión. Mientras se daba la vuelta para marcharse, oyó un ruido al fondo del avión, detrás de los fardos. Entonces vio que uno de los paquetes se movía un poco.

Comenzó a apartar los fardos. Al fondo de la cabina había algo envuelto en una manta, y ese algo se retorcía.

Michelle tiró de la manta y la apartó, dejando al descubierto a Viggie, maniatada y amordazada.

Michelle la liberó rápidamente y salieron corriendo del avión.

—Mick... —comenzó a decir Viggie.

—Ya me lo contarás. Ahora, corre.

Llegaron al Mercedes de Champ y subieron. Michelle llamó a Merkle Hayes a casa, lo despertó y le resumió lo sucedido.

—Ven a Babbage Town con toda la ayuda que puedas —le gritó.

—¡Hostia puta! —fue cuanto pudo articular el agente de la ley.

Michelle arrancó el coche y aceleró. Viggie se agarró como pudo mientras Michelle salía derrapando por el aparcamiento hasta llegar a la carretera, donde giró a la izquierda y cogió velocidad; atrás quedaba un genio inconsciente con una larga condena por delante y un Cessna lleno de heroína cortesía de la CIA. Llegó a los ciento sesenta en la recta y hundió el acelerador hasta el fondo.

84

Sean se agazapó detrás de un seto. Lo que estaba viendo acababa de echar por tierra las pocas esperanzas que tenía de salir con vida. Varios hombres con protección corporal antibalas y MP5, armas que procedían de la otra orilla del río, hablaban con dos de los guardias de seguridad que quedaban en Babbage Town.

El grupo se desplegó y se encaminó hacia donde estaba Sean, que se adentró en el bosque de inmediato con la esperanza de dejar el grupo a su izquierda. Al cabo de unos minutos llegó a un claro situado justo detrás de la casita del difunto Len Rivest. Al otro lado de la carretera se encontraba la parte posterior de la Cabaña número tres. Se deslizó con sigilo entre árbol y árbol. Oía gritos y pasos por doquier mientras avanzaba lentamente.

Rompió con una piedra el cerrojo de la puerta trasera de la lavandería y entró. Le llegó el olor a detergente y a lejía mientras buscaba entre las máquinas. No tardó en ver lo que buscaba. Cogió la ropa y salió de la lavandería.

Miró hacia delante y vio su destino: la casa de Alice Chadwick. Las luces estaban apagadas. Llegó hasta la puerta trasera sin que lo vieran y movió la manecilla. No estaba cerrada con llave. Entró, se detuvo y escuchó con atención. Todo parecía en orden. De repente, se agachó al ver unas sombras corriendo por la calle.

Subió por las escaleras, llegó a la puerta de su dormitorio y entró. Necesitaba el móvil; como el idiota que era, se lo había olvidado cuando habían huido de Babbage Town. Sin embargo, se dio cuenta de que habían registrado la habitación y que se lo habían llevado todo. Salió del dormitorio y fue hasta el de Alice, abrió la puerta y entró con sigilo con la esperanza de encontrar un teléfono.

Le golpearon en el hombro.

—¡Aléjate! ¡Aléjate! —chilló una voz.

Sean le sujetó la mano antes de que lo golpeara de nuevo.

—Alice, soy yo, Sean.

Alice se había ocultado detrás de la puerta y lo había atacado con la prótesis.

—¡Sean! —exclamó sorprendida.

Sean la sostuvo con firmeza para que se mantuviese erguida con una sola pierna.

—¿Qué haces aquí? Creía que te habías marchado —le dijo Sean.

—Yo también creía que te habías ido. Volví por si acaso Viggie regresaba. Y entonces vi a alguien registrando la casa a hurtadillas.

—Alice, tenemos que largarnos.

—¿Por qué, qué ha pasado?

—No tengo tiempo de explicártelo ahora —dijo Sean—, pero tiene que ver con la CIA, y puede que con droga y asesinatos. Hay espías por todas partes, pero tengo un plan.

Alice se recolocó la prótesis rápidamente.

—¿Dónde está Michelle? —le preguntó.

—Ojalá lo supiera. Siguió la pista de la droga y yo... espero que esté bien. ¿Tienes un móvil? Necesito llamar a la policía.

—Lo dejé en el coche.

—¿Tienes fijo?

—No, sólo el móvil.

—¡Joder! —Sean miró alrededor—. Vale, haremos lo siguiente: irás al coche a buscar el móvil. Supongo que está aparcado en la entrada, ¿no?

—Sí.

Sean sacó la ropa que había cogido en la lavandería. Era el uniforme de un guardia. Se lo puso sin perder tiempo.

—Oh, Dios mío, Sean, estás herido —exclamó Alice cuando le vio el corte de la pierna.

—No te preocupes. Estaré mucho peor si no nos largamos de aquí. Si alguien te detiene, dile que estás asustada y que te marchas. Te seguiré de cerca.

—Llevas uniforme. ¿Por qué no finges que eres mi escolta?

—Los guardias me reconocerán si me ven la cara. Pero desde lejos sólo verán un uniforme. Nos encontraremos en la entrada y luego acudiremos a la policía.

A Alice parecía haberle entrado el pánico.

—Sean, ¿y si no me dejan salir? Creen que sé algo.

—Alice, haz como si estuvieras asustada.

Ella esbozó una sonrisa.

—No me será difícil porque estoy aterrada. —Se le deslizaron varias lágrimas por el rostro—. ¿Crees que esos hombres fueron los que secuestraron a Viggie?

Sean no respondió de inmediato.

—Sí, son ellos. —Miró a su alrededor y le dio el pisapapeles que estaba en la mesita de noche—. No es la mejor arma del mundo, pero es lo que hay. —Oyeron ruidos en el exterior—. Alice, ve por la carretera principal hasta la Cabaña número tres y la piscina, y luego sigue hasta el patio delantero. —La cogió por los hombros—. Puedes hacerlo.

Finalmente, Alice asintió, respiró hondo y siguió a Sean escaleras abajo.

Poco después, todo marchaba sobre ruedas. Dos guardias pasaron junto a ella, pero no la detuvieron. Acababa de llegar a la piscina cuando se produjo la catástrofe. Un grupo de hombres armados se le acercó corriendo. El jefe le indicó con la mano que se detuviera.

—¡Mierda! —farfulló Sean desde su escondite. Miró alrededor tratando de buscar algo que les sacara de aquel aprieto. Entonces se le ocurrió algo. Rebuscó en la mochila y sacó la granada que le había arrebatado al guardia de Camp Peary, le quitó el seguro y la arrojó por encima de la valla que delimitaba la Cabaña número dos. Rebotó en el silo metálico y luego cayó al suelo. Sean ya había salido corriendo y había trepado hasta las ramas más bajas de un árbol.

Al cabo de cinco segundos la explosión abrió un agujero enorme en la base del silo y el agua comenzó a extenderse en tantas direcciones que parecía un río desbordado. Sean oyó gritos y desde su atalaya vio que la corriente de agua derribaba y arrastraba a Alice y a los hombres armados.

Alice acabó junto a unas sillas en el otro extremo de la piscina.

Los hombres habían perdido el conocimiento al golpearse contra la chimenea de piedra.

En cuanto el silo se hubo vaciado por completo, Sean avanzó a duras penas por aquel lodazal hasta la piscina.

—Siento lo del *tsunami* —le gritó a Alice—. Fue lo único que se me ocurrió. —Mientras se acercaba a ella, se dio cuenta de que le ocurría algo.

Alice se agarraba a la prótesis, retorciéndose de dolor.

Sean corrió a su encuentro y se arrodilló junto a ella.

—¿Qué te pasa, Alice?

—Cuando el agua me ha arrastrado —gimió Alice—, se me ha clavado un trozo de metal en el muslo. No puedo caminar.

—¡Oh, mierda! —Sean se dispuso a examinarle la pierna. De repente, cayó de cabeza al agua de la piscina. Tenía la sensación de que le habían destrozado el cráneo de un golpe. Trató de recomponerse en la parte menos honda y luego se impulsó hacia la superficie. Nada más hacerlo, algo le rodeó el cuello y lo apretó con fuerza. Trató de zafarse, pero fuera lo que fuese estaba tan apretado que no podía apartarlo del cuello. Miró hacia atrás.

Alice lo estaba estrangulando con una cuerda.

No podía respirar y los ojos se le estaban saliendo de las órbitas. Trató de quitársela de encima, pero le había rodeado la cintura con la pierna buena y tiraba de la cuerda con todas sus fuerzas. Presa del pánico, intentó golpearla con los puños, pero erró. Trató de propinarle un puñetazo en la pierna con la que le rodeaba la cintura, pero Alice le dio una patada en la espalda que le cortó la respiración. Sean se desplomó y arrastró a Alice hacia la piscina. Sin embargo, a diferencia de Sean, Alice tuvo tiempo de respirar hondo antes de caer al agua.

La cabeza estaba a punto de estallarle y la cuerda seguía apretándole. Tenía que respirar. Notó que el cuerpo dejaba de responderle.

«Ayúdame, Michelle, ayúdame, me estoy muriendo», pensó, pero Michelle no estaba allí.

Entonces, como si de un milagro se tratara, la presión del cuello desapareció por completo, al igual que el peso de Alice. Salió a la superficie de la piscina y respiró bocanadas de aire al tiempo que le entraban arcadas.

—¡Vamos!

Tenía el cerebro tan embotado que apenas comprendía las palabras. Sí, era Michelle, había llegado a tiempo para salvarlo. Estaba sana y salva.

—¡Venga! —La mano lo sujetó con brusquedad.

Miró hacia la cara que había hablado. Ian Whitfield le devolvió la mirada. Alice yacía inconsciente sobre el suelo de hormigón que rodeaba la piscina.

—Tenemos que largarnos —le instó el jefe de Camp Peary mientras lo ayudaba a salir de la piscina.

—¿Qué coño haces aquí? —logró preguntarle Sean mientras tosía agua y se frotaba el cuello dolorido.

—No hay tiempo para hablar. Vamos, en marcha. Esto está plagado de guardias.

—Sí, los tuyos, hijo de puta.

—No, esta noche no son los míos. Son dos brigadas de paramilitares del campamento que no están bajo mis órdenes. ¡Vamos!

Whitfield cojeó rápidamente hacia el espacio que separaba la Cabaña número tres y el garaje principal.

Sean titubeó unos instantes. Observó a Alice. El pisapapeles con el que le había golpeado estaba a su lado. Había intentado matarlo. Pero ¿por qué? Sean oyó gritos a su espalda y salió corriendo al encuentro de Whitfield, que estaba agazapado junto a un árbol.

—¿Piensas decirme qué está pasando? —le preguntó Sean con voz débil.

—Ahora no —le espetó Whitfield. Sacó una pistola del cinturón y se la dio a Sean mientras recogía un MP5 que había escondido detrás de un arbusto—. Si tienes que usarla, apunta a la cabeza. La protección corporal que llevan es a prueba de balas.

—¿Adónde vamos?

—Hay una embarcación atada a unos doscientos metros del muelle.

—¿No vigilan el río?

—Sí —explicó Whitfield—, pero en cuanto lleguemos a la embarcación te esconderé debajo de una lona. Cuando vean que soy yo, nos dejarán tranquilos.

—En marcha.

Whitfield levantó una mano.

—No tan rápido. Me he fijado en el patrón de búsqueda que usan. Entraremos en una zona en cuanto la hayan rastreado e iremos retrocediendo hasta el río.

—¿Dónde está Michelle? —preguntó Sean.

—Ni idea.

—Estaba debajo del camión cuando salió de Camp Peary.

Whitfield pareció sorprenderse y luego adoptó una expresión adusta.

—Mierda.

—¿El cargamento del avión era heroína? ¿Y quiénes eran los árabes?

Whitfield blandió el arma de forma amenazadora.

—Escúchame bien, King, no te debo a ti ni a nadie ninguna explicación de mierda. He venido a salvarte el pellejo y a poner fin a algunas injusticias. No me hagas cambiar de idea.

85

Michelle dejó tirado el Mercedes antes de tomar la carretera principal que conducía a Babbage Town y tomar, con Viggie, rumbo por el bosque hacia el río. Durante el trayecto, Viggie le había explicado que alguien había entrado en su habitación y le había presionado algo contra la cara. Se había despertado atada en la parte trasera de un avión.

Antes de internarse en el bosque, Michelle vio una hilera de coches negros yendo a toda velocidad camino de Babbage Town; el coche patrulla de Merkle Hayes encabezaba la procesión. Por lo menos allí estaba la caballería.

Michelle y Viggie bordearon la orilla del York discretamente porque la actividad que había en el agua indicaba a Michelle que algo había pasado.

Resbalaron y dieron un patinazo en los terraplenes del York pero al final llegaron a los terrenos de Babbage Town. Michelle alzó la mirada al cielo cuando un avión las sobrevoló. Enseguida desapareció de su vista y Michelle se centró en los enemigos a los que tenía que enfrentarse sobre el terreno. Había intentado llamar al móvil de Sean antes de recordar que lo había dejado en Babbage Town. Entonces se le ocurrió una idea. Llamó a Horatio. Respondió al primer ring y ella le resumió lo ocurrido, incluido el hecho de que tenía a Viggie.

Tiene mérito que sólo le hiciera una pregunta:

—¿Dónde puede recogeros?

Llegaron al río y al cabo de unos minutos Horatio apareció en la orilla en el Formula Bowrider.

—Horatio...

—Lo amarré en una cala cerca de aquí —explicó—. Esperaba que alguien me llamara. ¿Dónde está Sean?

—No s... —Michelle había mirado hacia el bosque por encima del hombro—. ¡Sean!

Se sintió profundamente aliviada cuando Sean King apareció por entre los árboles. Al cabo de un instante, su alivio se convirtió en terror al ver a Ian Whitfield y la ametralladora. Le apuntó con la pistola a la cabeza.

—¡Suéltalo!

—No pasa nada, Michelle —dijo Sean—. Está aquí para ayudar.

—Tonterías —bramó ella.

—Me ha salvado la vida.

—Tengo entendido que eres una tiradora excepcional, Maxwell —dijo Whitfield. Dio un paso adelante y le lanzó el MP5—. Más te vale.

Michelle cogió el arma con una mano sin dejar de apuntar al hombre con la pistola, pero ya no lo miraba con suspicacia.

—¿Qué pasa aquí? —le preguntó a Sean.

—Babbage Town está plagado de gente de Camp Peary armada hasta los dientes y Alice ha intentado matarme.

—He llamado a la policía —dijo Michelle—. Están en Babbage Town.

Sean miró por encima del hombro de Michelle.

—¿Viggie?

La niña lo saludó tímidamente con la mano.

Whitfield miró a Horatio y al Formula.

—¿Qué es eso?

—Un amigo nuestro —repuso Sean—. Vamos. —Se dispuso a subir a la embarcación.

—¡No! —exclamó Whitfield—. Ese barco no nos llevará hasta allí. Seguidme.

Caminaron por la orilla y subieron a la barca hinchable que Whitfield había atado a un montículo que sobresalía del agua. Los hizo tumbarse en cubierta y los tapó con una lona.

Sean asomó la cabeza y blandió la pistola.

—Que sepas que si intentas jugárnosla te pego un tiro en la cabeza.

La tormenta se había desatado con todas sus fuerzas; el río empezaba a embravecerse y la lluvia caía con insistencia del cielo oscuro. Michelle salió un momento de debajo de la lona, cogió un chaleco salvavidas y se lo puso a Viggie.

No habían ido demasiado lejos cuando se les acercó otro barco. Sean oyó que Whitfield renegaba entre dientes, lo cual no le pareció un buen augurio. Agarró la pistola con más fuerza.

Sean se sobresaltó al oír la voz.

—¿Dónde estabas, Ian? —preguntó Valerie Messaline.

—Babbage Town. Parece ser que alguien ha llamado a la policía.

—¿Y quién ha hecho tal cosa? —dijo la mujer con frialdad.

—Me atrevería a decir que quien entró en Camp Peary sin autorización —respondió Whitfield—. Pero no importa quién lo hizo. Se ha descubierto el pastel. Tienes que marcharte. Ahora mismo.

—Me parece que no —repuso ella—. ¿Por qué no coges a unos cuantos hombres y vas río abajo en tu barco? Es posible que quienquiera que nos descubriera haya intentado ir en esa dirección.

—No, creo que deberías llevarte a tu tripulación y dirigirte a Babbage Town. Parece que tus chicos necesitarán la máxima ayuda posible. Voy a volver a Camp Peary e intentar controlar los daños.

Mientras él hablaba, Valerie había estado observando su embarcación. Alzó la mirada con expresión triunfal.

—Tu barca va un poco baja teniendo en cuenta que sólo lleva a una persona, Ian.

Whitfield aceleró la embarcación y chocó contra el lateral del otro barco, por lo que dos hombres cayeron por la borda y Valerie se cayó al suelo.

Whitfield puso marcha atrás, con las hélices casi fuera del agua para que la barca hinchable saliera disparada hacia atrás. Pisó el acelerador al máximo y el barco voló hacia delante. Los disparos de los hombres de Valerie rebotaron en el agua y agujerearon el casco.

—Que alguien me ayude —dijo Whitfield.

Sean y Michelle se quitaron la lona de encima y se acercaron a él mientras Horatio permanecía agachado rodeando a Viggie con los brazos en actitud protectora. El barco, de mayor tamaño, iba a por ellos. Mientras los disparos les pasaban silbando por el lado, Sean y Michelle los esquivaron y abrieron fuego. Michelle ametralló la proa del otro barco con el MP5.

—No gastes toda la munición, sólo tengo dos cargadores extras para el MP y uno para cada pistola. —Whitfield lanzó a Michelle otro cargador para el fusil ametrallador.

Iban a más de cien kilómetros por hora y la embarcación daba unos saltos mareantes por el río a medida que el viento ganaba en fuerza. La crecida del río alcanzaba en algunos casos más de un metro de altura.

Sean apuntó a conciencia y disparó cuatro balas. El problema era que, desde esa distancia y disparando desde lo que parecía un trampolín, una pistola no resultaba demasiado eficaz.

—¿Puedo hacer una pregunta estúpida? —gritó Sean a Whitfield.

—Adelante —respondió Whitfield.

—¿Puedes decirnos por qué tu mujercita intenta matarnos a ti y a nosotros?

Whitfield maniobró para superar una crecida especialmente difícil y ladró:

—No es mi mujer, es mi jefa.

Sean se quedó boquiabierto.

—¡Tu jefa! ¿Qué coño me estás diciendo? ¡Pensaba que el jefe de Camp Peary eras tú!

—Piensa lo que quieras —espetó Whitfield.

—¿Y os dedicáis al tráfico de drogas? —Whitfield no respondió—. ¿Y qué me dices de los árabes del avión?

Whitfield negó con la cabeza.

—No pienso decir nada.

—¿Y Alice mató a Len Rivest? —Silencio—. Esa mujer estuvo a punto de matarme y lo habría conseguido de no ser por ti. Que es el único motivo por el que no la emprendo contra ti.

—¿Y Champ? —preguntó Michelle—. ¿Trabaja para la CIA?

—Preocupémonos de sobrevivir los próximos diez minutos —dijo Whitfield.

—Nos están alcanzando —exclamó Michelle cuando miró hacia atrás.

—Sus motores son el doble de grandes que el mío —reconoció Whitfield por encima del hombro mientras se preparaba—. Agarraos.

—¿Qué coño te crees que estábamos hacien...? —Sean no pudo acabar porque Whitfield dio un giro de noventa grados en el agua sin soltar el acelerador. Sean se habría caído por la borda si Michelle no lo hubiera agarrado con una mano cuando se deslizó por su lado. Había puesto las piernas en forma de tijera para sujetar a Viggie por si Horatio no era capaz.

—¡Mick! —gritó Viggie.

—¡Te tengo, Viggie, no te moverás de aquí!

Whitfield aceleró todavía más y la barca salió disparada hacia la orilla contraria, directamente hacia la ensenada de Camp Peary. Pasaron a toda velocidad junto a una zona de balizas encendidas, a unos quinientos metros de la orilla, que advertían del peligro extremo para las personas que cruzaran más allá, y Sean estaba convencido de que iba muy en serio. A continuación pasaron zumbando junto a dos embarcaciones situadas a la entrada de la ensenada. Los hombres que iban a bordo los atacaron con armas, incluso con un lanzagranadas propulsado por cohetes, pero cuando vieron quién era, bajaron la artillería y se quedaron pasmados. De hecho, Whitfield tuvo las agallas de saludarlos.

Whitfield maniobró con la barca hinchable hacia la izquierda y luego a la derecha, como si esquivara obstáculos invisibles en el agua sin apartar la vista de la pantalla del tablero de mandos.

—¡Siguen persiguiéndonos! —gritó Michelle. Acto seguido, palideció todavía más—. Van a lanzar un proyectil —advirtió.

El hombre de la proa del barco perseguidor los estaba colocando en el punto de mira del arma.

Viggie gritó aterrorizada.

—¡Horatio, no la sueltes! —bramó Michelle.

Whitfield miró un punto del agua y pareció calcular algo. Se trataba de una ola.

—¡Agarraos más fuerte! —exclamó.

Sean y Michelle cayeron sobre la cubierta y se agarraron a lo que encontraron, incluido el uno al otro.

86

La barca alcanzó la ola, la coronó y voló mientras las hélices dobles chirriaban cuando el agua que las rodeaba desapareció. Entonces la embarcación llegó a la superficie de la ensenada situada treinta centímetros más allá.

—¡Cuidado! —gritó Valerie Messaline desde el barco que los perseguía. Era indudable que se daba cuenta de lo que Whitfield acababa de hacer.

Michelle volvió la vista atrás a tiempo de verla tirarse de cabeza desde el barco junto con un montón de gente. El piloto intentó esquivar bruscamente el lugar que Whitfield había conseguido superar de un salto, pero era demasiado tarde. El barco chocó contra la mina y explotó.

Whitfield enseguida hizo girar la barca bruscamente y salió disparado de la ensenada. Pasó por el lado de Messaline y sus acompañantes, mientras se esforzaban por librarse de los chalecos antibalas antes de que los arrastraran al fondo.

—¿Cómo coño has hecho eso? —preguntó Sean, asombrado.

Whitfield dio un golpecito a la pantalla que tenía delante.

—Es fácil, cuando sabes dónde están las minas. Ayer hice que cambiaran la posición de una. Intento estar preparado.

La barca regresó al York con un rugido. Ninguno de ellos vio el lanzamiento del proyectil desde uno de los patrulleros. No les alcanzó pero fue por muy poco. La barca estuvo a punto de volcar por la fuerza de la explosión cuando el cohete impactó en el agua a diez metros de ellos, pero Whitfield consiguió volver a dominar la embarcación. Ahora la lluvia caía inclinada y les hacía daño en la cara mientras Sean y Michelle se ponían de pie lentamente con piernas temblorosas.

—¡Viggie! ¡Horatio! —Michelle miró a su alrededor.

Miraron detrás de ellos. Viggie, con el chaleco salvavidas cabeceaba en el agua a unos cuarenta y cinco metros. A su izquierda, Horatio barboteaba mientras se iba hundiendo.

Michelle no se lo pensó dos veces. Cogió un chaleco salvavidas, se zambulló desde la barca y fue a por Horatio. No vio que Sean se tiraba desde el otro lado de la embarcación y se dirigía a Viggie. Michelle alcanzó a Horatio y le dio el chaleco salvavidas.

—No pasa nada, Horatio, no te asustes. ¿Eres capaz de llegar a la barca mientras voy a buscar a Viggie?

Horatio asintió y Michelle se dirigió hacia Viggie. Lo que vio al acercarse al lugar donde había estado la niña la dejó petrificada. Unos hombres de Camp Peary estaban subiéndola a un barco. Cuando Michelle consiguió ver más o menos a través de la lluvia y la oscuridad, presenció otro espectáculo escalofriante. Dos hombres del barco apuntaban a Sean, que seguía intentando alcanzar a Viggie con desesperación.

—¡No! —gritó Michelle, pero no tenía nada con lo que combatirlos.

Al cabo de un instante oyó el sonido detrás de ella. Se dio la vuelta y vio la barca de Whitfield acercándose a ella a toda velocidad. Horatio ya estaba a bordo, por lo que Whitfield debía de haber dado la vuelta y lo había recogido. Cuando la barca se acercó todavía más, Michelle vio que Whitfield le dejaba el timón a Horatio. Acto seguido, el jefe de Camp Peary se asomó por el lateral y enroscó la pierna en una correa elástica de la borda de la barca. Precisamente, Michelle había practicado esa misma maniobra en una sesión de formación conjunta con el FBI mientras estaba en el Servicio Secreto. Cuando el barco pasó a toda velocidad por su lado, ella estiró el brazo y se agarró a la mano de Whitfield. El hombre la sujetó del brazo con mano férrea y su fuerza y la velocidad del barco la sacaron rápidamente del agua y la colocaron en la cubierta. Ni siquiera se molestó en darle las gracias. Se levantó enseguida, cogió una pistola y apuntó hacia el otro barco cuando se acercaron más a él.

Michelle sabía que Viggie iba a bordo, por lo que no podía dispararles directamente, pero sí que disparó cinco tiros de forma tan compacta que los hombres armados se agacharon y dejaron escapar a Sean.

—¡Acércate y lo cogeremos! —gritó Michelle.

—No me veo capaz —respondió Horatio desde el timón.

Michelle se acercó al timón mientras Whitfield volvía a situarse junto a la borda. Cuando la barca pasó por el lado, pescó a Sean del agua.

—¡Acelera! —gritó Whitfield.

—¿Y qué pasa con Viggie? —replicó Michelle, gritando también.

—¡Acelera o moriremos todos!

Michelle pisó el acelerador y la barca hinchable salió disparada tan rápido que Horatio y Sean estuvieron a punto de caer por la borda.

Michelle gritó por encima del rugir de la tormenta.

—Vamos a reunir un ejército y entonces volveremos a cruzar el puto río y a recuperar a Viggie.

Subió la barca hinchable a la otra orilla del York. Bajaron de la barca y fueron corriendo a la entrada de Babbage Town. Por el camino, Sean se paró a recoger la bolsa que había dejado escondida detrás de un arbusto.

La caravana de vehículos estaba aparcada en la entrada y Michelle iba en cabeza mientras los demás la seguían en fila de uno. En cuanto aparecieron, los agentes los rodearon. Merkle Hayes tomó la delantera. No llevaba el uniforme de la policía, sino un cortavientos azul cón las letras «DEA» estampadas. El agente Ventris estaba justo a su lado.

Sean se lo quedó mirando.

—¿DEA?

—Es una larga historia —respondió Hayes.

—¿Los has detenido? —preguntó Michelle.

—¿A quién? —dijo Ventris, enfadado—. Aquí no hay nadie aparte de unos cuantos guardias.

—Este sitio estaba repleto de tíos de la CIA con chaleco antibalas —dijo Sean.

—Pues ahora ya no están aquí.

—Acabamos de tener un tiroteo en el río. Nos han lanzado un

proyectil. ¿Me estáis diciendo que no os habéis enterado? —preguntó Michelle, incrédula.

—Prácticamente desde que estamos aquí no hemos parado de oír una sirena. Acabamos de apagarla. O sea, que con eso y la tormenta no hemos oído nada.

—¿Habéis encontrado por lo menos el avión en la pista privada lleno de drogas? —preguntó Michelle.

Hayes negó con la cabeza.

—No había ningún avión ni ningún Champ Pollion cuando mis hombres han llegado.

—Pero... ¿qué drogas? —preguntó Ventris.

Como respuesta, Michelle se sacó la bolsita húmeda del bolsillo.

—Esto. En el avión de Champ había por lo menos una tonelada. Heroína.

Hayes cogió la bolsa y la observó.

—¿Y de dónde venía?

Sean señaló al otro lado del río.

—De ahí, de Camp Peary.

En ese instante, una bola de fuego cruzó el cielo. Se veía claramente que procedía del otro lado del York.

Todos se giraron a mirarla.

—¿Qué coño es eso? —gritó Ventris.

—¡Oh, mierda! —exclamó Michelle—. Es el avión que he oído antes. Seguro que era el de Champ. Debe de haber huido y haberlo pilotado a Camp Peary con las drogas. Lo han hecho saltar por lo aires para destruir las pruebas.

—¿Dices que esas drogas salen realmente de Camp Peary? —preguntó Hayes, mirando nervioso a Ventris.

—Cuéntaselo, Whitfield —instó Sean. Pero Whitfield no estaba allí—. ¿Dónde coño se ha metido?

—Sean, me parece que no nos ha seguido al salir del bosque —dijo Michelle.

—Ian Whitfield estaba con nosotros. Me ha salvado la vida.

—Es cierto —convino Michelle.

Horatio asintió para mostrar su acuerdo.

—Maldita sea, tenéis que creernos —dijo Sean.

—Es lo que queremos —repuso Hayes con voz queda.

—¡Un momento! —gritó Sean antes de extraer la cámara de vídeo de la mochila—. Mirad esto. —Reprodujo la cinta y señaló el exterior del avión, a los árabes, a Valerie Messaline y la descarga de los fardos.

—Estas imágenes están tomadas en Camp Peary. ¿Cómo coño las has conseguido? —dijo Ventris.

—Tendremos que recibir una amnistía al respecto —dijo Sean, un tanto inquieto.

Michelle se plantó delante de Ventris.

—Mira —espetó Michelle—. Han secuestrado a Viggie Turing. Se la han llevado en uno de los barcos y probablemente estén regresando a Camp Peary.

—¿Tú lo has visto? —preguntó Hayes rápidamente.

—¡Sí! —gritó Michelle. Agarró a Ventris por la chaqueta—. Secuestrada. ¿Recuerdas la especialidad del FBI? Pues vámonos ya.

—Por el amor de Dios, no podemos irrumpir en Camp Peary de repente. Por lo menos necesitamos una orden judicial.

—Pues consíguela, joder. ¡Eres el sheriff local, Hayes!

—No, no lo soy. —Exhaló un suspiro—. Soy de la DEA. Durante los últimos dos años, Mike ha estado trabajando en colaboración con nosotros. A mí me colocaron aquí como sheriff local.

—¿Por qué aquí?

—Porque han entrado muchas drogas por la costa Este. Identificamos que se trataba sobre todo de esta zona —interrumpió Ventris—. Pensábamos que el origen era Babbage Town, pero no sabíamos cómo la introducían en el país. Creíamos que entraba en barco.

—Debíais de saber que Champ tenía un avión —señaló Sean.

—Sí. Pero ese Cessna no tenía envergadura suficiente para traer cargamentos del extranjero. Queríamos saber el origen del material —dijo Hayes.

—Nunca sospechamos de los vuelos de la CIA. Es una agencia del gobierno —añadió Ventris, nervioso.

Michelle le quitó la cinta a Sean y se la colocó a Ventris en las manos.

—Aquí tienes la puta prueba. Ahora deja de parlotear sobre gilipolleces que no importan, solicita una orden judicial y envía a un puto batallón de policías al otro lado del río antes de que le ocurra algo a Viggie. Porque te juro por Dios que, si le hacen daño mientras tú estás aquí tocándote los huevos, iré a por ti y te daré una paliza que no se te olvidará en la puta vida.

Sin pensárselo dos veces, Ventris dijo con sequedad:

—Vamos.

—Mike, es la puta CIA —dijo Hayes.

—Al menos podemos intentarlo.

87

Tardaron un poco en conseguir una orden judicial a esa hora, y el juez que se la concedió no parecía demasiado contento de haber autorizado un registro de Camp Peary. No obstante, la cinta de vídeo y el testimonio de Sean, Michelle y Horatio fueron lo más convincente. De todos modos, ya estaba amaneciendo cuando la hilera de coches se detuvo delante de la entrada del recinto de la CIA y Ventris y Hayes condujeron a una docena de agentes federales y a Sean y a Michelle hacia las garitas de seguridad.

Sean había insistido en que un par de agentes de la DEA acompañara a Horatio Barnes de vuelta al norte de Virginia para que cuidara de la distensión de la espalda, pulmones saturados y sistema nervioso gravemente estresado. Sean le había entregado la copia del vídeo en el que aparecían el avión, los árabes y las drogas de Camp Peary con instrucciones para que Horatio hiciera copias adicionales y las depositara en cajas de seguridad distintas.

Ventris enseñó la orden judicial y sus credenciales cuando los tres guardias armados de la puerta principal se le acercaron.

—Señores, más vale que vayan a buscar a uno de sus superiores —dijo Hayes mientras mostraba su tarjeta.

—En realidad, señor, quienes están aquí son los superiores de ustedes —replicó un guardia con un seco tono profesional.

Dos hombres salieron de la garita de vigilancia. Uno llevaba traje y el otro iba con unos pantalones color caqui y un cortavientos de la DEA.

A Sean se le cayó el alma a los pies cuando vio que Ventris y Hayes se ponían tensos.

—Agente Ventris, dame la orden judicial —dijo el hombre trajeado.

—Pero, señor, yo... —se quejó Ventris.

—¡Inmediatamente!

Ventris se la entregó. El hombre la miró y rasgó el papel.

El hombre del cortavientos de la DEA se dirigió a Hayes.

—Ahora dame el vídeo que se grabó.

—¿Cómo sabes eso? —preguntó Hayes.

—Se lo enseñasteis al juez para conseguir la orden. Ahora dámelo.

Hayes sacó el vídeo del bolsillo y se lo dio a su jefe, quien, a su vez, se lo entregó a uno de los guardias de Camp Peary.

—Ahora volved a los coches y largaos de aquí.

Hayes empezó a protestar inmediatamente, pero el hombre lo interrumpió.

—La seguridad nacional está en juego, Hayes. No digo que me guste, pero así es la vida. ¡Largo!

El jefe de Ventris también le dedicó a éste un asentimiento de cabeza.

—Tú también.

Los hombres regresaron a los coches. Michelle y Sean se dispusieron a seguirlos, pero los guardias de Camp Peary los pararon.

—Vosotros dos estáis detenidos —dijo uno de ellos.

—¿Qué? —exclamó Sean.

Ventris y Hayes quisieron interceder por ellos, pero sus respectivos superiores se lo impidieron.

—Volved a los putos coches y largaos de aquí. No tenemos jurisdicción en este lugar —dijo el jefe de Ventris.

—Teníamos una orden judicial —replicó Ventris, con amargura.

—¿Quieres acabar en prisión por obstrucción a la justicia, Mike? —El hombre fulminó con la mirada a Sean y a Michelle—. ¿O por proteger y ser cómplice de criminales? Ve al coche de una puta vez e imagínate que todo esto ha sido una pesadilla. Es una orden.

Ventris y Hayes observaron impotentes a Michelle y a Sean, quien asintió.

—Marchaos, chicos, ya nos apañaremos. —No empleó un tono demasiado seguro porque no lo estaba.

Cuando la caravana de vehículos se marchó, Sean y Michelle se giraron al oír unos pasos.

Valerie Messaline estaba allí vestida con un mono beige y con la placa de la CIA colgada alrededor del cuello.

—Bienvenidos a Camp Peary —dijo—. Tengo entendido que os moríais de ganas de venir de visita.

88

La celda de cemento medía dos metros cuadrados y era fría, húmeda y carecía de ventanas. A Sean le quitaron la ropa y se le ordenó que se pusiera firme en un rincón. Al cabo de seis horas, exhausto, se puso de cuclillas en el suelo. La puerta de la celda se abrió inmediatamente y unas manos lo volvieron a levantar. Una hora después, con las piernas entumecidas, volvió a agacharse. La misma escena se repitió una y otra vez. Al cabo de veintidós horas le permitieron desplomarse en el duro catre. Un minuto después, el agua fría le cayó en la cara. Acto seguido, lo obligaron a sentarse en el borde de un taburete de metal que estaba fijado con pernos al suelo. Si se movía un milímetro, la puerta se abría inmediatamente y lo colocaban a la fuerza en la posición inicial. Al cabo de media hora, lo obligaron a sentarse todavía más al filo. Cada vez que lo movían, parte de la piel de las nalgas se quedaba adherida al frío taburete metálico. Después de cinco horas, los músculos se le agarrotaron. Al cabo de diez horas vomitó todo lo que tenía en el estómago. Dieciséis horas después se le permitió desplomarse de nuevo en el catre lleno de vómitos. Le dieron un vaso de agua pero nada sólido.

En cuanto empezó a dejarse vencer por el sueño, la puerta se abrió y le golpearon ligeramente en los costados con bastones de madera y le ordenaron que se mantuviera despierto. En cuanto empezó a dormitar otra vez, pasó lo mismo. Esta escena se repitió durante dos días, hasta que cayó al suelo mientras su cuerpo se retorcía de un modo incontrolable.

Después de tres días recibiendo ese trato, sacó fuerzas para gritar.

—Soy ciudadano de Estados Unidos, joder, no me podéis hacer esto. No me podéis hacer esto.

Se levantó de un salto y embistió la puerta, pero unas manos fuertes lo empujaron hacia atrás. Cayó en el cemento y se raspó la piel de las rodillas y las manos.

—No podéis hacer esto —repitió. Intentó levantarse, pelear, pero estaba demasiado débil—. No podéis hacer esto. No tenéis derecho.

—Tenemos todo el derecho —dijo una voz.

Sean alzó la mirada y vio a Valerie allí de pie.

—Entraste subrepticiamente en un centro de inteligencia de Estados Unidos. Robaste cosas.

—Estás loca.

—Eres un traidor para el país. Tenemos pruebas de que viniste aquí fingiendo investigar un asesinato cuando tu verdadero objetivo era espiar a la CIA.

—¡Sabes perfectamente que eso es mentira! ¡Quiero un abogado, ahora mismo!

—Basándonos en nuestra investigación hemos considerado que Michelle Maxwell y tú sois personas que ayudáis materialmente a los enemigos de este país espiando a la CIA —declaró ella con toda tranquilidad—. Por consiguiente, no tienes derecho a representación legal o al hábeas corpus hasta que decidamos acusarte de un crimen y llevarte a juicio.

—No podéis retenerme aquí sólo porque os da la puta gana —explotó Sean.

—La ley nos da manga ancha.

—¿Qué quieres de mí? —gritó.

—Lo que viste, lo que oíste. Incluso lo que imaginas. Pero ya hablaremos de eso cuando te hayas ablandado un poco más. En el río nos lo hiciste pasar mal, ahora ha llegado la venganza.

Valerie se volvió para marcharse.

—Mataste a Monk Turing. Y a Len Rivest. ¿Y volaste el depósito de cadáveres? ¿Todo eso con el pretexto de servir al país? ¿Sabes cuántas leyes has infringido?

—Monk Turing hizo lo mismo que tú. Entrar aquí sin permiso. Recibió un disparo por ello. Y teníamos todo el derecho a hacerlo.

—Ya. Si eso fuera cierto, no habríais simulado que se trataba de un suicidio, para que la gente pensara que era como los demás. Vio a la gente bajando del avión, ¿verdad? Vio las drogas. O sea, que Turing tenía que morir. Pero lo que no sabíais era que ya había estado antes aquí y lo había dejado escrito todo en clave. Alice analizó la clave y, a pesar de lo que nos contó, seguro que la descifró. Así que Viggie desaparece. ¿Me equivoco? ¡Venga, Val, cuéntamelo!

—No estás en una posición que te permita exigir respuestas.

Pese a estar débil, Sean comenzaba a animarse.

—Y Rivest. Iba a contarme cosas sobre Babbage Town antes de que lo mataran. Quizá descubriera que la CIA espiaba el lugar. Tal vez se lo confesara a Alice, que fingía sentir algo por él. Lástima que no supiera que ella era de los vuestros. Pum, se lo cargan. Y luego voláis el depósito de cadáveres para hacer desaparecer las pruebas incriminadoras. ¿Qué tal lo llevo, Val? ¿Me voy acercando?

—Puedes especular todo lo que quieras —dijo Valerie.

—El FBI y la DEA saben que nos tenéis aquí. Es imposible que salgáis impunes de ésta.

Valerie lo miró con condescendencia.

—Está claro que no te enteras de cómo funciona todo esto, ¿verdad? En el ambicioso proyecto de salvar millones de vidas, ¿qué son un par de muertes? Te lo digo de verdad. ¿Qué son un par de muertes? No eres más que un pobre ratoncillo en las cloacas de la historia. Nadie te recordará. —Se dirigió al guardia—. Dale fuerte. —Y entonces cerró la puerta tras de sí.

89

Al cabo de dos días, Sean King apenas era capaz de recordar cómo se llamaba.

—Basta, por favor —les pedía continuamente—. Basta, por favor. —No le hacían ningún caso.

Lo levantaron y lo trasladaron a otra sala. Lo colocaron en una caja larga parecida a un ataúd. El espacio era tan reducido que apenas podía moverse. Tenía unos cables conectados al pecho y al brazo. Cuando pusieron la tapa, se le quedó a cinco centímetros de la cara. La sensación de claustrofobia era extrema. Lo que Sean no veía eran las tuberías conectadas a la cámara. A intervalos regulares bajaban la temperatura hasta que Sean se encontraba al borde de la hipotermia. Respiraba con dificultad a medida que reducían el nivel de oxígeno. Justo cuando estaba a punto de desmayarse, introducían más aire. Repitieron el proceso durante diez horas. Y Sean estaba cada vez más débil. Afortunadamente, al final acabó perdiendo el conocimiento.

Cuando se despertó más tarde en la celda, se dio cuenta de que tenía visita.

—Hola, Sean —dijo Alice.

—¿Has venido a regodearte? —respondió con voz débil.

—No. No me produce ningún placer verte aquí.

—Ah, ¿no? No sé por qué me cuesta creerte. —Sean se incorporó y apoyó la espalda en la pared—. Contrabando de drogas, asesinato, secuestro, tortura. ¿Se me ha olvidado algo?

—No sé muy bien a qué te refieres —repuso ella tranquilamente.

—Me refiero a que tú y Val pasáis drogas de contrabando en los aviones.

—Tú lo llamas así, yo no —dijo Alice.

—¿Y tú cómo le llamas a matar a Monk Turing y a Len Rivest?

—A Monk le dispararon por entrar sin autorización.

—Pero tú mataste a Len, ¿verdad? Y yo que pensé que te gustaba.

—Todos tenemos una misión que cumplir, Sean.

—¿Reconoces entonces que lo mataste?

—Estamos en guerra. Todos tenemos una misión que cumplir —repitió ella lentamente.

—¡Y casi me matas a mí!

—Sabíamos que habías entrado aquí subrepticiamente. Visteis cosas. Tú y Michelle. Igual que Monk Turing. Por eso estás aquí.

—O sea, que nos torturáis, descubrís lo que sabemos, ¿y luego qué? ¿Nos dejáis marchar?

—Ésa no es mi responsabilidad.

—Oh, vaya, le pasas el muerto al siguiente. ¿Qué va a ser? ¿Explosión de gas? ¿Suicidio? ¿Moriré en la bañera? Por cierto, ¿utilizaste el desatascador o la pierna metálica que tienes?

—Me limito a cumplir órdenes.

—¿De Valerie? ¿Eso es lo único que necesitas para matar a una persona? ¿La orden de una psicópata? ¿Qué me dices del forense, Alice? ¿Qué coño hizo para merecerse que le hicierais saltar por los aires?

—Siempre hay daños colaterales. Van incluidos en el precio. No me gusta, pero no puedo hacer nada al respecto.

—Por supuesto que sí. Puedes dejar de hacerlo.

—No sé en qué tipo de mundo quieres vivir, pero está claro que no es el mismo que yo imagino.

—¿Ese mundo incluye matar a Viggie?

Alice bajó la mirada rápidamente.

—A Viggie no le pasará nada.

—Sí, sí que le pasará, Alice —bramó Sean—. Ella también será un daño colateral. Probablemente ya lo sea. Lo sabes tan bien como yo. —Alice se giró para marcharse—. Vaya, ¿has venido a hacerme una visita antes de que me den el mazazo definitivo? ¿Es eso? Despedirte de otra víctima antes de mandarla al más allá. Estoy seguro de que Len te agradeció el detalle. ¿Se dio cuenta siquiera de que eras tú? ¿Pensó que habías ido a follártelo? ¿Un poco de marcha en la bañera?

—¡Cállate! —gritó Alice con fuerza.

—No, no pienso callarme. Me vas a oír, tía. —Alice salió huyendo de la celda, pero los gritos de indignación de Sean la persiguieron—. ¿Vas a apretar el gatillo para matar a Viggie? ¿Vas a apretarlo?

Alice echó a correr, pero no consiguió ser más rápida que los gritos. El suelo de piedra estaba resbaladizo y tropezó. Al caer, la prótesis le golpeó en la pierna buena y le hizo un corte. Se desplomó sollozando en silencio mientras los gritos de Sean retumbaban por el pasillo desolado.

—Lo siento mucho, Viggie —dijo—. Lo siento mucho.

90

Durante otros tres días obligaron a Sean a ponerse firme o a permanecer en cuclillas. Apenas le daban de comer y sólo tenía derecho a un vaso de agua al día, lo imprescindible para mantenerlo con vida. Volvieron a llevarlo al ataúd tres veces más. Lo golpeaban o le apuntaban con un chorro de agua siempre que intentaba dormitar. De repente ponían una música ensordecedora en la celda y la dejaban horas seguidas. Habían manipulado la celda con electricidad de modo que le producía una ligera descarga cuando tocaba la cama o la pared, o ciertos puntos del suelo. La situación era tal que se limitó a acurrucarse en un rincón por miedo a moverse. Tenía el estómago vacío; la piel, en carne viva, y el ánimo, por los suelos.

Tras la última visita al ataúd, se despertó en la celda al cabo de dos horas y miró a su alrededor. No sabía cuánto tiempo había transcurrido. Podían ser días, semanas o años. El cerebro se le había bloqueado. Cuando la puerta de la celda se abrió, empezó a sollozar, aterrorizado por lo que fueran a hacerle.

—Hola, Sean, ¿ya estás preparado para ser un buen chico? —preguntó Valerie. Él ni siquiera fue capaz de levantar la cabeza—. Tu amiga es más dura que tú. No hemos conseguido que llore.

Entonces, Sean alzó la vista.

—¿Dónde está Michelle?

—No es asunto tuyo, hombrecillo.

Cuando Sean miró a Valerie Messaline, a las facciones arrogantes de su rostro, la inclinación llena de seguridad de su cuerpo, se sintió invadido por la rabia. Apoyó una mano en la pared para mantener el equilibrio. Y entonces, antes de que los demás pudieran reaccionar, la embistió y le rodeó el cuello con las manos. Quería matarla, estrangular todas las moléculas de ese ser repugnante, arrogante y supuestamente superior.

Los guardias lo apartaron y lo arrojaron a un rincón. Cuando Sean se sentó y la miró, Valerie estaba de pie contra la pared opuesta intentando aparentar tranquilidad, aunque advirtió el miedo que despedían sus ojos. Y ese pequeño triunfo era lo que necesitaba en esos momentos.

Se levantó con las piernas temblorosas, apoyándose en la pared.

—Tienes un cardenal feo, Val. Te iría bien una sesión en el ataúd. Dicen que la escasez de oxígeno es buena para las marcas de estrangulamiento, si no te asfixias, claro está.

—Si crees que lo que has vivido hasta ahora era malo —farfulló—, espera y verás.

—¿Dónde está Michelle?

—Como te he dicho, más vale que te preocupes por ti.

—Es mi socia y amiga. Pero supongo que tú no entiendes ese último concepto. —Miró a uno de los guardias, un joven de pelo rubio y corto y cuerpo musculoso—. Eh, chico, más vale que no hagas nada que cabree a la señora. A lo mejor decide considerarte espía, te tortura y encima no podrás hacer nada para impedirlo.

El guardia no dijo nada, pero Sean advirtió una levísima sombra de duda en su expresión cuando miró de soslayo a su jefa.

Sean se dirigió a Valerie.

—¿Dónde está Michelle? —preguntó, encontrando una fuerza en los pulmones que no sabía que le quedaba.

—Veo que tenemos más trabajo contigo.

—Tengo amigos que trabajan en la CIA. Es imposible que la agencia haya autorizado lo que estás haciendo. Te pudrirás en la cárcel por esto.

Ella le miró con frialdad.

—Hago mi trabajo. Tú eres quien intenta destruir el país. Tú eres el enemigo. Tú entraste aquí sin permiso. Eres un espía y un traidor.

—Y tú una gilipollas.

—Incluso tenemos pruebas de que participaste en una actividad de contrabando de drogas.

—Oh, ésta sí que es buena. Vaya quién fue a hablar.

—Para cuando hayamos acabado contigo, nos contarás todo lo que queremos saber —apuntó Valerie.

—Puedes torturarme hasta que diga lo que quieres oír, pero eso no cambiará la realidad.

—¿Y cuál es?

—Que estás loca —espetó Sean.

Valerie se dirigió al guardia.

—Llévalo al siguiente nivel. Y que sufra.

Antes de que el guardia reaccionara, la puerta de la celda se abrió y entró un hombre trajeado seguido de otros dos hombres armados.

—¿Qué estás haciendo aquí? —espetó Valerie.

—Ian Whitfield me ha enviado para darte instrucciones.

—¿Instrucciones de Whitfield? No tiene autoridad sobre mí.

—Quizá no, pero esta persona sí. —Le tendió un documento.

Mientras Valerie escudriñaba el contenido, Sean, que la observaba fijamente, se dio cuenta exactamente de lo que acababa de pasar: la mujer había acabado como chivo expiatorio en la clásica lucha de poder de Washington que todos aquellos que estaban familiarizados con los círculos oficiales reconocían al instante, pero que resultaba totalmente ajena para el resto de la población.

Valerie dobló el papel y se lo guardó en el bolsillo.

Uno de los guardias dio un paso adelante, hizo girar a Valerie y la esposó. Mientras se la llevaban, la mujer miró a Sean. Su situación acababa de invertirse y Sean no pensaba desperdiciar la oportunidad.

—Más vale que te busques un puto abogado de primera, porque lo vas a necesitar —le dijo con la voz tensa pero clara.

91

Al día siguiente, y por separado, Sean y Michelle fueron trasladados en avión a un hospital privado del que parecían ser los únicos pacientes. No tenían ni idea de dónde estaban y nadie respondía a sus preguntas. Sin embargo, recibieron los mejores cuidados. Tras varios días alimentándose mediante suero y durmiendo muchas horas, seguidos de dos semanas ingiriendo alimentos sólidos y haciendo ejercicio moderado, ambos casi recuperaron su estado normal.

Los médicos habían mantenido separados a Sean y a Michelle y se negaron a contarles nada del otro. Al final, Sean se hartó. Amenazó con una silla a una enfermera y una auxiliar acoquinadas y exigió ver a Michelle.

—¡Inmediatamente! —gritó.

Cuando Sean entró en su habitación, Michelle estaba sentada junto a la ventana contemplando un deprimente cielo gris. Como si hubiera intuido su presencia, se giró, gritó su nombre y corrió hacia él. Se quedaron de pie en medio de la habitación abrazándose con fuerza y temblando.

—No... no querían decirme nada de ti —empezó a decir Michelle con los ojos empañados.

—Ni siquiera sabía si estabas viva —balbució Sean—. Pero ya acabó, Michelle —dijo—. Estamos a salvo. Y han detenido a Valerie.

—¿Te metieron en el ataúd? —preguntó Michelle.

—Más de una vez. Me dijeron que no derramaste ni una sola lágrima.

—Sí que lloré, Sean, créeme, lloré mucho. —Miró por la ventana. Había un macizo de flores bajo su ventana. Las flores ya habían empezado a marchitarse y los tallos estaban caídos—. Mucho —añadió.

—Lo siento, Michelle.

—¿Qué es lo que sientes? Has recibido el mismo trato que yo.

—Fue idea mía que sorteáramos la valla.

—Ya soy mayorcita, Sean. Podría haberte dejado ir solo —añadió con voz queda.

—Sé por qué lo hiciste —declaró él—. Lo sé.

Se quedaron sentados junto a la ventana observando las flores marchitas.

Cuando Sean y Michelle estuvieron suficientemente recuperados, los trasladaron en un jet privado a otro lugar, los llevaron en un coche con los cristales tintados a un parking subterráneo y tomaron un ascensor hasta un despacho enorme en el que sólo había tres sillas. Mientras dos hombres musculosos y armados bajo la americana del traje esperaban en el exterior, ellos se sentaron frente a un hombre bajo, delgado e impecablemente vestido, con una buena mata de pelo cano y unas finas gafas de montura metálica. El caballero unió las yemas de los dedos y los observó con expresión comprensiva.

—En primer lugar, quiero hacerles llegar las disculpas oficiales de su gobierno por lo sucedido.

Sean habló enfadado:

—Qué curioso, pensaba que era nuestro gobierno el que intentaba matarnos.

—El gobierno puede ser una cosa poco manejable, señor King, y ciertas partes del mismo pueden traspasar los límites de la autoridad de vez en cuando —repuso el hombre, sin alterarse—. Eso no convierte en malvado al resto del gobierno. No obstante, entraron sin permiso en un recinto de la CIA.

Sean no mostraba su vena más conciliadora.

—¡Demuéstrelo!

Michelle intervino antes de que el hombre respondiera.

—¿Es consciente de lo que estaba pasando allí? ¿Nos culpa por intentar hacer lo que hicimos?

El hombre se encogió de hombros.

—Mi trabajo no consiste en atribuir culpas, señora Maxwell. Mi misión es seguir adelante a partir de aquí de un modo que nos beneficie a todos.

—¿Cómo vamos a hacer eso exactamente? —preguntó Sean—. Nuestro gobierno nos ha torturado. Nuestro gobierno ha secuestrado a una niña llamada Viggie Turing. Nuestro gobierno ha asesinado. ¿Cómo vamos a seguir adelante de un modo que nos beneficie a todos?

El hombre se inclinó hacia delante.

—Ahora les explico la manera. Hemos visto el vídeo que se utilizó para conseguir la orden judicial para registrar Camp Peary. Como ya saben, muestra cierta... actividad comprometedora. Nuestros técnicos dicen que se han hecho copias del vídeo.

—Quiere el vídeo que muestra a nuestro gobierno incumpliendo unas cien leyes.

—No fue nuestro gobierno, señor King —espetó el hombre—. Como he dicho, a veces hay personas que se extralimitan en el ejercicio de su autoridad.

—En nuestro caso no se «extralimitaron», se las pasaron por el forro de las pelotas. —Sean observó al hombre—. Por eso lo han enviado con sus buenos modales y el pelo cano y las gafitas para soltarnos el rollo, porque parece un veterano de la guerra fría recién salido de una novela de John le Carré.

—Agradezco que entienda la situación. Y el hecho de que necesitemos todas y cada una de las copias de ese vídeo, señor King —añadió el hombre con parsimonia.

—No me extraña. Pero soy abogado y tengo que ver el quid pro quo, y sepa usted que más vale que sea diez veces mayor de lo que está pensando en estos momentos si realmente quiere que hagamos un trato.

—Tengo autoridad para hacer ciertas concesiones...

—A tomar por culo. Éstas son nuestras condiciones: para empezar, queremos a Viggie sana y salva y, si me contesta que eso no puede ser, la cinta va directa a un amigo periodista que la hará pública y ganará el premio Pulitzer que tan desesperado está por conseguir.

»Para continuar, a Valerie Messaline, o como se llame en realidad, se le da su merecido, y no me refiero precisamente a un ascenso. En tercer lugar, Alice Chadwick la de la pata de palo, recibe el mismo trato. Y el montaje que tienen en Camp Peary tiene que desaparecer. Se acabaron las drogas y se acabaron las torturas. Y considérese afortunado.

El hombre se recostó en el asiento y se lo pensó.

—Las dos mujeres ya han recibido su merecido. Tiene mi palabra al respecto.

—Su palabra no significa nada para mí —dijo Sean—. ¡Quiero pruebas verdaderas!

—De acuerdo.

—¿Y Viggie? —preguntó Michelle—. ¿Está bien?

El hombre asintió brevemente.

—Pero las actividades a las que se refería en Camp Peary... algunas se acabarán, señor King, por supuesto algunas ya han acabado. Pero no puedo prometerle que vaya a pasar con todas ellas. No obstante, puedo asegurarle que esas actividades resultan absolutamente esenciales para mantener la seguridad de esta nación.

—¿No es eso lo que dicen siempre cuando se saltan los derechos de los demás a la torera? —dijo Sean.

—¿Cómo es posible que el tráfico de drogas resulte esencial para la seguridad de nuestra nación? —preguntó Michelle.

—Nosotros no la vendemos —repuso el hombre con impaciencia—. La destruimos.

—¡Sí, y yo no la esnifé! —vociferó Sean.

—Han muerto tres personas —señaló Michelle—. Asesinadas.

—Un hecho de lo más desafortunado. Pero ¿y el sacrificio de tres vidas para salvar miles, por no decir millones?

—Bueno, supongo que eso está muy bien siempre y cuando uno mismo o la gente que quiere no sean los sacrificados —replicó Sean.

—Sin embargo, no puedo prometer que todas las actividades que presenciaron en Camp Peary cesarán —dijo el hombre.

—Entonces, me parece que tenemos un problema —dijo Sean—. Y si se está planteando eliminar a los dos «problemas» que tiene delante, piénseselo dos veces. Hice cinco copias del vídeo. Y todas ellas están en un lugar seguro. A no ser que Michelle y yo muramos plácidamente en la cama a los noventa años, una copia será entregada al amigo del que le he hablado, que anhela conseguir el Pulitzer, para que sea el primero en revelar la noticia, junto con el envío de las otras copias al *New York Times*, el *Washington Post* y el *Times* de Londres.

—Ha mencionado cuatro copias. ¿Qué pasa con la quinta?

—Esa va al presidente. Seguro que disfrutaría de lo lindo.

—Sin embargo —expresó el hombre—, como usted ha señalado, parece que hemos llegado a un punto muerto.

Sean se levantó y empezó a caminar de un lado a otro.

—A los buenos abogados siempre se les ocurre un buen compromiso, así que allá va. En Camp Peary hay un tesoro oculto.

—¿Cómo dice? —preguntó el hombre, sorprendido.

—Cállese y escuche. Está oculto en la pared maestra del pabellón Porto Bello de lord Dunmore. Oro, plata, joyas. Es muy probable que valga millones.

—¡Dios mío! —exclamó el hombre.

—Sí, antes de que el símbolo del dólar se le quede grabado en los ojos, ese tesoro tiene que recuperarse y venderse por el mayor precio posible. Si el gobierno quiere comprarlo, adelante. Me da igual. Pero las ganancias se dividirán en tres partes iguales.

El hombre extrajo un boli y un trozo de papel.

—De acuerdo. Supongo que cada uno de ustedes se lleva una parte.

—¡No! —exclamó Sean—. Una parte es para Viggie Turing. No la compensará por el asesinato de su padre, pero algo es algo. La segunda parte es para los dos hijos de Len Rivest. Están en la universidad y probablemente les vaya bien el dinero. Y la tercera será para la familia del médico forense que murió en la supuesta explosión de gas. ¿Está claro?

El hombre acabó de escribir y asintió.

—Claro, desde luego.

—Bien. Comprobaré personalmente las cantidades pagadas, así que no intente timarme con los dólares. Y me da igual si el Congreso tiene que aprobar una nueva ley, pero recibirán ese dinero libre de impuestos.

—No habrá problema —dijo el hombre.

—Ya lo imaginaba.

—Y queremos ver a Viggie, para asegurarnos de que está bien —añadió Michelle.

—Lo podemos arreglar.

—Pues arréglelo —dijo Sean—. Más temprano que tarde.

—Dennos una semana y estará hecho.

—Más le vale —dijo Sean.

—¿Y no dirán nada de todo esto? —preguntó el hombre.

—Eso es. No tengo ganas de ir a la cárcel.

—Además, ¿quién nos iba a creer? —añadió Michelle.

—¿Y entonces conseguiremos las copias? —preguntó el hombre.

—Y entonces conseguirán las copias.

—¿Y podemos confiar en ustedes?

—Tanto como nosotros en usted —sentenció Sean.

92

Al cabo de una seman, Sean y Michelle se reunieron con Joan Dillinger en su despacho junto con otro hombre que no les dijo ni su nombre ni su cargo. Lo único que dijo fue que los propietarios de Babbage Town les estaban agradecidos por el trabajo realizado y les entregó un cheque directamente. Sean se dio cuenta enseguida de que la cantidad pondría fin a todos sus problemas económicos en un futuro próximo, además de subvencionarles también unas vacaciones. Las necesitaban como agua de mayo.

—Espero que hayas encontrado a alguien que sustituya a Champ y a Alice —dijo Joan—. Lástima que hayas perdido a gente tan valiosa.

—Oh, sí. Pero gracias a vosotros los ojos electrónicos no volverán a aprovecharse de nuestras investigaciones —dijo el hombre.

Cuando el hombre se marchaba, Sean no fue capaz de reprimir un último comentario hiriente.

—¿Por qué dedicar todo este dinero y tiempo a crear algo que hará que el mundo deje de girar? —dijo.

El hombre lo miró dubitativo.

—¿Quién te ha dicho que eso es lo que se hace en Babbage Town?

—Un par de auténticos genios.

El hombre arqueó una ceja.

—Bueno, digamos que, si bien lo que has descrito es una posibilidad, es un pelín más complicado que todo eso.

—¿Y estás dispuesto a tirar los dados teniendo en cuenta que el mundo es lo que está en juego? —preguntó Sean.

—Si no lo hacemos nosotros, lo harán otros.

—Estoy harta de los genios —dijo Michelle con cierto abatimiento cuando el hombre se hubo marchado.

—Buen trabajo, Sean —dijo Joan. Luego miró a Michelle—. Y tú también, Maxwell. Tengo entendido que Sean no lo habría conseguido sin ti.

Joan no sabía nada de su calvario a manos de Valerie Messaline o de su acuerdo con el gobierno, y nunca lo sabría.

Las dos mujeres se estrecharon la mano de mala gana.

Cuando regresaron al apartamento y estaban saliendo del coche en el garaje subterráneo, una limusina se detuvo delante de ellos. Ian Whitfield asomó la cabeza.

—Subid —se limitó a decir. Se sentaron frente a Whitfield—. Siento haber tardado tanto en liberaros.

—¿Y cómo conseguiste exactamente cambiarle las tornas a la bruja malvada? —preguntó Sean.

—Descubristeis que se llevaba una tajada de las remesas de drogas y las vendía. La pescasteis por eso, ¿verdad? —respondió Michelle, sorprendiéndolos.

—¿Cómo lo has adivinado, Maxwell? —preguntó Whitfield.

—Cuando estuve en el aeropuerto y cargaron las drogas en el avión de Champ, me di cuenta de que se dejaban unos cuantos fardos. Era la parte de Valerie. El hombre mayor del gobierno nos dijo que la CIA destruía las drogas, pero Hayes y Ventris dijeron que en la zona había demasiada droga.

—Ni siquiera Valerie tenía suficientes contactos para salir airosa de ésta —reconoció Whitfield, con dureza.

Sean chasqueó los dedos.

—Eso explica que fuera a ese bar y fingiera que intentaban ligar con ella. En realidad estaba pasando la mercancía.

Whitfield asintió.

—Al final conseguí que un miembro de su equipo la delatara. Usé su información para desbaratar su plan, liberaros y pescarla.

—Pero ¿por qué correr el riesgo de dejar que Champ se llevara las drogas en avión? ¿Por qué no destruirlas en Camp Peary? —preguntó Michelle.

—No tenemos las instalaciones necesarias para hacerlo. Pero cuando Michelle pilló a Champ con las manos en la masa, no tuvimos tiempo para nada más.

—Vale. ¿Qué ha sido de mi amiga Val y de su compinche homicida Alice?

A modo de respuesta, Whitfield les mostró un ejemplar del *Washington Post*. En la página 6 había una breve noticia sobre la desafortunada muerte de dos empleadas del departamento de Estado en un accidente de tráfico en Pekín. Había dos fotos de las víctimas con mucho grano.

Sean miró a Michelle y luego a Whitfield.

—Joder, tampoco hacía falta matarlas.

—¿Y qué creíais exactamente que les pasaría? ¿Que las juzgaríamos ante un tribunal para que contaran toda la historia? ¿Y permitir que los programas ultrasecretos en los que participaban salieran a la luz pública? —Miró la foto de Alice—. Iba en el Humvee con ella en Irak cuando chocamos con la bomba. Yo fui quien la sacó de allí. Así me jorobé la pierna. Había sido una buena agente, pero en algún momento dejó de serlo.

—¿Y el tesoro? —preguntó Sean.

Whitfield extrajo unos documentos y se los tendió a Sean.

—Las ganancias se dividieron en tres partes, libres de impuestos, tal como pedisteis. Bonito gesto —añadió—. Muchas personas no habrían sido tan magnánimas.

—¿Y Viggie? —preguntó Michelle.

—Ahí es donde vamos ahora mismo. Y está perfectamente. Menos mal que Valerie estuvo muy ocupada con vosotros dos porque dejó sus planes para Viggie en suspenso.

Sean se encorvó hacia delante.

—Ian, te pusiste de nuestro lado en contra de tu propia agencia. ¿Por qué no estás muerto o detenido?

Ian ensombreció el semblante.

—Yo era el director técnico de Camp Peary, pero quien mandaba realmente era Valerie. Hizo una labor impresionante y su ascenso en la agencia fue meteórico. No sabía que ése era el trato cuando acepté el trabajo, pero tuve que acostumbrarme porque quería continuar con mi carrera.

»Enseguida me di cuenta de que era un error porque ella empezó a pasarse de la raya. Eligió a varias de las brigadas de paramilitares apostadas en Camp Peary. Lo único que yo podía hacer era esperar que hubiera una vacante, aunque no parecía que fuera a producirse ninguna. —Whitfield miró a Sean—. Sé que Valerie se te echó encima para llevársete a la cama.

—No me costó mucho resistirme —dijo Sean, casi con sinceridad.

—Bien, porque no habrías salido con vida. Por eso aparecí en la playa. Sabía que estaba preocupada por lo mucho que estabas descubriendo. La seguí y fingí ser el marido cornudo. Se cabreó conmigo por haberte dejado marchar.

Sean se quedó sorprendido.

—Gracias por salvarme la vida. Otra vez.

—Mi trabajo consiste en proteger a los estadounidenses, incluso de mi propia agencia.

—Me extraña que Valerie no ordenara que nos mataran enseguida.

—Creo que quería vengarse por haber desbaratado sus planes. Y también necesitaba descubrir todo lo que sabíais.

—¿Y quién mató a Len Rivest? —preguntó Sean.

—Lo único que puedo decir es que el interés de Alice por Rivest no respondía al amor.

—¿Y el hecho de que ella y Champ estuvieran en Babbage Town no era una coincidencia? —preguntó Sean.

—Hace mucho tiempo que la CIA reclutó a Champ y a Alice. Fueron destinados a Babbage Town en los comienzos. Por cierto, eran la verdadera apuesta del mundo de la ciencia.

—¿Y estaban en Babbage Town para robar la tecnología que encontrasen sobre ordenadores cuánticos? —preguntó Michelle.

—Digamos que no eran más que observadores muy interesados. Pero, en realidad, en Babbage Town estaban trabajando en una respuesta al ordenador cuántico.

—¿Una respuesta? —dijo Michelle.

—Se da por hecho que el ordenador cuántico comercialmente viable será realidad algún día. Los propietarios de Babbage Town intentaban crear un ordenador cuántico para, a su vez, crear un dispositivo eficaz que lo contrarrestara.

—O sea, ¿que los propietarios de Babbage Town eran quienes

saldrían perjudicados por los ordenadores cuánticos? —sugirió Sean.

—¿Igual que los bancos y las multinacionales? —añadió Michelle—. Tienen que estar forrados.

Whitfield asintió.

—Tenían que hacerlo a escondidas. Si el público se enteraba, iba a cundir el pánico. Pero la CIA no iba a quedarse de brazos cruzados y dejar que una cosa así pasara justo debajo de sus narices. De todos modos, no puedo decir que estuviéramos interesados en un contra-ordenador. Al fin y al cabo somos espías.

—¿Cuánto les falta para hacer que el mundo deje de girar?

Whitfield se encogió de hombros.

—En vuestro lugar, yo empezaría a pagar en efectivo y a aprovisionarme de papel y boli para la correspondencia.

—Pero ¿fue una coincidencia que Babbage Town estuviera situado justo enfrente de Camp Peary? —preguntó Sean.

Whitfield negó con la cabeza.

—La CIA es la propietaria del terreno a través de una empresa hueca. Lo compraron porque estaba justo enfrente de Camp Peary. Champ convenció a la gente de Babbage Town de que lo arrendara.

—Y Champ era el piloto capaz de transportar las drogas por vosotros —añadió Michelle.

—Quiero que quede clara una cosa: Champ es un buen agente. Hacía lo que se le había ordenado. Eso es todo. No trabajaba con Valerie ni con Alice. —Miró a Michelle—. Me pidió que te dijera que sentía cómo había acabado la cosa.

—¡Que lo sentía! ¡El cabrón me disparó en el brazo!

—Si hubiera querido matarte, estarías muerta.

—Viggie estaba en su avión. ¿Pensaba matarla?

—No. Estábamos alejando a la niña de Valerie. Tú te metiste en medio.

—Oh —dijo Michelle, disgustada.

—Champ también me dijo que podéis estar satisfechos por lo que habéis hecho, pero que dejes de intentar pilotar aviones. No sé qué quiso decir con eso.

Michelle se miró las manos.

—Entonces, ¿Champ está bien? —preguntó.

—Sí. Igual que yo, ha sido reasignado.

—¿Por qué cogieron a Viggie? —preguntó Michelle.

—También había un código en las notas de la canción que Alice consiguió descifrar utilizando los ordenadores de Babbage Town. En realidad se basaba en el código Enigma de la Segunda Guerra Mundial —explicó Whitfield.

—¡Lo sabía! —exclamó Sean—. Utilizó mi pista sobre el código Enigma para descifrarlo y nos mintió al respecto. Y Viggie también era un código, un código de carne y hueso.

—Y el título de la canción era la pista más importante: *Shenandoah* —dijo Michelle.

—Eso es —convino Sean.

—¿Qué decía la canción descifrada? —preguntó Michelle.

—Describía algunas de las cosas que Monk Turing vio en Camp Peary. Fue suficiente para que Valerie ordenara a Alice que secuestrara a Viggie.

—¿Alice la secuestró? —exclamó Michelle.

Ian asintió.

—Sé que probablemente no signifique gran cosa después de lo que hizo, pero Alice nos ayudó a mí y a Champ a subir a Viggie al avión. Creo que realmente apreciaba a la niña, porque corrió un gran riesgo al hacerlo.

—Podría significar algo —reconoció Sean.

—Ian, ¿cómo puedes continuar trabajando en un lugar que trafica con drogas? —exclamó Michelle.

Whitfield se encogió de hombros.

—Se necesitan semillas de amapola para hacer opio y opio para fabricar heroína. Ahora mismo, en Afganistán el cultivo de la amapola es lo único que da vida a la economía. Si no la compramos, los terroristas la compran y emplean los pingües beneficios del tráfico de drogas para atacarnos. El mal menor; a veces es la única opción que tenemos.

—No está bien —insistió Michelle—. Y Valerie tuvo un comportamiento criminal.

—Valerie era una canalla, así de claro. Por increíble que parezca, creo que iba a mataros a los dos después de torturaros y probablemente creyera que a ella no le pasaría nada. La idea de la CIA que ella tenía en mente no es la misma que yo tengo, y nunca lo será mientras tenga cierto poder.

—Ian, tienes que contarnos algo: ¿cómo cruzó el río Monk Turing? —preguntó Sean.

Whitfield vaciló.

—Supongo que os debo esa respuesta. Fue en un dispositivo de propulsión submarino. Lo encontramos.

Sean miró a Michelle y dijo:

—No, eso era...

—En realidad, encontramos dos —lo interrumpió Whitfield—. Uno la noche que se armó la gorda. Los miró a los dos—. ¿Sabéis algo al respecto?

Sean sonrió.

—Los cerebros privilegiados piensan de forma parecida.

La limusina redujo la velocidad y luego se paró.

—Ya hemos llegado —dijo Whitfield abriendo la puerta—. Tomaos el tiempo que queráis. Esperaré fuera.

93

Cuando la mujer abrió la puerta, Michelle se dio cuenta de que Viggie Turing se parecía a su madre.

La mujer dijo que los había estado esperando y los hizo pasar.

—¿Eres la madre de Viggie? —preguntó Michelle.

—No, soy su tía. Mi pobre hermana murió hace años. Pero la gente siempre decía que nos parecíamos mucho. —Los condujo a la sala de estar. En cuanto Viggie vio a Michelle, empezó a tocar el piano. Michelle se sentó a su lado y la abrazó.

—Ni siquiera sabía que estaban en Virginia —dijo Helen, la tía de Viggie—. Y, por supuesto, tampoco sabía lo que le había pasado a Monk. Y entonces, de repente, Viggie apareció un día. Casi me desmayo.

—Entonces, ¿Monk tenía la custodia de la niña?

Helen bajó la voz para que Viggie no la oyera.

—Mi hermana tuvo una vida muy agitada: drogas, enfermedad mental; creemos que incluso maltrató físicamente a Viggie. Al final Monk consiguió apartarla de ella, pero quizá yo debería haber intervenido. Ahora podré compensarla. Voy a adoptar a Viggie.

—Qué bien, Helen —celebró Michelle sin que Viggie la oyera—. Es una niña muy especial.

—Sé que necesita tratamiento y atención especial. Al comienzo estaba preocupada porque pensé que los cuidados que creo que necesita son muy caros. Pero resulta que hace poco he descubierto que Monk dejó mucho dinero al morir. Viggie tendrá más que suficiente para todo.

—Si necesitas a un buen psicólogo, conozco a uno. Y ya ha visto a Viggie —dijo Sean.

Viggie acercó a Michelle a la ventana y señaló hacia un lago cercano.

—¿Podemos ir al agua otra vez?

—¿Seguro que te apetece? —dijo Michelle—. Recuerda lo que pasó la última vez.

—Eso pasó porque fui sola. Si voy contigo, todo irá bien, ¿verdad?

—Verdad.

Más tarde, mientras regresaban a la limusina, Michelle dijo:

—Ha sido muy generoso por tu parte ceder el tesoro teniendo en cuenta que lo encontraste tú.

—Heinrich Fuchs fue quien realmente lo descubrió. Pero encontrar el tesoro me aclaró algo que me tenía mosqueado.

—¿Qué? —preguntó Michelle.

—¿Recuerdas que Monk tenía manchas rojizas en las manos?

—Sí, las manchas de herrumbre de haber trepado por la verja de tela metálica.

—No. La tela metálica era nueva, no tenía manchas de óxido. Lo vi cuando sorteé la verja. Monk se manchó arañando los ladrillos para llegar al tesoro, igual que yo. —Sean meneó la cabeza—. Códigos y sangre. Me equivoqué. No tenía nada que ver con Alan Turing y los lazos de sangre. Monk estaba siendo literal. Parece que tenía las manos ensangrentadas por haber escarbado en el ladrillo para buscar el tesoro.

—¿Cuántas veces crees que Monk se infiltró en Camp Peary? —preguntó ella.

—Demasiadas. Es innegable que presenció lo que nosotros vimos. Pero tuvo que pagar un precio por ello. El hecho de que dejara un mensaje cifrado en esas notas musicales sobre lo que había visto me hace creer que empezó como cazador de tesoros y acabó intentando desbaratar las actividades ilegales que vio en Camp Peary.

—Pero ¿cómo iba a sacar el tesoro, Sean? El oro no es fácil de trasladar.

—A lo mejor Monk lo hizo por el reto que suponía encontrar un tesoro. Pero era un hombre muy inteligente. Quizá sólo pensara llevarse las joyas. Eso sería relativamente fácil.

—Y cuando Monk le dijo a Len Rivest que era irónico... —empezó a decir Michelle.

—Cierto, era una paradoja que la organización más secretista del mundo desconociera que tenía un tesoro bajo las narices.

—Tenemos que cumplir la última parte del trato —dijo Whitfield cuando regresaron a la limusina.

—¿Las copias del vídeo? —preguntó Sean. Whitfield asintió.

Sean indicó al chófer adónde ir. Horatio le había devuelto las copias a Sean y él las había escondido en distintos lugares seguros. Cuando las hubieron recogido, se las entregó a Whitfield. El hombre las miró y le devolvió una a Sean.

—Ian, esperan cinco copias —dijo Sean—. Si sólo les entregas cuatro, a lo mejor también tienes un accidente en China, y prefiero no pensar lo que nos pasaría a nosotros.

—Haré otra copia a partir de una de éstas. Imagínate que no he dicho esto pero, cuando uno trata con la CIA, siempre es mejor guardarse un as en la manga. Haré hincapié en el hecho de que no tenemos forma de saber si hiciste más copias. Así estaréis a salvo.

La limusina los llevó de vuelta al apartamento y bajaron del vehículo. Sean se giró.

—Mira, sé que probablemente no volvamos a vernos, pero si alguna vez necesitas ayuda, recuerda que tienes dos amigos en Virginia.

Whitfield les estrechó la mano a ambos.

—Si algo he aprendido en este oficio es que los amigos de verdad son muy difíciles de encontrar.

94

Era un frío día de comienzos de noviembre cuando Sean llevó en coche a Michelle a la consulta de Horatio.

—No quiero hacer esto, Sean. De verdad que no.

—Oye, volviste de Camp Peary viva, y si algo sé de ti es que nunca incumples un trato.

—Gracias por tu apoyo —dijo Michelle con amargura.

Horatio los estaba esperando.

Sean se disponía a marcharse pero Michelle lo cogió de la mano.

—Por favor, quédate conmigo.

Sean miró a Horatio.

—No me parece buena idea —dijo el psicólogo.

—Pero yo quiero que se quede.

—Esta vez tendrás que hacerme caso, Michelle. Sean no puede quedarse.

Cuando Sean se marchó, Horatio no tardó demasiado en hipnotizarla.

Horatio pasó varios minutos haciendo regresar a Michelle a sus seis años, y tardó varios minutos más en situarla en aquella noche en Tennessee cuando su vida cambió para siempre.

Michelle tenía los ojos abiertos, aunque su mente consciente ya no era la que la dominaba. Horatio observaba con un profundo interés profesional y también con un dolor creciente cómo relataba lo ocurrido. A veces Michelle hablaba como una niña, y otras veces con el nivel de reflexión y vocabulario de un adulto cuyo subconsciente se había debatido esa noche con todas sus fuerzas para intentar encontrarle un sentido a lo sucedido.

Aquella noche había venido el hombre uniformado. Michelle no recordaba haberlo visto antes. Debía de haber estado dormida las otras veces que había venido. Pero esa noche su mamá estaba muy nerviosa y se quedó junto a Michelle. Su madre le dijo al hombre que no quería verlo; que tenía que marcharse. Al comienzo, él pensó que bromeaba, pero cuando quedó claro que no, se enfadó. Empezó a desnudarse. Cuando cogió a la madre de Michelle, ella le dijo a su hija que echara a correr. El hombre empezó a desnudar a la madre en contra de su voluntad, pero él era mucho más fuerte. La obligó a tumbarse en el suelo.

Michelle cogió la pistola en un abrir y cerrar de ojos. A veces había cogido el arma de su padre cuando estaba descargada, por supuesto. Sacó el arma de la pistolera del soldado que había dejado tirada en el sofá junto con el resto de la ropa. Le había apuntado a la espalda y disparado una vez. En el centro de la espalda del hombre apareció una gran mancha roja. Había muerto en silencio, desplomándose encima de la madre de Michelle. La mujer estaba tan conmocionada que se desmayó.

—Lo maté. Maté a un hombre. —Las lágrimas surcaron el rostro de Michelle mientras hablaba de ese acontecimiento de su vida tanto tiempo olvidado.

Cuando su padre llegó se la había encontrado allí de pie, pistola en mano. Michelle no sabía por qué había vuelto temprano, pero allí estaba. Vio lo que había pasado, le quitó la pistola a Michelle y apartó el cadáver del hombre de encima de su esposa. Intentó reanimarla, pero seguía inconsciente. La subió a la cama, bajó corriendo y tomó a Michelle de la mano y le susurró con ternura.

—Me cogió de la mano —dijo Michelle en voz baja—. Me dijo que tenía que marcharse un rato pero que volvería. Yo empecé a gritar, a gritar que no me dejara. Le agarré de la pierna y no me solté, de ninguna manera. Entonces me dijo que iba a llevarme con él. Que íbamos a dar una vuelta. Me sentó en la parte delantera del coche. Luego volvió a entrar y sacó al hombre y lo dejó en el suelo de la parte trasera.

—¿Por qué no en el maletero? —preguntó Horatio.

—Estaba lleno de trastos —respondió Michelle de inmediato—. Así pues, papá metió al hombre detrás. Le vi la cara. Todavía tenía los ojos abiertos. Estaba muerto. Sabía que estaba muerto porque lo había matado. Sé lo que pasa cuando te disparan. Te mueres. Siempre te mueres.

—¿Qué hizo tu padre a continuación? —preguntó Horatio con voz queda.

—Tapó al hombre con periódicos. Y con un abrigo viejo y unas cajas, lo que encontró a mano. Pero yo seguía viendo que me miraba. Empecé a llorar y se lo dije a papá. «Papá, le veo los ojos y me está mirando. Haz que deje de mirarme.»

—¿Y qué hizo tu papá?

—Le puso más cosas encima. Más cosas hasta que ya no lo vi. Ya no me miraba.

—¿Y tu papá fue a algún sitio con el coche?

—Subió a la montaña. Aparcó el coche y desapareció durante un rato. Pero me prometió que volvería. Y volvió. Volvió.

—¿Sin el hombre? —preguntó Horatio.

A Michelle se le hizo un nudo en la garganta y se puso a sollozar.

—Se llevó al hombre. Pero yo era incapaz de mirar al suelo. Por si estaba allí. Por si estaba allí mirándome. —Se agachó angustiada.

—Descansa un poco, Michelle —ordenó Horatio—. Descansa un poco, no pasa nada. Nada de esto te hará sufrir. El hombre no volverá. Ya no lo volverás a ver.

Michelle se puso erguida y al final dejó de llorar.

—¿Estás lista para continuar? —preguntó Horatio.

Michelle, que ya había recobrado la compostura, asintió.

—Entonces volvimos a casa para estar con mamá. Mi papá me llevó a casa.

—¿Estaba despierta?

Michelle asintió.

—Estaba llorando. Ella y papá hablaron. Papá se enfadó mucho. Más que nunca. Pensaban que no los oía, pero sí que oí. Entonces papá vino a hablar conmigo. Me dijo que él y mamá me querían. Me dijo que todo lo que había ocurrido era un mal sueño. Una pesadilla, dijo. Me dijo que lo olvidara. Que nunca hablara de ello. —Empezó a llorar otra vez—. Y nunca dije nada. Lo prometo, papá, nunca se lo he contado a nadie. Te lo juro. —Lloraba desconsoladamente—. Lo maté. Maté a ese hombre.

—Descansa un poco más, Michelle —dijo Horatio rápidamente, y ella se recostó en el asiento con el rostro surcado de lágrimas.

Horatio sabía que lo que estaba perjudicando a Michelle era guardarse todo aquello en su interior. Era como una herida que nunca se había limpiado; la infección se iba extendiendo hasta convertirse en mortal. Había cargado con el peso del adulterio de su madre y el hecho de que su padre encubriera una muerte durante todos esos años. Y no obstante, Horatio sabía que eso no era nada comparado con el sentimiento de culpa por haber matado a otro ser humano.

Recordó algo que ella le había soltado cuando estaban en Babbage Town; que a lo mejor su problema venía del hecho de haber matado brutalmente a otra persona a los seis años. Horatio había pensado que se estaba haciendo la lista, pero le había hablado desde el subconsciente. Lo malo era que él había tardado demasiado en darse cuenta.

Horatio no se creía que Michelle viera la cara mirándola desde el suelo de su coche o de su dormitorio. No creía que viera nada. Era más probable que percibiera algo terrible, pero no sabía qué era. Su reacción había sido taparlo, haciendo físicamente lo que intentaba hacer también en el plano psicológico.

Horatio aguardó unos segundos más antes de hablar.

—Bueno, Michelle, ¿puedes contarme qué pasó con el seto de rosales?

—Papá lo cortó una noche. Lo vi desde la ventana.

Horatio se recostó en el asiento y recordó que Frank Maxwell había plantado los rosales como regalo de aniversario para su esposa. Al parecer, los Maxwell habían sobrevivido a esa pesadilla enterrándola. Pero, en algún lugar, una familia se habría preguntado qué le había sucedido al hombre muerto. Y todos esos años sus huesos habían estado enterrados en algún lugar de las montañas de Tennessee. Algún día, los Maxwell tendrían que enfrentarse a lo que habían hecho, por lo menos en los recovecos más profundos de su mente, si es que no era ante un tribunal. Horatio volvió a mirar a Michelle.

—Ya puedes descansar. Descansa.

Horatio salió de la sala y habló con Sean, pero no le contó nada de lo que Michelle le había revelado.

—Y tampoco puedo decírselo a ella —informó a Sean.

—¿Y de qué ha servido?

—El hecho de que su subconsciente lo haya revelado aliviará la presión de su conciencia. Y puedo darle un tratamiento personalizado que tenga más posibilidades de ayudarla. De hecho, con otra sesión de hipnosis puedo inculcarle ciertas nociones en el subconsciente que podrían solucionar el problema.

—¿Por qué no lo haces ahora? —dijo Sean.

—Ahora sometería al subconsciente a demasiada presión y podría resultar contraproducente.

—¿Qué puedo hacer yo?

—Puedes mostrarte más comprensivo con sus pequeñas manías, Sean. Sería un buen punto de partida.

Horatio regresó a la consulta y fue sacando a Michelle del trance poco a poco.

—Bueno, ¿qué he dicho? —preguntó ansiosa.

—¿Sabes? Creo que hoy hemos progresado mucho.

—No me lo vas a decir, ¿verdad? ¡Eres un mierda! —espetó ella.

—Ésta es la Michelle que me gusta y que temo.

Después de dejar a Horatio, Michelle habló con Sean.

—¿Vas a decírmelo o no?

—No puedo porque él tampoco me lo ha dicho, Michelle.

—Venga ya, ¿en serio esperas que me lo crea?

—Es la verdad.

—¿No me puedes decir nada?

—Sí. Nunca volveré a meterme contigo por ser una dejada —aclaró Sean.

—Ah, ¿sí? ¿Para eso me he confesado con él?

—Es lo mejor que puedo hacer.

—No me lo creo. —Michelle parecía irritada.

Sean la rodeó con el brazo.

—Bueno, puedo decirte otra cosa. Pero antes tengo que darte algo. —Se sacó del bolsillo la esmeralda que había cogido de la casa de lord Dunmore. La había hecho engarzar en un collar para ella.

—Oh...

Cuando Michelle abrió unos ojos como platos al verlo, Sean dijo un tanto avergonzado:

—Es que... no me parecía bien que no te llevaras nada del tesoro. —La ayudó a ponérselo.

—Sean, es precioso. Pero ¿qué querías decirme?

—De hecho es una petición —dijo nervioso.

—¿De qué se trata? —preguntó ella con cautela sin dejar de mirarlo.

—No me dejes nunca, Michelle —dijo, cogiéndola de la mano.

NOTA DEL AUTOR

ADVERTENCIA:

NO LEER ESTA PARTE ANTES DE LEER LA NOVELA

Estimados lectores:

Babbage Town es totalmente ficticio, pero está inspirado en parte en Bletchley Park, situado a las afueras de Londres y donde los aliados descifraron las claves alemanas durante la Segunda Guerra Mundial. He distorsionado ciertos detalles geográficos y otros hechos sobre la ubicación de Babbage Town, me he inventado lugares, he inventado totalmente la historia de esa zona de Virginia, incluyendo las mansiones abandonadas y, en general, me he dejado llevar por la imaginación en sentido literal. Sin embargo, los lectores familiarizados con la historia de Virginia reconocerán en la novela la influencia de ciertas fincas «verdaderas» de Tidewater situadas a lo largo del río James (en vez del río York) de relevancia histórica, como Westover, Carter's Grove y Shirley Plantation. Por suerte, este triunvirato de fincas de Virginia no se halla en ruinas.

Dicho esto, «inventar» y distorsionar los hechos son licencias permitidas para el novelista; así pues, no os toméis la molestia de escribirme para señalar los distintos deslices factuales e históricos. No sólo soy perfectamente consciente de ellos, sino que disfruto con ellos.

Ahora bien, el material relativo a los ordenadores cuánticos es totalmente cierto, o por lo menos tan cierto como para que un profano como yo entienda estos conceptos tan desconcertantes y los transmita al lector en una narración que no aburra hasta a los muertos. Es cierto que existen universidades, empresas y países enfrascados en una carrera para ser los primeros. Y si alguien lo consigue, el mundo cambiará para siempre. Hasta qué punto y si el cambio será positivo o negativo depende, supongo, de quién gane esa carrera. Un libro que me resultó útil para escribir sobre física cuántica fue *A Shortcut Through Time*, de George Johnson.

Dado que los códigos secretos y la historia de ciertos criptoanalistas de verdad se mencionan de forma tangencial en este libro, me inspiré en ese campo para crear los nombres de algunos personajes. Ésta es la lista:

1 Champ Pollion proviene de Jean-François Champollion, brillante lingüista francés, que desempeñó un papel fundamental en el desciframiento de las cartelas de Ptolomeo y Cleopatra. Su labor también permitió a los estudiosos leer la historia de los faraones tal como la recogieron sus escribas.

2 Michael Ventris: así se llamaba el hombre que descubrió que las denominadas tablillas en Lineal B desenterradas en la isla de Creta estaban escritas en griego.

3 El apellido de Alice Chadwick procede de John Chadwick, cuyo vasto conocimiento del griego arcaico desempeñó un papel crucial para que él y Ventris descifraran las tablillas en Lineal A. Como comentario adicional, cabe decir que sus hallazgos se hicieron públicos al mismo tiempo que se coronaba la cima del Everest por primera vez, lo cual hizo que su descubrimiento fuera bautizado como el «Everest de la Arqueología Griega».

4 El apellido de Ian Whitfield salió de Whitfield Diffie, que inventó un innovador tipo de cifrado que utilizaba una clave asimétrica, en lugar de simétrica. Simétrico significa únicamente que la manera de descifrar el cifrado es igual que la de codificarla.

5 El nombre de pila de Merkle Hayes procede de Ralph Merkle, que trabajó con Diffie y el profesor de Stanford Martin Hellman en su revolucionario método para conceptualizar la criptografía pública de un modo que por fin resolviera el problema de distribución de las claves.

6 El apellido de Len Rivest procede de Ron Rivest, que trabajó junto con Adi Shamir y Leonard Adelman para crear el RSA, el sistema de criptografía asimétrica con clave pública que predomina actualmente en el mundo.

7 El apellido de Monk Turing proviene, por supuesto, de Alan Turing, cuya historia real se explica en el libro. Charles Babbage y Blaise de Vigenère fueron también personas reales, cuyos descubrimientos se relatan en la novela.

8 La inspiración para el apellido de Valerie Messaline (con una ortografía ligeramente distinta) no procede del mundo de los criptoanalistas. Sin embargo, los estudiantes de Historia quizá capten la referencia. Una pista: a diferencia del RSA, que es magníficamente asimétrico, el nombre y el personaje de Valerie son magníficamente simétricos.

Así pues, como suele decirse «¿qué esconde un nombre?». ¡Pues en *Una muerte sospechosa*, mucho!

La historia de Camp Peary que se relata en la novela se basa en la investigación que pude hacer y se remite a hechos reales. Sin embargo, las descripciones de lo que allí ocurre en la novela son producto de mi imaginación. Fue necesario porque dudo de que se permita alguna vez a algún novelista ir allí a documentarse. Del mismo modo, cualquiera que trabaje en Camp Peary y lea la novela debe tener en cuenta que he inventado lo que ocurre en el lugar; ni los personajes ni el diálogo, ni nada de esta historia os representa a vosotros o la labor que realizáis por vuestro país. Un agente canalla es precisamente eso. Algunos lugareños lo llaman el «lugar secreto» y vale la pena hacer un viaje por allí aunque sólo sea por pasar junto a Camp Peary. No, no se puede visitar; la CIA ni siquiera reconoce que existe.

La idea de *Una muerte sospechosa* se me ocurrió, al menos en parte, tras leer sobre los cifrados de Beale. Los cifrados de Beale son uno de esos fenómenos oximorónicos: un secreto a voces. Se refiere a un código sumamente complicado —tres páginas llenas de números— y un supuesto tesoro valorado en decenas de millones de dólares que teóricamente escondió Thomas Jefferson Beale a comienzos del siglo XIX.

Hace tiempo que un amigo del señor Beale descifró una página del cifrado, al menos supuestamente. La página se descifró empleando la Declaración de Independencia de Estados Unidos como fuente de letras que se correspondían con los números del cifrado. Por ejemplo, el tercer número del cifrado es el 24, lo cual significa que se busca la vigésimo cuarta palabra de la Declaración. Esa palabra es «another», así que se toma la primera letra de esa palabra, es decir la «a», y se introduce en el texto cifrado para ir formando palabras.

La página descifrada relata la cercanía del tesoro, en algún lugar de Bedford County, Virginia, así como la cantidad y tipo de tesoro —oro, plata y algunas joyas— y que está enterrado en una cueva de piedra y guardado en vasijas de hierro. Si nos guiamos por el precio actual de los metales preciosos, el tesoro valdría tranquilamente más de veinte millones de dólares. El valor de las joyas es imposible de calcular. Sin embargo, el mensaje descifrado dice que valían 13.000 dólares en 1821, por lo que seguro que hoy día valen mucho más.

Qué fácil, quizá penséis. Una página descifrada y todavía quedan dos, apúntame para el jet privado. Bueno, ahí está la trampa. Parece ser que todos los expertos criptoanalistas del mundo han intentado descifrar las otras dos páginas utilizando la tecnología más avanzada y superordenadores, pero todos han fracasado. De hecho, se estima que uno de cada diez de los mejores criptoanalistas del mundo ha intentado descifrar los cifrados de Beale y ninguno lo ha conseguido. La dificultad radica en que si el texto cifrado está ligado a un documento en particular, por ejemplo, la Declaración de Independencia, hay que saber cuál es el documento correcto. E incluso en 1820 había muchas posibilidades. Las más obvias, como la Constitución de Estados Unidos y la Carta Magna, ya se han probado.

No obstante, hay por lo menos un sitio web que dice haber solucionado los cifrados e incluye fotos de la supuesta cripta encontrada en el lugar. Los responsables del sitio web también dicen que la cripta del tesoro estaba vacía cuando la encontraron. Puede ser que sí, puede ser que no.

Los cifrados de Beale han alcanzado tal categoría mítica que otro sitio web ofrece un software especializado en estos cifrados que puede utilizarse para descifrarlo y descubrir la ubicación del tesoro. Me pregunto por qué no usan ellos el software para descifrar el cifrado y encontrar el tesoro. De todos modos, podría ser que estén vendiendo estos programas como rosquillas y estén más que satisfechos con los beneficios.

En la década de 1960 incluso se fundó una Asociación del Cifrado y Tesoro de Beale para fomentar el interés en el misterio, como si no hubiera suficiente gente interesada. Se dice que hay pocos granjeros o propietarios de tierras de Bedford County, Virginia, en cuyos terrenos no haya excavado algún ávido cazatesoros, normalmente sin su consentimiento.

A continuación he reproducido las tres páginas de los cifrados, incluido el texto llano de la descifrada. Se supone que la primera página de números revela la ubicación exacta del tesoro. La tercera página enumera las partes que tienen el derecho legítimo al tesoro. Me imagino que los cazatesoros interesados ni se molestarán en mirar la página tres.

Si deseáis saber más sobre el misterioso señor Beale y cómo y por qué hizo lo que supuestamente hizo, leed *The Beale Treasure: New History of a Mystery*, de Peter Viemeister, o consultad la entrada de la enciclopedia gratuita Wikipedia. Otra obra que los aspirantes a criptoanalistas pueden consultar es *Los códigos secretos,* de Simon Singh.

¿Se trata de un engaño absoluto como creen muchos? Podría ser. Si es así, alguien se tomó muchísimas molestias para realizarlo. Os diré que he intentado unas cuantas veces descifrar el cifrado pero no soy ni mucho menos un experto. Para conseguirlo haría falta un criptoanalista mejor que el humilde novelista que soy, si es verdadero.

Un consejo para quienes ansían la riqueza instantánea: no dejéis el trabajo mientras lo buscáis. Las posibilidades de descifrar el Beale y encontrar el tesoro, si es que existe, son probablemente menores que las de ganar el gordo de la lotería. Otro consejo: no vayáis a excavar en el terreno de nadie sin su consentimiento. Os podrían denunciar o disparar, y ninguna de las dos cosas resulta especialmente recomendable.

Para aquellos de vosotros que, a pesar de la escasez de posibilidades, seguís queriendo medir vuestro ingenio con el que quizá sea el rompecabezas más impenetrable del mundo, buena suerte.

Y espero que hayáis disfrutado con el regreso de Sean King y Michelle Maxwell en *Una muerte sospechosa*.

Cuidaos y seguid leyendo.

Atentamente,

DAVID BALDACCI

Los cifrados de Beale

1 Ubicación de la cripta

71, 194, 38, 1701, 89, 76, 11, 83, 1629, 48, 94, 63, 132, 16, 111, 95,
84, 341, 975, 14, 40, 64, 27, 81, 139, 213, 63, 90, 1120, 8, 15, 3, 126,
2018, 40, 74, 758, 485, 604, 230, 436, 664, 582, 150, 251, 284, 308,
231, 124, 211, 486, 225, 401, 370, 11, 101, 305, 139, 189, 17, 33, 88,
208, 193, 145, 1, 94, 73, 416, 918, 263, 28, 500, 538, 356, 117, 136,
219, 27, 176, 130, 10, 460, 25, 485, 18, 436, 65, 84, 200, 283, 118,
320, 138, 36, 416, 280, 15, 71, 224, 961, 44, 16, 401, 39, 88, 61, 304,
12, 21, 24, 283, 134, 92, 63, 246, 486, 682, 7, 219, 184, 360, 780, 18,
64, 463, 474, 131, 160, 79, 73, 440, 95, 18, 64, 581, 34, 69, 128, 367,
460, 17, 81, 12, 103, 820, 62, 116, 97, 103, 862, 70, 60, 1317, 471,
540, 208, 121, 890, 346, 36, 150, 59, 568, 614, 13, 120, 63, 219, 812,
2160, 1780, 99, 35, 18, 21, 136, 872, 15, 28, 170, 88, 4, 30, 44, 112,
18, 147, 436, 195, 320, 37, 122, 113, 6, 140, 8, 120, 305, 42, 58, 461,
44, 106, 301, 13, 408, 680, 93, 86, 116, 530, 82, 568, 9, 102, 38, 416,
89, 71, 216, 728, 965, 818, 2, 38, 121, 195, 14, 326, 148, 234, 18, 55,
131, 234, 361, 824, 5, 81, 623, 48, 961, 19, 26, 33, 10, 1101, 365, 92,
88, 181, 275, 346, 201, 206, 86, 36, 219, 324, 829, 840, 64, 326, 19,
48, 122, 85, 216, 284, 919, 861, 326, 985, 233, 64, 68, 232, 431, 960,
50, 29, 81, 216, 321, 603, 14, 612, 81, 360, 36, 51, 62, 194, 78, 60,
200, 314, 676, 112, 4, 28, 18, 61, 136, 247, 819, 921, 1060, 464, 895,
10, 6, 66, 119, 38, 41, 49, 602, 423, 962, 302, 294, 875, 78, 14, 23,
111, 109, 62, 31, 501, 823, 216, 280, 34, 24, 150, 1000, 162, 286, 19,
21, 17, 340, 19, 242, 31, 86, 234, 140, 607, 115, 33, 191, 67, 104, 86,
52, 88, 16, 80, 121, 67, 95, 122, 216, 548, 96, 11, 201, 77, 364, 218,
65, 667, 890, 236, 154, 211, 10, 98, 34, 119, 56, 216, 119, 71, 218,
1164, 1496, 1817, 51, 39, 210, 36, 3, 19, 540, 232, 22, 141, 617, 84,
290, 80, 46, 207, 411, 150, 29, 38, 46, 172, 85, 194, 39, 261, 543,
897, 624, 18, 212, 416, 127, 931, 19, 4, 63, 96, 12, 101, 418, 16, 140,
230, 460, 538, 19, 27, 88, 612, 1431, 90, 716, 275, 74, 83, 11, 426,
89, 72, 84, 1300, 1706, 814, 221, 132, 40, 102, 34, 868, 975, 1101,
84, 16, 79, 23, 16, 81, 122, 324, 403, 912, 227, 936, 447, 55, 86, 34,

43, 212, 107, 96, 314, 264, 1065, 323, 428, 601, 203, 124, 95, 216, 814, 2906, 654, 820, 2, 301, 112, 176, 213, 71, 87, 96, 202, 35, 10, 2, 41, 17, 84, 221, 736, 820, 214, 11, 60, 760

#3 Nombre y dirección de los socios, parientes, etcétera, de Beale

317, 8, 92, 73, 112, 89, 67, 318, 28, 96, 107, 41, 631, 78, 146, 397, 118, 98, 114, 246, 348, 116, 74, 88, 12, 65, 32, 14, 81, 19, 76, 121, 216, 85, 33, 66, 15, 108, 68, 77, 43, 24, 122, 96, 117, 36, 211, 301, 15, 44, 11, 46, 89, 18, 136, 68, 317, 28, 90, 82, 304, 71, 43, 221, 198, 176, 310, 319, 81, 99, 264, 380, 56, 37, 319, 2, 44, 53, 28, 44, 75, 98, 102, 37, 85, 107, 117, 64, 88, 136, 48, 154, 99, 175, 89, 315, 326, 78, 96, 214, 218, 311, 43, 89, 51, 90, 75, 128, 96, 33, 28, 103, 84, 65, 26, 41, 246, 84, 270, 98, 116, 32, 59, 74, 66, 69, 240, 15, 8, 121, 20, 77, 89, 31, 11, 106, 81, 191, 224, 328, 18, 75, 52, 82, 117, 201, 39, 23, 217, 27, 21, 84, 35, 54, 109, 128, 49, 77, 88, 1, 81, 217, 64, 55, 83, 116, 251, 269, 311, 96, 54, 32, 120, 18, 132, 102, 219, 211, 84, 150, 219, 275, 312, 64, 10, 106, 87, 75, 47, 21, 29, 37, 81, 44, 18, 126, 115, 132, 160, 181, 203, 76, 81, 299, 314, 337, 351, 96, 11, 28, 97, 318, 238, 106, 24, 93, 3, 19, 17, 26, 60, 73, 88, 14, 126, 138, 234, 286, 297, 321, 365, 264, 19, 22, 84, 56, 107, 98, 123, 111, 214, 136, 7, 33, 45, 40, 13, 28, 46, 42, 107, 196, 227, 344, 198, 203, 247, 116, 19, 8, 212, 230, 31, 6, 328, 65, 48, 52, 59, 41, 122, 33, 117, 11, 18, 25, 71, 36, 45, 83, 76, 89, 92, 31, 65, 70, 83, 96, 27, 33, 44, 50, 61, 24, 112, 136, 149, 176, 180, 194, 143, 171, 205, 296, 87, 12, 44, 51, 89, 98, 34, 41, 208, 173, 66, 9, 35, 16, 95, 8, 113, 175, 90, 56, 203, 19, 177, 183, 206, 157, 200, 218, 260, 291, 305, 618, 951, 320, 18, 124, 78, 65, 19, 32, 124, 48, 53, 57, 84, 96, 207, 244, 66, 82, 119, 71, 11, 86, 77, 213, 54, 82, 316, 245, 303, 86, 97, 106, 212, 18, 37, 15, 81, 89, 16, 7, 81, 39, 96, 14, 43, 216, 118, 29, 55, 109, 136, 172, 213, 64, 8, 227, 304, 611, 221, 364, 819, 375, 128, 296, 1, 18, 53, 76, 10, 15, 23, 19, 71, 84, 120, 134, 66, 73, 89, 96, 230, 48, 77, 26, 101, 127, 936, 218, 439, 178, 171, 61, 226, 313, 215, 102, 18, 167, 262, 114, 218, 66, 59, 48, 27, 19, 13, 82, 48, 162, 119, 34, 127, 139, 34, 128, 129, 74, 63, 120, 11, 54, 61, 73, 92, 180, 66, 75, 101, 124, 265, 89, 96, 126, 274, 896, 917, 434, 461, 235, 890, 312, 413, 328, 381, 96, 105, 217, 66, 118, 22, 77, 64, 42, 12, 7,

55, 24, 83, 67, 97, 109, 121, 135, 181, 203, 219, 228, 256, 21, 34, 77, 319, 374, 382, 675, 684, 717, 864, 203, 4, 18, 92, 16, 63, 82, 22, 46, 55, 69, 74, 112, 134, 186, 175, 119, 213, 416, 312, 343, 264, 119, 186, 218, 343, 417, 845, 951, 124, 209, 49, 617, 856, 924, 936, 72, 19, 28, 11, 35, 42, 40, 66, 85, 94, 112, 65, 82, 115, 119, 236, 244, 186, 172, 112, 85, 6, 56, 38, 44, 85, 72, 32, 47, 73, 96, 124, 217, 314, 319, 221, 644, 817, 821, 934, 922, 416, 975, 10, 22, 18, 46, 137, 181, 101, 39, 86, 103, 116, 138, 164, 212, 218, 296, 815, 380, 412, 460, 495, 675, 820, 952

#2 Contenido del tesoro

115, 73, 24, 807, 37, 52, 49, 17, 31, 62, 647, 22, 7, 15, 140, 47, 29, 107, 79, 84, 56, 239, 10, 26, 811, 5, 196, 308, 85, 52, 160, 136, 59, 211, 36, 9, 46, 316, 554, 122, 106, 95, 53, 58, 2, 42, 7, 35, 122, 53, 31, 82, 77, 250, 196, 56, 96, 118, 71, 140, 287, 28, 353, 37, 1005, 65, 147, 807, 24, 3, 8, 12, 47, 43, 59, 807, 45, 316, 101, 41, 78, 154, 1005, 122, 138, 191, 16, 77, 49, 102, 57, 72, 34, 73, 85, 35, 371, 59, 196, 81, 92, 191, 106, 273, 60, 394, 620, 270, 220, 106, 388, 287, 63, 3, 6, 191, 122, 43, 234, 400, 106, 290, 314, 47, 48, 81, 96, 26, 115, 92, 158, 191, 110, 77, 85, 197, 46, 10, 113, 140, 353, 48, 120, 106, 2, 607, 61, 420, 811, 29, 125, 14, 20, 37, 105, 28, 248, 16, 159, 7, 35, 19, 301, 125, 110, 486, 287, 98, 117, 511, 62, 51, 220, 37, 113, 140, 807, 138, 540, 8, 44, 287, 388, 117, 18, 79, 344, 34, 20, 59, 511, 548, 107, 603, 220, 7, 66, 154, 41, 20, 50, 6, 575, 122, 154, 248, 110, 61, 52, 33, 30, 5, 38, 8, 14, 84, 57, 540, 217, 115, 71, 29, 84, 63, 43, 131, 29, 138, 47, 73, 239, 540, 52, 53, 79, 118, 51, 44, 63, 196, 12, 239, 112, 3, 49, 79, 353, 105, 56, 371, 557, 211, 515, 125, 360, 133, 143, 101, 15, 284, 540, 252, 14, 205, 140, 344, 26, 811, 138, 115, 48, 73, 34, 205, 316, 607, 63, 220, 7, 52, 150, 44, 52, 16, 40, 37, 158, 807, 37, 121, 12, 95, 10, 15, 35, 12, 131, 62, 115, 102, 807, 49, 53, 135, 138, 30, 31, 62, 67, 41, 85, 63, 10, 106, 807, 138, 8, 113, 20, 32, 33, 37, 353, 287, 140, 47, 85, 50, 37, 49, 47, 64, 6, 7, 71, 33, 4, 43, 47, 63, 1, 27, 600, 208, 230, 15, 191, 246, 85, 94, 511, 2, 270, 20, 39, 7, 33, 44, 22, 40, 7, 10, 3, 811, 106, 44, 486, 230, 353, 211, 200, 31, 10, 38, 140, 297, 61, 603, 320, 302, 666, 287, 2, 44, 33, 32, 511, 548, 10, 6, 250, 557, 246, 53, 37, 52,

83, 47, 320, 38, 33, 807, 7, 44, 30, 31, 250, 10, 15, 35, 106, 160, 113,
31, 102, 406, 230, 540, 320, 29, 66, 33, 101, 807, 138, 301, 316, 353,
320, 220, 37, 52, 28, 540, 320, 33, 8, 48, 107, 50, 811, 7, 2, 113, 73,
16, 125, 11, 110, 67, 102, 807, 33, 59, 81, 158, 38, 43, 581, 138, 19,
85, 400, 38, 43, 77, 14, 27, 8, 47, 138, 63, 140, 44, 35, 22, 177, 106,
250, 314, 217, 2, 10, 7, 1005, 4, 20, 25, 44, 48, 7, 26, 46, 110, 230,
807, 191, 34, 112, 147, 44, 110, 121, 125, 96, 41, 51, 50, 140, 56, 47,
152, 540, 63, 807, 28, 42, 250, 138, 582, 98, 643, 32, 107, 140, 112,
26, 85, 138, 540, 53, 20, 125, 371, 38, 36, 10, 118, 136, 102, 420, 150,
112, 71, 14, 20, 7, 24, 18, 12, 807, 37, 67, 110, 62, 33, 21, 95, 220,
511, 102, 811, 30, 83, 84, 305, 620, 15, 2, 108, 220, 106, 353, 105,
106, 60, 275, 72, 8, 50, 205, 185, 112, 125, 540, 65, 106, 807, 188, 96,
110, 16, 73, 33, 807, 150, 409, 400, 50, 154, 285, 96, 106, 316, 270,
205, 101, 811, 400, 8, 44, 37, 52, 40, 241, 34, 205, 38, 16, 46, 47, 85,
24, 44, 15, 64, 73, 138, 807, 85, 78, 110, 33, 420, 505, 37, 38, 22, 31,
10, 110, 106, 101, 140, 15, 38, 3, 5, 44, 7, 98, 287, 135, 150, 96, 33,
84, 125, 807, 191, 96, 511, 118, 440, 370, 643, 466, 106, 41, 107, 603,
220, 275, 30, 150, 105, 49, 53, 287, 250, 208, 134, 7, 53, 12, 47, 85,
63, 138, 110, 21, 112, 140, 485, 486, 505, 14, 73, 84, 575, 1005, 150,
200, 16, 42, 5, 4, 25, 42, 8, 16, 811, 125, 160, 32, 205, 603, 807, 81,
96, 405, 41, 600, 136, 14, 20, 28, 26, 353, 302, 246, 8, 131, 160, 140,
84, 440, 42, 16, 811, 40, 67, 101, 102, 194, 138, 205, 51, 63, 241, 540,
122, 8, 10, 63, 140, 47, 48, 140, 288

El mensaje descifrado de la sección 2 dice lo siguiente:

He depositado en el condado de Bedford, a unos seis kilómetros de Buford's, en un lugar excavado o cripta, a casi dos metros
bajo tierra, los siguientes artículos, que pertenecen de forma conjunta a las partes cuyos nombres se especifican en la tercera parte
de este documento:

El primer depósito consistía en mil catorce libras de oro, y tres
mil ochocientas doce libras de plata, depositadas en noviembre de
1819. El segundo se realizó en diciembre de 1821 y consistía en mil
novecientas siete libras de oro y mil doscientas ochenta y ocho libras de plata; joyas también obtenidas en St. Louis a cambio de

plata para ahorrar el transporte y valoradas en trece mil dólares.

Lo anterior está bien resguardado en vasijas de hierro con tapas de hierro. La cripta está más o menos revestida de piedra y los recipientes están sobre piedra maciza y cubiertos con otros. El documento número 1 describe la ubicación exacta de la cripta, por lo que no resultará difícil encontrarla.

El cifrado número 2 puede traducirse utilizando cualquier ejemplar de la Declaración de Independencia, pero para descifrarlo hay que hacer algunos cambios en la ortografía.

Agradecimientos

A Michelle, ¡por la suerte del 13! Menudo recorrido el nuestro.

A Frances Jalet-Miller, por otra labor de edición excepcional. Me alegro de que volvamos a trabajar juntos.

A Aaron Priest, Lucy Childs, Lisa Vance Erbach y Nicole Kenealy, por todo lo que hacéis por mí todos los días. Y a Abner Stein, que hace un trabajo estupendo en mi nombre al otro lado del Atlántico.

A David Young, Jamie Raab, Emi Battaglia y Jennifer Romanello, del Hachette Book Group USA, por todo vuestro apoyo y amistad.

A David North, Maria Rejt y Katie James, por darme vuestra opinión y apoyo desde el otro lado del charco.

A Patty y Tom Maciag, por ser tan buenos amigos.

A Karen Spiegel y Lucy Stille, por volver a dar vida a Hollywood.

A Spencer, por el asesoramiento musical de la historia. Y a Collin, que todos los días y de todas las formas posibles me muestra el poder del diálogo a toda velocidad.

A Alli y Anshu Guleria, David y Catherine Broome y Bob y Marilyn Schule por estar siempre a nuestra disposición. Deseo agradecer especialmente a Alli por el material indio y a Bob, por sus atentos comentarios editoriales.

A Neal Schiff, por ayudarme a llegar a los lugares a los que tengo que ir.

A Deborah y Lynette, los verdaderos cerebros de la «Enterprise».

OTROS TÍTULOS DE LA COLECCIÓN

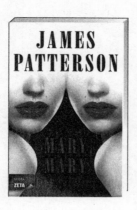

Mary, Mary

JAMES PATTERSON

Un psicópata que está a punto de cometer su primer crimen narra en primera persona su experiencia: asesina a tres personas en un cine de Nueva York, elegidas al azar. Tras estos crímenes, ya en Los Ángeles, y también en un cine, mata a Patrice Bennett, una ejecutiva de Hollywood y madre de familia. Un periodista del LA Times, Arnold Griner, recibe un e-mail de una tal Mary Smith en el que ésta se dirige a Patrice Bennett hablándole de cómo la ha asesinado y de cómo la espiaba, a ella y a sus hijos. El caso es asignado a Alex Cross, detective del FBI. Al poco de iniciar su investigación, Cross empieza a dudar de que Mary sea realmente una mujer.

Mientras tanto, un ama de casa totalmente normal, llamada Mary Smith, prepara el desayuno a sus tres hijos y los lleva al colegio...

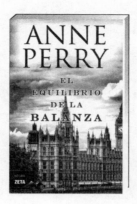

El equilibrio de la balanza

ANNE PERRY

En plena época victoriana, el príncipe Friedrich vive exiliado en Londres tras haber renunciado al trono de Felzburgo para casarse con Gisela, una joven plebeya. Friedrich muere tras caer de su caballo durante una cacería, pero la condesa Rostova afirma que en realidad ha sido envenenado por su propia esposa. Cuando Gisela emprende una demanda por difamación contra la condesa, ésta acude a uno de los mejores abogados londinenses, Sir Oliver Rathbone, para que se ocupe de su defensa. Sir Oliver encarga la investigación del caso al detective Monk, que deberá encontrar pruebas que inculpen a la princesa Gisela y demuestren que Rostova tiene razón. Contará para ello con la ayuda de Hester, una enfermera bastante perspicaz.